I0761784

MISS DOLITTLES GEHEIMNIS

BAND 4-6

MOLLY FITZ

KATZENGEHEIMNISSE

Übersetzung ins Deutsche: Ursula Mirwald und Julia Fuchs
Korrektorat Deutsch: Julia Fuchs und Ursula Mirwald
Cover-Designer: T.M. Franklin

Katzengeheimnisse
PO Box 873543
Wasilla, AK 99687

ÜBER DIESES BUCH

Seit Angie Russo von einer Kaffeemaschine einen heftigen Stromschlag verpasst bekommen hat, ist sie in der Lage, mit Tieren zu kommunizieren – insbesondere mit einem extrem verwöhnten Kater namens Octavius.

Diese Sammlung umfasst die Bände ***Fellnasen-Verbrecher***, ***Tierische Täuschung*** und ***Das Chihuahua-Komplott***. Begleiten Sie Angie dabei, wie sie ihre geheimnisvollen Kräfte entdeckt ... und auch prompt wieder vergisst. Erfahren Sie, wie es ihr gelingt, eine unfreiwillige Begegnung aus Octocats Vergangenheit zu meistern und ein nerviges neues Fellknäuel in ihre leicht chaotische Familie zu integrieren. Also, los geht's mit der Detektivarbeit!

Wenn Sie Katzenkrimis und schrägen Humor lieben, sollten Sie sich diese USA-Today-Bestseller nicht entgehen lassen und die Chance ergreifen, sich die Bände vier bis sechs in dieser speziellen Sammelbox zuzulegen.

Viel Spaß beim Lesen!

ANMERKUNG DER AUTORIN

Hallo. Danke, dass du dieses Buch gekauft hast. Wenn du ebenfalls ein großer Fan von spannenden, schrägen Tierkrimis bist, sollten wir unbedingt Freunde werden.

Wie wäre es, wenn du direkt einmal meine Facebook-Seite besuchst, die ich speziell für meine treuen deutschen Leser eingerichtet habe? Hier der Link dazu: **Facebook.com/Katzengeheimnisse**

Oder melde dich für meinen Newsletter an und sichere dir als Abonnent gratis ein digitales Geschenkpaket, einschließlich einer exklusiven Kurzgeschichte über Octocat: **Katzengeheimnisse.com/Abonnieren**

Ich bin sicher, wir werden eine Menge Spaß miteinander haben. Also schnell umblättern …

Wir sehen uns dann auf der nächsten Seite.

MOLLY

FELLNASEN-VERBRECHER

Octocats sieben Leben stehen auf dem Spiel, als er und Angie endlich herausfinden, warum sie miteinander sprechen können …

Offensichtlich habe ich in meinem Job als Anwaltsgehilfin nicht genug rangeklotzt, auch wenn die Kanzlei nicht weiß, dass ich heimlich als die beste und einzige Tierflüsterer-Detektivin der Gegend arbeite und hinter den Kulissen höchst knifflige Fälle löse. Jetzt haben sie einen Praktikanten eingestellt, der mich „unterstützen“ soll, damit ich mein Arbeitspensum schaffe …

. . .

Aber meine Chefs haben anscheinend keine Ahnung, dass sie sich einen fiesen Kriminellen mit ins Boot geholt haben. An dem Typen ist etwas faul, das könnte ich schwören, und mein Kater Octocat hat das schon auf einen Kilometer gegen den Wind gewittert. Und das Schlimmste daran? Ich bin mir ziemlich sicher, dass auch er mit Tieren sprechen kann ... und dieses Talent ganz sicher nicht dazu nutzt, um Verbrechen aufzuklären und sich für Gerechtigkeit einzusetzen.

Ich habe mich immer gefragt, wie ich durch den Stromschlag einer alten Kaffeemaschine zu übernatürlichen Fähigkeiten gekommen bin. Jetzt ist es an der Zeit, das ein für alle Mal herauszufinden. Denn ich befürchte, dass ich diese Fähigkeiten – und noch dazu meinen treuen sprechenden Katzenkumpel – für immer verlieren könnte.

WARNUNG! *Dieses Buch enthält einen Hauch von Magie. Denn wie sonst ließe sich Angies plötzliche Verwandlung zur Tierflüsterin, die ihr Leben völlig auf den Kopf gestellt hat, erklären? Wenn dir paranormale Phänomene nicht geheuer sind, dann spring besser direkt zum 5. Band der Octocat-Saga, KATZEN-KAPRIOLEN.*

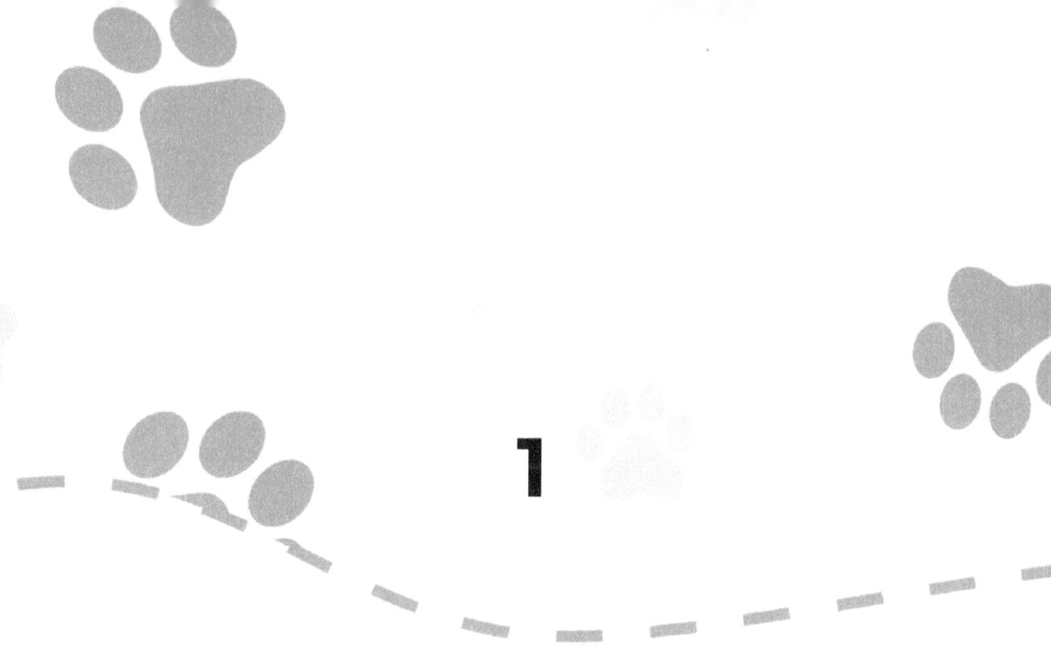

1

Hi, ich bin Angie Russo, und ich lebe in einer alten Villa an der US-amerikanischen Ostküste. Das klingt erst mal toll, doch mein Leben ist mitunter ganz schön hart. Und das Haus gehört mir auch nicht wirklich, sondern vielmehr meinem Kater, denn immerhin ist es sein Treuhandfonds, durch den sich die Hütte finanziert.

Das mag wie ein Sechser im Lotto klingen, ich weiß, aber eine sprechende Katze, die dich tagein, tagaus herumkommandiert, kann dir das Leben echt zur Hölle machen.

Ja, das stimmt wirklich:

Meine Katze kann sprechen.

Das heißt, wir verstehen uns gegenseitig und reden miteinander. Ich bin mir nicht sicher, wie oder warum wir diese seltsame Verbindung haben, aber es funktioniert. Und so sehr ich mir auch oft wünsche, eine genaue Erklärung dafür zu bekommen –

manchmal muss man die Dinge einfach annehmen, wie sie sind. Es ging alles wahnsinnig schnell damals, als es passierte. Ich fuhr zur Arbeit ohne irgendwelche besonderen Fähigkeiten, was die Kommunikation mit Tieren angeht, wurde durch den Stromschlag einer defekten Kaffeemaschine ausgeknockt, und als ich wieder zu mir kam – *Simsalabim* –, konnte ich mich plötzlich mit diesem Kater unterhalten.

Ich habe beschlossen, es als einen Schicksalsschlag zu betrachten, denn es fühlt sich wirklich so an, als wären Octocat und ich füreinander bestimmt. Allein in den letzten sechs Monaten haben wir durch unsere unglaubliche Teamarbeit drei unterschiedliche Mordfälle aufgeklärt. Ich schätze, das ist auch der Grund, warum ich den Rat meiner Mutter in Betracht ziehe, offiziell eine Detektei zu eröffnen. Sie hat mir den Namen „Miss Doolittle, die Tierflüsterer-Detektivin" verpasst, und zwar nicht, damit die ganze Welt von meinem seltsamen Talent erfährt – das möchte ich ganz und gar nicht –, sondern weil wir eine Ausrede brauchten, damit ich Octocat auf meine Schnüffel-Touren mitnehmen kann.

Schließlich wäre ich kein guter Sherlock ohne meinen Watson. Okay, wahrscheinlich *bin ich* der Watson in unserer Beziehung. Wer jemals eine Katze hatte, wird verstehen, was ich meine.

Trotzdem muss ich zugeben, dass sich mein ganzes Leben zum Besseren gewandelt hat, seit Octocat ein Teil davon ist. Davor war ich recht ziellos unterwegs und ließ mich von einem Studienfach zum nächsten treiben. Mit welchem Ergebnis? Jetzt habe ich sieben Associate Degrees, also sieben halbe Bachelor-Abschlüsse, weil ich mich nicht auf ein Hauptfach festlegen konnte.

Nie fühlte sich etwas wirklich richtig an, als würde es genau zu mir passen, aber ich habe es trotzdem weiter versucht, weil ich wusste, dass irgendwo da draußen mein Traumjob wartete – auch wenn mir noch nicht klar war, was das sein könnte.

Das Streben nach höheren Dingen scheint bei uns wohl in der Familie zu liegen, allerdings habe ich mir lange Zeit Sorgen gemacht, dass ich völlig aus der Art schlagen und dass es bei mir niemals klappen würde.

Meine Großmutter folgte in jungen Jahren ihrem Traum und wurde ein Star am Broadway, und meine Mutter ist inzwischen zur bekanntesten Nachrichtensprecherin von ganz Blueberry Bay avanciert. Auch mein Vater hat sich selbst verwirklicht: Er ist der Sportmoderator des Fernsehsenders, für den auch meine Mom arbeitet.

Jetzt endlich, nach einer langen, verzweifelten Suche, wurden meine Hoffnungen und Gebete endlich erfüllt, und ich habe den perfekten Beruf für mich gefunden – Privatdetektivin. Was soll's, wenn ich noch nicht dafür bezahlt werde? Das könnte ich wahrscheinlich ändern, wenn ich alles daransetzen würde, mein Business ans Laufen zu kriegen.

Aber ich möchte meine Kanzlei „Longfellow, Peters & Associates" nicht im Stich lassen. Wir sind ein gutes Team, und ich bin richtig stolz, dass meine Kollegin Bethany Peters, mit der mich eine Art Hassliebe verbindet, zur neuen Anwaltspartnerin ernannt wurde. Selbst wenn ich mir sicher bin, dass die Firma mit ihr und Charles jetzt in den besten Händen ist, aber dort aufhören, um sich selbständig zu machen?

Diesen Gedanken finde ich ziemlich beängstigend.

Ich bin zwar im Moment nur in Teilzeit beschäftigt, jedoch sind diese zwanzig Stunden pro Woche gut investierte Zeit, denn ich weiß, dass ich etwas bewirke. Und trotzdem juckt es mich in den Fingern ...

Verflixte Kiste. Es ist mir noch nie so schwergefallen, einen Job aufzugeben. Warum kann ich nicht einfach meine Kündigung einreichen und sagen: „Bis dann mal?“

Vielleicht sehnt sich ein Teil von mir immer noch nach einer Chance bei Charles, natürlich vorausgesetzt, dass er dieser nervigen Immobilienmaklerin, mit der er zusammen ist, den Laufpass gibt. Möglicherweise spielt auch Bethany eine Rolle, wo wir doch so hart daran gearbeitet haben, unsere Differenzen zu überwinden.

Wahrscheinlich ist mir auch nicht wohl bei der Vorstellung, die Tage und Nächte rund um die Uhr zu Hause zu verbringen, in Gesellschaft meines kratzbürstigen Katers. Großmutter lebt zwar jetzt auch bei uns, aber Octocat lässt seine Launen nur an mir aus. Aber das ist wohl kein Wunder, da ich der einzige Mensch bin, der ihn versteht.

Letzten Endes verlangt uns das Leben hin und wieder harte Entscheidungen ab.

Nur war ich noch nie so gut darin, sie zu treffen.

Daher warte ich besser noch ein paar Wochen ab. Vielleicht

wird sich der richtige Weg ganz von selbst ergeben. Ja, ich denke, das klingt nach einem Plan.

Und bis es so weit ist, werde ich einfach weiter darauf hoffen, dass ich es irgendwann schaffe, meinen ganzen Mut zusammenzunehmen und meinen Plan in die Tat umzusetzen. Zuerst muss ich mir jedoch absolut sicher sein, dass es wirklich das ist, was ich will, aber dann …

Nehmt euch in Acht, ihr da draußen, denn hier kommt Angie Russo!

„Ich habe Muffins mitgebracht!“, verkündete ich, als ich an diesem Morgen mit zehn Minuten Verspätung in der Firma eintrudelte. Es fiel mir immer noch schwer, mich auf meinen neuen Arbeitsweg zeitlich einzustellen, aber ich hoffte, dass Grandmas selbstgemachte Küchlein meine Unpünktlichkeit mehr als wettmachen würden.

„*Ähem*“, räusperte sich jemand, der am Schreibtisch neben der Tür saß. An *meinem* Schreibtisch.

Ich wirbelte so schnell herum, dass ich den Korb fallen ließ und die schönen Muffins alle auf den Boden purzelten. Großmutters mühevolle Arbeit war von einem Moment auf den anderen ruiniert. Wie gut, dass sie so gerne backte und wahrscheinlich schon eine neue Ladung zu Hause bereithielt.

„Komm, ich helfe dir“, sagte der fremde Typ und eilte herbei, um die Muffins mit einzusammeln, aber auf diese Hilfe konnte ich wirklich gut verzichten. Der sollte besser verschwinden. Wer war dieser Eindringling überhaupt, und was wollte er hier? Ich beobachtete ihn aus den Augenwinkeln. Er wirkte groß und schlaksig, hatte weiß-blonde Haare und trug eine betont große, schwarz umrandete Brille.

„Oh, gut“, rief Bethany erfreut und klatschte einmal in die Hände, während sie lächelnd auf uns zukam. „Du hast Peter schon kennengelernt.“

„Peter?“, fragte ich stirnrunzelnd, als er mir zur Begrüßung die Hand entgegenstreckte. Jetzt, wo er mir direkt gegenüberstand, sah ich, dass er ein offenes Hemd trug und darunter ein T-Shirt mit dem Aufdruck: *„Schon wach? Ja. Bereit? Haha!* Wie reizend. Abgerundet wurde sein Outfit durch eine zerknitterte, kakifarbene Cargohose. Meine Ex-Chefs, Fulton und Thompson, hätten das zu ihrer Zeit *niemals* durchgehen lassen. Auch wenn die Firma ohne sie jetzt besser dran war, aber konnten wir nicht wenigstens versuchen, wie Profis auszusehen?

„Du bist Angie, richtig?“, fragte Peter, schnappte sich einen der Blaubeer-Muffins, die auf dem Boden gelandet waren, und stopfte ihn sich mit großen Augen in den Mund. *„Mmm“*, schmatzte er und zeigte darauf. „Superlecker.“

Ich mochte diesen Kerl von Minute zu Minute weniger, aber Bethany schien so begeistert zu sein, uns einander vorzustellen, dass ich mich zu einem Lächeln zwang und ihm trotz meiner inneren Abneigung die Hand schüttelte.

„Peter ist unser neuer Praktikant“, erklärte sie. „Er wird dich unterstützen, dein Arbeitspensum zu schaffen.“

„Ich brauche keine Hilfe, um mein Pensum zu schaffen", schoss ich zurück und entzog mich Peters Griff, da er unhöflicherweise immer noch meine Hand festhielt.

Bethany runzelte die Stirn. „Das stimmt so nicht ganz. Es ist für uns alle schwieriger geworden, seitdem du nur noch halbtags arbeitest, aber das ist schon in Ordnung. Peter wird die Dinge wieder ins Lot bringen. Er ist der perfekte Mann dafür."

Ja klar, also mein Umstieg auf eine Teilzeitstelle war das Problem und nicht die Tatsache, dass in diesem Jahr die Kanzleipartner *Bäumchen wechsle dich* gespielt hatten.

„Was genau sind seine Qualifikationen?", wollte ich wissen und bedachte ihn mit einem kühlen Blick.

Peter schob sich die restlichen Muffin-Krümel in den Mund und nuschelte: „Ich bin ihr Cousin und arbeite für den Mindestlohn."

Bethany warf ihm einen bösen Blick zu, der mir bestätigte, dass er sie auch nervte. Immerhin fühlte ich mich jetzt ein bisschen besser bei der ganzen Sache. „Wirklich, Peter. Das geht doch niemanden etwas an, also bitte hör auf, das so herumzuposaunen."

„Tut mir leid", murmelte er achselzuckend, doch anscheinend war es ihm in Wirklichkeit völlig egal.

Warum war er hier? Ich bin vielleicht nicht die beste Anwaltsassistentin der Welt, aber sicher um Längen besser als dieser Typ. Er hatte wahrscheinlich nicht mal einen Abschluss. Das konnte doch nicht wahr sein. Ich hasste diesen Peter und alles an ihm, obwohl ich nicht genau wusste, warum.

„Warte mal“, sagte ich, als mir etwas klar wurde. „Dein Name ist Peter Peters? Das klingt wie ein Superheld.“

„Oder ein Superschurke“, konterte er mit einem weiteren Achselzucken und setzte dabei ein seltsames Lächeln auf.

„Wie auch immer“, unterbrach uns Bethany und inspizierte dabei ihre glänzenden Lackpumps, wohl um sich zu vergewissern, dass keine Muffin-Krümel daran klebten. „Heute ist Peters erster Tag, weshalb ich ihn gebeten habe, ein bisschen früher zu kommen. Könntest du ihm helfen, damit er schnell startklar ist? Ihm zeigen, wie hier alles läuft?“

„Wie was läuft?“, erwiderte ich missbilligend. Babysitter für einen nervigen Kerl zu spielen, der hier nur dank reiner Vetternwirtschaft einen Job bekommen hatte, stand normalerweise nicht auf meinem morgendlichen Arbeitsplan.

Nein, eigentlich hätte ich genau in diesem Moment in Bethanys Büro sein sollen, um mich mit einer Tasse ihres köstlichen Kaffee zu stärken, den sie immer für mich aufbrühte. Ich selbst würde nie mehr im Leben eine Kaffeemaschine anfassen, aber es gab mir immer einen Kick, wenn jemand anderes bereit war, den Barista für mich zu spielen.

„Nur die Sachen, die du normalerweise auch machst“, antwortete sie mit einer wegwerfenden Geste und wandte sich ab. „Wenn mich einer von euch braucht, ich bin in meinem Büro. Ich habe fast den ganzen Vormittag Termine mit Mandanten, sollte aber um die Mittagszeit wieder Luft haben.“

„Okay, bis dann“, sagte ich und drehte mich resigniert zu

meinem neuen Praktikanten um. Das dürfte so ziemlich der schlimmste Arbeitstag aller Zeiten werden.

Er lächelte und winkte seiner Cousine hinterher. Mit einem „Tada!“ wandte er sich alsdann zu mir und rief: „Okay, dann zeig mir mal, wie ich du sein kann, wenn ich groß bin.“

Das hat er nicht wirklich gesagt!

Damit war das Thema Kündigung für mich erst mal vom Tisch. Ich konnte die Kanzlei auf keinen Fall mit diesem Trampeltier von Anwaltsgehilfen alleinlassen. Ich wünschte mir, man könnte ihn wie im Film ratzfatz umstylen und einen anderen Menschen aus ihm machen. Die Szenen dazu hatte ich schon im Kopf, untermalt von einem meiner Lieblings-Popsongs aus den 80ern. Job erledigt und weiter geht's! Nur leider funktioniert das im echten Leben nicht.

„Lass uns erst mal dein E-Mail-Konto einrichten“, seufzte ich und ging an meinen Schreibtisch, den wir uns nun anscheinend teilen mussten.

„Ja, cool. Und wann bekomme ich mein Firmen-iPhone?“ Er legte den Kopf schief und watschelte dann hinter mir her wie ein verlorenes kleines Entlein.

„Was? Warum sollten wir dir ein eigenes Handy geben?“

„Äh, hallo. FaceTime.“ Dabei formte er mit seinen Händen ein Rechteck von der Größe eines Smartphones vor seinem Gesicht.

Ab dem Moment fand ich ihn nicht mehr einfach nur nervig, sondern schlichtweg gruselig. FaceTime war genau die App, die ich benutzte, um meinen Kater von der Arbeit aus anzurufen. Unser Seniorpartner Charles hatte es einmal mitbekommen, als er noch ganz neu in der Kanzlei war, und mich dann mehr oder weniger erpresst, ihm mit Octocat bei einem vertrackten Fall zu helfen. War es nur ein Zufall, dass dieser Peter Peters jetzt darauf anspielte?

Oder wusste er etwas, das mich in sehr große Schwierigkeiten bringen könnte?

Oh, das gefiel mir nicht. Das gefiel mir ganz und gar nicht.

2

Leider wurde es mit Peter im Laufe des Tages nur noch schlimmer. Er verhielt sich mir gegenüber die ganze Zeit total abfällig, gleichgültig oder einfach nur widerlich und bewies schnell, dass er keinerlei Erfahrung mitbrachte, die für diesen Job – meinen Job – nötig war. Tatsächlich ging er mir so sehr auf die Nerven, dass ich beschloss, mich über Bethanys Kopf hinweg an Charles zu wenden. Schließlich war er der Seniorpartner der Kanzlei, und sicher würde er mir zustimmen, dass es ein katastrophaler Fehler war, diesen Kerl einzustellen, oder?

Natürlich lagen die Dinge zwischen Charles Longfellow und mir weiterhin recht kompliziert. Zum einen war ich in ihn verliebt gewesen und trug diese unerwiderten, romantischen Gefühle irgendwie immer noch mit mir herum. Zum anderen waren wir in den paar Monaten, seit er in der Firma angefangen hatte, gute Freunde geworden. Ich hatte ihm bei einem wichtigen Fall aus der Patsche geholfen, sodass sein Mandant Brock Calhoun freigesprochen wurde. Tja ähm, und Letzterer war der andere Typ, in den ich aktuell ein bisschen, nun ja, verknallt war.

Doch auch wenn mich Charles damals ein wenig erpresst hatte, war er ein absoluter Profi. Sonst hätte er es auch nicht so rasch an die Spitze der Firma geschafft, und deshalb vertraute ich ihm. Er würde sicher die richtige Entscheidung treffen, was Peter Peters betraf. Ich studierte seinen Terminkalender, und als sich eine Lücke auftat, stürmte ich direkt in sein Büro, wobei ich sogar vergaß anzuklopfen, so eilig hatte ich es.

Oh, hätte ich das doch besser nicht vergessen!

„Angie", rief er erschrocken, räusperte sich und richtete seine Krawatte. Es war jene Krawatte, die ihm Großmutter vor etwa einem Monat zur Hauseinweihung geschenkt hatte – aus dunkelroter Seide, mit einem filigranen weißen Pfotenmuster und einer leicht kitschigen, aber dennoch klassisch-edlen Anmutung.

Seine Freundin Breanne löste sich aus seinen Armen und blickte grinsend über ihre Schulter. Ihr feuerrotes Haar passte nicht zu Charles' Krawatte, und auch sonst passte alles an ihr nicht zum Rest von ihm. Ich konnte immer noch nicht glauben, dass er sich aus allen Frauen von Blueberry Bay ausgerechnet *sie* ausgesucht hatte. Seit Monaten schienen die beiden unzertrennlich zu sein, und so langsam befürchtete ich, dass sie vielleicht schon bald vor den Traualtar treten würden.

Zugegeben, ich kannte Charles selbst auch nicht viel länger, aber mein Gefühl hatte mir immer gesagt, dass er und ich ein wesentlich besseres Paar abgeben würden – das hätte einfach viel besser gepasst. Allerdings erschien es mit jedem Tag unwahrscheinlicher, dass wir doch noch zueinanderfinden würden. *Breanne, diese Idiotin.*

Es vergingen einige peinliche Sekunden, dann sagte Charles zu ihr: „Wir sehen uns heute Abend. Okay, Baby?"

„Ich werde auf dich warten", hauchte Breanne und ließ sich mit einem süffisanten Grinsen in meine Richtung einen Abschiedskuss geben. Daraufhin schlenderte sie mit schwingenden Hüften an mir vorbei. Habe ich schon erwähnt, dass ich sie absolut nicht leiden kann? Sie ist unerträglich.

Charles seufzte und ließ sich in seinen ledernen Schreibtischsessel sinken. „Was gibt's, Angie?"

„Entschuldige die Störung", erwiderte ich und versuchte dabei, mit meinem Zeigefinger den eingerissenen Daumennagel abzuknibbeln, der mich schon den ganzen Morgen gestört hatte. Es war eine schlechte Angewohnheit von mir, die mich immer überkam, wenn ich nervös war. Charles und Breanne beim Knut schen zu erwischen, hatte mich vollends aus dem Konzept gebracht, und ich konnte mich auch nicht mehr an die Worte erinnern, die ich mir vorher schon zurechtgelegt hatte.

Ich würde ihm wohl ganz frei heraus sagen müssen, was ich auf dem Herzen hatte.

Ich schloss die Tür hinter mir, trat näher und nahm auf einem der beiden Besucherstühle Platz, die ihm gegenüber auf der anderen Seite seines Schreibtischs standen. „Es geht um den neuen Mitarbeiter, den Bethany eingestellt hat."

„Peter Peters?", fragte Charles mit einem leisen Schnauben. „Was ist mit ihm?"

„Ich kann ihn nicht leiden", sagte ich ohne Umschweife und hoffte, er würde es verstehen, ohne dass ich weiter ins Detail gehen musste. „Und ich will ihn nicht hier haben."

Charles seufzte. „Mein erster Eindruck von ihm war auch nicht gerade der beste. Aber leider brauchen wir Hilfe."

„Können wir nicht jemand anderen finden?", jammerte ich. Diese weinerliche Nummer wirkte sicher etwas übertrieben, aber das war mir jetzt egal. Ich musste Charles unbedingt begreiflich machen, dass hier noch viel mehr auf dem Spiel stand.

Er runzelte die Stirn und starrte mich entnervt an: „Die Leute stehen nicht gerade Schlange, um hier arbeiten zu dürfen, angesichts, ähm – der jüngsten Ereignisse."

Stimmt. Da gab es ja noch die nicht unerhebliche Tatsache, dass die letzten Partner der Kanzlei uns unter ziemlich prekären Umständen verlassen hatten. Unser gutes Renommee, das wir zuvor mit der Aufklärung des Calhoun-Falls erlangt hatten, war dahin.

Gut, das war nicht mehr zu ändern, also sollten wir uns besser auf unsere aktuellen Probleme konzentrieren und die Vergangenheit ruhen lassen.

„Wenn es wirklich so dringend ist, könnte ich für eine Weile wieder Vollzeit arbeiten." Ich sagte das langsam und deutlich und hielt dabei vorsichtig Augenkontakt zu ihm. „Nur bis wir einen besseren Ersatz für Peter gefunden haben, meine ich."

Charles schüttelte wieder den Kopf. „Ich wünschte, das ginge, aber Bethany ist meine Geschäftspartnerin. Wir treffen die Entscheidungen jetzt gemeinsam. Versuch doch bitte, Peter eine Chance zu geben. Ich bin mir sicher, du wirst dich an ihn gewöhnen."

Ich erhob mich, stützte mich mit den Händen auf dem Schreibtisch ab und lehnte mich so nah, wie ich mich traute, zu ihm rüber. Am liebsten hätte ich ihn jetzt geohrfeigt und genauso gerne auch geküsst. *Charles, dieser Idiot.*

„Ich glaube, er weiß über mich Bescheid. Über meine besondere Fähigkeit." Ich riss die Augen auf und versuchte, nicht zu blinzeln, bis ich sicher war, dass er es kapiert hatte.

„Über dich und ..." Er schluckte, bevor er fortfuhr: „Und dass du mit Tieren ...?" Als ich nickte, lehnte er sich zurück und atmete langsam aus. „Das wäre natürlich übel."

Ich richtete mich wieder auf. Ob es zwischen uns nun eine romantische Verbindung gab oder nicht, Charles und ich waren uns immer auf Augenhöhe begegnet. Ich wusste, dass er mich verstehen und einen Weg finden würde, um mich zu beschützen.

Doch er machte meine Hoffnung jäh zunichte.

„Aber das ist doch nicht möglich. Ich bin sicher, das hast du dir alles nur eingebildet."

„Alles nur eingebildet, ja?", rief ich empört aus und stemmte die Hände in die Hüften. „Ist das dein Ernst?"

Er schaute mich nicht an, sondern in die hinterste Ecke des Raums. „Was soll ich denn machen, Angie? Ihn aufgrund eines leeren Verdachts, der rein gar nichts mit seiner Tätigkeit hier zu tun hat, feuern?"

Wie unfair von ihm! Ich hatte ein echtes Problem und brauchte eine vernünftige Lösung dafür. Das konnte er doch nicht einfach ignorieren. Er konnte mich doch nicht einfach ignorieren. „Ja, genau das solltest du tun“, erwiderte ich schrill, wobei ich mich in sein Blickfeld lehnte.

Er räusperte sich erneut und fixierte nun seine Computertastatur. „Tut mir leid, das geht nicht. Nicht ohne einen triftigen Kündigungsgrund.“

Ich verschränkte die Arme vor der Brust und eilte zur Tür. Gerne hätte ich ihm jetzt alles Mögliche an den Kopf geschmissen, unter anderem, dass ich auf der Stelle kündigen würde, aber ich ließ es bleiben und ging ohne ein weiteres Wort hinaus.

Im nächsten Moment wäre ich um ein Haar mit Peter zusammengestoßen, der direkt vor Charles’ Bürotür stand und an einem Apfel knabberte. „Versuchst du, mich loszuwerden?“, fragte er tonlos, wobei er den Blick nicht von der Frucht in seiner Hand abwandte. „Das ist ja nicht gerade eine nette Willkommensgeste.“

„Was machst du hier?“, fragte ich verwundert.

Peter biss erneut kräftig in den Apfel, und ein Spritzer von dessen Saft traf meine Wange. Er langte zu mir rüber, um ihn mit seinem Daumen wegzuwischen, aber ich konnte schnell genug aus seiner Reichweite springen.

Nachdem er alles heruntergeschluckt hatte, meinte er lächelnd: „Was glaubst du, warum ich hier bin? Um an dich heranzukommen, Angie. Um deine Geheimnisse aufzudecken und sie der Welt zu offenbaren.“

Ich trat einen Schritt zurück und fühlte, wie sich Panik in mir breitmachte und mich wie ein tonnenschweres Gewicht zu erdrücken drohte. Ich konnte kaum atmen, geschweige denn etwas darauf erwidern. *Das* war ja wohl das Letzte.

Peter kam näher und legte mir eine Hand auf die Schulter. Er grinste übers ganze Gesicht und lachte dann laut auf. „Hey, du musst wirklich lernen, cool zu bleiben. Hast du mir diesen Müll gerade wirklich abgekauft?“ Er schüttelte den Kopf, als wäre ich völlig blöde. „Ich bin hier, um etwas Geld zu verdienen und meiner Cousine zu helfen. Okay? Ich meine, mal ehrlich, Angie.“ Daraufhin trollte er sich und schlenderte zurück zu unserem gemeinsamen Schreibtisch.

Ich stand immer noch wie angewurzelt da. Was hatte Peter von meinem Gespräch mit Charles mitbekommen? Und wie viel wusste er bereits? Außerdem: warum überhaupt?

Und wie?

Wenn er mir nachspionierte, gab es bestimmt auch Hintermänner. Vielleicht war er nur eine Art Handlanger eines noch viel größeren Bösewichts, der Übles im Schilde führte. Ich konnte es mir nicht erklären, denn eigentlich war ich viel vorsichtiger geworden, um meine seltsame Fähigkeit zu verbergen.

Falls wirklich jemand hinter mir her sein sollte, was könnte ich tun, um meine und Octocats Sicherheit nicht zu gefährden? Ich hatte noch nie jemanden körperlich verletzt, doch Peters provokantes Auftreten ließ vermuten, dass uns irgendjemand unter Umständen schaden oder Angst einjagen wollte. Aber warum?

Plötzlich hatte ich das Gefühl, nirgendwo mehr sicher zu sein und dass es auch keinen Zweck hatte wegzulaufen, weil es da draußen Leute gab und immer geben würde, die Bescheid wussten.

Was sollte ich denn jetzt machen?

3

An diesem Tag konnte ich es kaum erwarten, aus dem Büro rauszukommen, doch auch nach Dienstschluss blieb mein Nervenkostüm angeknackst. Auf der ganzen Heimfahrt schaute ich immer wieder in den Rückspiegel, weil ich schon fast damit rechnete, dass Peter mir in irgendeiner alten Schrottkarre folgte. Ich hatte zwar keine eindeutigen Beweise, aber trotzdem sagte mir meine innere Stimme ganz klar, dass er es auf mich abgesehen hatte und dass schon bald etwas Schlimmes passieren würde.

Nicht gut, gar nicht gut.

Sicher, vielleicht war er auch nur ein stinknormaler, harmloser Spinner, der sich einfach nur ein bisschen auf meine Kosten amüsieren wollte. Möglich wär's. Und doch ...

Seitdem ich durch den Stromschlag der alten Kaffeemaschine k. o. ging, was mir offenbar die Fähigkeit verlieh, mit Octocat zu sprechen, war auch meine Intuition extrem geschärft. Zugegeben, in einigen Dingen hatte ich mich auch schon geirrt, aber das lag meist daran, dass ich in diesen Momenten nicht klar denken konnte, weil meine Gefühle alles vernebelten. Wann immer ich innehielt und auf diese leise, kleine Stimme hörte, führte sie mich direkt zu der Antwort, die ich brauchte.

Doch gerade jetzt schien meine innere Stimme ziemlich heiser zu sein, weil sie in den letzten Stunden immer wieder „*Vorsicht, pass auf!*" gerufen hatte.

So sehr ich die Vorstellung auch hasste, aber hier ging es nicht nur darum, dass Peter sich in meinen Job einmischte und das Büro durcheinanderbrachte. Es ging vielmehr darum, diejenigen zu beschützen, die ich liebte – und dazu gehörte insbesondere auch der getigerte Kater, der vor einiger Zeit in mein Leben getreten war und dieses seitdem immer wieder auf den Kopf stellte. Also, wie konnte jemand, den ich gerade erst kennengelernt hatte, bereits diese eine sehr private Sache über mich wissen, die ich eigentlich niemandem anvertrauen wollte?

War es möglich, dass Peter mich durchschaut hatte, auch wenn ansonsten nur eine Handvoll Leute, die fast alle zu meiner Familie gehörten, von meiner Gabe wussten?

Ja gut, Charles war eingeweiht, aber selbst wenn er mich heute mit seiner Reaktion enttäuscht hatte, vertraute ich ihm, dass er es keiner Menschenseele erzählen würde. Bedeutete das, dass jemand anderes im Büro etwas darüber herausgefunden hatte? Manchmal passierte es mir, dass ich in Gegenwart anderer Leute mit meiner Katze redete, aber kaum einer würde deshalb wohl auf die Idee kommen, dass wir tatsächlich miteinander kommunizieren konnten. Man würde vielleicht annehmen, dass ich einfach nur eine leicht verrückte Katzennärrin bin, was mich überhaupt nicht störte, denn leicht verrückt trifft auf mich in der Regel ohnehin ganz gut zu.

Ich bog in die private Auffahrt ein, die zu meiner am Waldrand gelegenen Villa führte. Die Sommersonne stand hoch am Himmel, und überall in meinem Garten blühte es. In vielerlei Hinsicht war mein Leben ziemlich perfekt – ich hatte ein riesiges Anwesen, eine tolle Familie und einen coolen Kater, für dessen Pflege ich ein monatliches Gehalt aus seinem Treuhandfonds erhielt. Warum also konnte ich die Sache mit Peter nicht einfach auf sich beruhen lassen?

„Du siehst aus, als hättest du einen Stresstag gehabt", begrüßte mich Grandma, die mit mir in meinem Haus wohnte. Wie immer hatte sie ein frisches Mittagessen zubereitet, das jetzt dampfend auf dem Tisch stand. Jeden Tag warteten sie und Octocat schon auf mich, wenn ich von der Arbeit nach Hause kam. Grandma hatte immer ein paar nette Worte und eine Umarmung für mich parat, manchmal auch einen kleinen Scherz.

Von Octocat kamen meist nur Beschwerden. Heute streckte er seine Zehen aus, um seine beeindruckend scharfen Krallen zu zeigen, und stöhnte: „Die Sonne hat heute nicht genug Kraft. Ich kann meinen Nickerchen-Zeitplan nicht einhalten, wenn mein warmes Plätzchen einfach so verschwindet."

Ich hatte gerade wirklich andere Sorgen und zuckte mit den Achseln, zumal die Sonne auf dem Heimweg meinem Eindruck nach genauso herrlich schien wie heute Morgen. „Sorry, da kann ich dir leider nicht helfen."

Über fehlende Wärme hatte er schon oft geklagt. Ob ich ihm doch so eine Infrarotlampe besorgen sollte? Eigentlich hatte ich darüber schon zigmal nachgedacht, mich aber immer wieder dagegen entschieden, weil ich seine Meckerei nicht auch noch belohnen wollte. Ach, zum Kuckuck, wem wollte ich etwas vormachen? Es war wohl nur eine Frage der Zeit, bis ich schließlich nachgeben würde. Mal sehen, vielleicht würde ich ihm eine zu Weihnachten schenken. Heute jedoch musste ich mich um andere Dinge kümmern.

Wir gingen in die Küche, aus der mir ein köstlicher Duft entgegenströmte, und ich schnupperte anerkennend. Seitdem meine Großmutter und ich vor ein paar Monaten zusammengezogen waren, hatte sie es sich zur Aufgabe gemacht, jeden Tag drei ordentliche Mahlzeiten für uns auf den Tisch zu bringen. Sie hatte ihre Leidenschaft fürs Kochen zwar erst recht spät im Leben entdeckt, war aber jetzt mit umso größerem Eifer dabei, und zum Glück hatte sie auch wirklich ein Händchen dafür.

„Französische Zwiebelsuppe", verriet sie mir mit leuchtenden Augen. „Setz dich, ich bringe sie dir gleich."

Ich hatte schon oft angeboten, ihr zu helfen, damit sie sich auch mal hinsetzen und eine Pause machen konnte, aber sie schob mich in der Regel gleich wieder aus der Küche und meinte, ich solle mich lieber auf meine Sachen konzentrieren.

„Warum bist du so fertig?", fragte sie, während sie einen dampfenden Teller vor mich hinstellte. Dann flitzte sie zurück an den Herd und kehrte kurz darauf mit ihrem eigenen zurück. Meine Großmutter wusste einfach immer, wenn etwas nicht in Ordnung war. Ihre hervorragende Intuition lag jedoch vermutlich an der Tatsache, dass man die als Mutter automatisch entwickelte, und nicht an einem beinahe tödlichen Elektroschock, verursacht durch eine defekte Kaffeemaschine, oder anderen übernatürlichen Kräften.

„Sie haben einen neuen Praktikanten eingestellt", erklärte ich und tauchte dabei den Löffel in die Suppe, die von einer dicken Schicht perfekt geschmolzenen Käses bedeckt war. Als Erstes kostete ich von der Brühe. *Mmm.* So gut.

Grandma lächelte, als sie sah, wie sehr mir ihr Essen schmeckte. Sie selbst legte den Löffel wieder weg, faltete die Hände vor sich und meinte: „Ich schätze, wir mögen diesen neuen Praktikanten nicht besonders." Auch das liebte ich an meiner wunderbaren Großmutter: Sie war immer auf meiner Seite, und ohne auch nur ein einziges Detail zu kennen, war sie sofort bereit, sich für mich einzusetzen und, wenn es denn sein musste, zu kämpfen. Erst vor ein paar Monaten hatte sie eine Polizistin verkloppt, weil diese mir Handschellen anlegen wollte.

„Definitiv nicht", antwortete ich und belud meinen Löffel aufs Neue mit der dickflüssigen Köstlichkeit, diesmal inklusive Zwiebeln und Käse. „Er ist mir nicht nur unheimlich, sondern ich glaube auch, dass er über mich Bescheid weiß. Du weißt schon, über mein Spezialtalent."

Grandma schüttelte den Kopf und sog die Luft durch die Zähne ein. „Das ist nicht gut. Überhaupt nicht gut." Schließlich begann auch sie, ihre Suppe zu essen und kostete zuerst einen der mit Brühe vollgesogenen Croutons.

„Was sollen wir jetzt tun?“, fragte ich ratlos, nachdem ich ihr meinen schrecklichen Tag im Büro geschildert hatte.

„Also, Charles verdient ja wohl eine ordentliche Standpauke“, erwiderte Grandma, wobei sie das Gesicht verzog. „Nach allem, was wir zusammen erlebt haben, will er dir kein bisschen helfen. Das wäre ja wohl nur fair gewesen.“

Ich zuckte mit den Schultern und klapperte mit dem Löffel auf dem Tellerboden herum. „Keine Ahnung. Vielleicht bin ich einfach nur zu empfindlich, was diese ganze Sache betrifft.“

„Hey, was redest du denn da? So habe ich dich aber nicht erzogen“, rief Grandma plötzlich so laut, dass ich überrascht zusammenzuckte. „Wir reden unsere Gefühle nicht klein und entschuldigen uns auch nicht dafür. Wir sind doch keine Roboter. Klaro?“

„Klaro“, stimmte ich seufzend zu. „Wie soll ich denn nun mit Peter Peters umgehen? Sein Verhalten ist echt merkwürdig.“

Octocat sprang auf den Tisch und stolzierte mitten zwischen den Tellern hindurch, wobei sich einige Haare aus seinem Fell lösten, von denen ein paar in meiner Suppe landeten. Jetzt war ich definitiv fertig mit Essen.

„Wenn du erlaubst“, meinte er herablassend, blieb direkt vor mir stehen und deutete mit einer Vorderpfote theatralisch auf sich selbst: „Ich glaube, ich habe die Lösung für dieses Problem.“

„Er sagt, er hat eine Idee“, übersetzte ich für Grandma, die lächelte und gespannt wartete, was da jetzt kommen würde. Sie liebte es, unsere Unterhaltungen zu verfolgen, auch wenn sie ein bisschen Hilfe brauchte, um zu verstehen, was Octocat sagte.

„Nicht *eine* Idee“, korrigierte er in einem leicht verärgerten Tonfall. „*Die* Idee.“

„Okay, schieß los!“, forderte ich ihn ungeduldig auf. Manchmal fand ich seinen Hang zum Drama ganz amüsant, aber nicht heute. Für eine solche Show war ich viel zu gestresst. Eine praktikable Lösung musste her, und zwar hier und jetzt.

„Du musst eine streunende Katze auf den Kerl ansetzen“, verkündete mein Kater lapidar.

Ich verstand null, was er meinte. „Sag das noch mal. Was?“

„Eine streunende Katze. Nicht, dass ich jemals ein Streuner gewesen wäre.“ Er schüttelte sich und zuckte mit dem Schwanz. „Aber ich bin schon vielen von denen über den Weg gelaufen und kenne ihren Modus Operandi. Den meisten ist ihre Freiheit heilig, aber manchmal ist es für eine Katze auch hart, im Müll nach etwas zu Fressen zu suchen, wenn man stattdessen ein Premiumdosenfutter bekommen kann. Also machen sie hin und wieder gute Miene zum bösen Spiel, heben den Schwanz und miauen kläglich, wenn ein Mensch in der Nähe ist. Das tut innerlich weh, *das weiß ich* aus Erfahrung, aber es sind nur ein paar Momente der Überwindung, dann kann man sich den Bauch mit Katzenfutter vollschlagen. Verstehst du, was ich meine?“

Ich dachte einen Moment lang darüber nach und ignorierte die Tatsache, dass er mich wahrscheinlich gerade beleidigt hatte. Seine Analogien fand ich oft ziemlich schräg, sodass ich meist eine Weile brauchte, um sie zu kapieren, aber dann enthielten sie oft eine überraschend hilfreiche Message. Ich wiederholte Octocats Ausführungen für Grandma, die, bevor ich überhaupt zu Ende gesprochen hatte, zu verstehen schien, worauf er hinauswollte.

Sie musterte Octocat und nickte zustimmend, dann wandte sie sich wieder mir zu, mit einer wilden Entschlossenheit im Blick. „Wir starten jetzt die Operation *Mein Feind ist mein Freund*, raunte sie mit einer tiefen, heiseren Stimme, mit der sie wohl eine besonders toughe Lady mimen wollte.

Doch auch wenn ich unbedingt herausfinden musste, was Peter tatsächlich wusste und vor allem, was er wollte, war ich mir nicht sicher, ob ich es schaffen würde, mich ihm gegenüber freundlich zu geben, da ich ihn schon jetzt absolut verachtete.

Grandma mochte ein Star am Broadway gewesen sein, aber ich hatte leider kein bisschen ihres schauspielerischen Talents geerbt. Wie sollte ich Peter also dazu bringen, mir seine wahren Absichten zu verraten?

4

Es überraschte mich im Grunde gar nicht, dass Großmutter am nächsten Tag in der Kanzlei auftauchte. Sie trug ein schwarzes Satinkleid mit einem Bolero-Jäckchen und sah irgendwie aus, als wäre sie auf dem Sprung zu einem wichtigen gesellschaftlichen Ereignis, wo sie dann beim Hinausgehen ganz nonchalant den Gastgeber ausrauben würde. Sie hatte sich sogar viel intensiver geschminkt als sonst, mit Smokey Eyes und markantem Lidstrich, was ihren leicht verruchten Look noch unterstrich.

Mir war klar, sie vermisste ihre glorreiche Zeit am Broadway, in der sie für das Publikum sang, tanzte und ihr schauspielerisches Können zum Besten gab, aber musste sie deswegen gleich unseren Alltag in Blueberry Bay zu ihrer Bühne machen? Und sie neigte definitiv zur Übertreibung. Beispielsweise erinnere ich mich nur zu gut daran, wie sie mich in einem Formel-1-Streckenpostenanzug zu meiner Führerscheinprüfung begleitete oder wie sie zu meinem Highschool-Abschluss auch so einen typischen Hut samt schwarzer Robe trug. Ihr Kleiderschrank reichte wahrscheinlich bis nach Narnia. Wie sonst sollte sie all die verrückten Outfits unterbringen, die sie offenbar in petto hatte?

War mir das peinlich? Nö, kein bisschen.

Ich liebte alles an ihr und hatte schon lange nicht mehr das Bedürfnis, mich für ihr exzentrisches Auftreten zu entschuldigen. Das war ein Teil von ihr, genauso wie ihr liebevolles, gütiges Herz, und um nichts in der Welt würde ich das eintauschen wollen. Trotzdem fragte ich mich in diesem Moment, welches Ass sie gerade im Ärmel beziehungsweise in ihrem langen Handschuh hatte.

„Hallo, zusammen!“, rief sie und schlenderte ins Büro, als gehöre ihr der Laden. Sie trug eine Glasschale, deren Deckel sie sogleich abnahm, um frisch gebackene Apfeltaschen zu enthüllen.

Natürlich war es etwas mit *Apfel*, weil ich ihr gestern von der unangenehmen Begegnung mit Peter vor Charles’ Büro erzählt hatte. Bloß war ich mir nicht sicher, ob dieser ganze Zirkus hier als Machtspielchen gedacht war oder ob sie sich im Sinne unserer Operation *Mein Feind ist mein Freund* bei Peter einzuschmeicheln versuchte.

Bei Großmutter wusste man einfach nie, was in ihrem wunderbar verrückten Kopf vor sich ging.

„Hi, Grandma“, rief ich und erhob mich von der kleinen Ecke meines Schreibtischs, die mir noch geblieben war. „Was machst du denn hier?“

Peter blieb sitzen, behielt uns aber im Auge und bedachte uns mit einem lässig-kühlen Lächeln.

„Hallo, Liebes.“ Großmutter gab mir Luftküsse statt einer Umarmung – ein weiterer Beweis dafür, dass sie heute wohl eine Art Charakterrolle spielte. Sogar ihre Stimme klang selbstsicherer und schallte lauter als sonst durch den Raum.

„Ach, du weißt doch, dass ich Ende des Monats diese fantastische Dinnerparty geben will. Jetzt teste ich im Vorfeld einige Outfits und Rezepte, um mir die Qual der Wahl für diesen großen Tag zu erleichtern.“ Sie zwinkerte mir kurz zu, hielt inne und legte den Kopf schief. „Und jetzt sag mir bitte: Wie sehe ich aus?“

Sie drehte sich langsam und anmutig im Kreis, als wäre es das Normalste der Welt, und bewies wieder einmal, was für eine großartige Schauspielerin sie war, die in jeder einzelnen Rolle völlig aufging. Zugegeben, sie spielte heute einfach nur eine absurde Version ihrer selbst, aber das war kein Grund für sie, nicht alles zu geben.

„Du siehst super aus“, bestätigte ich ihr mit einem breiten Lächeln. Obwohl ich ihre Methoden mitunter zweifelhaft fand, bedeutete mir Grandma einfach mehr als alles andere.

„Danke“, antwortete sie brav. „Und, wie schmecken die?“ Sie hielt mir die offene Pyrex-Schale entgegen und warf mir dabei einen Hilfe suchenden Blick zu.

Ich nahm mir eines ihrer potenziellen Party-Desserts und biss hinein. „Absolut köstlich“, antwortete ich ehrlich, denn das Törtchen war wirklich perfekt. Ach, hätte sie doch diese neue Leidenschaft fürs Backen schon früher entdeckt, als ich noch jünger war, dann hätte ich noch mehr davon gehabt. Andererseits, für meine schlanke Linie wäre das sicher nicht gut gewesen. Ich hatte diesen Monat bereits eine Kleidergröße zugelegt und war ganz und gar nicht scharf darauf, noch mehr zuzunehmen.

Grandma runzelte die Stirn und meinte dann weinerlich: „Oh, aber du sagst eh immer nur das, was ich hören will. Ich brauche eine unparteiische Meinung.“ Sie wirbelte wieder herum und schaut sich im Raum um, als wüsste sie nicht, dass Peter die einzige andere Person in der Nähe war.

„Sie da!“, rief sie ihm zu, der uns immer noch aufmerksam beäugte, und bedachte ihn mit einem strahlenden Lächeln. „Würden Sie mir bitte mal offen und ehrlich sagen, wie sie die finden? Bitte, greifen Sie zu.“

Er sprang auf und kam zu uns herüber. „Ich hatte gehofft, Sie würden mich fragen.“ Ohne eine weitere Aufforderung abzuwarten, griff er sich zwei der Gebäckstücke und verschlang sie mit riesigen Bissen.

„Echt gut“, schmatzte er, den Mund noch immer voll. „Die sollten Sie unbedingt auf der Party servieren.“

Großmutter runzelte erneut die Stirn. „Aber Sie haben die Alternativen doch noch gar nicht probiert. Woher wollen Sie mit Sicherheit wissen, dass diese die besten sind?“

Peter lachte leise und nahm sich eine dritte Apfeltasche. „Wenn die alle so gut sind, brauchen Sie sich keine Sorgen zu machen."

Sie legte ihre behandschuhte Hand auf Peters Arm und die andere auf meinen. „Oh, ich weiß!" Ihre Augen funkelten als sei ihr gerade die beste Idee des Jahrhunderts gekommen, obwohl ich keinen Zweifel hatte, dass sie mit genau diesem ausgeklügelten Plan in der Firma angerückt war. „Würde es Ihnen etwas ausmachen, heute Abend bei uns vorbeizukommen und einige der anderen Desserts zu probieren? Ich hätte gerne Ihre Expertenmeinung dazu, welches am besten ist."

Er verlagerte zögerlich sein Gewicht von einem Fuß auf den anderen. Heute trug er ein enges T-Shirt, auf das eine Herrenfliege und ein Hemdkragen aufgedruckt waren. Kombiniert hatte er dieses mit einer dunkelblauen, verwaschenen Jeans und einer Strubbelfrisur. Das Kämmen hatte er heute Morgen wohl vergessen. „Oh, ich weiß nicht, ob …"

„Bitte?", flehte Grandma ihn an, wobei sie die Schultern hochzog. „Diese Party ist so wichtig für mich. Es könnte die letzte sein, die ich gebe, bevor Gott mich zur großen Dinnerparty in den Himmel holt."

Wow, das hatte sie jetzt echt gesagt. Sie schreckte aber auch vor nichts zurück.

„Oh, na ja. Sicher, okay", antwortete Peter mit einem verwirrten Blick, lächelte dann jedoch hastig. „Es wäre mir ein Vergnügen."

Grandma strahlte augenblicklich wieder. „Wunderbar. Wir sehen uns heute Abend, mein Lieber. Um sechs Uhr?“

Während des gesamten Gesprächs hatte Peter meine Großmutter angelächelt und mich geflissentlich ignoriert. Anscheinend hatte er also nur etwas gegen mich. Zumindest konnte ich mir sicher sein, dass Grandma mir seine Feindseligkeit glaubte, auch wenn meine Kollegen das nicht taten.

Er nickte und nahm sich noch zwei von den süßen Teigtaschen. „Klingt nach einem Plan.“

„Hervorragend!“ Großmutter hielt Peter die Glasschale entgegen. „Warum behalten Sie die nicht als Erinnerung an mich? Verderben Sie sich nur nicht den Appetit für heute Abend.“ Sie reckte den Arm nach oben, kniff ihm in die Wange und hauchte ihm zu meinem Entsetzen einen Luftkuss zu, bevor sie ihn losließ.

„Also, Liebes“, meinte sie, als sie sich wieder zu mir umdrehte. „Dieses Kleid sieht zwar göttlich aus, aber ich habe nicht genügend Bewegungsfreiheit darin, und die brauche ich unbedingt an einem solchen Abend. Es geht zurück in die Boutique!“

Ich nickte wortlos.

Im Gehen warf sie Peter noch einen letzten Blick und einen weiteren Kuss über die Schulter zu. „Ich muss los. Angie gibt Ihnen die Adresse. Bis später!“ Und damit verschwand sie genauso rasch, wie sie gekommen war.

Ich ging wieder an den Schreibtisch, während Peter sich in einen der schweren Sessel im Wartebereich der Kanzlei fallen ließ und sich erneut an der Schüssel bediente. „Das war verrückt“, sagte er.

Ich zuckte mit den Schultern. „Das war Grandma.“

Er studierte das Gebäck in seiner Hand, dann weiteten sich seine Augen und er schob es sich in den Mund. „Sie ist lustig. Ich mag sie.“

Mit Mühe rang ich mir ein freundliches Lächeln ab, dann versuchte ich, mich wieder auf die Arbeit zu konzentrieren.

Für ihn jedoch schien das Gespräch noch nicht beendet zu sein. „Es ist wirklich schade, dass du nicht nach ihr kommst“, informierte er mich mit einem Seufzer. „Dann hätten wir beide hier sicher deutlich mehr Spaß.“

Ich tat so, als hätte ich ihn nicht gehört, aber er redete trotzdem weiter.

„Du siehst ihr auch nicht sehr ähnlich. Vielleicht hast du etwas anderes von ihr geerbt, irgendeinen besonderen Charakterzug oder ein geheimes Talent. *He?*“ Er kicherte und wischte sich die klebrigen Finger an seiner Jeans ab. „Ich schätze, das werden wir heute Abend herausfinden.“

In der Tat, das würden wir. Und er hatte keine Ahnung, dass er direkt in eine Falle lief. Der Ärmste! Grandma mag verrückt wirken, aber sie ist die beste Spürnase, die ich kenne, und kann obendrein auch hervorragend Leute ausquetschen.

Ganz zu schweigen von Octocat, der schließlich mit von der Partie sein würde und der sowieso immer den besten Riecher für verdächtige Personen hatte. Im Büro mochte es für Peter ein Leichtes sein, auf mir herumzuhacken, aber in meinem eigenen

Haus und mit meinen Lieben um mich herum, würde er mir nicht so schnell etwas anhaben können. Auch wenn Octocat ewig rummeckerte, ich wusste, er würde alles tun, um mich zu beschützen, und für ungeheure Überraschungen war er sowieso immer gut.

Peter Peters hatte keine Chance.

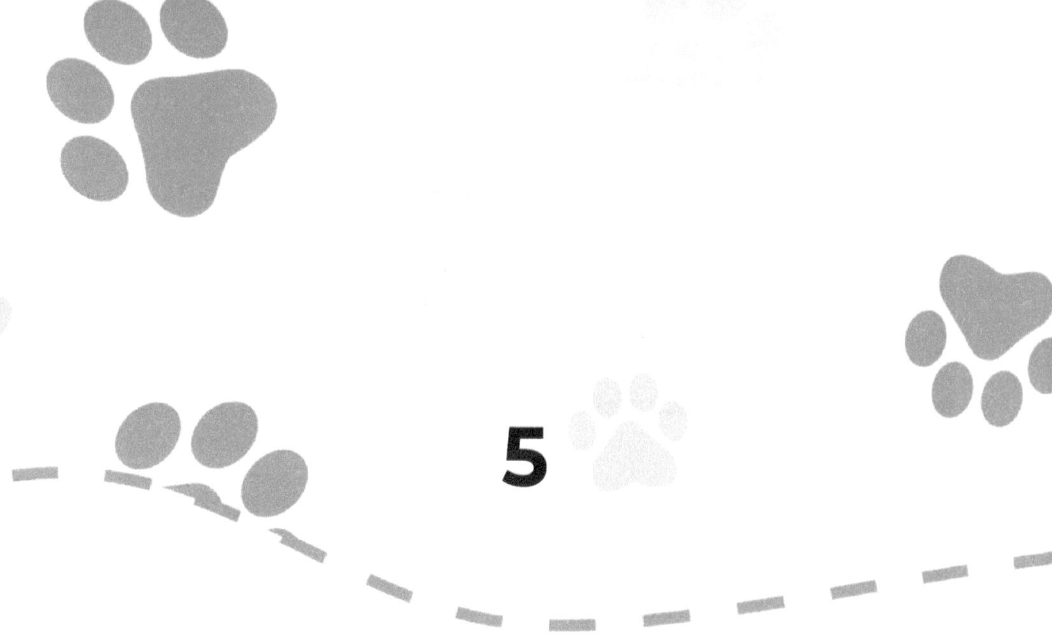

5

Nach der Arbeit, ich war kaum zu Hause durch die Tür, warf Grandma mir auch schon eine Schürze zu und erklärte mir, ich sei jetzt für das Anrühren des Teigs und das Ausrollen verantwortlich – wohl die Aufgaben, bei denen man am wenigsten falsch machen konnte.

„Volle Kraft voraus! Es sind nur noch fünf Stunden, bis er kommt, und wir müssen die ganze Geschichte glaubhaft wirken lassen“, erklärte sie mit einem kurzen Nicken. Sie hatte das schwarze Satinkleid von vorhin ausgezogen und wirbelte jetzt in einem feinen Samtkleid, auf dem chinesische Drachen prangten, durch die Küche. Statt der Smokey Eyes trug sie nun goldenen Lidschatten, und ihre Wangen hatte sie wie eine Kardashian konturiert.

„Du machst dich aber gleich auch schick, Liebes, oder?“ Dabei musterte sie mein einfaches Blumenkleid mit dem überdimensionierten Gürtel und den riesigen Kreolen, als wäre es das schlimmste Outfit auf Erden.

Octocat hielt mit dem Ablecken seiner Pfoten inne. „Ein Mensch zu sein, ist manchmal die Hölle, hm? Eine Katze würde sich niemals …" Er schluckte und riss die Augen auf, was ziemlich komisch aussah.

Ich folgte seinem Blick. Grandma, die gerade noch in der Kramschublade gewühlt hatte, hielt eine rote Fliege hoch, ging auf Octocat zu und lächelte ihn gewinnend an, was ihn wohl noch mehr beunruhigte. „Du auch, junger Mann. Wir müssen heute Abend alle gut aussehen."

Geschickt befestigte sie vorsichtig die Fliege an seinem Halsband, doch hätte man meinen können, sie würde den Kater gerade erwürgen, denn er zeterte, was das Zeug hielt.

„Ich bin befleckt!", schrie er, schüttelte sich und warf sich immer wieder auf den Fliesenboden. „Ist euch denn nicht klar, dass ich von Geburt an den einzigen Anzug trage, den ich jemals brauchen werde? Was soll das hier? Selbst farblich passt das nicht zu mir. Das geht einfach zu weit."

Er stieß einen tiefen Seufzer aus und ließ sich auf die Seite fallen, kaum, dass Großmutter fertig war. Ich musste zugeben, dass er ziemlich flott mit dem Teil aussah, sagte das aber nicht laut, sonst würde er mir aus Rache womöglich ins Bett kotzen.

Stattdessen kicherte ich nur ganz leise hinter vorgehaltener Hand.

Sie lächelte unseren Kater anerkennend an. „Sehr hübsch!"

Sie sagte das in etwa so, wie sie an diesem Morgen im Büro mit Peter gesprochen hatte.

Octocat jammerte weiter, schmiss sich immer wieder auf den Küchenboden und hielt nur kurz inne, um kopfschüttelnd zu murmeln: „Grandma, ich dachte, du liebst mich."

„Kopf hoch. Es könnte schlimmer sein", munterte ich ihn auf, während ich rührte und rührte. Ich hatte schon beinahe einen Krampf in der Hand von diesem Kraftakt.

„Wie könnte es noch schlimmer sein?", entgegnete er mir, rollte sich auf den Rücken und versuchte vergeblich, sich von seinem schicken Accessoire zu befreien.

„Nun ja, also Peter ist noch schlimmer." Mich überkam ein Schaudern. „Und mit dem wirst du heute Abend Zeit verbringen müssen." Während ich das sagte, stellte ich die Teigschüssel zurück auf den Tresen und streckte meine schmerzende Hand. Ich würde Grandma auf jeden Fall einen ordentlichen Standmixer zu Weihnachten schenken. Sicher, die Dinger sind nicht billig, aber eine Wohltat für meine Hände – und für ihre ebenso.

Großmutter schob gerade ein Blech in den Ofen, auf dem sich eine der vielen verschiedenen Gebäcksorten befand, die ich mir gar nicht alle merken konnte. „Also, Angie." Mit erhobenem Zeigefinger wandte sie sich zu mir um. „Wenn unsere Operation *Mein Feind ist mein Freund* ein Erfolg werden soll, musst du deine Rolle glaubhaft rüberbringen."

„Hey, ich habe nie gesagt, dass ich eine Rolle übernehmen würde, und er übrigens auch nicht." Ich deutete mit dem Kopf in Richtung Octocat, der leider immer noch zu sehr damit beschäftigt war, sich aus seinem Halsband zu befreien und nicht mitbekam, dass ich gerade eine Lanze für ihn gebrochen hatte. *Schade.*

„Na, na! Wenn du nicht dahinterstehst, wie soll unser Gast uns die Nummer dann abkaufen?", fragte sie und umfasste mein Handgelenk, damit ich ihr genau zuhörte. „Es ist uns eine Ehre, Peter heute Abend bei uns zu haben. Wir sind Freunde, und als solche sprechen wir offen miteinander und erzählen uns gegenseitig Dinge."

„Zum Beispiel, was er weiß und wie er es herausgefunden hat?", witzelte ich.

„Genau", erwiderte sie und unterstrich das, indem sie den tropfenden Teigspachtel in ihrer Hand wie einen Dirigentenstab in meine Richtung schwang. „Aber wenn du so reserviert bleibst, kommen wir nicht weiter. Kannst du dich bitte ein wenig lockermachen, damit wir nicht auf Plan B zurückgreifen müssen?"

„Was ist Plan B?", fragte ich und biss mir auf die Lippe. Was hatte sie noch ausgeheckt?

Grandma lachte auf. „Nun, wir ..."

„Weißt du was? Es ist egal", unterbrach ich sie. Ich wollte gar nicht so viel im Voraus wissen, da ich sowieso eine schreckliche Schauspielerin war. „Ich bin dabei. Je eher wir die Sache mit Peter über die Bühne bringen, desto schneller sind wir mit ihm fertig. Ich will ihn einfach nur loswerden."

„Braves Mädchen, das wollte ich hören", antwortete sie glucksend und kehrte auf die andere Seite der Küche zurück, wo sie begann, eine riesige Schichttorte zu glasieren.

Meine kleine Fellnase ließ sich auf meine Füße plumpsen

und rieb sich an meinen Socken, bis sie komplett voller Haare waren. „Ich ... kriege ... keine ... Luft“, keuchte er. „Ich glaube, ich werde sterben!“

Ich beugte mich zu ihm hinunter und streichelte ihn. Dabei ließ ich meine Finger unter sein Halsband gleiten, um sicherzustellen, dass es nicht plötzlich zu eng war. „Es ist nur für ein Weilchen“, versicherte ich ihm. „Ich verspreche, wir nehmen es ab, sobald Peter weg ist.“

Er setzte sich auf und schlug mit dem Schwanz hin und her, während er nachdachte. Plötzlich grinste er unverschämt frech. „Also, je früher wir es schaffen, dass er wieder geht, desto eher bekomme ich meine Freiheit zurück?“

Ich nickte nachdrücklich, obwohl ich keine Ahnung, hatte, wie er das bewerkstelligen wollte, aber wenn er wirklich bereit war, uns dafür heute Abend zu unterstützen, sollte er mal machen. „Ja, definitiv. Ich will ihn ja auch nicht hierhaben“, erinnerte ich meinen Kater.

„Dann hegen wir die gleichen Absichten.“ Octocat stand auf und zwinkerte mir heftig zu. „Wenn du mich entschuldigen würdest. Ich muss mich vorbereiten.“

Er trabte davon, ich schaute ihm nach und wusch mir dann die Hände am Spülbecken, um wieder an die Arbeit gehen zu können. Großmutter brauchte nicht zu wissen, dass er etwas im Schilde führte. Was er vorhatte, war mir tatsächlich ein Rätsel, aber bestimmt würde es amüsant werden – wenn nicht sogar peinlich. So langsam konnte ich mich wohl etwas entspannen, jetzt, wo Grandma und Octocat beide einen Masterplan hatten.

Nachdem in der Küche alles so weit erledigt war und ich geschafft von dem ganzen Wirbel, schickte Grandma mich nach oben und teilte mir mit, dass ich an diesem Abend mein rotes Partykleid mit den kleinen, weißen Tupfen anzuziehen hätte. Na bravo. Ton in Ton mit meinem aufgehübschten Kater.

Ein wenig Zeit hatten wir noch, daher machte ich mir sogar die Mühe, mir die Nägel in einem leuchtenden Rubinrot zu lackieren. Sie würde es sicher zu schätzen wissen, wenn ich meiner Rolle ein wenig Nachdruck verlieh. Als ich die Treppe wieder hinunterschwebte, schien Peter gerade angekommen zu sein. Er stand mit Großmutter im Foyer und trug genau dieselben Klamotten, die er heute Morgen schon anhatte.

„Also das ist wirklich eine schnieke Kombination", sagte Grandma freundlich, während sie sein abgewetztes T-Shirt mit dem aufgedruckten Smoking betrachtete. „Ich liebe diese Ironie darin, wirklich clever gemacht."

Peter strich sich mit der Hand durch sein unordentliches Haar und grinste sie an wie ein kleiner Junge, offensichtlich geschmeichelt. Grandma konnte einfach jeden um den Finger wickeln.

Octocat kam ebenfalls schnellen Schrittes die Treppe herunter. Seine bernsteinfarbenen Augen funkelten entschlossen. „Machen wir dem ein Ende", zischte er mir im Vorbeigehen zu.

Er marschierte direkt auf Peter zu und rieb sich schnurrend an dessen Waden. Dann stellte er sich auf die Hinterbeine und strich mit den Pfoten über Peters Knie. Das hatte er bisher noch nie bei irgendwem gemacht. *Niemals.* Mann, diese Fliege trieb ihn anscheinend wirklich zur Verzweiflung – er schien zu allem bereit zu sein, um sie loszuwerden. Diesen Trick würde ich mir auf jeden Fall fürs nächste Mal merken, wenn ich ihn zu etwas überreden wollte.

„Er mag Sie“, stellte Grandma mit einem Augenzwinkern fest. „Nehmen Sie ihn doch mal auf den Arm.“

„Ich bin eigentlich eher ein Hundemensch“, entgegnete Peter zögernd.

„Ein Hundemensch?“, fragte Octocat entsetzt. *„Kotzwürg.“* Aber ja, stimmt, der Typ stinkt definitiv wie ein Köter. Das überrascht mich überhaupt nicht.“

Peter zuckte zusammen und bewegte den Hals hin und her, sodass es auf beiden Seiten knackte. „Sollen wir die Desserts probieren gehen? Darum haben Sie mich doch eingeladen, oder?“

„Ja, mein Lieber. Kommen Sie mit.“ Grandma führte ihn ins Esszimmer, während Octocat und ich im großen Flur zurückblieben.

„Habe ich mir das nur eingebildet oder ...?“ Peter war nach Octocats frechem Spruch definitiv zusammengezuckt, und doch erschien es mir zu verrückt, um wahr zu sein. Nicht zu fassen.

„Er hat auf mich reagiert“, stimmte Octocat zu. „Das dachte ich auch.“

„Es war wahrscheinlich nur ein Zufall“, flüsterte ich, damit die beiden mich nebenan nicht hörten.

„Aber wenn nicht ...“ Octocat schüttelte den Kopf und atmete tief ein. „Jetzt bin ich genauso neugierig wie du. Irgendetwas stimmt mit dem Kerl nicht, und ich werde herauskriegen, was. Komm schon, Angela."

Er trabte davon, und ich lief planlos hinterher. Ich fragte mich, was mein Kater jetzt wohl vorhatte, und ob Peter in gewisser Hinsicht vielleicht wirklich wie ich war. Ob er auch einen ordentlichen Stromschlag von der alten Kaffeemaschine abbekommen hatte?

Ich hoffte verzweifelt, dass ich nach diesem Abend schlauer sein würde, denn wenn unsere Aktion nicht funktionierte, würden wir wahrscheinlich keine weitere Chance mehr haben.

Peter schien an diesem Abend bereits auf der Hut zu sein. Hatte er durchschaut, dass wir ihm auch auf der Spur waren? Aber wenn er nicht enttarnt werden wollte, warum legte er es die ganze Zeit schon darauf an, mich in Panik zu versetzen?

Bildete ich mir das alles nur ein oder stimmte es wirklich, und meine ganze Welt würde sich nun massiv verändern?

Ehrlich gesagt, ich wusste nicht, welche der beiden Optionen mir lieber war.

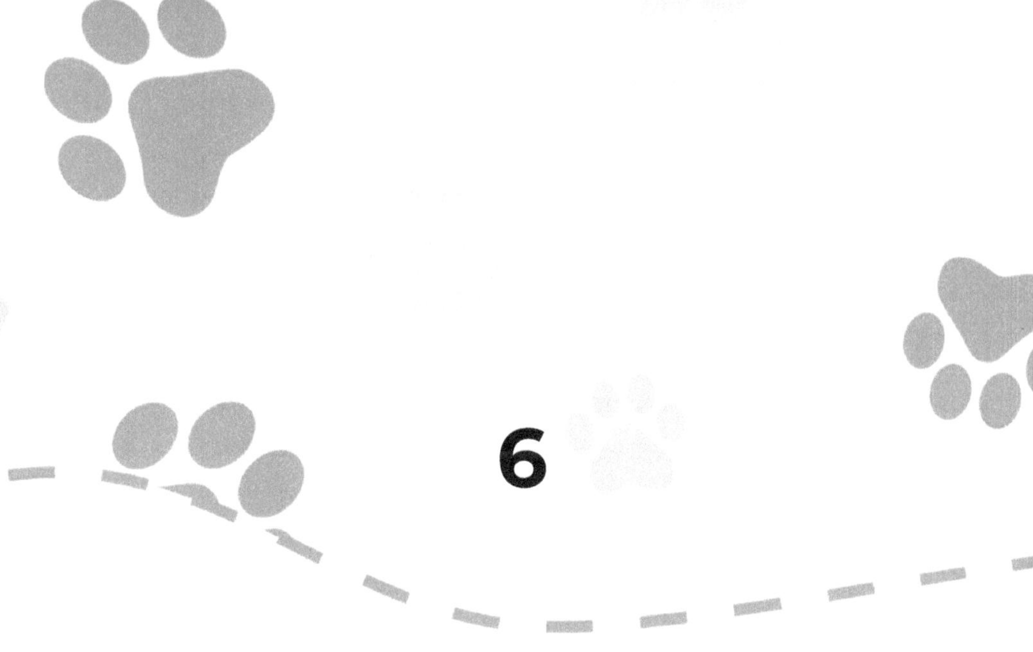

6

Grandma sah in ihrem Outfit an diesem Abend absolut betörend aus. Ihre ausgefallene Hochsteckfrisur, die sie sogar kunstvoll mit Essstäbchen aus Jade verziert hatte, brachte ihre feinen Gesichtskonturen besonders zur Geltung.

Sie trug oft asiatisch anmutende Kleidungsstücke und zog deren weiche, fließende Linien den eher starren Schnitten typisch westlicher Kleidung vor. Mit ihrem speziellen Stil und meiner Vorliebe für alles, was mit den Achtzigern zu tun hat, waren wir wirklich ein ausgefallenes Gespann.

Ich hatte ein Faible für die Mode der achtziger Jahre, einfach weil sie mir gefiel. Großmutter hingegen war während des Vietnamkriegs auf einer kurzen Auslandstournee als Entertainerin dort gewesen und hatte sich in diesen Teil der Welt verliebt. Im Laufe der Jahre hatte sie auch Japan, China und Thailand besucht und freute sich schon sehr auf den Tag, an dem ich endlich zustimmen würde, sie auf eine längere Reise zu begleiten, damit sie mir all ihre Lieblingsorte zeigen könnte. Ich für meinen Teil hatte allerdings noch Bedenken und wollte mich lieber selbst noch ein wenig besser kennenlernen, bevor ich mich so weit von zu Hause weg wagte. Glücklicherweise kam ich diesem Ziel mit jedem Tag ein Stück näher.

Auch wenn ich es ungern laut zugab, hatte Octocat mein Leben regelrecht umgekrempelt und in letzter Zeit eine große Rolle auf meinem Weg zur Selbstfindung gespielt. Umgekehrt verhielt es sich jedoch ähnlich, zumindest sagte mir das mein Gefühl. Obwohl er mich manchmal beinahe in den Wahnsinn trieb, wusste ich doch, er würde immer sofort zur Stelle sein, sollte ich mal in der Klemme stecken – so ist das mit denen, die man liebt.

Und diese Sache jetzt mit Peter war bislang die tückischste Klemme. Bei den Morden, die wir gemeinsam untersucht hatten, wussten wir wenigstens, womit wir es zu tun hatten, wonach wir suchten. Aber bei ihm? Nur Fragen über Fragen. Den möglichen Antworten sah ich mit Sorge entgegen, doch wenigstens saßen wir drei zusammen in diesem Boot.

Grandma wartete, bis Peter und ich am Tisch saßen und verschwand dann in der Küche, um ihren süßen Kreationen den letzten Schliff zu geben.

„Nettes Haus", bemerkte Peter Däumchen drehend. „Wie kann sich jemand wie du so was leisten?"

„Das ist mein Haus", verkündete Octocat, sprang auf den

Tisch und ließ sich mit seinem Hinterteil direkt vor ihn plumpsen. „Und ich glaube nicht, dass ich dich hier haben will."

„Stör dich nicht an ihm", sagte ich und tat so, als sei das alles völlig normal. „Er ist nur ein bisschen misstrauisch gegenüber neuen Besuchern."

„Nettes Kätzchen", meinte Peter und streckte eine Hand nach dem Kater aus.

„Wenn du mich anfasst, beiße ich dich", informierte ihn dieser mit einem leisen Knurren.

Peter schreckte sofort zurück. Weil Octocat geknurrt oder weil er seine Worte verstanden hatte? *Hm.*

„Braver Mensch." Octocat sagte das in diesem herablassenden Tonfall, den ich inzwischen an ihm zu lieben gelernt hatte. „Ärgere den Tiger, und du bist schnell ein paar Finger los. So lautet doch das Sprichwort, oder?" Er neigte den Kopf zur Seite, schlug mit dem Schwanz und starrte unseren Besucher weiter unentwegt an.

Peter lachte nervös. „Also, Angie, wie lange arbeitest du schon bei …?"

„Rede nicht mit ihr." Octocat sprang auf und fixierte ihn mit angelegten Ohren. „Rede mit mir. Wer bist du, und warum bist du so ein Spacko, *hä*? Findest du es in Ordnung, auf meinem Menschen herumzuhacken?"

Peter lehnte sich in seinem Stuhl so weit es ging zurück und bat mich dann mit weit aufgerissenen Augen: „Ähm, könnten wir deine Katze vielleicht irgendwo anders unterbringen, während ich hier bin? Ich glaube, ich reagiere allergisch auf sie."

„Wohl eher feige“, kommentierte Octocat und lachte hämisch. Typisch mein Kater. Ich hatte Peter noch nie so verwirrt gesehen. Gut, ich kannte ihn auch noch nicht sehr lange, aber trotzdem schien es wirklich so, als könne er verstehen, was dieser ihm zuraunte.

„Oh, mach dir keine Sorgen. Er ist harmlos“, entgegnete ich und tat seine Bedenken mit einem Achselzucken ab.

Octocat knurrte erneut. „Tja, sie hat wohl keine Ahnung, wie gefährlich ich sein kann!“

„Wer ist bereit für ein paar himmlische Törtchen?“ säuselte Grandma, als sie mit einem eindrucksvoll beladenen Silbertablett zurück ins Esszimmer tänzelte, nicht ahnend, was der Tiger während ihrer kurzen Abwesenheit veranstaltet hatte.

Ich versuchte, ihr mit Blicken zu signalisieren, dass Octocats Show schon in vollem Gange war, aber sie schien den Hinweis nicht zu verstehen.

„Bon appétit!“, rief sie und stellte das Tablett zwischen Peter und mich.

„Das sieht unglaublich gut aus.“ Ohne Zögern griff Peter nach einer großen Blätterteigtasche und schob sie sich gierig in den Mund.

„Weißt du, was wirklich unglaublich gut ist?“, fragte Octocat und hielt seine Augen auf ihn gerichtet. „Meine Witze. Im Ernst. Wetten, du schaffst es nicht, nicht zu lachen?“

Ich nahm mir lächelnd einen kleinen Käsekuchen-Happen und wartete gespannt, was als Nächstes passieren würde. Octocats Witze waren im Allgemeinen ziemlich schräg, aber Peter schien mir ohnehin nicht der Typ zu sein, der einen ausgefeilten Sinn für Humor hatte.

„Okay, hör zu." Mein Kater setzte sich wieder direkt vor ihn hin, und zwar so dicht, dass Peter zurückweichen musste, um ihn nicht zu berühren. „Wie nennt man einen Hund mit Köpfchen? Na, wer hat eine Ahnung? Wer weiß es?" Er hielt inne und sah sich um. „Nein, niemand weiß es. Okay, ich sag's euch – eine *Katze*!" Er johlte und lachte hysterisch, während Peter versuchte, sich mit Großmutter zu unterhalten.

Ich beobachtete die ganze Szene fasziniert und grinste innerlich, als ich sah, dass Peter nur mit Mühe die Fassung wahren konnte. Jetzt hatten wir den Spieß herumgedreht – selbst Sschuld!

Octocat gähnte. „Der hat dich also nicht vom Hocker gerissen. *Hmm*, okay. Ich habe noch mehr auf Lager." Er wartete, bis Peter einen weiteren großen Bissen genommen hatte, bevor er fragte: „Was ist der Unterschied zwischen Katzenkotze und einem Hund?"

Peter hüstelte kurz, als habe er sich verschluckt.

„Das eine ist ein schleimiger Haufen ekliger Exkremente, und das andere ist Katzenkotze. *Ha!*" Octocat schmiss sich hin und rieb sich genüsslich den Rücken an der Tischplatte, so wie er es draußen im frisch gemähten Gras oft tat. Das war seine Art, den Moment zu genießen. Anscheinend bereitete es ihm einen Riesenspaß, jemanden zu verspotten, der es verdient hatte.

Ich kicherte leise, woraufhin sowohl Grandma als auch Peter mir fragende Blicke zuwarfen.

„Alles in Ordnung, Liebes?“ Meine Großmutter unterbrach ihren Smalltalk mit Peter. Ich hatte mich so sehr auf die Mätzchen meines Katers konzentriert, dass ich nicht die leiseste Ahnung hatte, worum es in ihrem Gespräch ging.

„Ja“, antwortete ich hastig. „Ich finde es nur komisch, dass Octocat sich offensichtlich selbst zur Party eingeladen hat. Er scheint wirklich von dir angetan zu sein, Peter.“

„Nun ja, sieht so aus.“ Er knackte mit seinen Fingerknöcheln und sah weg.

„Ein anspruchsvolles Publikum heute“, zischte Octocat und stolzierte erneut auf dem Tisch herum. „Gut, dass ich mir das Beste für den Schluss aufgehoben habe. Okay, wer weiß, warum Hunde keine Witze verstehen? Keiner? Weil sie jedes Mal durchdrehen, wenn jemand sagt: *„Witz komm raus, du bist umzingelt!“*

Daraufhin schnaubte Peter und brach dann endlich in Gelächter aus. *Erwischt.*

Ich sprang auf und deutete auf ihn „Ich wusste es! Ich wusste, dass du ihn verstehen kannst!“

Peter wurde blass und fummelte an dem Törtchen herum, das er in der Hand hielt. „Ich weiß nicht, wovon du redest.“

„Ach, wirklich?“, mischte sich Grandma ein. „Jetzt ist aber mal gut hier.“ Ich war mir ziemlich sicher, dass sie nicht genau wusste, wovon wir sprachen, aber es war schön, eine weitere Verbündete auf meiner Seite zu haben. Sie stand auch auf, und gemeinsam starrten wir Peter an.

„Wer bist du, und warum bist du hier?“, stellte ich ihn zur Rede.

„Ihr habt mich doch eingeladen“, fuhr er mich irritiert an. „Aber wenn ich nicht mehr willkommen bin, werde ich jetzt gehen.“ Eilig schob er seinen Stuhl zurück und stand auf, doch kaum hatte er einen Schritt in Richtung Tür getan, sprang Octocat ihm nach und krallte sich an seiner Schulter fest. Peter versuchte, ihn abzuschütteln, aber der kleine Kerl klammerte sich todesmutig an die große, schlaksige Gestalt unseres Besuchers.

„Au, was zur Hölle?“ Er schrie und wandte sich hin und her, um den kampflustigen Kater loszuwerden, aber der ließ nicht locker.

„Sag, dass du mich verstehen kannst!“, fauchte Octocat aufgebracht. „Gib es endlich zu!“

Als Peter nicht antwortete, versenkte Octocat seine Krallen noch tiefer in dessen Haut, bis sich Blutspuren an seinem Hals und Hemd zeigten.

„Autsch! Okay, gut. Ich verstehe dich. Jetzt lass los.“

Octocat hüpfte herunter und rannte zu Großmutter, die auf unserem alten viktorianischen Sofa Platz genommen hatte, um das Schauspiel zu beobachten. „So ist es recht“, meinte sie zu Peter. „Und ich hatte schon befürchtet, wir müssten Sie erst fesseln, um die Wahrheit aus Ihnen herauszukitzeln.“

„Was wollt ihr von mir?“, fragte er gereizt und wischte sich über seine Wunden.

Ich ging zu ihm hinüber und baute mich mit verschränkten Armen vor ihm auf. „Was willst *du* von *mir?* Du bist derjenige, der mit alldem angefangen hat.“

„Ich dachte, du wärst vielleicht wie ich“, erklärte er mit dieser weinerlichen, nasalen Stimme, mit der er mich in den letzten Tagen schon einige Male furchtbar genervt hatte. „Und offensichtlich hatte ich recht.“

Ich schüttelte den Kopf. Diesem Fiesling gegenüber würde ich nichts preisgeben. „Warum versuchst du denn dann, mich zu provozieren?“

„Warum nicht? Das war doch alles nur Spaß.“

„Soll ich ihn noch mal meine Krallen spüren lassen?“, mischte sich Octocat ein und sprintete los, um mich zu verteidigen

Peter duckte sich abwehrend. „Nicht doch, bitte!“

„Du sagst mir jetzt sofort, woher du es wusstest, oder …“, schrie ich ihn an. In diesem Moment überragte ich ihn, da er sich ganz kleingemacht hatte.

Er murmelte daraufhin: „Oder was? Willst du wieder deine Katze auf mich hetzen?“

Ich schaute lächelnd zu Octocat hinunter, der sich an meiner Seite postiert hatte, bereit für mehr Action.

„Bingo!“ Ich zog an seinem Arm, damit er mich ansah. „Also, wirst du jetzt reden oder müssen wir noch deutlicher werden?“

Peter schüttelte den Kopf. „Nicht hier.“

Ich nickte Octocat zu, und er näherte sich ihm noch ein Stück. „Du hast das Recht zu schweigen“, hörte ich meinen Kater verkünden. „Alles, was du sagst, kann gegen dich verwendet werden.“

Was redete er da? Ich war mir ziemlich sicher, dass er diesen

Ausdruck in einer seiner Justizfernsehserien aufgeschnappt hatte, aber aus seinem Mund klang das jetzt ziemlich komisch.

„Ist ja gut, lass uns reden!“, rief Peter. „Ich verspreche, ich werde es dir erzählen. Es ist nur – hier ist es nicht sicher.“

So ist es brav, Peter. Wie schnell sich doch das Blatt wenden konnte.

„Wenn nicht hier, wo dann?“, fragte ich schroff.

„Wenn nicht jetzt, wann dann? Wenn nicht hier, sag mir, wo und wann?“, trällerte Grandma, was wir jedoch beide ignorierten.

Peter griff in seine Hosentasche und zog eine schwarze Visitenkarte mit silberner Schrift heraus. „Das ist die Adresse. Wir treffen uns dort am Freitagabend. So gegen zehn?“

„Gut“, sagte ich und entriss ihm die Karte wütend, obwohl er sie mir gerade reichen wollte. „Und bis dahin?“

„Verhalte dich in der Kanzlei einfach ganz normal. Kein Wort, ich meine es ernst.“ Seine Augen verdunkelten sich für einen Moment, dann zuckte er mit den Schultern. „Also, ich denke, wir sind hier fertig für heute, ich hau' jetzt ab. Tschüss.“

Sodann stürmte er aus dem Haus und entschwand hinaus in die Nacht. Schweigend sah ich ihm hinterher.

Grandma stieß einen leisen Pfiff aus. „Also, das war interessant!“

„Hast du meine Jokes für sie übersetzt? Das waren einige meiner Lieblingswitze“, meinte Octocat kichernd.

Ich schüttelte nur den Kopf und fragte mich, was dieser Freitagabend wohl noch bringen würde. Ich hatte noch nie jemanden getroffen, der auch diese besondere Fähigkeit besaß, und um ehrlich zu sein, behagte es mir ganz und gar nicht, dass dieser Jemand ausgerechnet so ein abscheulicher Kerl wie Peter Peters sein musste. Zumindest war ich jetzt einen Schritt näher daran herauszufinden, warum ich mit Tieren sprechen konnte, und wenn ich mehr darüber erfuhr, könnte ich dieses Wissen möglicherweise noch effektiver einsetzen, vielleicht sogar mit anderen Tieren sprechen. Und mehr Verbrechen aufklären …

Ob Peter wirklich die Informationen besaß, nach denen ich die ganze Zeit gesucht hatte?

Ich würde es bald erfahren.

7

Ich konnte den Freitag kaum erwarten. Jetzt, wo Antworten auf meine brennendsten Fragen in greifbarer Nähe schienen, wollte ich unbedingt mehr erfahren. In meinem Kopf kreisten immer wieder die gleichen Gedanken. Was würde Peter sagen? Wie ließ sich das alles erklären? Ich fieberte unserer Unterhaltung entgegen.

Warum konnte ich mit Octocat und nur mit Octocat sprechen?

Warum hatte mir ein kurzer Stromschlag von einer defekten Kaffeemaschine übernatürliche Kräfte verliehen, während ansonsten alles ganz normal geblieben war?

Und welche Rolle spielte Peter Peters in der ganzen Sache?

Ich schaute mir die Adresse, die er mir gegeben hatte, auf Google Earth an. Sie gehörte zu einem Backsteingebäude in Glendales kleinem Stadtzentrum. Obwohl ich schon mein ganzes

Leben lang hier in der Gegend zu Hause bin, war mir dieses Gebäude noch nie aufgefallen. Vielleicht lag das daran, dass ich lieber die farbenfrohen Fassaden und die bunten Schaufenster der Geschäfte mag, vielleicht war dieses Haus aber auch neu.

Auf der Suche nach Hinweisen fuhr ich sogar vorab mit dem Auto dort vorbei, musste jedoch entmutigt feststellen, dass in einem der abgedunkelten Fenster ein Schild mit „Zu vermieten“ hing.

Am Freitag, kurz vor Arbeitsschluss, drückte Peter mir wortlos einen zusammengefalteten Post-it-Zettel in die Hand. Ich versuchte, mir nichts anmerken zu lassen, aber es fühlte sich an, als würde mir das kleine Stück Papier ein Loch ins Fleisch brennen. Als ich sicher in meinem Auto saß und die Türen verschlossen hatte, entfaltete ich das gelbe Ding. Darauf stand nur ein Wort: *Kralle.*

Hä, das ergab absolut keinen Sinn. Ich fotografierte die Notiz mit meinem Handy und schickte das Bild mit einer Nachricht an Grandma: *Peter hat mir das gerade gegeben. Irgendeine Idee, was es bedeutet?*

Ein paar Minuten lang wartete ich vergeblich auf eine Antwort von ihr, dann warf ich den Zettel auf den Beifahrersitz und machte mich auf den Heimweg. Großmutter vergaß ihr Telefon oft an den unmöglichsten Stellen im Haus und bemerkte erst Stunden später, dass sie es nicht mehr bei sich trug. Ich würde mich also noch ein bisschen gedulden müssen und sie später persönlich darauf ansprechen.

An der Ampel wollte ich mir den Zettel noch einmal genauer

anschauen. Vielleicht enthielt er eine versteckte Botschaft, und das Wort selbst war gar nicht entscheidend.

Allerdings lag er nun nicht mehr auf dem Beifahrersitz.

Er musste hinuntergefallen sein, also suchte ich den Boden ab. *Fehlanzeige.*

Ich tastete unter dem Sitz danach, aber die Ampel wurde grün, und das Auto hinter mir hupte schon ungeduldig. Also musste ich mich erst mal wieder auf die Straße konzentrieren.

Die restlichen Minuten bis nach Hause waren zermürbend. Peters Notiz musste doch irgendwo sein. Unmöglich, dass sie einfach verschwunden war. Ich würde gleich alles genau absuchen. Sie konnte sich doch nicht in Luft aufgelöst haben.

Andererseits, in einer Welt, in der mindestens zwei Menschen mit Tieren sprechen konnten, gab es vielleicht noch viele andere Phänomene. Meine Wirklichkeit war bereits völlig verdreht worden, also warum sollte sich da ein kleines Stück Papier nicht einfach in Luft aufgelöst haben, als niemand hingesehen hatte?

Beziehungsweise, als *ich* nicht hingesehen hatte. Plötzlich hatte ich das Gefühl, als würden mich eine Million unsichtbarer Augen direkt anstarren, als wäre ich die Einzige, die nicht verstand, was passiert war.

War ich jetzt schon paranoid? Ich fühlte mich zwar verwundbar, aber durchaus klar im Kopf.

Zu Hause durchsuchte ich verzweifelt das Auto. Immer noch nichts.

Und was für eine Frechheit, dass Peter mich an diesem Abend noch bis zehn Uhr warten ließ. Warum hatte er unser Treffen überhaupt so lange hinausgezögert? War das ein Trick? Warum war mir das nicht schon eher in den Sinn gekommen?

War ich zu leichtgläubig? Zu naiv?

Nach einer halben Stunde erfolgloser Suche kam Großmutter aus dem Haus, um nach mir zu sehen. „Das Mittagessen wird kalt, Schatz. Also, die kalte Platte nicht, aber …“ Sie blieb auf den Verandastufen stehen und neigte den Kopf zur Seite. „Was machst du da?“

„Ich suche etwas“, murmelte ich, während ich mich halb verrenkte und zum hundertsten Mal mit der Hand über den Boden unter dem Sitz strich. „Hast du meine Nachricht bekommen?“

„Welche Nachricht?“, fragte sie sichtlich verwirrt.

Ich seufzte. „Grandma, bitte versuch dir doch anzugewöhnen, dein Handy immer bei dir zu tragen. Was ist, wenn ein echter Notfall passiert und ich dich nicht erreichen kann?“

Sie eilte die restlichen Stufen hinunter und hielt mir ihr Telefon vor die Nase. „Du meinst dieses alte Ding? Hatte ich den ganzen Tag dabei.“

Ich nahm ihr das Telefon aus der Hand und gab den streng geheimen Passcode ein: *1-2-3-4*. Darüber wollte ich mit ihr auch noch mal reden, aber erst, wenn das mit Peter vom Tisch war. „Schau, ich habe dir ein Bild weitergeleitet …“

Ich öffnete ihren Chatverlauf und sah die Nachrichten, die wir uns vor ein paar Tagen geschickt hatten, aber danach kam nichts mehr. Merkwürdig, ich hatte das doch gesendet, oder?

„Liebes, du siehst nicht so gut aus. Komm rein und iss erst mal was“, schlug Grandma in ihrer mütterlichen Art vor.

Doch ich hatte eine Mission. Ich holte mein Telefon heraus und überprüfte sowohl meine Chats als auch meine Fotos, und sogar in der Cloud schaute ich nach. Nichts.

Jeder Hinweis auf die Existenz jenes gelben Zettels war spurlos verschwunden. Warum nur? Es hatte doch nur ein einziges Wort darauf gestanden, ohne Zusammenhang. Keine Drohung oder Ähnliches.

Moment, was *stand* noch mal darauf?

Selbst aus meinem Kopf schien die Erinnerung gelöscht worden zu sein. Als mir das klar wurde, hätte ich am liebsten geheult.

Grandma legte sanft eine Hand auf meinen Rücken und dirigierte mich ins Haus. „Iss“, befahl sie, nachdem sie mich auf einen Stuhl gedrückt hatte.

Die ganze Sache mit Peter ließ mich nicht los, obwohl ich wirklich versuchte, an etwas anderes zu denken. Was hatte es bloß mit dieser Notiz auf sich? Ich konnte einfach nicht länger auf Antworten warten und entschied, mich sofort auf den Weg zu machen. Vielleicht war ja jemand da, der mir das alles erklären konnte.

„Ich gehe nur schnell etwas besorgen“, informierte ich Grandma, da ich sie keinem Risiko aussetzen wollte, falls es brenzlig wurde.

Octocat hielt wahrscheinlich gerade sein Mittagsschläfchen, das er sich nie nehmen ließ. Das bedeutete, dass er sich gerade im

Westflügel des Hauses befand und ich mich davonschleichen konnte, ohne ihm erklären zu müssen, warum ich ihn nicht mitnahm.

Also nutzte ich meine Chance und fuhr in die Stadt, zu jenem Ort, auf den ich schon die ganze Woche fixiert war, den ich jedoch bislang nur aus der Ferne kannte. Ich fand einen Parkplatz am Ende des Blocks und marschierte direkt zu dem scheinbar leerstehenden Gebäude. Auf mein höfliches Klopfen an der Eingangstür öffnete niemand, auch nicht, als ich daraufhin dagegen hämmerte. Ich versuchte, durch das Fenster hineinzuspähen, aber alles wirkte leer, staubig und unbewohnt.

Wollte Peter mich nur veräppeln?

Oder mich auf eine wilde Verfolgungsjagd schicken, anstatt mir Rede und Antwort zu stehen?

Aber warum dann der Zettel?

Anscheinend hatte er es doch darauf angelegt, dass ich von seiner Fähigkeit erfuhr – oder zumindest wollte er mir mitteilen, dass er von meiner wusste – aber warum?

Ich seufzte frustriert auf und trat gegen die Hauswand.

„Komm schon, Angela. Jetzt beherrsch dich mal bitte." Mit diesen Worten tauchte Octocat wie aus dem Nichts vor mir auf. Er gähnte, dann strich er sich mit einer Pfote über die Stirn.

„Wie kommst du denn hierher?" Ich schüttelte ungläubig den Kopf.

Anscheinend langweilte ihn meine Frage. „Mit dem Auto. Genau wie du."

Ja, war das denn zu fassen? „Du bist noch nie mit mir Auto

gefahren, ohne dich in meinem Schoß festzukrallen“, argumentierte ich, verschränkte die Arme vor der Brust und starrte ihn an. „Wie hast du das denn geschafft, ohne dass ich dich bemerkt habe?“

Er zuckte mit seinen schmalen Stubentigerschultern. „Du verbesserst deine Fähigkeiten, ich verbessere meine.“

„Nun, das ist ja wirklich großartig.“ Unter normalen Umständen hätte ich es wahrscheinlich wirklich ziemlich cool gefunden, aber ich war zu frustriert wegen all der Ungereimtheiten, die in meinem Kopf herumschwirrten: Peter, das Post-it und jetzt auch noch dieses merkwürdige Gebäude.

Ich rüttelte an der Türklinke, aber sie gab nicht nach. Ein weiteres Mal warf ich mich aufgebracht gegen die Hauswand. Aua! Den Schmerzensschrei unterdrückte ich jedoch. Jetzt taten mir der Arm und der Fuß weh, weil ich meine Wut an dieser blöden Backsteinfassade ausgelassen hatte. Und dieser verdammte Peter. Wäre er doch niemals in meinem Leben aufgekreuzt. Ich war immer noch keinen Deut schlauer, was den Grund für mein Supertalent anging. Grrr.

Octocat lag auf dem Gehweg und verbarg sein Gesicht unter beiden Pfoten. „Du bist peinlich“, stieß er hervor.

Super, echt super! Mit fliegenden Fahnen stürmte ich zurück zu meinem Auto.

„Warte!“, rief er mir hinterher, rannte ein kurzes Stück und blieb dann auf dem Gehweg stehen. „Wir können doch noch ausprobieren, ob wir von einer anderen Seite hineinkommen, oder?“

Verdammt, er hatte recht. Ich holte tief Luft und folgte ihm.

Ein Stück weiter befand sich tatsächlich eine Tür, die teilweise von einem überquellenden Müllcontainer verdeckt war. Ich erhob eine Faust, um anzuklopfen, zögerte dann aber. Was würde uns da drinnen erwarten? Sobald wir der Wahrheit auf den Grund gingen, würde es kein Zurück mehr geben. War ich dazu bereit? *Wirklich* bereit?

„Jetzt mach schon und bring es hinter dich", ermutigte mich Octocat.

Ich klopfte so leise, dass ich es selbst kaum hörte.

Doch sofort ertönte eine Stimme von der anderen Seite: „Passwort?"

Von einem Passwort hatte Peter nichts gesagt.

„Kralle", antwortete ich, ohne überhaupt darüber nachzudenken.

Die Tür öffnete sich.

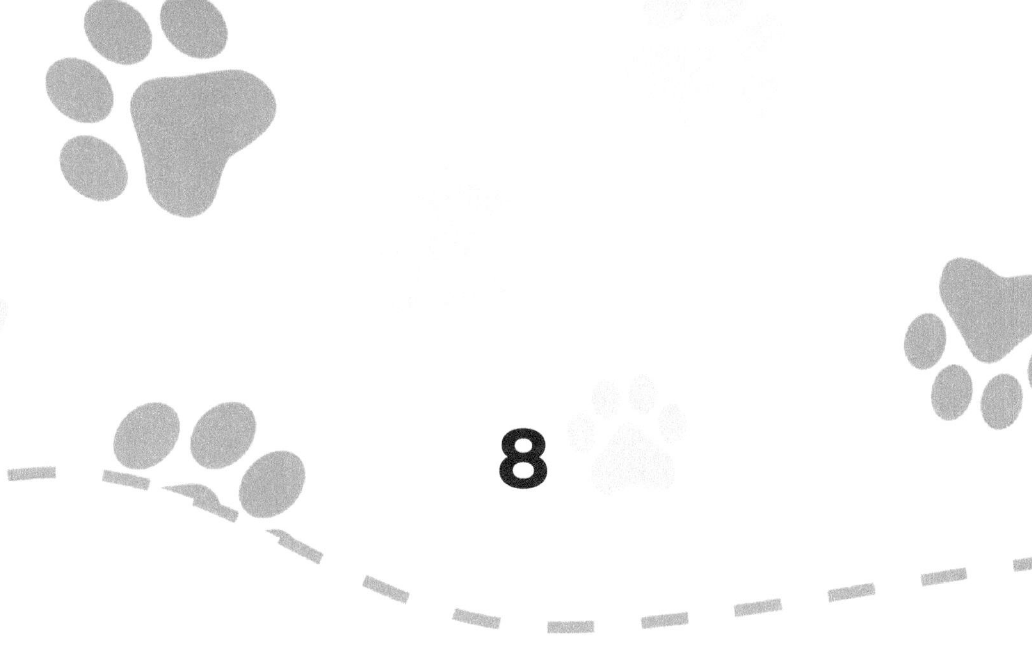

8

Der Kerl, der uns hineingelassen hatte, wirkte recht schlaksig und hatte unglaublich viele Sommersprossen in seinem blassen Gesicht. Definitiv kein Türstehertyp.

Wo waren wir gelandet?

Ich kniff die Augen zusammen, um mehr erkennen zu können, denn die Beleuchtung war äußerst spärlich. Hier drinnen sah es fast genauso aus wie draußen – alles aus Backstein, alles *düster.*

„Wer hat dich geschickt?“, fragte der Sommersprossenmann und führte uns eine lange Treppe hinunter. Seine Augen leuchteten in einem faszinierenden Grünton, den ich noch nie zuvor gesehen hatte, weder bei einem Menschen noch sonst irgendwo in der Natur oder in irgendeinem anderen Zusammenhang.

„Peter Peters“, murmelte ich und ließ meinen Blick durch den großen, leeren Raum schweifen, sah aber rein gar nichts außer dem Kerl vor mir und Octocat neben mir.

Der Wachmann schüttelte den Kopf und rümpfte die Nase auf eine Weise, die vermuten ließ, dass er vielleicht auch nicht sonderlich viel von Peter hielt. „Er wird erst später heute Abend hier sein, aber nimm ruhig Platz, wenn du warten willst. Du kannst dir gerne einen Drink genehmigen."

Verwundert schaute ich mich nochmals um. Gab es hier etwa eine Bar? So etwas Großes würde mir doch auffallen. „Ähm, wo?", fragte ich nervös, denn außer Staub, Schmutz und Spinnweben konnte ich nirgends etwas entdecken.

Der Wachmann stieß mich spielerisch in die Rippen, was dennoch wehtat. „Haha, der war gut."

Ich lachte verlegen und hatte keine Ahnung, was ich als Nächstes sagen sollte. Ob ich ihn fragen sollte, woher er Peter kannte? Oder wäre es besser, sich nach der Tür zu erkundigen, die vorhin auf magische Weise in der Gasse aufgetaucht war?

„Wer bist du, und was ist das für ein Ort?", fragte Octocat. Er verlagerte sein Gewicht von einer Seite auf die andere und war sichtlich genervt von dem ganzen Dreck um uns herum.

Unser seltsamer Begleiter antwortete ihm direkt. „Ich bin Moss O'Malley. Warst du noch nie in unserem Geheimversteck?" Er hatte Octocats Worte tatsächlich verstanden. Damit gab es jetzt schon drei, die mit ihm sprechen konnten – ich war definitiv nicht mehr länger die Einzige.

„Nein, wir waren hier noch nie", antwortete ich für uns beide.

„Also zumindest *ich* nicht“. Dabei zeigte ich mit dem Finger auf mich selbst.

„Ich auch nicht“, ergänzte Octocat.

Moss schaute uns misstrauisch an. „Du hast doch gesagt, dass Peter dich geschickt hat, oder?“

Wir nickten beide, begierig darauf, mehr zu erfahren.

„Was sollte dieser Hund von euch beiden wollen?“

Ich ignorierte Moss’ seltsame Wortwahl und auch die Tatsache, dass er sich wieder in Richtung Treppe zu bewegen schien.

„Das ist etwas Persönliches, ich …“

„Sie kann mit Tieren sprechen, das ist ja wohl offensichtlich, du Hirni“, warf mein Kater ein, getreu seinem Motto: *Im Zweifelsfall hilft eine Beleidigung.* Das hielt ich in diesem Moment allerdings für überhaupt nicht hilfreich. Wir hatten beide keinen Schimmer, was es mit Moss und diesem seltsamen Versteck hier auf sich hatte.

Moss wandte sich wieder mir zu und rümpfte die Nase: „Aber siehst du denn nicht die Bar dort drüben?“ Er deutete mit einem zitternden Finger auf die hintere Ecke des Raums.

Ich sah dort aber immer noch nichts außer dem leeren, schmutzigen Keller. „Nun ja, …“

Doch bevor ich mir eine gute Ausrede einfallen lassen konnte, schob mich Moss überraschend kraftvoll die Treppe wieder hinauf. „Vergiss einfach, dass du diesen Ort jemals gesehen hast, okay?“, rief er mir hinterher, nachdem er sowohl mich als auch Octocat hinausgeschubst hatte. Dann bewegte er die Finger einer

Hand ganz seltsam und schlug die Tür zu, bevor wir überhaupt einen Ton sagen konnten.

Octocat zuckte mit dem Schwanz. „Dieser Dreckskerl hat mich misshandelt. Mein schönes Fell ist ruiniert!“

„Was war das denn?“, fragte ich atemlos und sah ungläubig zu, wie sich die Tür in der Backsteinwand direkt vor meinen Augen komplett auflöste.

„Hey, kannst du mir mal helfen?“, rief Octocat, und ich beugte mich zu ihm hinunter, um sein Fell zu glätten.

„Er ... er hat mich durchgeschüttelt“, stotterte meine arme Katze unter Tränen. „Er hat mich durchgeschüttelt!“

„Es tut mir so leid“, flüsterte ich und starrte wieder auf die Stelle, wo eben noch ein Eingang gewesen war.

„Können wir ...“, jammerte Octocat und seufzte tief. „Können wir einfach nach Hause fahren? Ich brauche jetzt etwas Zeit für mich in meiner gewohnten Umgebung.“

Ich rätselte immer noch, was sich gerade hier abgespielt hatte. Wäre es anders gekommen, wenn wir bis zehn Uhr gewartet hätten, wie Peter es gewollt hatte?

Schwer zu sagen. Wir hätten vielleicht mehr Antworten bekommen, aber auch in einen Hinterhalt geraten können. Moss hatte uns kaum etwas erzählt, aber zweifelsohne hielt auch er nicht viel von Peter. Vielleicht sollten wir die Operation *Der Feind meines Feindes ist mein Freund* einleiten. Wenn Grandma hier wäre, würde sie das sicher vorschlagen.

Aber wie sollte ich mehr aus Moss herausbekommen, ohne eine Möglichkeit, ihn erneut zu erreichen? Wenn ich morgen zurückkäme, würde die Tür dann wieder da sein? Würde er mich wieder hineinlassen? Oder wechselten die Wachposten des Geheimverstecks? Würde ich mich cool geben und vortäuschen können, dass ich die ominöse Bar sehen konnte?

Auf der kurzen Fahrt nach Hause sprachen wir beide keinen Ton. Ich setzte Octocat ab und machte mich sofort wieder auf den Weg zurück in die Stadt, um weitere Erkundungen über das mysteriöse unterirdische Versteck einzuholen. Zuerst fuhr ich versehentlich daran vorbei und musste umdrehen und zurückfahren.

Wie blöd von mir, aber auch kein Wunder, denn meine Gedanken kreisten immer noch um die Begegnung mit Moss.

Ich versuchte, tief durchzuatmen und mich zu konzentrieren, dennoch gelang es mir nicht, eben jenes Backsteinhaus wiederzufinden. Schon wieder vorbei.

Nur mit Mühe schaffte ich es, das Auto ziemlich schief in eine Parklücke zu manövrieren und machte mich dann frustriert zu Fuß auf die Suche.

Eine Stunde verging.

Zwei Stunden.

Und trotzdem konnte ich das Versteck nicht wiederfinden.

„Ich bin doch nicht verrückt", murmelte ich vor mich hin. „Bin ich nicht."

Kurze Zeit später fuhr ich nach Hause zum Abendessen und dann direkt wieder in die Stadt, um in der Nähe auf Peter zu warten. Er hatte zugesagt, dass er um zehn Uhr da sein würde, um mit mir zu reden und – was am allerwichtigsten war – um meine Fragen zu beantworten.

Einige Leute, die auf der Straße an mir vorbeigingen, sahen mich fragend an, aber das war mir egal, denn noch nie hatte ich einen größeren Drang verspürt zu erfahren, was mit mir los war.

Es wurde neun. *Nur noch eine Stunde.*

Neun Uhr dreißig.

Neun Uhr fünfundvierzig.

Zehn Uhr verstrich, doch immer noch keine Spur von Peter.

Um fünf nach zehn zerschnitten Polizeisirenen die Stille. Sie wurden lauter und lauter, bis die grellen Blaulichter direkt auf mich zurasten.

Für einen Moment dachte ich, die hätten es auf mich abgesehen und würden mich gleich verhaften, weil ich hier herumlungerte, aber das Polizeiauto flog an mir vorbei und hielt ein paar Häuserblocks entfernt an. Jetzt musste ich eine Entscheidung treffen – weiter auf Peter warten oder dem Grund für den Lärm nachgehen.

Noch einmal starrte ich erwartungsvoll in Richtung der Stelle, wo das Gebäude mit der Tür zu dem unterirdischen Versteck hätte sein sollen, und joggte dann die Straße hinunter, wo ich Officer Bouchard entdeckte, der gerade aus seinem Polizeiauto kletterte.

„Was ist passiert?“, rief ich außer Puste, obwohl ich nur ein kurzes Stück gerannt war. Wenn ich doch nur so gut in Form wäre wie Grandma. Vielleicht sollte ich sie demnächst fragen, ob ich bei ihrem Zumba-Kurs, von dem sie immer so schwärmte, mitmachen dürfte. Aber erst musste die ganze Sache hier geklärt sein.

Officer Bouchard, ein sehr freundlicher Polizist unserer Stadt, stand kopfschüttelnd da. „Wir wurden wegen eines Raubüberfalls gerufen, der hier angeblich im Gange sein sollte, aber die Tür ist verschlossen und es gibt keine Anzeichen dafür, dass sich jemand gewaltsam Zutritt verschafft hat."

Ich spähte in das beleuchtete Schaufenster der Boutique, die teure Brautmode verkaufte und sich eines guten Rufs in Blueberry Bay erfreute. Es war niemand drinnen. „Wo ist der Einbrecher hin?"

Der Officer schüttelte wieder den Kopf und wandte sich zu mir um. „Angie, Sie waren doch zu Fuß hier in der Nähe unterwegs, oder? Haben Sie irgendwen gesehen?"

„Nein. Sorry." Ich schaute ihn stirnrunzelnd an und wünschte, ich hätte ihm etwas anderes sagen können.

Er stieß einen frustrierten Seufzer aus und fuhr sich mit der Hand durch das strubbelige Haar. „Das ist schon das dritte Mal diese Woche, dass wir so einen Anruf erhalten haben. Auf den Videoüberwachungsaufnahmen ist nie etwas zu sehen, aber die Kassen und Tresore sind stets ausgeräumt. Man könnte meinen, es sei alles nur Show, Sie wissen schon, Versicherungsbetrug, aber es passiert immer wieder, und ich kann mir beim besten Willen nicht erklären, wie."

Zitternd sog ich die Luft ein, beschloss jedoch, ihm nichts zu sagen, obwohl ich den leisen Verdacht hatte, dass das verschwundene Versteck irgendwie mit all dem zu tun haben könnte.

Natürlich wusste ich nun bereits, dass ich nicht die Einzige in Glendale war, die eine Superkraft besaß. Zum einen war da Peter, aber wie viele gab es darüber hinaus, denen man es einfach nicht ansah, wenn man ihnen auf der Straße begegnete? Meine Fähigkeit, mit Tieren zu sprechen, war ja im Grunde harmlos, aber was vermochten andere zu tun? Konnten sie ganze Gebäude verschwinden lassen? Einen Einbruch begehen, ohne eine Spur zu hinterlassen? Jemanden ermorden, ohne jemals verdächtigt zu werden?

Ich schluckte den riesigen Kloß in meiner Kehle hinunter. „Ich bin sicher, es gibt eine vollkommen logische Erklärung dafür", sagte ich zu Officer Bouchard und hoffte inständig, dass sich dies als wahr erweisen würde, auch wenn ich davon insgeheim ganz und gar nicht überzeugt war.

Wie sollte ich auch? Die Grenze zur Normalität lag weit hinter uns, so weit, dass ich mich wie in einer Parallelwelt fühlte.

Octocat und ich hatten bereits mehr als einmal mit Mördern zu tun gehabt, aber das waren ganz normale Menschen gewesen. Böse Menschen, völlig klar. Aber trotzdem *normal.*

Ob diese mysteriösen Einbrecher eine neue Art von Kriminellen darstellte, die sich magischer Kräfte bedienten? Was würde passieren, wenn wir sie aufspürten?

Wir hätten keine Chance ...

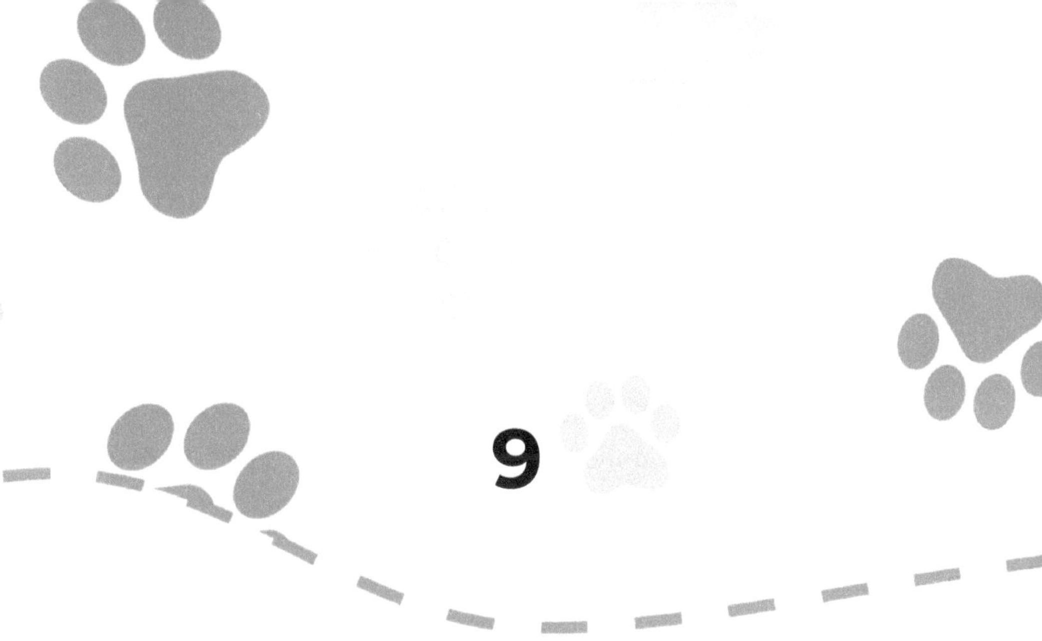

9

Am Wochenende verbrachte ich einige Zeit damit, Nachrichtenartikel und Beiträge in den sozialen Medien über die jüngste Welle von Einbrüchen im Zentrum von Glendale zu lesen. Die Berichte deckten sich mit dem, was Officer Bouchard mir erzählt hatte. Ich fuhr auch noch ein paar Mal durch die Innenstadt, in der Hoffnung, das Versteck doch noch zu entdecken oder vielleicht Moss zu begegnen. Natürlich scheiterte dieser Plan gründlich.

„Warum regst du dich darüber so auf?", fragte mich Octocat, als wir uns am Sonntagabend ins Bett kuschelten. „Das Gebäude ist verschwunden und dieser fiese Gangster gleich mit. Sie sind weg und deshalb ..." Er hielt dramatisch inne und leckte sich über die Brust. „Nicht mehr unser Problem."

Mein Kater mochte all diese seltsamen Vorgänge nicht als sein Problem betrachten, aber für mich waren sie definitiv ein

Problem. Ihm würde nichts Schlimmes passieren, wenn die Leute herausfänden, dass ich mit ihm reden konnte. Ich war hier diejenige, der möglicherweise Gefahr drohte, und es verletzte mich, dass ihm das egal war.

Doch ich verschwieg ihm, wie besorgt und enttäuscht ich war, denn ich brauchte ihn unbedingt auf meiner Seite. „Bist du nicht wenigstens ein bisschen neugierig, wie ein ganzes Gebäude einfach so verschwinden kann? Willst du nicht wissen, was passiert ist?“

Octocat streckte ein Bein über seinen Kopf und begann, sich an Stellen zu lecken, die er sich besser für einen privaten Moment aufgehoben hätte. „Neugierde hat schon viele Katzen ihre Leben gekostet“, murmelte er. „Und da ich nur noch vier davon habe, möchte ich lieber nicht zu viel riskieren.“

Wenn er so dramatisch redete, kriegte ich immer eine Gänsehaut und konnte auch nur schwer sagen, ob er es ernst meinte oder nicht. „Bist du wirklich schon dreimal gestorben?“, erkundigte ich mich neugierig. „Es fällt mir schwer, das zu glauben.“

Er senkte sein Bein, dann machte er sich ganz lang und streckte sich mit einem zufriedenen Miauen. „Ob du es glaubst oder nicht, es spielt ohnehin keine Rolle. Allein die Wahrheit zählt. Und ob du etwas daran ändern kannst.“

Ich grübelte einen Moment darüber nach. Es klang logisch, aber schlauer war ich jetzt trotzdem nicht. „Das macht Sinn“, sagte ich schließlich. „Ich weiß, dass du über diese Geschichten hinweg bist, aber hast du eine Ahnung, was es am Freitag mit dem Versteck auf sich hatte und wo es geblieben ist?“

„Klar, habe ich." Er rollte sich auf den Rücken und wälzte sich genüsslich hin und her. Trotz all seiner Zickerei tat er das in letzter Zeit auffallend oft.

„Also?", hakte ich ungeduldig nach. „Willst du das für dich behalten oder hättest du die Güte, es mir zu verraten?"

Octocat drehte sich auf die Seite und zog eine Grimasse. „Ich kann es dir sagen, aber es wird dir nicht gefallen."

„Warum, was ...?"

„*Magie*", unterbrach er mich.

Damit hatte ich zwar nicht gerechnet, aber es überraschte mich auch nicht sonderlich, angesichts der jüngsten Ereignisse. „Magie? Könnten du das vielleicht noch etwas konkretisieren?"

„*Mmm*, nein. Nicht wirklich." Er gähnte und zuckte mit den Achseln. „Mehr weiß ich nicht."

Offen gestanden, die Tatsache, dass er überhaupt etwas wusste, überraschte mich. Hatte er noch mehr Infos auf Lager, die er mir vorenthielt? Ich wollte unbedingt sofort alles aus ihm herauskriegen. Allerdings musste ich das vorsichtig angehen – ich kannte ja meinen Kater. Wenn ich ihn jetzt mit zu vielen Fragen bombardierte, würde er mich zur Strafe einfach stehen lassen, bis ich mich wieder im Griff hatte.

„Aber du meinst, es war Magie im Spiel?", horchte ich nach, wobei ich ihn nicht direkt ansah und leicht nervös über die weiche Bettdecke strich. „Heißt das, du glaubst an Magie?"

„Was habe ich dir denn eben zum Thema Glauben und Wahrheit gesagt?", entgegnete mir Octocat und sah mich erwartungsvoll an. Er ging wohl davon aus, dass bei mir gleich der Groschen fallen würde, und zählte leise einen Countdown runter. Wie witzig. Seine Arroganz kannte wirklich keine Grenzen.

„Okay." Ich versuchte, mir meine Verärgerung nicht anmerken zu lassen. „Bitte erzähl weiter."

Er nickte wohlwollend. „Vielen Dank. Und, ja, Magie *ist* real. Obwohl man sie nur sehr selten findet. Und bevor du fragst, ich weiß das, weil manche Katzen die Spuren sehen können, die sie hinterlässt. Nicht ich, wohlgemerkt. Nur einige andere, weniger coole Katzen."

Unglaublich. Ich schüttelte den Kopf und unterdrückte einen Seufzer. „Du hast also die ganze Zeit gewusst, dass es Magie gibt und mir nie etwas davon erzählt? Du erklärst mir stundenlang, wie dein Nickerchen-Zeitplan aussieht, hast es aber nie für nötig gehalten, mich mal über diese magischen Dinge ins Bild zu setzen?"

Octocat stand auf und machte einen Katzenbuckel, mit dem er meinen Einwand wohl abschütteln wollte. „Wenn du dich erinnerst, habe ich bei unserem allerersten Treffen etwas von Magie erwähnt. Du versuchtest damals herauszufinden, warum wir miteinander reden können. Du meintest zu mir, dass es so etwas wie Magie nicht gebe, also habe ich es nicht mehr angesprochen."

Ich dachte zurück an jenen Tag, der nun schon viele Monate zurücklag, und ... *er hatte recht*! Er hatte absolut recht. Andererseits, wenn ihn etwas wirklich beschäftigte, ließ er damit eigentlich nie locker. Wie konnte es sein, dass er etwas dermaßen Wichtiges einfach unter den Tisch gekehrt hatte?

Er musterte mich mit goldbraun-glänzenden Augen. „Ich

weiß, was du jetzt denkst, und die Antwort ist *nein.* Meines Erachtens solltest du dich nicht noch mehr da hineinziehen lassen. Es reicht. Ich bin schon einmal am Kragen gepackt worden. Welchen Beweis brauchst du noch, dass diese Typen ein faules Spiel treiben?“

„Bin ich ...?“ Ich zögerte. Das war eine schwierige Frage, über deren Tragweite ich noch gar nicht richtig hatte nachdenken können. „Bin ich wie sie?“, fragte ich schließlich mit zitternder Stimme.

Octocat rollte sich auf dem Bett herum und lachte laut auf. „Wie sie? Was meinst du damit? Glaubst du, du bist jetzt eine Art böse Hexe, nur weil du mit dem großen Octavius Maxwell Ricardo Edmund Frederick Fulton Russo reden kannst? Das ist an sich zwar auch nicht unerheblich, wohlgemerkt, aber ...“ Er brach in schallendes Gelächter aus und wälzte sich vergnügt von einer Seite zur anderen.

Mein Geduldsfaden war drauf und dran zu reißen. Wieder einmal besaß mein Kater wichtige Informationen, die ich brauchte, um einen Fall zu lösen. Ja, und wieder einmal zog dieser aufgeblasene Zwerg eine Show ab und teilte sein Wissen nicht mit mir.

Schließlich kam er wieder runter und teilte mir mit: „So etwas wie Hexen oder Zauberer gibt es nicht. Du musst diese fiktiven Stereotypen aus deinem Kopf verbannen. Okay?“

„Aber ...“

„Aber es *gibt* Magie“, betonte er erneut. „Viel mehr weiß ich nicht, denn ich selbst besitze nicht solche Kräfte.“

Mir blieb der Mund offen stehen, und ich deutete auf mich selbst, da es mir gerade die Sprache verschlagen hatte.

Octocat schüttelte den Kopf. Magie hin oder her, er verstand mich eindeutig. „Und du auch nicht. Ich glaube eher, dass ein Hauch Magie von jemandem auf dich abgefärbt hat, eine Art Rückstand oder so. Und hey, einer geschenkten Katze schaut man nicht ins Maul."

„Also, was soll ich jetzt machen?", sprudelte es aus mir heraus. Mein Kater hatte mir gerade eine ganz neue, verborgene Welt eröffnet, und mein Gehirn raste mit Überschallgeschwindigkeit, um das zu verarbeiten.

Magie gibt es wirklich. Wer hätte das je vermutet? Ich ganz sicher nicht.

„Du? *Du* machst gar nichts. Ich? *Ich* mache auch nichts. Vergiss dieses Gespräch einfach wieder, okay?" Er sprang vom Bett und verließ den Raum. Ende der Unterhaltung. Warum wich er mir aus? Wusste er mehr, als er zugeben wollte? Würde er zu einem späteren Zeitpunkt bereit sein zu reden, mir mehr zu verraten?

Leider konnte man das bei Octocat nie genau wissen.

Meine einzige Hoffnung war nun, dass Peter etwas mitteilsamer sein würde. Ich nahm mir vor, ihn morgen auf der Arbeit anzusprechen.

* * *

Am nächsten Morgen war Peter schon vor mir im Büro. Er schien in etwas auf seinem Computerbildschirm vertieft zu sein, als ich hereinkam.

„Hey“, begrüßte ich ihn zögerlich. Mein Gefühl sagte mir, am besten mit Bedacht vorzugehen, so wie ich es bei Octocat auch oft tat. *Vorsichtig.*

„Hey“, murmelte er zurück, ohne auch nur einmal aufzusehen.

„Was war los am Freitagabend?“, fragte ich beiläufig, als ich an meinen Platz an unserem Schreibtisch ging.

Er sprang von seinem Stuhl auf und legte mir eine Hand auf den Mund, sodass ich beinahe einen Herzinfarkt bekam. „Nicht“, warnte er mich, bevor er Finger für Finger wieder zurückzog. „Lass es einfach.“

„Aber ich habe auf dich gewartet“, erwiderte ich und starrte ihn wütend an. Sollte er sich doch ruhig seltsam aufführen, ich würde mich nicht von ihm einschüchtern lassen – nicht, solange er mir wichtige Antworten schuldig blieb.

Das juckte ihn wohl nicht, denn er entgegnete wie so oft betont gelangweilt: „Ja, nun, es kam etwas Wichtigeres dazwischen.“

„Okay“, sagte ich langsam, hielt inne und atmete tief durch. Ich durfte jetzt nicht die Fassung verlieren. Das wäre total kontraproduktiv. Was auch immer er da abzog, ich musste sein Spiel mitspielen. „Hättest du denn vielleicht ein anderes Mal Zeit?“, säuselte ich.

„Hör auf, so zu tun, als hätte ich dich versetzt, als hätten wir ein Date gehabt“, schnaubte er. „Du kannst mich nicht um den Finger wickeln.“

„Aber ...“

Peter hob die Hand und vollführte die gleiche seltsame Geste wie Moss, kurz bevor die Tür zum Versteck verschwand. Ich beobachtete ihn gebannt.

Plötzlich fühlte ich mich glücklich – nein, nicht glücklich, *zufrieden.*

Gut.

Großartig.

Ah.

Jemand räusperte sich von der anderen Seite des Raums, und ich drehte mich mit einem albernen Lächeln im Gesicht zu Bethany um.

„Angie, ich würde gerne kurz mit dir sprechen. Kommst du mal in mein Büro, bitte?“ Ihre freundlichen Worte hatten einen besorgten Unterton, und ihr Gesichtsausdruck bestätigte das.

„Was läuft da zwischen dir und Peter?“, fragte sie, nachdem ich die Tür hinter mir zugezogen hatte.

Ich zuckte mit den Schultern. Mein Körper fühlte sich immer noch ganz leicht und mein Kopf benebelt an. Es dauerte einen Moment, bis ich mich gefasst hatte.

Dann konnte ich wieder klar denken

Peter. Ich hasste den Kerl.

„Er ist nervig, und ich wünschte, du hättest ihn nicht eingestellt“, sagte ich mit finsterem Blick. Der Anflug von Euphorie, den ich kurz zuvor verspürt hatte, war wie weggeblasen.

Bethany hatte an ihrem Schreibtisch Platz genommen und betrachtete mich misstrauisch. „Sonst noch etwas?“

Super. Endlich war jemand bereit, sich meine Bedenken zu Peter Peters anzuhören. Nur konnte ich mich nicht mehr genau erinnern, was ich genau gegen ihn hatte.

Bethany trommelte mit den Fingern auf den Schreibtisch und hob eine ihrer perfekt gestylten Augenbrauen. „Also?“

„Nichts Bestimmtes“, sagte ich, völlig irritiert darüber, warum ich mich nicht an die jüngsten Ereignisse erinnern konnte. „Ich kann ihn einfach nicht leiden.“

Ein Lächeln huschte über ihr Gesicht, und mit einem Mal sah sie viel weniger besorgt aus. „Gut“, sagte sie, „danke, Angie. Das wäre dann alles.“

Ich hatte keine Ahnung, was mit mir los war und warum mir dieses Gespräch so zu schaffen machte. Mein Kopf schien immer noch voller Watte zu sein.

Vielleicht hatte ich mir eine Erkältung eingefangen.

Oder vielleicht hatte Peter …

Nein.

Auf keinen Fall.

Die Antwort schien zum Greifen nahe, doch egal, wie sehr ich mich anstrengte, ich kam nicht dahinter.

Vielleicht war das Unvermeidliche nun tatsächlich eingetreten.

Zuerst die Gespräche mit meiner Katze, über Monate hinweg. Nun hatte wohl endgültig den Verstand verloren.

10

„Wie war Peter heute drauf?“, erkundigte sich Octocat beim Mittagessen. Normalerweise verschlief er unsere Mahlzeit, aber heute hatte Grandma auch für ihn eine Tässchen Muschelsuppe vorbereitet, sodass er bereitwillig mit uns am Tisch saß.

Mein Tag war bis zu diesem Zeitpunkt total belanglos gewesen. Erwartete mein Kater etwa irgendeine pikante Klatschgeschichte? Ich war genervt. „In Ordnung“, antwortete ich langsam und rätselte dabei, was er hören wollte. „Warum fragst du?“

Octocat hörte auf, seine Suppe zu schlürfen, und starrte mich entgeistert an. Sahnetropfen klebten in seinem Schnurrhaar, was ihn jedoch ausnahmsweise nicht zu stören schien. „*Warum?* Meinst du das ernst? Du erinnerst dich aber an seinen Besuch hier, oder? An unseren Ausflug in die Stadt zu diesem Versteck? Klingelt da irgendetwas bei dir?“

„Das Versteck …“ Das sagte mir etwas. Hatte ich nicht…? „Oh, richtig!“ Jetzt fiel mir alles wieder ein.

„Was für ein Versteck?“, wollte Grandma wissen, die am Kopfende des Tisches saß.

„Wie konntest du das vergessen?“ Octocat musterte mich mit besorgter Miene. „Wir hatten doch am Wochenende überhaupt kein anderes Thema!“

Ich rührte in meiner Suppe herum und sah zu, wie der Dampf vor mir aufstieg. „Der Tag heute war seltsam“, sagte ich schließlich. Dann erklärte ich Grandma: „Peter hatte mir doch eine Adresse gegeben. Dort ist dieses Versteck beziehungsweise es war dort, bis es verschwunden ist.“

„Und ihr habt das ganze Wochenende darüber geredet, mir gegenüber jedoch keinen Ton davon erwähnt?“ Das schien sie zu treffen, andererseits konnte sie auch ihre Neugierde nicht verbergen. Großmutter nahm einem so schnell nichts übel, weshalb ich mich immer besonders mies fühlte, wenn es dennoch passierte.

„Tut mir leid. Ich dachte, es könnte dich in Gefahr bringen, aber ich kann mich nicht mehr genau erinnern, warum überhaupt“, versuchte ich ihr stockend zu erklären.

„Wow, was haben die denn mit dir angestellt?“, entfuhr es Octocat mit einem tiefen Knurren. „Ich hatte erst nicht gedacht, dass ich dem vielleicht genauer nachgehen sollte, aber anscheinend haben sie dir eine Gehirnwäsche verpasst. Also sollte ich mich wohl doch mal darum kümmern.“

Gehirnwäsche? Hatte sich mein Kopf heute deshalb so beduselt angefühlt? In gewisser Weise passte das, aber so etwas funktionierte doch nur im Film, oder? „Du denkst, sie haben einen Teil meiner Erinnerung einfach gelöscht?“, murmelte ich, während Octocat mir bohrende Blicke zuwarf.

„Ja, genau das meine ich!“, rief er und peitschte mit dem Schwanz

„Wer sind denn *sie*?“, hakte Grandma mit sanfter Stimme nach.

Fragend schaute ich Octocat an.

„Zaubervolk“, zischte er angewidert. „Magie-Missbraucher“.

„Magie?“, fragte ich erschrocken. Hatten wir darüber schon gesprochen? War mir schon wieder etwas Wichtiges entfallen?

„Magie!“, rief meine Großmutter entzückt. „Hat sie endlich auch Blueberry Bay erreicht?“

Jetzt starrten wir sie beide an. „Du weißt etwas über Magie?“, platze ich fassungslos heraus. War ich denn die Einzige hier, die völlig im Dunkeln tappte?

Sie lachte. „Nein, schön wär’s, aber es klingt nach einer Menge Spaß.“

„Nein, Grandma“, sagte ich missbilligend. „Bitte lass dich nicht auf so etwas ein. Ich flehe dich an.“

Sie verschränkte die Arme vor der Brust und starrte mich an. „Spaß hin oder her, ich gehe dahin, wo du hingehst, und das scheint zufällig gerade amüsant zu werden. Und jetzt schieß los!“

Oder richtig, richtig gefährlich, fügte ich gedanklich hinzu, und mir wurde ganz übel dabei.

Octocat rekapitulierte die Ereignisse der vergangenen Woche, zum einen, um meinem Gedächtnis auf die Sprünge zu helfen, und zum anderen, um Großmutter auf den neuesten Stand der Dinge zu bringen. Er erzählte es uns in allen Einzelheiten, und ich erinnerte mich sofort wieder an alles – das wäre mir sonst nicht gelungen. Sehr merkwürdig.

„Also“, Grandma rieb sich eifrig die Hände. „Lasst mich das noch einmal zusammenfassen: Peter kann auch mit Tieren sprechen. Es gibt eine Art magischen Club in der Stadt, der einfach so verschwinden kann, wenn nötig, und jemand benutzt Magie, um die Geschäfte im Zentrum auszurauben. Ist das alles?“

„Ja, reicht das denn nicht?“ Jetzt fühlte sich mein Kopf auf einmal ganz schwer an aufgrund all der Informationen, die auf mich einprasselten. „Das ist doch schon eine ganze Menge.“

Sie stand abrupt auf und eilte Richtung Haustür.

„Wo willst du hin?“ Ich konnte kaum sprechen, und mir war total schwindelig. Am liebsten hätte ich mich jetzt hingelegt, aber ich konnte doch nicht einfach zusehen, wie sich meine Großmutter ganz allein in eine gefährliche Situation stürzte.

Zum Glück sagte sie dann etwas, was mich ein wenig beruhigte: „Wir müssen einkaufen gehen.“

„Was? Warum?“ Ich rieb mir die Schläfen, um mein Gehirn wieder auf Kurs zu bringen.

Grandma schien von dieser sonderbaren Wendung der Ereignisse völlig unbeeindruckt zu sein – im Gegenteil, sie freute sich offenbar richtig darüber. „Ich habe keine geeigneten Klamotten für eine Observierung und bezweifle, dass du welche hast.“

„Eine Observierung?“

„Ja, was denn sonst? Also, kommst du jetzt mit oder nicht?“

Also fuhren wir zum nächsten Shoppingcenter und kauften für uns beide komplett neue Outfits, inklusive zweier schwarzer Mützen mit sehr unauffälligem Totenkopfsymbol vorne drauf. Sie nahm sogar ein winziges, schwarzes Halstuch für Octocat mit, obwohl mir klar war, dass er es hassen würde.

Den Rest des Abends verbrachten damit, diverse Sachen für die geplante Observierung zusammenzustellen. Neben ausreichend Proviant packten wir auch Brettspiele, Decken, Hörbücher und noch so einige andere Dinge zum Zeitvertreib ein. Vor allem jedoch versuchte ich, Grandma bei ihren großen Vorbereitungen für unser bevorstehendes Abenteuer nicht im Weg zu stehen.

Als es dunkel wurde, sprang sie schlagartig auf und rief mit angespannter Miene: „Es wird Zeit!"

Auch wenn sie von Spionagefilmen besessen war und Octocat sich ständig juristische TV-Shows anschaute, half uns das jetzt nicht wirklich, und ehrlich gesagt hatte ich von dieser Observierung schon vor Beginn die Nase voll. Hoffentlich würde die Aktion zumindest zu einigen hilfreichen neuen Informationen führen.

„Wir nehmen mein Auto", erklärte Grandma. Ihr kleiner roter Sportwagen war nicht gerade diskret, aber darüber zu diskutieren würde nichts bringen, da sie sich bereits auf ihre Rolle heute Abend eingeschossen hatte – vermutlich ein weiblicher James Bond mit silbernem Haar. Und ich sollte dann wohl ihren Handlanger mimen.

Wir parkten in der Innenstadt und tranken heißen Kakao aus Thermoskannen, die schwarz wie unsere Klamotten waren.

Octocat saß auf dem beengten Rücksitz und beschwerte sich lautstark, dass er nicht genug Platz hatte.

„Achtet auf alles, was euch irgendwie verdächtig vorkommt", flüsterte Grandma, obwohl niemand in der Nähe war, der uns hören konnte. „Haltet Ausschau nach Personen, die sich in der Nähe des Verstecks aufhalten oder eines der Geschäfte nach Ladenschluss betreten", instruierte sie uns weiter.

„Wie lange werden wir hier Wache halten?", fragte ich gähnend.

„So lange wie nötig", erwiderte sie mit fest entschlossenem Blick. „Wenn du zwischendurch schlafen willst, können wir uns notfalls abwechseln."

Also echt, das klang für mich überhaupt nicht lustig. Hoffentlich würden sich unsere geheimnisvollen Gauner bald zu erkennen geben, damit wir schnell wieder nach Hause und ins Bettchen gehen könnten.

Die Zeit kroch dahin. Grandma erzählte uns die Handlungen all ihrer Lieblings-Actionfilme, während es in der Innenstadt von Glendale langsam ruhiger wurde, die Läden schlossen und die Leute nach Hause gingen. Abgesehen von einigen streunenden Hunden, die geschäftig an uns vorbeiliefen, war nichts los. *Nichts Verdächtiges.*

Aber dann passierte doch etwas.

Nur ein kurzes Stück von uns entfernt ertönte plötzlich ein schriller Alarm, und helle Lichter durchfluteten die eben noch dunkle Straße. Da vorne, beim Juweliergeschäft! Ich erkannte es sofort. Großmutter zögerte keine Sekunde. Sie setzte etwa fünfzig

Meter zurück und brachte den Wagen direkt vor dem Laden zum Stehen. Drinnen war allerdings niemand zu sehen, der das Sicherheitssystem ausgelöst haben könnte.

Wie schon am Freitagabend heulten die Sirenen auf, und ein paar Minuten später tauchte Officer Bouchard auf. „Sie schon wieder“, rief er, als er mich entdeckte.

„Das ist Zufall“, sagte ich und erhob entschuldigend beide Hände. „Ich schwöre es.“

„Wir haben etwas überwacht“, sagte Grandma und lächelte ihn mit zusammengepressten Lippen an.

„Wir wollten nur helfen“, unterbrach ich sie rasch. „Wollten sehen, ob wir den Räuber auf frischer Tat ertappen können.“

„Und deswegen haben Sie Ihren Kater mitgebracht?“, fragte er skeptisch, als er Octocat durch das offene Autofenster erspäht hatte.

„Ich hänge einfach sehr an ihm.“ Ich biss mir auf die Lippen, während Octocat sich auf dem Rücksitz räkelte. „Aber ich habe nicht gesehen, wer da eingebrochen ist.“

„Der Besitzer des Geschäfts ist auf dem Weg “, informierte uns der Beamte. „Aber ich denke, es wäre das Beste, wenn Sie verschwinden, bevor er hier ist.“

Großmutter tippte sich an die Schläfe und lächelte zu dem Polizisten hoch, der nicht gerade unattraktiv war. „Gute Idee. Wir sind die einzigen Zeugen, also wird er uns natürlich verdächtigen.“

Ich blickte zurück in Richtung des Verstecks, und für einen Moment glaubte ich, eine dunkle Gestalt in der Seitenstraße verschwinden zu sehen. Gerne wäre ich der Sache nachgegangen, aber ich konnte Officer Bouchard nicht noch misstrauischer uns gegenüber machen, als er ohnehin schon war.

Deshalb wandte ich mich in geduckter Haltung zu Octocat um und flüsterte: „Octocat, ich habe irgendwen oder irgendwas beim Versteck gesehen. Kannst du mal nachschauen?"

„Schon unterwegs", antwortete er, hüpfte durch das offene Fenster auf der Fahrerseite und schlich davon.

„Danke, Officer, sehr nett von Ihnen", gurrte Großmutter, die keine Flirtgelegenheit ausließ. „Sie sind ein viel beschäftigter und wichtiger Mann hier, das ist ja ganz klar. Deshalb wissen wir es wirklich immer sehr zu schätzen, wenn Sie sich ein wenig Zeit für uns nehmen."

„Keine Überwachungen mehr", rief der Polizist ihr im Weggehen hinterher. „Haben Sie mich verstanden?"

Grandma salutierte, dann sank in ihren Sitz zurück.

Ich drückte den Knopf, um die vorderen Fenster zu schließen, und flüsterte dann: „Warte noch ein paar Minuten. Octocat checkt nur gerade ganz schnell etwas für uns."

Sie fummelte umständlich mit ihren Schlüsseln herum und tat so, als sei sie intensiv mit einer Bestandsaufnahme der Vorräte und Ausrüstung für unsere große Observierung beschäftigt. Als Octocat endlich wieder durchs Fenster hineinkletterte, winkte noch einmal freundlich in Richtung Polizei, und dann brausten wir davon.

„Und, was war es?", fragte ich meinen Kater neugierig.

„Nichts“, erwiderte er frustriert. Anscheinend konnte er es selbst kaum glauben. „Absolut gar nichts.“

Wie war es möglich, dass wir übersehen hatten, was sich direkt vor unseren Augen abgespielt haben musste?

Was für ein Desaster. Mit der Überwachungsmission hatten wir nur erreicht, dass ich jetzt noch besorgter war, weil magische Kräfte Besitz von meiner Heimatstadt ergriffen hatten.

11

Als ich am nächsten Morgen in die Küche kam, trug Grandma einen Velours-Jogginganzug, auf dem *STYLISH* quer über ihren Hintern geschrieben stand. Ein passendes rosa Stirnband hielt ihr die grauen Locken aus dem Gesicht, und bewaffnet war sie mit einer lilanen Alu-Wasserflasche in der Hand.

„Die Observierung geht also weiter?“ Ich gähnte und wischte mir den Schlaf aus den Augen.

Sie streckte die Arme über den Kopf und beugte sich nach vorne, um ihre Zehen zu berühren. „Keine Ahnung, wovon du redest“, antwortete sie augenzwinkernd. „Ich gehe gleich noch etwas spazieren, eine flotte Runde durch die Stadt. Das hält mich jung und fit.“

„Alles klar, vergiss nicht, den Kater mitzunehmen.“ Ich

musste grinsen, versuchte aber, ein Pokerface zu bewahren. „Sein Ausgehgeschirr hängt an einem der Haken im Wäscheraum."

Ich machte mich für die Arbeit fertig, und Großmutter und ich frühstückten noch schnell zusammen, bevor wir uns verabschiedeten. Mein launischer Vierbeiner weigerte sich jedoch kategorisch, mit mir zu sprechen – das Geschirr war eines der wenigen Dinge auf dieser Welt, die er noch mehr hasste als Hunde. Allerdings brauchte Grandma wirklich seine Hilfe bei ihren Ermittlungen. Mit einer Katze an der Leine mochte sie zwar etwas unauffälliger wirken, doch selbst dann würde man früher oder später merken, dass sie herumspionierte. Wenigstens hatte sie auf diese Weise ein zweites Paar Augen und Ohren zur Unterstützung.

Und meine Wenigkeit? Ich musste mich wohl oder übel allein auf den Weg begeben und mich mit dem nervtötenden Peter herumschlagen.

Zum Glück hatte auch ich einen besonderen Plan für heute. Ich schnappte mir das kleine, digitale Diktiergerät, mit dem Grandma gerne hin und wieder ihre Monologe aufnahm, legte neue Batterien ein und klemmte es in meinem BH fest. Auf der Arbeit wollte ich es sofort einschalten und alles aufnehmen, was an diesem Tag passierte. Das würde sicher gar nicht auffallen, und so könnte auch niemand versuchen, diese geheimen Beweise zu manipulieren.

Gott segne meine großen Brüste. Ansonsten waren sie im Grunde nur eine ständige Qual für meinen Rücken, aber heute konnten sie sich endlich mal als nützlich erweisen. Vielleicht hatte James Bond ja doch mehr als einen Grund, sich mit all diese großbusigen Damen einzulassen.

Was auch immer als Nächstes passieren würde, wir waren nun für alles gerüstet.

An diesem Morgen saß Peter schon an seinem Platz, als ich in der Firma eintraf, was eigentlich gar nicht in mein Bild von ihm passte. Ich begrüßte ihn kurz und ging dann aufs WC, um das Diktiergerät einzuschalten.

„Na, hattest du einen schönen Abend gestern?", fragte ich ihn, als ich zurückkam und mich zu ihm an unseren gemeinsamen Schreibtisch setzte.

Er stöhnte genervt auf und wandte sich ruckartig zu mir um. „Ich weiß, dass du mich gesehen hast, also lass den Quatsch, okay? Das ist ja wohl nicht so schwer zu verstehen."

„Was soll ich lassen?", fragte ich ungerührt, allerdings pochte mir mein Herz bis zum Hals. Da hatte ich bei ihm wohl einen Nerv getroffen. War ich der Wahrheit so dicht auf den Fersen, dass er endlich auspacken würde?

Doch es sah nicht gut aus für mich, denn er warf mir böse Blicke zu und knurrte: „Halt dich einfach zurück, capito?"

Ich verschränkte die Arme vor der Brust und drehte mich in meinem Bürostuhl schwungvoll in seine Richtung. Unsere Knie waren weniger als einen Zentimeter voneinander entfernt, als ich mich noch weiter zu ihm hinüberlehnte und ihm so entschlossen, wie ich nur konnte, direkt in die Augen schaute.

„Du bist derjenige, der dieses Spielchen angefangen hat. Warum, frage ich mich. Du wolltest doch mit mir reden über ..."

Ich hielt einen Moment inne, um die richtigen Worte zu finden. „Ähm, über das, was wir gemeinsam haben."

Er ballte beide Hände zu Fäusten, und eine Sekunde lang dachte ich wirklich, er würde mir gleich eine verpassen. Aber dann seufzte er, ließ die Hände sinken und flüsterte: „Das ist nicht der richtige Ort für dieses Gespräch."

Ich hatte ihn in der Zange. Nicht schlecht. Und wer weiß, vielleicht musste ich nur noch ein wenig nachhelfen, dann würde er endlich reden, und ich könnte alle seine Geheimnisse aus ihm herausquetschen.

Nein, ich würde mich nicht von ihm einschüchtern lassen. Also stieß ich ihm einen Finger gegen seine Brust und sagte nachdrücklich: „Mag sein, aber du hast mich letztes Mal schon versetzt, als wir uns woanders treffen wollten, und ich bin es leid, Risiken einzugehen."

„Ich habe dich nicht versetzt!" Er schrie beinahe, holte dann aber tief Luft und versuchte, sich zu beruhigen. „Ich habe dich nicht versetzt. Du bist diejenige, die sich nicht an die Abmachung gehalten hat, weil du früher aufgetaucht bist und die Katze mitgebracht hast."

Ich hatte ihn tatsächlich aus der Fassung gebracht. *Strike!*

„Ja, na und?", entgegnete ich schnippisch und schaute ihn grimmig an. „Was ist gegen meine Katze einzuwenden?"

Er lachte verbittert auf, dann zog er sein Hemd ein Stück hoch, um mir die tiefen Kratzspuren von Octocats Angriff letzte Woche zu zeigen.

„Gut, okay." Ich musste mich wirklich zusammenreißen, um

nicht zu grinsen, während ich die roten Striemen auf seiner Haut betrachtete. „Also, versuchen wir es noch einmal?“

„Nein“, antwortete Peter, drehte sich in seinem Stuhl von mir weg und tat so, als würde er sich auf den Bildschirm konzentrieren. Aber ich sah, dass er mich immer noch aus den Augenwinkeln beobachtete.

Ich schnaubte, langte hinüber und schaltete seinen Monitor aus. „O doch!“, beharrte ich.

„Wenn ich gewusst hätte, dass du mir nur einen Haufen Ärger einbringst, hätte ich nie …“ Er stockte und schluckte den Rest des Satzes hinunter.

„Hättest du nie was?“ Ich lehnte mich noch weiter zu ihm hinüber, sodass mir der unangenehme Geruch seines Rasierwassers direkt in die Nase stieg. Wir waren uns jetzt so nahe, dass ich ihn hätte küssen können, aber das würde ich ganz sicher niemals freiwillig tun. Das Einzige, was ich von diesem Kerl wollte, waren ein paar Antworten.

„Vergiss es.“ Seine Stimme zitterte, und sein Gesicht hatte inzwischen den gleichen Rotton angenommen wie die Kratzspuren auf seiner Brust.

Ich stupste ihn erneut an. Er sollte bloß nicht denken, dass ich ihn damit davonkommen ließ. „Ja, schon klar, du hast versucht, mich alles vergessen zu lassen, nicht wahr? Aber du kannst mich nicht so einfach abspeisen, wie du denkst.“

„Hältst du jetzt endlich die Klappe?“, brüllte er und riss dabei erbost die Augen auf. Dann räusperte er sich, lehnte sich zu mir herüber und flüsterte mir ins Ohr: „Hör auf, dich in meine Angelegenheiten einzumischen. Sonst wird bald ganz Blueberry Bay deine netten, kleinen Geheimnisse erfahren. Hast du mich verstanden?“

Ich nickte langsam, wusste allerdings nicht, ob er es ernst meinte oder nur bluffte. Für den Moment zog ich es vor, es nicht weiter auszutesten. Es spielte aber auch keine Rolle, denn er machte wieder diese merkwürdige Handbewegung unter dem Schreibtisch, und plötzlich war mir einfach wieder alles egal.

Erst als ich Stunden später nach Hause kam, fiel mir das Diktiergerät wieder ein, das immer noch in meinem BH steckte. Wie gut, dass ich das blöde Ding daheim meist sofort auszog.

„Hast du bei deinem Stadtspaziergang irgendetwas Interessantes entdecken können?“, erkundigte ich mich bei Grandma, die gerade in der Küche dem Mittagessen den letzten Schliff verpasste.

Sie verdrehte lächelnd die Augen. „Nein, Fehlanzeige, aber wir versuchen es morgen noch einmal.“

Octocat grummelte: „Sie vielleicht, aber ich bin raus. Bitte sag mir, dass du heute etwas aus Peter herausbekommen hast.“ Er blickte mit großen, flehenden Augen zu mir auf, und ich wünschte, ich hätte eine gute Nachricht für ihn, zumindest eine bessere als *ich kann mich nicht erinnern.*

„Ich habe diese Aufnahme hier“, sagte ich und hielt das kleine Gerät in meiner Hand hoch, dass ich eben in meinem BH wiederentdeckt hatte.

„Oh, großartig“, rief Grandma. „Bühne frei!“ Sie neigte den

Kopf zur Seite und gluckste. „Das hören wir uns beim Mittagessen an."

Ich lachte und schaltete das Diktiergerät ein. Hoffentlich war die Aufzeichnung gelungen. Nach wenigen Minuten ertönte Peters und mein Gespräch von heute Morgen durch den winzigen Lautsprecher.

Einige der Worte wurden durch das Rascheln meiner Bluse übertönt, aber die entscheidenden Punkte kamen trotzdem unmissverständlich rüber: Peter wusste, dass ich etwas wusste, und er hatte Angst, dass ich noch mehr herausfinden könnte.

„Das reicht!", meinte Octocat nach Peters letzter geflüsterter Drohung. „Ich übernehme ab sofort die Leitung der Ermittlungen in diesem Fall."

„Warte. Was meinst du?", stammelte ich. Er hatte noch nie die Führung übernommen, und die Tatsache, dass er es jetzt tun wollte, war mir äußerst unheimlich. „Was ist dein Plan?"

Er saß vor mir auf dem Tisch und fuhr demonstrativ die Krallen an einer seiner Vorderpfoten aus. „Du weißt ja schon, dass Katzen viele Talente besitzen. Und zu deinem Glück bin ich sogar noch talentierter als die meisten anderen. Aber weißt du, was ich am besten kann?"

Ich schüttelte den Kopf und hoffte, er würde einfach weiterreden. Octocat hielt sich selbst für das größte Genie aller Zeiten – wie sollte ich also ahnen, worauf er hinauswollte?

„Anpirschen und meine Beute erledigen", antwortete er mit einem finsteren Lächeln. „Glaub mir, wenn ich eine Ratte rieche, dann verspeise ich sie zum Abendessen."

Irritiert starrte ich ihn an. Was meinte er denn damit genau?

Er seufzte und verdrehte die Augen. „*Peter.* Ich spreche von Peter."

„Du willst ihn verspeisen?" Diese Frage konnte ich mir einfach nicht verkneifen und bemühte mich, nicht zu lachen.

„Nein, natürlich nicht …" Der Kater stöhnte. „Das war im übertragenen Sinne gemeint. Du hast meine Pointe ruiniert. Kannst du dich jetzt bitte zusammenreißen?"

„Ja, tut mir leid", murmelte ich und hörte brav zu, während er seinen Vortrag wiederholte. Als er zu dem Teil mit der Ratte kam, die er killen würde, legte ich eine Hand auf meine Brust und tat so, als würde ich in Ohnmacht fallen.

„Mein Held", rief ich betont dramatisch.

Octocat lächelte stolz. „Und vergiss das bloß nicht."

Oh, ich hatte zwar in letzter Zeit so einiges vergessen, aber diesen Kater würde niemand aus meinem Gedächtnis löschen können –, selbst wenn ich ihn manchmal zum Teufel wünschte.

Was auch immer er für einen Plan hatte, ich hoffte nur, dass er – mein *Held* – sich nicht in Gefahr bringen würde.

12

An diesem Abend schickte mich Octocat los, um einen Last-Minute-Einkauf für ihn zu tätigen. Er hatte sich ausgerechnet eine Apple Watch gewünscht. Es mag ja viele eingefleischte Fans dieser Marke geben, aber mein Kater gehörte sicherlich zu den treuesten aller Mac-Anhänger – er liebte seine Edeltechnik über alles.

Manchmal bereute ich es, ihm jemals ein iPad in die Pfoten gegeben zu haben.

Natürlich musste ich dafür auch noch in die nächstgrößere Stadt fahren, wo es einen gut sortierten Elektronikmarkt gab. Der Angestellte dort, den ich um Hilfe bat, schlackerte mit den Ohren, als ich ihm mein Anliegen vortrug.

„Sie wollen eine Apple Watch für Ihre Katze?“, fragte er ungläubig zum insgesamt dritten Mal. Anscheinend hielt er mich für vollkommen bekloppt.

Also erklärte ich ihm etwas genauer, worum es mir ging, weil ich keine Lust hatte, weiter seine Lachnummer der Woche zu sein. „Ja, ich will das Ding an seinem Halsband befestigen, damit ich verfolgen kann, wohin er geht, wenn er draußen unterwegs ist."

„Und es muss unbedingt ein Apple-Gerät sein?" Er hatte sich immer noch nicht wieder eingekriegt und rang inzwischen nach Luft, so sehr amüsierte er sich. „Es gibt viel günstigere Optionen, die speziell für Haustiere ausgelegt sind."

Ich zog frustriert die Stirn in Falten. *Idiot.* Offensichtlich war dieser Mann noch nie der Untertan einer Katze gewesen.

„Meine Katze bevorzugt aber Apple-Produkte, wenn es irgend geht", antwortete ich leise und hoffte, dass nicht noch weitere Mitarbeiter antanzen würden, bevor ich hier fertig war. „Können wir uns bitte einfach beeilen?"

„Ja, sicher. Es gibt da allerdings ein kleines Problem." Er hörte auf zu lachen und warf mir einen mitleidigen Blick zu. „Die aktuelle Generation der Apple Watches muss an ein Telefon gekoppelt werden, damit sie über große Entfernungen funktioniert."

„Das heißt?"

„Das heißt, so wie sie es sich vorstellen, funktioniert das nicht", erklärte er etwas ungeduldig.

Ich schaute mich ratlos um. Das Geschäft leerte sich bereits, denn es war schon kurz vor Ladenschluss. Also musste eine relativ schnelle Entscheidung her. Was war wichtiger, das Ego meines versnobten Katers oder seine persönliche Sicherheit? Die

Antwort lag im Grunde auf der Hand, aber ich tat mich trotzdem ziemlich schwer.

„Okay, zeigen Sie mir die GPS-Sender für Haustiere."

Der Mitarbeiter grinste und führte mich zu einer Vitrine am Ende desselben Ganges, wo wir die ganze Zeit gestanden hatten. Ich suchte mir das Gerät aus, das am ehesten wie ein Apple-Produkt aussah.

„Oh, gute Wahl", meinte er nickend. „Das ist unser bestes Modell, wird hervorragend bewertet."

„Ja, super", sagte ich mit leicht sarkastischem Unterton. Dann flüsterte ich ihm zu: „Ich gebe Ihnen einen Zwanziger, wenn Sie mir noch bei etwas helfen."

Er erhob beide Hände und machte einen Riesenschritt zurück. „Ich hoffe, Sie versuchen nicht, mich zu bestechen, damit ich das Ding für Sie klaue." Er trat wieder neben mich und lehnte sich dicht zu mir herüber. Dann meinte er mit gesenkter Stimme: „Ich sage nicht, dass ich es nicht tun würde, nur der Preis muss stimmen."

„Was? Nein." Ich schaute mich nach den Überwachungskameras um, die natürlich direkt auf uns gerichtet waren. „Ich habe Ihnen doch schon gesagt, dass meine Katze sehr auf Apple-Produkte steht. Haben Sie vielleicht noch einen Aufkleber oder etwas in der Art übrig, mit dem wir das echte Logo überdecken und durch das von Apple ersetzen können?"

Er riss überrascht die Augen auf. Ja, er hatte definitiv noch nie unter der Fuchtel einer Katze gestanden. „Ähm, vielleicht", murmelte er, während er sich nach einem Fluchtweg umsah.

„Hören Sie, ich weiß, das klingt crazy, aber ich schwöre Ihnen, ich bin nicht verrückt.“ Ich lächelte und hoffte, er würde merken, dass ich keinen Dachschaden hatte. „Obwohl das ja jetzt auch nichts zur Sache tut“, fuhr ich schnell fort. „Können Sie mir bitte einfach helfen, das hier wie ein Apple-Produkt aussehen zu lassen?“

Nach einigem Hin und Her – und einer Erhöhung des Bestechungsgeldes auf vierzig Dollar – willigte der Mitarbeiter ein. Als wir fertig waren, hatte ich ein passables neues Accessoire für Octocat, dem ich das Gerät als das brandneue „Apple Pet“ schmackhaft machen würde. Ich verstaute die Bedienungsanleitung in meinem Handschuhfach und warf die Verpackung in den Mülleimer vor dem Laden. Ich würde ihm einfach sagen, es sei das Ausstellungsstück, weil alle anderen bereits ausverkauft gewesen seien.

Das würde ihm gefallen und sein neues Spielzeug noch exklusiver wirken lassen.

Wie erwartet war mein Kater überglücklich, als ich ihm am Abend seinen neuen Halsbandanhänger überreichte. „Das Apple Pet. Wow“, gurrte er. „Es ist sogar noch schöner, als ich es mir jemals hätte vorstellen können.“

„Und du bist einer der allerersten überhaupt, die eines bekommen“, fügte ich hinzu. Insgeheim dachte ich, dass er wahrscheinlich die einzige Katze auf der Welt mit diesem speziell designten GPS-Tracker sein würde.

Grandma half uns, das Gerät zu testen, indem sie das Signal des Trackers in der Handy-App verfolgte, während ich mit

Octocat ein paar Minuten im Auto herumfuhr. Als wir zurückkamen, zeigte sie mir den genauen Weg, den wir genommen hatten, auf der Karte in der App. Perfekt! Jetzt konnte seine große Solo-Mission beginnen.

„Pass auf dich auf!", bat ich ihn am nächsten Morgen und konnte dem Drang nicht widerstehen, ihn an mich zu drücken und ihm einen Kuss zwischen die Ohren zu geben.

„Angela, also wirklich", stieß er hervor und befreite sich aus meinen Armen. „Das Apple Pet bietet schließlich die neueste Technik, ganz zu schweigen von meiner überlegenen Intelligenz, Sportlichkeit und Ausdauer – beste Voraussetzungen also, um diesen Fall bis Sonnenuntergang gelöst zu haben."

Ich hatte ein schlechtes Gewissen, weil ich ihn angelogen hatte, aber ich wusste, dass er es besser machen würde, wenn er Apple an seiner Seite wähnte. Unser Plan sah vor, dass er an diesem Morgen mit mir zur Arbeit fahren und dann vor dem Kanzleigebäude zwischen den Sträuchern in Deckung gehen würde. Später, nach Dienstschluss, sollte er in Peters Auto schlüpfen und ihn heimlich begleiten, wohin auch immer das sein mochte.

Ich persönlich hoffte, dass es das geheime Versteck sein würde.

Grandma und ich hatten beide die App auf unseren Telefonen, sodass wir Octocats Standort verfolgen konnten, und ich hatte ihm auch gesagt, dass ich ihn um Mitternacht abholen würde, egal wo er dann war und was dort gerade abging. Die ganze Nacht wollte ich ihn auf keinen Fall allein lassen. Inzwischen wusste ich nur zu gut, dass mit Peter nicht zu spaßen war.

„Bist du sicher?“, fragte ich ihn ein weiteres Mal, als wir auf den kleinen Parkplatz vor der Firma einbogen.

Octocat blickte mich fest entschlossen an. „Natürlich bin ich sicher. Du brauchst mich doch.“

„Ja, ich brauche dich. Also, sei bitte vorsichtig und sieh zu, dass du sicher nach Hause kommst.“

„Angela, ich ...“ Seine Stimme zitterte. Dann neigte er den Kopf und leckte mir mit seiner rauen Zunge die Hand, und mit diesem unerwarteten Gefühlsausbruch brachte er mein Herz praktisch zum Schmelzen.

„Okay, genug jetzt“, flüsterte er und wartete ungeduldig, dass ich ihm Tür öffnete. Und weg war er.

Immer noch überrascht sah ich ihm nur wortlos nach, wie er davontrabte und in den Büschen vor dem Büro verschwand.

Nach ein paar tiefen Atemzügen, um mich zu beruhigen, stieg ich aus und ging ins Büro. Am liebsten hätte ich sofort die Tracking-App gecheckt, beherrschte mich jedoch. Großmutter wollte ihn auch übers Handy im Auge behalten. Es würde schon alles gutgehen.

Ausgerechnet an diesem Tag kam Peter zum ersten Mal, seitdem er in der Kanzlei angefangen hatte, zu spät zur Arbeit. Geschlagene vierzig Minuten dachte ich, wir müssten unseren Plan um einen weiteren Tag verschieben – ich hätte ausflippen können. Als er endlich aufkreuzte, ignorierte er mich geflissentlich und blendete mich sogar mit Hilfe von Kopfhörern aus, um nicht mit mir reden zu müssen.

Es sollte mir recht sein.

Nur mit Mühe gelang es mir, die Zeit bis zum Ende meiner Schicht am Mittag geduldig durchzustehen. Dann düste ich nach Hause und setzte mich zu Grandma. Zusammen starrten wir auf den Punkt auf unseren Telefonen, der Octocats Standort darstellte und sich nicht vom Fleck rührte.

„Oh, es tut sich was!“, rief Großmutter später am Nachmittag, als wir uns gerade eine Tasse heißen Tee und selbstgebackene Kekse zu Gemüte führten. Tatsächlich hatte der kleine Punkt das Büro verlassen und bewegte sich nun langsam die Main Street hinunter.

Ich warf einen Blick auf die Uhr. „Aber es ist noch zu früh! Peter muss doch bis fünf arbeiten.“

„Heute nicht, wie es scheint“, kommentierte Grandma achselzuckend. Ihre Augen begannen vor Aufregung zu leuchten, während der kleine Punkt seine Reise fortsetzte.

Stumm verfolgten wir, was sich auf der Karte abzeichnete. Nach mehrfachem Abbiegen durch eine Reihe von Seitenstraßen kam er schließlich zum Stehen.

„Zoom mal ran“, bat ich Grandma. „Welche Adresse ist das?“

Sie tippte auf den Punkt, und die App zeigte uns die genaue Straße und Hausnummer an.

„Da wohnt er wahrscheinlich“, sagte ich und machte schnell einen Screenshot, falls wir diese Information für später brauchten. „Gut zu wissen für die Zukunft.“

„Was, wenn er nur etwas abhängen will, ‚Netflix and Chill' und so?", fragte Grandma mit Sorgenfalten auf der Stirn.

„Wer hat dir denn von ‚Netflix and Chill' erzählt?", fragte ich entsetzt.

Grandma winkte ab. „Ach, einer von denen beim Bingo. Er meinte, das würden heutzutage alle jungen Leute machen. Bin ich froh, dass du lieber liest, als den ganzen Tag vor dem Fernseher zu verblöden."

Ich nickte und verbarg ein Lächeln hinter meiner Hand. Es war besser, sie in ihrem unschuldigen Glauben zu lassen.

Leider sah es so aus, als würde Peter tatsächlich auf der Couch liegen oder ähnliches, zumindest bewegte sich der Punkt stundenlang überhaupt nicht. Der arme Octocat! Es blieb ihm wohl nichts anderes übrig, als einfach nur dazusitzen und abzuwarten, ob sich unsere Zielperson zu einer Missetat aufschwingen würde.

Mehrfach musste ich gähnen und fragte mich, ob Grandma und ich uns bei der Beobachtung des reglosen Punkts besser abwechseln sollten, um die Zeit bis Mitternacht, wenn wir Octocat endlich abholen würden, zu überbrücken.

Wie unspannend, und leider waren wir auch keinen Schritt weitergekommen.

Ich hatte die heutige Mission schon fast für gescheitert erklärt, als sich der Punkt plötzlich wieder in Bewegung setzte.

13

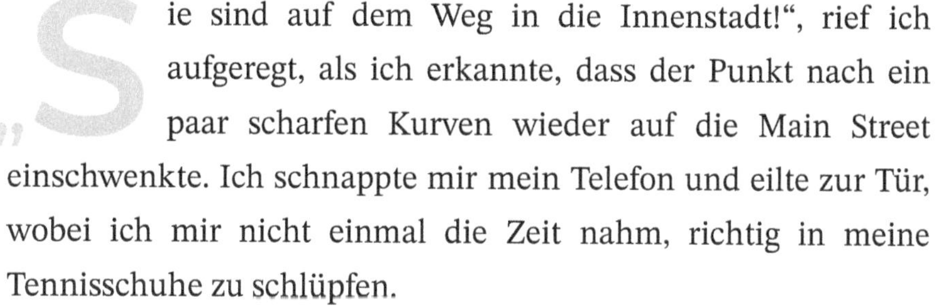

„Sie sind auf dem Weg in die Innenstadt!“, rief ich aufgeregt, als ich erkannte, dass der Punkt nach ein paar scharfen Kurven wieder auf die Main Street einschwenkte. Ich schnappte mir mein Telefon und eilte zur Tür, wobei ich mir nicht einmal die Zeit nahm, richtig in meine Tennisschuhe zu schlüpfen.

Grandma folgte mir. „Ich komme auch mit, Liebes“, beharrte sie in ihrer zuckersüßen Art.

„Auf keinen Fall“, protestierte ich lautstark. „Wir brauchen dich hier in unserer Basis, falls es Probleme geben sollte. Behalte den Punkt im Auge!“, rief ich ihr noch über die Schulter zu. Dann knallte die Haustür hinter mir ins Schloss und rannte zu meinem Auto.

Wenn sich Peter und Octocat auf dem Weg zum Versteck befanden, dann musste ich auch dorthin. Ich schob das Handy in die Halterung im Auto, sodass ich die GPS-App während der gesamten Fahrt beobachten konnte. Glücklicherweise schien Peter einen Stopp an der Tankstelle einzulegen, und daher schaffte ich es auf wundersame Weise, vor ihm in der Innenstadt anzukommen. Ich parkte um die Ecke und duckte mich dann hinter den Müllcontainer in jener Gasse, wo der magische Eingang liegen musste.

Atemlos beobachtete ich, wie sich der blinkende Punkt meiner Position näherte.

Da, da! Aber wo?

Sie hätten jetzt eigentlich direkt vor mir stehen müssen, aber ich konnte weder Peter noch Octocat sehen. Stattdessen stürmte ein riesiger Pitbull in die Gasse und kam direkt auf mich zu. Ich war so geschockt, dass ich eine Sekunde brauchte, um zu realisieren, dass er etwas zwischen seinen scharfen, glänzenden Zähnen festhielt.

Meine Katze!

O mein Gott, dieser abartig große Hund hatte Octocat am Genick gepackt, und er sah brutal wütend aus.

„Bitte, Mr. Dog", sagte ich mit piepsiger Stimme, obwohl ich in diesem Moment so stark wie möglich erscheinen wollte. „Bitte, tun Sie uns nicht weh."

Der Hund sah mir in die Augen und knurrte eine Warnung.

Ich blieb reglos stehen, so wie ich es bei den Pfadfinderinnen für den Fall eines Angriffs durch ein wildes Tier gelernt hatte. Würde er mich beißen? Mich töten? Und warum hatte er sich meine Katze geschnappt?

Die Tür zum Versteck öffnete sich, und der bedrohliche Hund schleuderte Octocat die Treppe hinunter. Es krachte unheilvoll, als er auf dem Boden aufschlug. *Nein!*

„Geh da rein. Sofort!“, knurrte mich jemand an. Die Stimme klang wie die von Peter, aber sie musste zu jemand anderem gehören, oder? Vielleicht stand Moss in der Nähe, nur außer Sichtweite.

Ich war immer noch starr vor Schreck, obwohl ich vor allem um Octocat und weniger um mich selbst besorgt war. Ob er sich bei dem heftigen Sturz schlimm verletzt hatte? Was wollte der Hund von ihm? Und woher wusste er von dem Versteck?

„Angela!“, rief Octocat aus der Tiefe. „Angela, nicht! Es ist eine Falle!“

Oh, Octocat! Er lebte. Am liebsten hätte ich vor Freude geheult, aber ich war immer noch wie versteinert.

„Ich sagte, geh da rein!“, wurde ich erneut aufgefordert, und dann schob mich der Pitbull mit seinem Kopf die Treppe hinunter. Die Tür fiel zu und verschwand. Auch wenn mein Körper mir jetzt wieder gehorchte, gab es jetzt kein Entrinnen mehr und keinen Weg zurück.

Der Pitbull stand wutentbrannt am oberen Ende der Treppe. „Ich wusste, dass du Ärger machen würdest“, grollte er. Dieses Mal war ich mir sicher, dass die Stimme von dem Hund kam. Er redete mit mir, und ich verstand ihn, so wie ich meinen Kater verstand. Aber wie war das möglich? Und warum klang er wie Peter?

Octocat war bei seinem Sturz durch den Raum geschleudert

worden und lag nur wenige Meter von der gegenüber liegenden Wand entfernt. Er versuchte aufzustehen, fiel aber mit einem Schmerzensschrei auf die Seite.

„Ich dachte, Katzen landen immer auf den Füßen?“, spottete der Hund mit Peters Stimme.

„Das war ein übler Tiefschlag, und das weißt du auch“, rief Moss, der plötzlich aus den Schatten auftauchte. „Was ist in dich gefahren?“

„Hab’ einen von euch erwischt, wie er in meinem Revier herumschnüffelte“, antwortete der Pitbull mit einem Nicken in Richtung Octocat. „Ich dachte mir, ich bringe ihn hierher, damit du das mit ihm klären kannst, ist ja schließlich einer von deiner Sorte.“

Moss stand sichtlich unter Spannung. Er kniff die Augen zusammen und starrte sein Gegenüber an. „So läuft das nicht hier. Zeig dich.“

Ich richtete meinen Blick wieder auf den Hund, aber offenbar nicht schnell genug. Jetzt stand dort Peter – auf allen Vieren. Mir blieb die Spucke weg, und mein Gehirn ratterte, während ich ihn mit weit aufgerissenen Augen und offenem Mund anstarrte.

„Mach doch ein Foto“, meinte Peter mit einem süffisanten Lächeln. „Dann hast du länger was davon.“

Ein Foto? Eigentlich keine schlechte Idee. Ich hielt mein Handy immer noch in der Hand, weil ich ja die GPS-App verfolgt hatte. Also richtete ich die Kamera auf ihn.

Im nächsten Moment schlug er mir das Telefon aus der Hand.

„Geht's noch? Das war ironisch gemeint!" Er verzog verächtlich das Gesicht.

„Okay, das reicht!", grummelte Moss. Dann packte er mich überraschend kraftvoll, zog mich von Peter weg und hob mich hoch, sodass ich direkt vor seinem Gesicht baumelte. „*Du.* Ich kenne dich doch. Hast du mir nicht die Tage erzählt, Peter sei derjenige gewesen, der dich hierher bestellt hat?"

Ich nickte langsam und hielt Augenkontakt zu ihm, auch wenn ich wahnsinnige Angst hatte, aber ich wusste, dass Moss sicher eher als Peter bereit wäre, Milde walten zu lassen. Ob ich ihn irgendwie überzeugen könnte, uns laufen zu lassen und uns nicht noch mehr weh zu tun? Ich musste es versuchen.

„Ja, genau!", rief ich. „Er hat mir letztes Wochenende gesagt, ich solle herkommen, ist dann aber nicht aufgetaucht!"

Moss sog die Luft durch die Zähne ein. „Das ist schlechtes Benehmen, du Hund. Wirklich schlechtes Benehmen." Er drehte sich wieder zu mir um und sagte: „Ich dachte, du wärst eine von uns. Warum gibst du dich mit *ihm* ab?"

„Eine von ..."

„Er ist eine Katze", keuchte Octocat. „Ich dachte, ich hätte es gerochen, als wir uns das erste Mal trafen, aber ich wusste nicht, dass Menschen so etwas können."

„Sich in Tiere verwandeln?", fragte Peter, und im Nullkommanix nahm er wieder seine Vierbeinerform an. So schnell konnte ich gar nicht gucken. Mit aufgestellten Nackenhaaren näherte er sich Octocat. „Jetzt wollen wir doch mal sehen, was du wirklich draufhast, Großmaul!"

„Hey!“, protestierte ich und versuchte, mich loszureißen, um meinen armen, verletzten Kater zu verteidigen. „Lass ihn in Ruhe!“

Moss stöhnte und setzte mich ab. „Du weißt, dass das Versteck neutrales Gebiet ist“, meinte er zu Peter. „Also hör auf damit.“

Als ich den Blick von Peter abwandte, hatte Moss sich in eine majestätische langhaarige Katze verwandelt, deren Augen immer noch in diesem unglaublichen Grün strahlten.

„Könnt ihr beide bitte damit aufhören?“, wimmerte Octocat, der immer noch am Boden lag. „Davon wird mir schwindelig.“

„Bist du okay?“ Ich eilte zu ihm hinüber, kniete mich hin und nahm ihn auf den Arm.

Ich durfte ihn sogar sanft an meine Brust drücken und hin- und herwiegen, was er bisher noch nie zugelassen hatte.

„Mir geht's gut“, krächzte er. „Ich hab' nur jetzt ein Leben weniger, sonst nichts.“

Als er mein extrem besorgtes Gesicht sah, gluckste er in sich hinein. „Hey, guck nicht so bekümmert. Ich habe immer noch fast die Hälfte meiner Leben übrig. Gib mir nur noch ein paar Sekunden, dann bin ich wieder bereit zu fighten.“

„Nein“, flüsterte ich und drückte meine Stirn an seine. Ich war den Tränen nahe. „Es wird nicht mehr gekämpft.“

„Und wenn doch?“, fragte Peter spöttisch, der unseren zärtlichen Moment mit feindseliger Miene beobachtet hatte.

„Ich sagte doch, hör auf damit!“ zischte Moss. Es klang, als würde Luft aus einem Reifen entweichen. „Wir waren uns einig zusammenzuarbeiten, was Glendale betrifft."

„Dann ist sie eine Gefahr für uns beide", geiferte Peter, der in seiner menschlichen Gestalt gerade die Arme fest vor der Brust verschränkte.

Moss musterte mich stirnrunzelnd. „Nun, was soll ich jetzt mit ihr machen? Sie einsperren und den Rat entscheiden lassen?"

Peter nickte eindringlich. „Ja, genau das solltest du tun."

„Gut", erwiderte dieser, und im Handumdrehen stand Moss wieder als Mensch vor mir. Er griff erneut nach mir und schubste mich in eine Ecke des Raums. Ich wollte ihm hinterherstürmen, prallte jedoch gegen eine Art unsichtbare Wand.

„Na, wie gefällt dir unser Terrarium?", fragte Peter mit einem boshaften Grinsen. Am liebsten hätte ich ihm seine fiese Visage poliert. Ich hatte ihn von Anfang an schon nicht gemocht, aber jetzt hasste ich ihn regelrecht. Ich würde ihm nie verzeihen können, dass er meinem geliebten vierbeinigen Freund wehgetan hatte.

„Wir wissen immer noch nicht, wer sie geschickt hat oder warum, also sollten wir vielleicht aufhören, uns gegen sie zu stellen, bis wir schlauer sind", meinte Moss. Allerdings klang er recht unsicher.

„Was ist hier eigentlich los?", schrie ich. Dabei hielt ich Octocat immer noch an meine Brust gedrückt. Jetzt konnte ich die Tränen nicht mehr zurückhalten. In Strömen liefen sie mir die Wangen hinunter.

Moss biss sich auf die Lippe, dann wandte er sich erneut an

Peter. „Wir müssen zumindest den Zauber entfernen, wenn wir sie hier festhalten wollen. Ansonsten dreht sie uns durch. Das ist dir ja wohl klar, Peter."

„Na schön." Dieser schnippte mit den Fingern, und der alte, muffige Keller verwandelte sich plötzlich in einen schicken Untergrundclub. Das war also das wahre Versteck! Kirschholzvertäfelungen zierten die Wände und edler Marmor den Boden. Bei dem Terrarium, wie Peter es genannt hatte, handelte es sich um eine winzige Gefängniszelle, in der Octocat und ich nun festsaßen. Zwei Seiten bestanden aus Glas und die anderen beiden aus einer harten Wand.

Ich sprang auf und hämmerte gegen das dicke Glas. „Lasst uns raus!", brüllte ich.

„Keine Chance!" Peter lachte finster. Er schien sich prächtig zu amüsieren. War das etwa schon die ganze Zeit sein Plan gewesen? Aber warum hatte er das alles getan? Sicher nicht, um mir meinen lausigen Assistenzjob in der Kanzlei streitig zu machen.

„Wir können euch noch nicht sofort gehen lassen. Nicht, bevor der Rat entschieden hat", erklärte Moss mit einem entschuldigenden Achselzucken.

Was hatte es bloß mit diesem Rat auf sich? Wer waren die? Und wie würden sie entscheiden?

Ich schaute mich verzweifelt um. Vielleicht gab es ja doch einem Fluchtweg? In dem Moment realisierte ich, dass wir ein Publikum hatten.

14

Das Versteck schien ein reiner Männerclub zu sein. Zumindest entdeckte ich keine einzige Frau unter den Anwesenden. Andererseits, schon möglich, dass ein Teil der ganzen Katzen und Hunden hier weiblicher Natur war. Ich ließ mich in der Ecke nieder, wo die beiden Holzwände aufeinandertrafen, und versuchte, nicht eingeschüchtert zu wirken angesichts der bizarren Situation. Was für eine Nacht!

Nachdem er eine Weile seine Wunden geleckt hatte, befreite sich Octocat aus meinen Armen und begann, die Glaswand auf und ab zu schreiten. „Kopf hoch. Lass sie nicht sehen, wie fertig du bist“, wies er mich an, als habe er Erfahrung damit, ein Gefangener zu sein. Ich nahm mir vor, ihn auf jeden Fall nach seiner Zeit als Jungkater zu fragen, sofern wir lebend aus diesem Schlamassel herauskämen.

„Was ist passiert, als du Peter beschattet hast?“, fragte ich leise und hoffte, dass uns niemand sonst hören konnte.

„Oh, Angela. Es war alles meine Schuld.“ Er drehte sich plötzlich zu mir um, und in seinen sonst so ruhigen, bernsteinfarbenen Augen lag tiefes Bedauern. „Alles lief prima, aber auf der Fahrt in die Stadt ist Peter plötzlich sehr rasant abgebogen, und ich konnte nicht an mich halten. I-ich … ich habe aufgeheult!“

Mein Kater jammerte vor sich hin, als ob er zum ersten Mal überhaupt realisieren würde, dass er nicht wirklich perfekt war. *Der Ärmste.* Diese ganze Erfahrung musste für ihn genauso lebensverändernd sein wie für mich, vielleicht sogar noch mehr.

Octocat versuchte, sich zusammenzureißen und weiterzuerzählen, kam aber immer wieder ins Stocken. „Peter bremste scharf und zerrte mi-mi-mich am Genick heraus, dann wa-wa-warf er mich für den Rest der Fahrt in den Kofferraum. Ich ma-ma-machte einen Plan, wollte ihn anspringen und ihm die Augen auskratzen, a-a-aber als wir anhielten, war es nicht er, der den Kofferraum öffnete. Es war sein anderes Ich.“

Der Hund. Ich konnte immer noch nicht glauben, dass Peter fähig war, sich nach Belieben in diesen Pitbull zu verwandeln, wie ein böser Zauberer in einer Fantasiegeschichte. Das passte einfach nicht in mein kleines, beschauliches Küstenstädtchen.

„Hast du denn irgendetwas Interessantes erfahren?“, erkundigte ich mich, während Octocat weiter nervös hin und her trippelte. Meine Güte, seine Anspannung war unerträglich, aber wenigstens konnte er sich wieder normal bewegen.

„Eigentlich erst hier“, antwortete mein Kater mit einem Seufzer. „Aber ich fürchte, ich war so durcheinander nach dem Treppensturz, dass ich das meiste gar nicht richtig mitbekommen habe. Und ..." Er schniefte laut. „Und ..."

Erneut schluchzte und stotterte er, dass ich ihn kaum verstehen konnte, und immer wieder zog er verzweifelt die Schultern hoch.

„Ist doch nicht schlimm", beschwichtigte ich ihn und klopfte leicht auf den Boden, um ihn zu mir zu rufen. „Du kannst mir alles sagen. Ich werde dich deswegen bestimmt nicht weniger liebhaben."

Octocat trottete an meine Seite und murmelte mit abgewandtem Gesicht: „Mein neues Apple Pet. Ich bin bei dem Sturz voll draufgeknallt, und es-es-es ist zerbrochen, Angela!"

„Oh, Octavius", beruhigte ich ihn und benutzte bewusst seinen richtigen Vornamen, um ihn daran zu erinnern, dass er ein Kater mit Rang und Namen war. Es schmerzte mich, ihn so aufgelöst zu sehen. „Mach dir bitte keine Sorgen deswegen. Falls es dir irgendwie hilft, das war gar kein Apple Pet."

Er drehte sich mit weit aufgerissenen Augen zu mir um. Meine Offenbarung schien blankes Entsetzen bei ihm auszulösen. „*Was?*", fragte er empört.

Oh, nein. Da war ich wohl etwas vorschnell gewesen. Ich hatte ihn trösten wollen und nicht darüber nachgedacht, wie er diese Enthüllung wohl aufnehmen würde. Ach, hätte ich doch einfach meine große Klappe gehalten. Aber jetzt war die Katze aus dem Sack ...

„Es war kein Apple", wiederholte ich, während mich seine

Blicke durchbohrten. Jetzt war ich diejenige, die stotterte. „Apple Watches mü-mü-müssen an ein Telefon gekoppelt werden, um ü-ü-über eine bestimmte Reichweite hinweg zu funktionieren, und i-i-ich wollte, dass du in Sicherheit bist, also …“

„Angela!“, rief er verärgert, dann wurde seine Stimme ruhiger und er ging in den Vortragsmodus über. Ich hasste den Vortragsmodus. Das hieß nämlich, dass er mich noch nicht einmal mehr beleidigen konnte, so wütend war er. „Hättest du mir ein Apple-Gerät besorgt, wie ich dich gebeten hatte, wäre das alles gar nicht erst passiert.“

„Das ist nicht fair“, entgegnete ich. Nach dem, was Octocat erzählt hatte, hätte Peter ihn so oder so entdeckt, und das hatte rein gar nichts mit dem GPS-Sender zu tun.

Der Kater legte die Ohren an und ließ den Kopf hängen. „Ich fasse es nicht, dass du mir weismachen wolltest, *ich* sei derjenige gewesen, der alles total vermasselt hat. Wie konntest du mich nur so an mir zweifeln lassen?“

Ich senkte den Kopf. „Tu-tu-tut mir leid.“

„Ts, ts. Das reicht nicht Angela. Hättest du meine sehr einfachen, sehr klaren Anweisungen befolgt, säßen wir nicht in dieser Klemme.“

Zumindest schien es ihm auf einmal besser zu gehen, während ich mich noch schlechter fühlte. „Okay, es ist alles meine Schuld. Zufrieden?“

Octocat schüttelte wieder den Kopf, dieses Mal betont langsam. „Ich dachte, ich hätte dich besser erzogen.“

„Du kannst mit meiner Erziehung später fortfahren", antwortete ich ihm mit einem tiefen Seufzer. „Im Moment müssen wir uns darauf konzentrieren, einen Weg hier herauszufinden."

„Nun, das ist einfach", meinte er und zuckte kurz mit den Achseln.

Ich sprang auf die Füße. „Echt? Cool! Dann sag mir, wie."

„Es gibt keinen", erwiderte Octocat trocken.

„Na großartig." Enttäuscht ließ ich mich wieder zu Boden sinken. Dann fragte ich mich, ob ich das einfach so für bare Münze nehmen sollte. „Was macht dich so sicher, dass es keinen Ausweg gibt?"

„Magie", antwortete er nüchtern.

„Hast du nicht gesagt, dass du magische Dinge nicht sehen kannst?"

„Das kann ich auch nicht, aber ich glaube, ich kann sie jetzt ein bisschen spüren." Er winkelte demonstrativ eine Pfote an, als wolle er seine Muskeln spielen lassen. „Du nicht?"

„Nun ja ..." Ich schloss die Augen, konzentrierte mich auf meine Atmung und horchte in mich hinein. Hatte ich mich vorhin anders gefühlt, bevor wir in dieses höllische Versteck geraten waren? Ich versuchte es wirklich, kam aber letztendlich zu keinem Ergebnis. „Tja, also ... nein", gab ich zu und wunderte mich, ob sich mein Kater seine neu entdeckte Fähigkeit vielleicht doch nur einbildete.

Octocat brummte und zuckte mit dem Schwanz. „Immerhin wurden wir eben Zeuge, wie sich ein Mensch in einen Hund und ein anderer in eine Katze verwandelt hat. Wir haben gesehen, wie dieser Ort aus dem Nichts aufgetaucht ist und sich dann im Handumdrehen von einem dreckigen Keller in einen protzigen Nachtclub verwandelt hat. Ich denke, wir können mit Sicherheit davon ausgehen, dass wir uns hier auf magischem Boden befinden."

Da hatte er natürlich recht.

„Aber was wollen die von uns?", murmelte ich und beobachtete Peter, wie er sich mit ein paar Leuten unterhielt, die ich noch nie zuvor gesehen hatte. Er schien seinen Spaß zu haben.

„Ich weiß es nicht." Octocat lief wieder auf und ab, als Peter innehielt und siegessicher zu mir herüberschaute.

Ich würde ihn nicht gewinnen lassen, das schwor ich mir, vor allem, weil ich noch nicht einmal genau wusste, worum es überhaupt ging. „Wie hat er das eigentlich über mich erfahren?"

„Das weiß ich auch nicht."

Ich schluckte schwer und fragte ihn dann, was mir am Allermeisten auf der Seele brannte. „Werden sie uns umbringen?"

Octocat blieb stehen und schaute mich über seine Schulter an. „Nun, sie haben mich schon einmal getötet, obwohl ich nicht glaube, dass das Absicht war."

„Bist du vorhin wirklich gestorben?"

Er nickte grimmig. „Es war mein viertes Mal."

„Und wie bist du die anderen drei Male gestorben?" Das hatte ich mich schon immer gefragt. Wenn wir hier schon festsaßen, konnten wir uns wenigstens die Zeit damit vertreiben, mehr über das beziehungsweise die vorherigen Leben des anderen zu erfahren. Schließlich waren wir normalerweise meist so sehr mit irgendwelchen Kriminalfällen beschäftigt, dass wir selten Zeit hatten, in Erinnerungen zu schwelgen.

Octocat setzte sich mir gegenüber, und sein Gesicht sagte mir, dass mich eine gute Geschichte erwartete, die mich hoffentlich von unserer misslichen Lage ablenken würde. „Nun, das erste Mal war am Strand. Ich …"

Plötzlich sauste eine der Glasscheiben zur Seite, und die Story war zu Ende, bevor sie überhaupt richtig angefangen hatte. Hoffentlich würde er sie mir später erzählen.

Die feline Form von Moss schlüpfte durch die Öffnung, und im nächsten Moment schloss sich die Glaswand wieder hinter ihm.

„Was ist hier los?" flehte ich ihn an und blieb dabei am Boden hocken, sodass ich mich auf Augenhöhe mit den beiden Katzen befand. „Sind Sie hier, um uns zu helfen?"

Moss setzte sich nahe der Glaswand hin und hielt den größtmöglichen Abstand zu uns. „Ich kann es nicht mit Sicherheit sagen, aber vielleicht."

„Vielleicht was? Vielleicht helfen Sie uns?" Ich kroch auf Händen und Knien zu ihm hinüber, und Gelächter erhob sich von außerhalb des Terrariums. Aber unser Publikum war mir egal. Mir ging es nur darum, Hilfe zu bekommen, und Moss schien noch am ehesten dazu bereit zu sein.

„Ja", antwortete er und schaute auf mich herab, als ich näher krabbelte. „Aber zuerst habe ich ein paar Fragen."

„Er will uns verhören", übersetzte Octocat, auch wenn mir

das selbst klar war. Schließlich hatte ich auch schon den ein oder anderen Krimi gesehen.

Moss lächelte, und diese kleine Geste beruhigte mich irgendwie. Er war wirklich ein sehr gutaussehender Kater – obwohl ich das vor Octocat natürlich niemals laut zugeben würde.

„Also, nun ja, der Rat regelt die Dinge ein wenig anders", erklärte er. Er lächelte immer noch, aber etwas in seinem Ausdruck hatte sich verändert.

„Wie anders?", fragte ich und hob eine Augenbraue. Langsam überkam mich wieder die Angst. Was hatten sie mit uns vor? Und wie konnten wir sie dazu bringen, ihre Meinung zu ändern? Mir ging es jetzt nicht mehr um die Entschlüsselung meiner Fähigkeiten. Das war mir ziemlich egal. Mich interessierte in dieser Sekunde nur noch eines: Wie kamen wir hier wieder raus?

Moss lachte in sich hinein, und seine grünen Augen bohrten sich in meine.

Ich hielt die Luft an und wartete darauf, was er uns zu sagen hatte.

Schließlich hörte er auf zu lachen. „Also zunächst einmal, wir sind nicht die Guten."

Erneut schluckte ich hart, aber der Kloß in meinem Hals wurde nur noch größer.

Wir waren von einer gefährlichen Gang mit magischen Kräften gefangen genommen worden, deren Mitglieder ständig ihre Gestalt änderten und sich wenig um Regeln und Gesetze scherten.

Würde es überhaupt jemand merken, wenn wir hier unten krepierten?

Plötzlich war ich so dankbar, dass Octocats Tracker kaputtgegangen war. Wenigstens Grandma würde in Sicherheit sein.

15

Moss drehte sich abrupt zu mir um. „Für wen arbeitest du?“, fragte er nicht gerade freundlich.

Jubel erhob sich aus dem Clubraum. Ich blinzelte entsetzt, als ich bemerkte, wie sich fast ein Dutzend Menschen und Tiere vor der Glasscheibe zusammendrängten. Jeder schien den besten Platz ergattern zu wollen. *Na toll.* Octocat und ich waren unwillentlich zu den Stars einer abgedrehten Reality-Zaubershow geworden.

„Wir sagen euch gar nichts!“, rief Octocat und spuckte demonstrativ auf den Boden, was ihm ein paar höfliche Lacher aus dem Publikum einbrachte.

„Also, eigentlich gibt es nichts zu sagen, da wir für niemanden arbeiten“, erklärte ich und hoffte im Stillen, dass mein Kater nicht der Verlockung eines großen Auftritts erliegen und mich die Dinge regeln lassen würde. „Es sei denn, Longfellow, Peters & Associates zählt“, fügte ich so ruhig ich konnte hinzu.

„Peters.“ Moss rieb sich mit einer Pfote das Kinn. „Interessant.“

„Nicht *dieser* Peters.“ Ich nickte in Richtung der Versammlung vor der Glasscheibe. Peter stand mir genau gegenüber auf der anderen Seite und beobachtete uns mit gierigen Augen. „Bethany Peters. Sie ist nett.“

„Die sind alle gleich, Schätzchen“, meinte Moss und lachte spöttisch. Kannte er Bethany? War sie vielleicht auch eine von ihnen? *Ach was.* Das war undenkbar.

Ich musste im falschen Film sein. Es fühlte sich an, als wären wir in irgendeinem völlig überzogenen, alten Schinken gelandet. Sogar Octocats Augen leuchteten, weil er sich mittlerweile als einer der Hauptdarsteller zu fühlen schien.

Ich für meinen Teil wollte einfach nur sicher nach Hause kommen und diese ganze Tortur hinter mir lassen. Wenn das bedeutete, dass ich niemals die Wahrhcit übcr meine Tierflüstererfähigkeiten erfahren würde, okay, dann sollte es wohl so sein – dafür würde ich nicht mein Leben aufs Spiel setzen.

„Macht du wirklich gemeinsame Sache mit den Hunden?“, fragte Octocat, dann spuckte er wieder auf den Boden. Dieses Mal lachte niemand, und das Funkeln wich aus seinem Blick.

„Würdest du bitte mit dem Spucken aufhören?“, forderte ich ihn mit einem gequälten Seufzer auf. Jetzt hatte ich nicht nur Angst, sondern war gleichermaßen verärgert. Lieber wäre ich gefesselt oder mit einer Waffe bedroht worden, wie bei unseren vorherigen Kriminalfällen. Dann hätte ich wenigstens gewusst, womit ich es zu tun hatte. Hier waren alle verrückt, unberechenbar und mit ungeahnten Superkräften ausgestattet.

Ich schien die einzige halbwegs vernünftige, normale Person an diesem Ort zu sein, und das gefiel mir ganz und gar nicht.

„Du kannst mit ihm sprechen", konstatierte Moss. Er musterte mich aus zusammengekniffenen Augen und nickte dann in Richtung Octocat. Ich war genervt. Wenn Moss weiter auf den schon bekannten Fakten herumkauen wollte, würden wir nie vorwärtskommen.

„Ja, aber das wussten Sie doch schon", erwiderte ich und fuhr mir frustriert mit den Händen durch die Haare. „Außerdem, warum ist das überhaupt wichtig? Offensichtlich kann jeder hier mit ihm sprechen."

„Wer hat dich geschickt?", fragte Moss erneut mürrisch.

Mit finsterer Miene konterte ich: „Das haben Sie mich auch schon gefragt, und ich habe schon erklärt, dass mich niemand geschickt hat. Das heißt, außer Peter."

„Du bist also eine Doppelagentin?"

Ein leises Raunen ging durch die Menge. Offenbar war dies eine sehr wichtige Frage. Zu dumm, dass ich nicht die geringste Ahnung hatte, was ich darauf antworten sollte.

„Was? Ich weiß wirklich nicht, wovon Sie reden."

„Verwandelt euch!", forderte Moss uns auf und ließ seinen Blick von mir zu Octocat und wieder zurück wandern.

„Ähm, das können wir nicht." Ich verdrehte die Augen, um ihm zu zeigen, wie lächerlich ich die ganze Sache fand.

Octocat spuckte wieder auf den Boden und rief: „Das geht nicht, du Schwachkopf."

Oh, Mann. Ich hatte so gehofft, er würde sich zurückhalten, nachdem sein letzter Joke gar nicht gut aufgenommen wurde. Mir war klar, je mehr er sagte, desto länger würde es dauern. Zum Glück schien Moss mehr an mir als an meiner Katze interessiert zu sein.

„Verwandle dich!", befahl er erneut mit erhobener Pfote und voll ausgefahrenen Krallen.

Ich zuckte nicht einmal und erwiderte mit zusammengebissenen Zähnen: „Ich sagte doch, ich kann es nicht".

Moss schien diese Antwort nicht zu gefallen. Er stürzte sich auf mich und versenkte seine Krallen in meiner Wange.

Es tat höllisch weh, und zu allem Übel musste Peter auch noch lautstark seinen Senf dazugeben: „Na, wie gefällt dir das jetzt, wo der Spieß umgedreht ist?"

Blut tropfte auf meine Bluse, aber jetzt war ich so in Panik, dass ich den Schmerz schon gar nicht mehr richtig wahrnahm. „Sie können mich foltern, so viel Sie wollen, aber ich kann Ihnen keine andere Antwort geben", presste ich hervor.

„Niemand greift ungestraft meinen Menschen an. Du bist tot!", schrie Octocat und stürzte sich auf Moss.

„Stopp!", kreischte ich. Mein Kater hatte ja nun kurz zuvor schon eines seiner Leben verloren. Da sollte er sich nicht gleich in den nächsten Kampf stürzen. Das würde nicht gut enden, auch wenn ich es heldenhaft von ihm fand, mich verteidigen zu wollen.

„Hören Sie auf!“, flehte ich Moss an, der im Begriff war, sich in Octocats Kehle zu verbeißen. „Ich werde Ihnen alles sagen, was ich weiß. Es ist nicht viel, aber ich werde es Ihnen sagen.“

Octocat wich zurück, die Nackenhaare voll aufgerichtet, seinen Schwanz so aufgeplustert, dass er eher wie eine rassige Langhaarkatze und nicht wie eine normale Hauskatze aussah.

„Ausgezeichnet.“ Moss zog seine Krallen über den kalten Marmorboden, als wollte er mich daran erinnern, dass er seine Waffe immer noch im Anschlag hielt, sollten wir wieder aus der Reihe tanzen. „Also, wer von euch ist magisch?“

„Keiner von uns“, antwortete ich, wobei ich mein Gesicht mit den Händen schützte. „Bis vor ein paar Tagen wusste ich nicht einmal, dass Magie existiert, und bis vor etwa sechs Monaten konnte ich auch nicht mit ihm reden.“

Moss kam näher und stellte sich auf die Hinterbeine. Er drückte seine Vorderpfoten gegen meine Brust und schaute mir direkt in die Augen. „Was ist vor sechs Monaten passiert?“

„Da hat mir eine Kaffeemaschine einen ordentlichen Stromschlag verpasst“, antwortete ich atemlos. Seine Kratzer an meiner Wange hatten angefangen zu pochen, und das machte mich ziemlich kirre.

„Und als sie aufwachte, konnten wir uns gegenseitig verstehen“, brachte Octocat den Satz für mich zu Ende.

„Das ist ja wirklich höchst spannend“, kommentierte Moss. Er näselte jetzt leicht, was mir zuvor überhaupt nicht aufgefallen war. Ich fragte mich, ob es ein Zeichen dafür war, dass ihn die ganze Sache auch total nervös machte?

Vielleicht hatten Octocat und ich doch noch eine Chance?

„Aber du kannst dich nicht verwandeln?“, fragte er zum gefühlt einmillionsten Mal innerhalb weniger Minuten.

Ich schüttelte meinen Kopf so heftig, dass es wehtat. Wie konnte ich ihn – und die anderen, die immer noch sensationshungrig zusahen – dazu bringen, mir ein für alle Mal zu glauben? „*Nein!*“, sagte ich so nachdrücklich wie möglich. „Und dieses Gedächtnisding beherrsche ich ebenfalls nicht.“

„Das Gedächtnis ... Oh.“ Moss prustete los, und der ganze Raum fiel in sein Gelächter mit ein. „Du bist also ein Normalo?“, fragte er schließlich und wischte sich die Tränen weg, während er immer noch kaum an sich halten konnte. Octocat hatte ich noch nie Tränen lachen sehen, und ich fragte mich, ob er das nur konnte, weil er in Wahrheit ein Mensch war.

„Wenn damit ein ganz normaler Mensch gemeint ist, dann ja“, bestätigte ich ihm mit versteinertem Blick.

Moss deutete mit dem Kopf auf Octocat. „Und er?“

Ich nickte wieder. „Er ist auch völlig durchschnittlich.“

„Entschuldige mal“, fauchte dieser und stampfte zu uns herüber. „Ich bin alles andere als ...“

„Sei still!“, fuhr ich ihn an. Sein aufgeblasenes Ego war hier gerade wirklich fehl am Platz.

Moss wandte sich zu meinem Kater um: „Was verheimlichst du uns?“, fragte er ihn barsch und beobachtete mich dabei aus dem Augenwinkel.

„Nichts. Ich schwöre es.“

Er studierte ihn einen Moment lang und lächelte dann spöttisch. „Ah, ich verstehe. Er ist einfach nur eine ganz gewöhnliche Katze mit einem ziemlich übersteigerten Selbstbild."

Ich hatte, ohne es zu merken, die Luft angehalten und atmete nun hörbar aus. „Ja. Genau."

„Also, irgendwie hast du wohl einen Schwung Magie abgekriegt", fuhr er fort.

Hatte er das als Frage gemeint? „Ja?"

„Und deshalb tauchst du auch in keinem unserer Ortungssysteme auf", fuhr er fort. „Du bist ein nicht-magisches Wesen mit einer einzigen magischen Fähigkeit."

Ich nickte zustimmend. Diese Erklärung klang für mich einleuchtend, denn eines wusste ich ganz bestimmt: Außer dass ich mit Octocat sprechen konnte, besaß ich keinerlei übernatürliche Kräfte.

Die ganze Gruppe jenseits der Scheibe atmete hörbar auf. Warum fanden die mich eigentlich alle so interessant, wo sie doch selbst viel außergewöhnlichere Dinge vollbringen konnten?

„Passiert so etwas oft?", erkundigte ich mich. Jetzt wollte ich doch unbedingt mehr wissen.

Moss schüttelte den Kopf. „Nein, ganz und gar nicht. Das hat vor sechs Monaten angefangen, sagtest du?"

Ich nickte. Endlich würde mir jemand ein paar Antworten geben – sie waren zum Greifen nahe. Peter hatte mir nicht helfen wollen, aber Moss würde Licht in dieses Dunkel bringen. Ich wusste es einfach.

„Das ist besorgniserregend", meinte er.

„Warum?"

„Wenn du ein echter magischer Mensch wärst, hättest du diese Fähigkeiten schon von Geburt an gehabt. Und wenn du von den Rückständen einer magischen Kraft getroffen wurdest, hätten diese innerhalb von vierundzwanzig Stunden wieder verschwinden müssen."

„Also, was bin ich denn dann?", fragte ich, während mir das Herz bis zum Hals klopfte.

„Das kommt darauf an", antwortete er nachdenklich.

„Worauf?" Am liebsten hätte ich ihn gebeten, mir mehr zu erzählen. Konnte er nicht sehen, wie verzweifelt ich das wissen wollte?

„Ob du kooperierst", informierte er mich mit ernster Miene.

Einen Moment lang sagte niemand etwas, bis Peter direkt vor der Glasscheibe erschien. „Du bist entweder ein Riesenproblem", sagte er mit finsterem Blick.

„Oder unsere größte Waffe", beendete Moss den Satz mit einer boshaften Freude in den Augen.

„Nein, nein, nein. Ich will keinc Waffc scin!" Ich rutschte rückwärts über den Boden, bis ich mich an der Wand anlehnen konnte.

„Was ist mit mir?", fragte Octocat. „Bin ich auch eine Waffe?"

„Du?" Moss lachte und schüttelte den Kopf. „Du bist nichts weiter als eine gewöhnliche getigerte Hauskatze."

16

Octocat ging mehrere Schritte zurück, bis er gegen das Glas stieß. „*Nein*," flüsterte er immer wieder. „Nein, das ist nicht möglich."

Die Menge brüllte vor Lachen, aber ich sah, dass mein Kater sich verletzt fühlte. Sehr verletzt.

„Hör nicht auf sie", beschwichtigte ich ihn und stand auf, um zu ihm zu gehen.

Er zuckte bei meiner Berührung zusammen und sprang dann außer Reichweite. „Lass mich", schniefte er, ohne mich anzusehen.

„Immer dieses Drama", höhnte die Hundeversion Peters und pirschte sich zu uns in das Terrarium. Er vollführte eine kreisende Bewegung mit einer Pfote, und das Glas wurde zu einer glänzenden, undurchsichtigen Wand, die sowohl die Blicke als auch die Geräusche von draußen komplett abschirmte.

„Wir sind jetzt unter uns“, bemerkte er und setzte sich hin. Seine große Zunge hing an der Seite seines geöffneten Mauls herunter. Offensichtlich konnte er es das, was nun folgen sollte, kaum erwarten.

„Es wäre einfacher für mich, mit dir als Mensch zu reden“, sagte ich und kniff die Augen fest zusammen, während ich mich abwandte. Ein Teil von mir wollte immer noch nicht glauben, dass diese Dinge hier wirklich passierten.

„Wie du willst“, antwortete er eisig.

Als ich meine Augen erneut öffnete, hatten sowohl er als auch Moss wieder ihre menschliche Gestalt angenommen, während Octocat weiterhin abgewandt in seiner Ecke schmollte.

„Kooperierst du jetzt mit uns oder was?“, fragte Moss, dessen grüne Augen jede meiner Bewegungen verfolgten.

„Oder bevorzugst du die harte Tour?“, ergänzte Peter. Offenbar wollte er mich wieder kleinkriegen, aber dieses Mal würde ich nicht auf ihn reinfallen. Moss hatte bereits bestätigt, dass sie nicht zu den guten Jungs gehörten, also lag es auf der Hand, dass keiner von ihnen uns aus reiner Herzensgüte helfen würde. Sie wollten etwas, und ich hoffte nur, dass der Preis dafür nicht zu hoch sein würde.

Ich biss mir fest auf die Lippe, während ich beobachtete, wie sie mich beobachteten. Und dann konnte ich die quälende Stille nicht länger ertragen. Eine Million Fragen brannten mir auf der Zunge, und ich ließ die erste vom Stapel. „Also, was wollt ihr von mir? Und wenn ihr nicht die Guten seid, wer seid ihr dann? Werdet ihr uns gehen lassen?“

„Ts, ts“. Peter rümpfte die Nase und verzog merkwürdig das Gesicht. „So viele Fragen, dabei haben wir doch nur eine einzige, simple Bitte.“

„Kooperiere mit ihnen“, murmelte Octocat von der anderen Seite des Raums. Er hatte die Stirn an die Wand gepresst, als sei das die einzige Möglichkeit, nicht zusammenzubrechen. So hatte ich ihn noch nie erlebt. Nicht einmal annähernd. In diesem Moment wusste ich, dass ich alles tun oder sagen musste, was nötig war, um uns hier rauszuholen, um ihm zu helfen.

„Okay“, antwortete ich und sah dabei weiter meinen armen verzweifelten Kater an, um mich selbst davon zu überzeugen, dass es richtig war, mich auf die Seite meines Feindes zu schlagen. „Was wollt ihr?“

„Geld“, gab Peter mit einem Grinsen zurück. „Eine Menge davon.“

In meinem Kopf drehte sich alles. Waren sie nach all dem Hokuspokus wirklich nur hinter meiner Kohle her? „I-ich habe im Moment nicht viel, aber wenn das auch in monatlichen Zahlungen geht, könnte ich …“

„Nicht von dir“, ergänzte Moss. „Eher mit *deiner* Hilfe.“

In diesem Augenblick begannen die Puzzleteile in meinem Gehirn, sich zusammenzufügen, und endlich kapierte ich, was hier ablief. „Die Einbrüche in der Innenstadt“, murmelte ich. Es überraschte mich nicht, dass diese Bande dahintersteckte. Die Verbrecher. Ich war nur von mir selbst etwas enttäuscht, dass ich nicht schon vorher darauf gekommen war.

Peter leckte sich den Mund, obwohl er noch in seiner

menschlichen Form vor mir stand. „Die ersten Läden waren einfach, aber das Juweliergeschäft hat eine Alarmanlage, die Magie erkennt."

„Deshalb seid ihr neulich nicht reingekommen." Mir wurde gerade einiges klar. Darum hatten wir auch diese Hunde bei unserer Observierungsaktion hin und her rennen sehen. Es passte alles zusammen, und Moss lieferte mir weitere Einzelheiten.

„Hey, zieh bitte keine falschen Schlüsse", meinte er mit großen Augen. „Das Ding war nicht sichtbar, deshalb haben wir es erst zu spät bemerkt."

Oh, ich hatte bereits meine Schlüsse gezogen, allerdings ganz andere. „Wie seid ihr in die übrigen Geschäfte gekommen?", wollte ich wissen. Der Nervenkitzel dieser Enthüllungen gab mir neuen Mut.

„Zauberei", antwortete Moss knapp, als ob dies alle Fragen beantworten würde. Mir fielen meine alten Märchenbücher wieder ein, die ich als Kind gerne gelesen hatte. Manchmal war da auch von Zauberei die Rede gewesen, aber das war zu einer Zeit, als ich noch nicht ahnte, dass es Magie wirklich gibt und dass sie mitunter auch gefährlich sein kann.

Aber jetzt, wo ich all das hautnah miterlebt hatte – wie sich der schmuddelige Keller in ein schickes Räuberquartier und Peter in einen Hund verwandelt hatte, wie er mehrfach mein Gedächtnis manipuliert hatte ...

Ich wollte noch mehr wissen, aber vor allen Dingen wollte ich, dass sie uns freiließen.

„Ich weiß nicht, wie ich euch da helfen könnte." Ich begann, heftig auf den Fingernägeln herumzukauen, was mich immer irgendwie beruhigte.

„Nun, das ist ganz einfach", eröffnete mir Moss. Dabei dehnte er die Arme, als würde er sich kampfbereit machen. „Wir haben den Code für den menschlichen Alarm, und da du ein Normalo bist, wirst du den magischen Alarm nicht auslösen."

„Aber da ist doch eine Überwachungskamera – das fällt doch auf", sagte ich mehr zu mir selbst.

Moss schüttelte den Kopf. „Nicht, wenn du deinen Kater reinschickst."

„Ich stehle nicht." Ich versuchte, sie davon abzubringen. Ihnen musste ja wohl klar sein, dass ich absolut nicht kriminell und auch keine von ihnen war, trotz der Tatsache, dass ich vielleicht einmal irgendwelche magischen Rückstände abbekommen hatte.

In diesem Moment stürzte sich Peter auf mich und fuhr mich an. „Willst du am Leben bleiben?"

Hätte Moss ihn nicht am Arm festgehalten und zurückgezogen, er hätte mich zweifellos angegriffen.

„Mach es einfach, Angela", murmelte Octocat gegen die Wand. „Für mich ist es zu spät, aber du kannst dich noch retten."

Oh. Das brach mir schon wieder das Herz. Er hatte recht. Ich durfte jetzt keine Zeit mehr verlieren. Es galt, uns beide zu retten!

„Wann?", fragte ich und fuhr mir mit der Zunge über die Lippen.

Ein breites Lächeln glitt über Moss' sommersprossiges Gesicht. „Heute Abend."

„Und dann lasst ihr uns gehen?", wollte ich wissen und beobachtete ihn genau, um sicherzugehen, dass er mich nicht anlog.

„Ja, davon abgesehen können wir dich hier nicht gebrauchen", erwiderte Moss und nickte rasch zur Bestätigung.

„Aber sollten wir irgendwann noch einmal auf einen magischen Alarm stoßen, werden wir vielleicht wieder auf dich zurückgreifen", fügte Peter hinzu.

Ich verschränkte die Arme vor der Brust. Nicht mit mir. „Du glaubst doch nicht ernsthaft, dass ich von nun an nach deiner Pfeife tanze."

„Willst du etwa, dass jeder dein verrücktes kleines Geheimnis erfährt?", konterte Peter und knackte mit den Fingerknöcheln, um mich an seine starken Fäuste zu erinnern.

Ich biss mir auf die Lippe und schluckte meinen Protest hinunter. Ob seine Muskelspiele nur leere Drohungen waren? Natürlich hatte ich meine besondere Fähigkeit geheim halten wollen, aber vielleicht war es auch das kleinere Übel, wenn alle davon wüssten.

„Gut", sagte ich mit zusammengebissenen Zähnen und deutete auf Octocat. „Ich mache es, aber zuerst brauchen er und ich etwas Zeit allein."

„Damit ihr eure Flucht planen könnt? Kommt nicht infrage!" Peter verwandelte sich zurück in den Hund und fletschte die Zähne.

Moss legte seine Hand auf den Kopf des Pitbulls. „Geh du mal. Ich bleibe hier und passe auf."

Peter knurrte weiter, und Moss gab ihm einen Klaps hinter die Ohren. „Sie sind zwar Normalos, aber immer noch Katzenmenschen. Es ist das Beste, wenn ich das in die Hand nehme. Jetzt geh."

Dieser winselte und schlich mit eingeklemmtem Schwanz davon. Ein komischer Anblick, aber lachen konnte ich nicht, weil da dieser fette Angstkloß in meinem Hals steckte.

„Ich verstehe das nicht", wandte ich mich an Moss, nachdem sich die undurchsichtige Glasscheibe wieder geschlossen hatte. „Wenn ihr euch so sehr hasst, warum arbeitet ihr dann zusammen?"

Er seufzte, als ob ihm das genauso wenig gefiele wie mir. „Es ist Teil des Waffenstillstands, den der Rat vor vielen Jahren erlassen hat."

„Wer ist dieser Rat, von dem Sie immer reden?"

„Die Instanz, die die magische Welt regiert", antwortete er. Meine ganzen Fragen störten ihn anscheinend nicht mehr, jetzt, wo ich zugestimmt hatte, bei dem Einbruch zu helfen und Peter nicht mehr im Raum war.

„Sind das dann die Guten?", fragte ich hoffnungsvoll.

Moss nickte. „Jein. Es sind Gute und Böse. In unserer Welt arbeiten sie zusammen."

Das kapierte ich nicht. „Aber das macht doch keinen Sinn", erwiderte ich kopfschüttelnd.

„Vielleicht nicht für dich, aber wenn die magische Welt überleben soll, brauchen wir ein perfektes Gleichgewicht bei allem, was wir tun. Zwischen dem Guten und dem Bösen. Zwischen Licht und Schatten. Fakten und Fiktion."

„Zwischen Katzen und Hunden?", fragte ich mit einem müden Lächeln.

„Genauso ist es", bestätigte er und betonte seine Worte pathetisch.

Ich dachte darüber nach, und es erschien mir tatsächlich irgendwie einleuchtend, auch wenn Moss' und Peters Welt offensichtlich ganz anders funktionierte als die mir bekannte. „Könnten Sie mir vielleicht einen Moment Zeit geben, damit ich mit meinem Kater sprechen kann?"

Wir beobachteten beide, wie Octocat seine Stirn weiterhin gegen die Holzwand drückte.

„Er braucht mich", erklärte ich. Ich hatte meinen deprimierten Katzenkumpel die ganze Zeit im Auge behalten. „Und er braucht auch ein paar aufmunternde Worte, wenn er eine Rolle bei eurem Plan spielen soll."

Moss stellte sich in die andere Ecke des Raums, schaute weg und murmelte über die Schulter: „Ja gut, mach schon."

Ich ging zu Octocat hinüber und setzte mich neben ihn. „Harter Tag, hm?"

Er stieß ein sarkastisches Lachen aus, dann verstummte er schnell wieder.

„Sie kennen dich nicht, Octavius. Aber ich kenne dich." Ich flehte ihn an, sich von denen nicht beeinflussen und vor allem nicht unterkriegen zu lassen. Er hatte schon so viel durchgestanden und geschafft – da sollte ihn das hier ja wohl nicht total fertigmachen.

„Sie sagten, ich sei gewöhnlich“, würgte er hervor.

„Sie irren sich“, versicherte ich ihm mit fester Stimme und strich mit meiner Hand über sein Fell.

„Sie können so erstaunliche Dinge tun, Dinge, von denen ich nie zu träumen gewagt hätte“, erklärte er, schaute mir dabei aber immer noch nicht in die Augen.

„Aber du kannst doch selbst auch ziemlich erstaunliche Dinge vollbringen. Und das ganz ohne Hilfe von Zauberei.“

Endlich drehte er sich zu mir um, wobei er sich nun mit der Wange an die Wand lehnte. „Willst du damit sagen, dass die Magie von denen eigentlich Schummelei ist?“

„Ja“, bestätigte ich ihm mit einem breiten Lächeln. Das war Octocat-Logik, und ich liebte es, wenn ich ihn auf diese Weise von etwas überzeugen konnte. Das klappte immer ziemlich gut, wenn es diesen speziellen Nerv bei ihm traf. Ich nickte zustimmend. *„Auf jeden Fall.“*

Er schniefte und warf einen warnenden Blick in Richtung Moss. „Wenn sie schummeln, dann müssen sie disqualifiziert werden.“

„Du hast recht“, sagte ich. Ich war mir nicht sicher, welches Spiel er meinte. Vermutlich ging es darum, wer die beste Katze im Raum war oder etwas in der Art. „Sie sollten auf jeden Fall disqualifiziert werden.“

Endlich huschte ein kleines Lächeln über sein Gesicht. „Und

wenn sie disqualifiziert werden, dann bin ich der rechtmäßige Gewinner."

„Die beste Katze der ganzen Welt!", sagte ich ohne zu zögern.

Er hob den Kopf und drückte sich von der Wand weg. „Okay, Angela. Ich bin dabei."

Wir sahen uns in die Augen und lächelten uns an – Partner, Freunde und jetzt auch noch Komplizen, wie es schien. „Wir schaffen das", sagten wir unisono.

17

Wir wurden noch ein paar Stunden im Terrarium festgehalten, während alle auf die kriminelle Rushhour zu warten schienen. Sicher war Grandma zu diesem Zeitpunkt schon verrückt vor Sorge. Ich konnte nur hoffen, dass wir bald wieder bei ihr sein würden.

Zuerst mussten wir allerdings einen klitzekleinen Einbruch begehen. Als Octocat sich wieder berappelt hatte und bereit für die Besprechung des Vorgehens war, erklärte uns Peter, was er von uns erwartete, jeden verdammten Schritt.

Offensichtlich war dieser Plan schon über längere Zeit sorgfältig ausgetüftelt worden, und ich fragte mich, ob Peter uns wohl entführt hätte, wenn wir ihm nicht von allein in die Stadt gefolgt wären.

Auf jeden Fall würde es heikel werden.

Ich sollte mir mit dem Schlüssel, den sie Anfang der Woche

gestohlen und dupliziert hatten, Zugang durch die Hintertür verschaffen. Als Nächstes würde ich den Alarm mit dem Code, den sie mir gaben, deaktivieren und dann Octocat die Tür öffnen. Er sollte daraufhin hereinschlüpfen und anfangen, den ganzen Schmuck aus den Fächern und Schatullen auf den Boden zu werfen.

Der Plan sah auch vor, dass ich bei der Aktion einen bizarren, hautengen, grünen Anzug tragen sollte, der selbst mein Gesicht bedeckte. Auf Octocats Zeichen hin würde ich hineinflitzen und, während mein Kater Schmiere stand, unsere Beute in einer riesigen Tasche verstauen, die mir die netten Kollegen im Versteck freundlicherweise zur Verfügung gestellt hatten.

Sobald ich aus dem Laden raus war, würde einer von ihnen eine magische Formel anwenden, um mich unsichtbar zu machen – anscheinend ging das einfacher, wenn ich dieses grüne Ganzkörperkondom trug –, und wir würden alle zum Versteck zurücklaufen. Wenn Moss und Peter befanden, dass wir den Job zu ihrer Zufriedenheit erledigt hatten, würden sie unsere Erinnerungen löschen und uns in unser normales Leben entlassen.

Vorausgesetzt natürlich, dass alles perfekt lief.

Peter würde mich dann angeblich auch in Zukunft nicht mehr austricksen, um mich für seine düsteren Machenschaften heranzuziehen. Aber, nun ja, was das betraf, traute ich ihm nicht über den Weg.

Was für ein unglaublich beschissener Abend.

Mr. Gable, der alte Herr, dem das Juweliergeschäft gehörte, hatte mich immer sehr freundlich gegrüßt, wenn ich ihm auf der

Straße begegnet war. Und meine Eltern hatten bei ihm sogar das herzförmige Medaillon gekauft, das ich als Geschenk zu meinem achtzehnten Geburtstag bekam. Er hatte sich wohl sehr bemüht, ein passendes Stück für mich zu finden. Und egal, ob er nun eine gute Diebstahlversicherung besaß oder nicht, er verdiente es ganz gewiss nicht, ausgeraubt zu werden.

Niemand verdiente so etwas.

Allerdings gehörte Mr. Gable ja offensichtlich auch zur magischen Fraktion, sonst hätte er doch niemals ein Alarmsystem installiert, das Magie erkennt. Das brachte mich zu der Frage, ob er sich etwa auch in ein Tier verwandeln konnte. Oder Gedanken manipulieren und Dinge verschwinden lassen.

Das Geschäft gab es schon seit Urzeiten – auf jeden Fall, solange ich denken konnte – und die Vorstellung, dass die Magie unbemerkt immer so nah gewesen war, machte mich ganz kribbelig. Gehörte er nun zu den Guten oder zu den Bösen? Und spielte es überhaupt eine Rolle, welcher Seite er angehörte, wenn diese sowieso immer zusammenarbeiteten?

Ich fühlte mich so verloren in dieser fremden, neuen Welt.

Eigentlich wollte ich nur so schnell wie möglich zurück in mein normales Leben.

Als Moss wiederkam, um uns aus dem Terrarium zu befreien, war ich bereit, alles zu tun, was sie sagten, wenn sie uns dann so schnell wie möglich gehen lassen würden. Octocat war jetzt besser drauf und schien die Mission, die sie uns auferlegt hatten, gespannt zu erwarten.

Er witzelte sogar herum, als Moss und Peter uns in Richtung Juweliergeschäft begleiteten.

Ich wäre am liebsten weggerannt, wusste aber, dass es keinen Zweck hätte. Sie waren uns einfach überlegen, und es gab keine andere Möglichkeit, sicher aus dieser Situation herauskommen, als genau das zu tun, was sie verlangten.

„Bist du bereit?", fragte Moss. Er hielt mich am Arm fest und verstärkte seinen Griff, während wir um die Ecke spähten. „Hast du den Plan verstanden?"

Peter hatte mich genauso fest an meinen anderen Arm gepackt. Ich würde auf jeden Fall morgen blaue Flecken haben, falls ich die Nacht überhaupt überstehen sollte. „Wenn du irgendwelche komischen Sachen versuchst, merken wir das. Und ich verspreche dir, dass ich dir danach persönlich das Leben zur Hölle machen werde."

Ich nickte resigniert. „Verstanden." Zweifellos meinte er das auch so. Er hatte es vom ersten Moment an auf mich abgesehen, seit jenem sonderbaren Morgen in der Kanzlei. Wahrscheinlich auch schon vorher.

„Die Katze bleibt bei uns, bis du den Normalo-Alarm deaktiviert hast", erinnerte mich Moss. „Klaro?"

Ich hätte jetzt wirklich eine kleine Aufmunterung von Octocat gebrauchen können, aber der war zu sehr damit beschäftigt, sich hin und her zu winden, denn Moss hatte ihn sich fest unter den Arm geklemmt.

„Ja, geht klar", antwortete ich mit einem wütenden Blick.

Schließlich ließen die beiden mich los und schubsten mich die Gasse hinunter.

Der kleine Metallschlüssel brannte in meiner Hand, als wolle er mich daran erinnern, wie unrecht das Ganze war. Diese Typen hatten mir, meiner Katze und auch anderen wehgetan. Und sie würden nicht aufhören. Sie würden wahrscheinlich nie damit aufhören.

War es richtig, diese gierigen Gangster zu unterstützen, um selbst freizukommen?

Und was, wenn sie uns trotzdem nicht laufen ließen, auch wenn wir ihren Anweisungen Folge leisteten?

Alles war möglich, und Garantien gibt es im Leben ja eh nicht, besonders nicht, wenn man sich mit gemeinen Verbrechern abgeben muss. Trotzdem blieb mir nichts anderes übrig, wenn ich heil nach Hause kommen wollte. Schließlich ging es hier nicht nur um mich, sondern auch Octocat, und er würde es definitiv nicht verkraften, den Rest seiner Tage gesagt zu bekommen, er sei nichts Besonderes.

Da war die Tür. Dieser Alptraum passierte wirklich, und zwar jetzt. Der Schlüssel glitt problemlos ins Schloss, und ich atmete tief ein, als ich hineinging. Drinnen piepste der Warnton der Alarmanlage. Mir blieben zehn Sekunden Zeit, um den richtigen Zahlencode einzugeben, so hatte Peter es mir eingeschärft.

Ich schloss die Augen und sah den Code vor mir. Dann fuhr ich mit den Fingern am Tastaturfeld entlang, fand die erste Ziffer und drückte sie nach unten.

Mit einem weiteren tiefen Atemzug gab ich die zweite Zahl

ein, dann öffnete ich die Augen wieder. Ich konnte das tun. Ich hatte es getan. Etwas Böses zu tun, machte mich nicht zu einem schlechten Menschen, nicht, wenn ich dazu erpresst worden war.

Die Hälfte meiner ersten Aufgabe hatte ich geschafft. Nur noch zwei Tasten und nur noch ein paar Sekunden.

Als ich die dritte Ziffer eingab, stand mir bereits der Schweiß auf der Stirn. Meine Atmung verlangsamte sich, da ich so verkrampft war, dass ich kaum noch Luft bekam. Mir war schwindelig und alles verschwamm vor meinen Augen, inklusive der Tasten vor mir.

Nur noch eine, dann hätte ich es geschafft. *Diesen Teil* zumindest.

Ich hob meinen Zeigefinger und versuchte, das Zittern zu ignorieren, während ich ihn auf die Tastatur zubewegte.

Ich schloss die Augen und drückte die Taste fest nach unten …

Die Paniktaste.

Eine ohrenbetäubende Sirene ging direkt über mir los, aber ich blieb wie angewurzelt stehen. *Sollen sie mich doch hier finden.*

Eine Stimme ertönte über die Lautsprecher, doch ich selbst brachte keinen Ton heraus. Ich hoffte nur inständig, dass Octocat jetzt nicht für meinen „Ungehorsam" büßen musste, dass er noch genug Kraft und Willen hatte, sich zu wehren.

Es dauerte nur wenige Minuten, bis ein kampfbereiter Officer Bouchard am Tatort eintraf. Als er mich mit hocherhobenen Händen warten sah, trat er überrascht einen Schritt zurück.

„Angie. Was machen Sie denn hier? Haben Sie gesehen, wer eingebrochen ist?"

Ich nickte stoisch. „Ja, ich."

„Sie?" Er hielt inne, um sich am Kopf zu kratzen, und runzelte die Stirn. „Das ist doch nicht möglich."

„Ich bin absichtlich mit diesem Schlüssel hier eingedrungen." Ich warf das illegal angefertigte Teil in seine Richtung.

Er zog ihn mit dem Fuß näher heran, bückte sich aber nicht, um ihn aufzuheben. „Warum haben Sie dann den Panikalarm ausgelöst?"

„Ich hatte keine andere Wahl", schluchzte ich. „Sie haben mich und meine Katze bedroht."

„Ich dachte mir schon so was in der Art", meinte der Officer, wobei sein Gesichtsausdruck nun wirklich sehr besorgt wirkte. „Nehmen Sie die Hände runter. Ich werde Sie nicht verhaften."

Ich holte tief Luft und ließ die Hände sinken. Tränen rannen mir über die Wangen, aber das war mir jetzt wirklich egal, denn im Moment hatte ich nur eine Sorge: Octocat! Hatte ich gerade sein Todesurteil unterschrieben, weil ich aus dem hinterhältigen Plan der magischen Bande ausgestiegen war?

„Wer hat Sie dazu gezwungen, Angie?", fragte der Beamte freundlich.

Ich holte tief Luft. Das war's. Peter hatte prophezeit, mir das Leben zur Hölle zu machen, wenn ich nicht kooperierte. Doch ich war mir sicher, ich hätte es mir nie verzeihen können, etwas so Falsches getan zu haben, selbst wenn ich mitgespielt und er meine Erinnerungen gelöscht hätte. Im Herzen hätte ich trotzdem genau gespürt, dass etwas nicht richtig gewesen war.

Jetzt galt es, dafür zu sorgen, dass diese Kerle für ihre Verbrechen zur Verantwortung gezogen würden. Selbst wenn Officer Bouchard das ganze Ausmaß ihrer Einbrüche noch gar nicht kannte, hoffte ich, dass meine Aussage ausreichen würde, um sie zu verhaften – und zu bestrafen.

„Peter Peters und Moss – seinen Nachnamen kenne ich nicht", teilte ich ihm entschlossen mit.

„Es ist okay, Angie", sagte er und legte tröstend die Hand auf meine Schulter. „Sie sind jetzt in Sicherheit."

Ja vielleicht, aber ich hatte immer noch keine Ahnung, was mit meiner armen Katze passiert war.

18

Officer Bouchard fuhr mich in seinem Streifenwagen nach Hause, denn die Bande hatte mir sowohl mein Telefon als auch meine Autoschlüssel abgenommen. Als wir eintrafen, kam Grandma die Verandastufen hinuntergerannt und zog mich an sich.

„Ich habe mir solche Sorgen gemacht", schluchzte sie in mein Haar. Dann trat sie einen Schritt zurück und gab mir einen leichten Schubs. „Tu mir das *nie, nie* wieder an!"

„Vielen Dank, Officer", wandte ich mich an den Polizeibeamten und rang mir ein kleines Lächeln ab, obwohl ich innerlich fast umkam vor Sorge um meinen Kater. Und die wurde von Minute zu Minute schlimmer. Wo steckte er jetzt bloß? Fast eine Stunde war vergangen, seitdem Officer Bouchard mich mit erhobenen Händen in Mr. Gables Laden vorgefunden hatte. Nachdem ich ihm Peters Namen genannt hatte, ließ er mich gehen, und ich begann, im näheren Umkreis nach Octocat zu suchen, während er aufgrund meiner Hinweise erste Ermittlungen einleitete.

Leider war meine geliebte Fellnase trotz intensiver, verzweifelter Suche nirgends zu finden.

„Wo ist Octavius?“, wollte Grandma wissen und führte mich hinein, einen Arm um meine Schultern gelegt.

„I-i-ich weiß nicht.“

„Ach herrje.“ Sie presste die Lippen zusammen. „Jetzt trinken wir erst mal einen Tee, dann kannst du mir berichten, was passiert ist.“

Ich wartete auf dem viktorianischen Sofa, während sie in der Küche rumorte. Kurze Zeit später brachte sie mir eine Tasse Hibiskustee.

„Zur Stärkung“, meinte sie und ließ sich neben mir auf dem harten Polster nieder. „Und jetzt erzähl mal, Liebes.“

Bei Officer Bouchard war ich nicht zu sehr ins Detail gegangen mit meinen Ausführungen, aber Großmutter sollte die Geschichte in allen Einzelheiten erfahren. Als ich zu dem Punkt kam, an dem ich mich entschied, die Polizei zu rufen, anstatt mich an die Anweisungen von Peter und Moss zu halten, hatte sie ein breites Grinsen im Gesicht.

„Ich bin so stolz auf dich, mein Schatz. Du hast alles richtiggemacht.“ Sie zog mich an sich und drückte mir einen Kuss auf die Stirn.

„Aber Octocat …“, murmelte ich traurig und fühlte mich wie die schlechteste Katzenmama unter der Sonne.

Grandma wartete, bis ich zu ihr aufsah, und sagte dann: „Wir beide wissen doch, dass er keine gewöhnliche Katze ist. Er ist wahnsinnig clever und kann auch knallhart sein, vergiss das nicht."

Ich schniefte, während der Mensch, den ich am meisten auf dieser Welt liebte, meine Tränen trocknete. Großmutter würde nicht einmal im Traum daran denken, mir etwas vorzutäuschen. Wenn sie sagte, dass Octocat es schaffen würde, dann konnte ich darauf vertrauen. Er würde irgendwie einen Weg finden, um wieder nach Hause zu kommen. Wir würden ihn finden oder er uns. Etwas anderes kam einfach nicht infrage.

Es kostete mich viel Überwindung, und nur weil Grandma lange auf mich einredete, ging ich schließlich ins Bett. Im Laufe der Nacht kam sie mehrmals in mein Zimmer oben im Turm unterm Dach, um nach mir zu sehen, was sie jedoch nicht zugeben wollte. Sie erfand eine absurde Ausrede nach der anderen, warum sie vorbeigekommen war. Aber es gab mir ein verdammt gutes Gefühl zu wissen, dass sie da war und immer für mich da sein würde.

Auch wenn Octocat nicht da war.

In dieser Nacht tat ich kaum ein Auge zu. Beim leisesten Geräusch dachte ich, mein vierbeiniger Freund sei vielleicht zurückkommen. Als die Sonne aufging, war ich mit den Nerven am Ende.

Später am Morgen kam Großmutter mit einer Tasse Kaffee und einem frisch gebackenen Küchlein in mein Zimmer, setzte sich neben mich und streichelte mir übers Haar, während sie sprach. „Ich habe dich bei der Arbeit bereits krankgemeldet, und ich dachte mir, wir suchen gleich weiter nach ihm. Aber da du so müde bist, werde ich fahren."

„Danke, Grandma." Ich gähnte tief und versuchte aufzustehen, fiel aber vor Erschöpfung zurück in die Kissen. Mein ganzer Körper fühlte sich unfassbar schwer an.

„Setz dich ein bisschen auf." Sie zupfte meine Decke zurecht, damit ich nicht fror. „Iss dein Frühstück, und in der Zeit fange ich an, bei allen Tierheimen hier in der Gegend anzurufen." Sie ging zurück zur Treppe.

„Bitte bleib noch!", rief ich ihr flehend hinterher. „Ich glaube, ich kann jetzt nicht allein sein."

„Also gut." Sie nickte, ließ sich am Ende meines Bettes nieder und holte ihr Mobiltelefon heraus. „Wir werden ihn finden", versprach sie erneut, während sie das erste Tierheim auf ihrer Liste anrief und darauf wartete, dass jemand dranging.

Sie telefonierte ein Tierheim nach dem anderem ab, aber nirgendwo war unser Kater abgegeben worden. Wenn er auftauchen sollte, würden sie sich sofort melden, sagte man uns. Mit jedem erfolglosen Anruf wurde ich verzweifelter. Es tat so weh. Ich musste unbedingt wissen, dass es ihm gut ging, dass meine überstürzte Entscheidung ihn nicht seine restlichen Leben gekostet hatte.

Als Grandma mit allen Adressen durch war, drückte sie mir ihr Telefon in die Hand und sagte: „Hier, nimm meines, bis du dir ein neues besorgt hast. Du brauchst es dringender als ich."

Ich nickte, stürzte den Kaffee hinunter und versuchte erneut aufzustehen. Diesmal sackte ich nicht wieder zusammen. Immerhin.

„Lass uns losfahren“, sagte ich zu ihr und griff nach dem Geländer, um sicher die Treppe hinunterzukommen. „Ich kann nicht länger warten.“

In diesem Moment klingelte das Telefon.

Leider war ich so aufgeregt, dass ich es vor Schreck die Treppe hinunterfallen ließ.

Großmutter rannte hinterher und schaffte es gerade noch dranzugehen, sonst hätte der Anrufer sicher wieder aufgelegt. Sie sah mich mit großen, aufmunternden Augen an, während sie sprach.

Ich stand am oberen Ende der Treppe und wartete, wobei ich versuchte, mir nicht zu große Hoffnungen zu machen.

Dann strahlte sie über beide Ohren, als sie sagte: „Ja, das klingt nach unserem Kater. Wir werden mit der ersten Fähre dort sein.“

Sie legte auf und hielt mir das Telefon hin. Ich stürmte die Treppe hinunter und stolperte, konnte mich aber gerade noch abfangen. „Hat ihn jemand gefunden?“

Grandma nickte freudig. „Eine kleine Tierarztpraxis, ausgerechnet auf Caraway Island.“

Caraway Island? Wie sollte er denn bloß da hingekommen sein? Eine solch lange Strecke konnte er unmöglich geschwommen sein, und die öffentliche Fähre fuhr nur tagsüber.

„Jemand hat ihn definitiv absichtlich da rübergebracht“, sagte ich mit zusammengebissenen Zähnen. „Und ich bin mir ziemlich sicher, ich weiß, wer das war."

„Ach du liebe Zeit." Grandma grummelte ein wenig vor sich hin, dann meinte sie: „Wie willst du vorgehen? Ich würde sagen, lass uns zuerst unseren kleinen Freund nach Hause bringen, und dann sorgen wir dafür, dass diese Ganoven ihr Fett wegkriegen."

Wir mussten eine gute Stunde auf die nächste Fähre warten, aber zumindest dauerte die Überfahrt zur einzigen Insel der Blueberry Bay nicht lange. Die Tierarztpraxis war auch nicht schwer zu finden.

„Wir haben seinen Mikrochip gescannt und sofort angerufen", erklärte eine der Helferinnen dort. Gott sei Dank hatte ich die entsprechenden Informationen aktualisiert und sowohl meine als auch Großmutters Telefonnummer in das Register eingetragen, nachdem ich Octocat offiziell adoptiert hatte. Sonst hätte die Nummer seiner verstorbenen Vorbesitzerin wohl ins Nichts geführt. Ich fragte mich auch, ob mein Handy noch aktiv war und ob diese Dreckskerle es noch bei sich trugen.

„Wo ist er?", fragte ich und blickte mich besorgt in der kleinen Praxis um. „Geht es ihm gut? Ich kann es kaum erwarten, ihn zu sehen!"

Grandma und ich hielten uns an den Händen, während die Tierarzthelferin nach hinten ging und kurz darauf mit einem zappelnden Kater im Arm wieder hereinkam. „Der junge Mann hier hat seinen eigenen Kopf", meinte sie lachend.

„Octocat!" Ich heulte vor Freude und Erleichterung, und es

war mir in dem Moment noch nicht mal peinlich. „Ich habe dich so sehr vermisst!“

Er ließ sich von mir hochnehmen und schnurrte sogar, als ich ihn an meine Brust drückte.

„Du hast uns wirklich Sorgen gemacht, alter Junge.“ Grandma kraulte ihn unterm Kinn.

„*Miau*“, antwortete er ihr mit einem liebevollen Blick. Er und Grandma hatten schon immer einen ganz besonderen Draht zueinander.

Wir bedankten uns bei der Mitarbeiterin der Tierarztpraxis und gingen zurück zum Parkplatz. Ich konnte es kaum erwarten, die ganze Geschichte von Octocat zu erfahren. Sobald wir wieder in Großmutters kleines, rotes Sportcoupé eingestiegen waren, setzte ich ihn auf meinen Schoß und sagte: „Schieß los, erzähl uns alles!“

Er antwortete nicht. Stattdessen wirkte er angespannt und reckte vorsichtig seinen Kopf hoch, um durch die Frontscheibe zu schauen.

„Octocat.“ Ich lachte nervös. „Hör auf, so komisch zu sein. Wir haben uns solche Sorgen um dich gemacht. Es tut mir leid, was alles passiert ist, aber ich bin so froh, dass es dir gut geht.“

Erneut kam von ihm nur ein mürrisches „Miau“.

„Hey, ich weiß, dass du wahrscheinlich gerade voll sauer auf mich bist, aber bitte, kannst du uns wenigstens erzählen, was gestern Abend nach dem Einbruch in den Juwelierladen passiert ist. Komm schon, bitte. Auch Grandma zuliebe.“ Ich wartete atemlos. Von mir aus sollte er sich ruhig mit seinen übelsten

Schimpfwörtern Luft machen und mich verfluchen. Schließlich war das alles meine Schuld. Ich hatte eine ordentliche Standpauke verdient.

Octocat neigte den Kopf zur Seite und miaute erneut.

In diesem Moment wurde mir klar, dass so ziemlich das Schlimmste überhaupt geschehen war.

Meine Katze konnte mich nicht mehr verstehen.

Der magische Rückstand, den Moss vermutet hatte, musste sich verflüchtigt haben. Somit hatte ich nicht nur meine besondere, einzigartige Fähigkeit verloren, sondern auch den besten Freund, den ich je gehabt hatte. Ein wesentlicher Teil von mir war gestorben. Nur ein Wunder könnte jetzt noch helfen, um dies rückgängig zu machen.

Sicher gab es einen Weg.

Es musste einen Weg geben.

Wir würden das in Ordnung bringen, Octocat und ich. Wir würden alles in Ordnung bringen.

Scheitern war einfach keine Option.

19

Als wir von unserem Trip nach Caraway Island nach Hause kamen, stand ein mir wohlvertrauter Lexus in unserer Einfahrt. Da ich diesen Wagen nahezu jeden Tag auf dem Firmenparkplatz stehen sah, hatte ich keinen Zweifel daran, dass er meiner Chefin Bethany gehörte.

Anfänglich hatte es so einige Probleme zwischen uns gegeben, doch dann entspannte sich unser Verhältnis zusehends– bis sie Peter einstellte und sich weigerte, sich meine Bedenken anzuhören.

Sie wartete in einem der Schaukelstühle auf der Veranda, die Großmutter zu Beginn des Sommers dort aufgestellt hatte. Als wir anhielten, erhob sie sich, kam aber nicht auf uns zu.

„Nimm ihn bitte mit rein“, bat ich Grandma und reichte ihr Octocat, den ich auf dem Arm trug. Ich wollte nicht, dass er jetzt allein war. Auch wenn er äußerlich unversehrt schien, hatte er seine Stimme und wir unsere besondere Verbindung verloren. Dieser Verlust traf mich schmerzhafter, als ich es mir je hätte vorstellen können. Ich fragte mich, ob ihm das auch so ging.

„Komm mit deiner Granny, mein Süßer", gurrte sie und verschwand mit ihm im Haus. Sie konnte zwar nachempfinden, dass es für ihn und mich eine Katastrophe bedeutete, doch für sie hatte sich im Grunde nichts geändert, da sie ohnehin nie direkt mit ihm sprechen konnte. Ich wusste, dass er sich jetzt bei ihr wohlfühlen würde, denn er hatte sie schon immer sehr gemocht.

Aber würden wir überhaupt noch so gute Freunde sein können, ohne unsere Fähigkeit, miteinander zu kommunizieren? Ich konnte mir das noch gar nicht vorstellen. Wir mussten einen Weg finden, alles wieder in Ordnung zu bringen. Ich musste einfach daran glauben, an uns glauben.

„Was willst du?", fragte ich Bethany finster. Für Freundlichkeiten war ich zu erschöpft und zu fertig mit der Welt. Außerdem machte es mich immer noch ziemlich sauer, dass ausgerechnet sie mir Peter eingebrockt hatte.

„Ich nehme an, du hast von meinem Cousin gehört", sagte sie und setzte sich wieder hin. Dabei schlug sie die Beine übereinander wie eine sehr feine Dame.

Ich nahm in dem anderen Schaukelstuhl Platz, vor allem, weil ich mich kaum noch auf den Beinen halten konnte. „Was meinst du? Dass er verhaftet wurde? Oder dass er für die Serie von Einbrüchen in der Stadt verantwortlich ist? Oh, oder meinst du vielleicht die Tatsache, dass er sich in einen Hund verwandeln kann?"

Bethany sog die Luft durch die Zähne ein. Ihr hellblondes Haar wehte sanft im Wind, und sie saß dort mit einem ihrer Blazer über den Schoß drapiert, obwohl es alles andere als kühl war. Unter anderen Umständen wäre es ein perfekter Sommernachmittag gewesen. So jedoch fühlte es sich eher wie meine persönliche Hölle an.

Genau wie Peter es versprochen hatte, wenn ich aus der Reihe tanzen sollte.

„Wusstest du das?“, fragte ich Bethany missbilligend. „Wusstest du von alledem?“

Sie ließ den Kopf hängen und nickte. „Ja, aber ich hätte nie gedacht, dass er dir wehtun würde, Angie. Das musst du mir glauben.“

„Ich dachte, wir wären Freunde“, erwiderte ich kalt, geschockt und verletzt über diesen krassen Vertrauensbruch.

„Das sind wir doch“, beharrte sie und sah aus, als wolle sie noch etwas sagen, hielt sich aber zurück. Dann seufzte sie und fügte hinzu: „Sind es immer noch, hoffe ich.“

Ich verschränkte die Arme vor der Brust, ohne ihr zu antworten. An diesem Tag war mir schon vieles genommen worden, doch auch wenn ich nicht noch mehr verlieren wollte, wusste ich nicht, ob ich Bethany jemals verzeihen könnte. Peter hatte mir schlimme Dinge angetan, die nie passiert wären, wenn sie ihn gar nicht erst eingestellt oder zumindest meinen Zweifeln Beachtung geschenkt hätte.

„Warum bist du hier?“, fragte ich sie schroff. Es kümmerte mich im Moment nicht, dass sie meine Chefin war.

„Um zu helfen“, antwortete sie leise. „Und um ein paar Dinge zu erklären.“

Ich machte eine abweisende Handbewegung. „Na, dann leg mal los.“

„Ich habe Peter eingestellt, weil ich dachte, ein ordentlicher Job würde ihm guttun. Ich wollte nie, dass du zu Schaden kommst.“ Sie sagte das so hastig, dass ich einen Moment brauchte, um es richtig zu verstehen. „*Bitte*, das musst du mir einfach glauben, und wenn es das Einzige ist, was du mir heute glaubst.“

Ich dachte darüber nach, schwieg aber und wartete ab, was da jetzt noch kommen würde. Ich war mir nicht sicher, ob es überhaupt jemals eine ausreichende Erklärung geben könnte, aber wenigstens stand mir endlich jemand Rede und Antwort, ohne mich dabei zu bedrohen oder zu verletzen.

„Ich wusste, dass er sich mit ein paar düsteren Gestalten herumtrieb, aber ich hatte keine Ahnung, wie tief er darin verstrickt war. Ich hatte gehofft, es sei noch nicht zu spät, um ihn da rauszuholen, aber anscheinend lag ich falsch.“ Die meisten Frauen, die ich kannte, hätten in einer solchen Situation geweint, um Mitleid zu erregen, aber Bethany blieb ungerührt. So war sie schon immer.

„Wusstest du von seinen magischen Kräften?“

„*Ja*“, bestätigte sie mir nachdrücklich, kniff die Augen zusammen und gab dann zu: „Weil ich die auch habe.“

Ich starrte sie mit offenem Mund unhöflich an. Ja klar. Natürlich hatte sie die auch. Schließlich war Peter ihr Cousin. „Benutzt du sie ebenfalls, um Leute auszurauben?“, fragte ich schnippisch und gab ein Schnauben von mir.

„Nein“, beharrte sie und schüttelte den Kopf. „Ich benutze sie überhaupt nicht.“

„Was ist mit den ätherischen Ölen?“, murmelte ich und überlegte, ob sich Bethany schon oft seltsam verhalten hatte. Ja gut, sie braute sich jeden Morgen in ihrem Büro Duftmischungen zusammen, wovon sie besessen zu sein schien, doch abgesehen davon war sie mir eigentlich immer völlig normal vorgekommen. „Sind das deine Zaubertränke oder was?“

Ich lachte verbittert, aber Bethany blieb unbeirrt.

„Ich bin keine Hexe“, dementierte sie. „Weil es die nämlich nicht gibt.“

„Wie soll ich dir glauben? Bis vor ein paar Tagen wusste ich noch nicht einmal, dass es Magie gibt.“ Ich hielt einen Moment inne und überlegte. „Wo fängt die Magie an und wo hört sie auf? Und woher weiß ich überhaupt, was real ist und was nicht?“

„Das kannst du nicht wissen“, sagte sie traurig. „Und es tut mir leid, dass du in diese Welt hineingezogen wurdest. Ich habe nie gewollt, dass das passiert.“

„Was hast du dann die ganze Zeit über getrieben?“ Es fiel mir schwer, ihr zu glauben. Zu viel war passiert, und ich wusste nicht, ob ich überhaupt wieder jemandem wirklich vertrauen konnte. „Auf einen günstigen Zeitpunkt gewartet oder was?“

Sie sah traurig und verletzt aus, aber ich konnte das nicht wirklich an mich heranlassen. Ich war ebenfalls verletzt worden und hatte einen schmerzhaften Verlust erlitten.

„Lediglich versucht, ein normales Leben zu führen, genau wie du."

„Aber du bist eine von ihnen", erinnerte ich sie.

„Nicht alle magischen Menschen sind schlecht."

„Peter ist schlecht."

„Ja", bestätigte sie seufzend. „Ich hätte ihm gerne auf die richtige Bahn geholfen, aber kam zu spät."

Wir saßen einen Moment schweigend da, während ein Windstoß durch meinen Vorgarten wehte, in dem sich die Gräser wiegten.

„Hast du dich jemals gefragt, warum du mit deiner Katze sprechen kannst?", fragte Bethany mit Tränen in den Augen, die sie wohl zu unterdrücken versuchte. Sie konnte ihren Gefühlen anscheinend immer noch nicht freien Lauf lassen, im Gegensatz zu mir.

Ich heulte hemmungslos. Warum noch dagegen ankämpfen? „Du weißt davon?" Das schockte mich in diesem Augenblick auch nicht mehr. Ich war einfach zu erschöpft.

Sie nickte, hob dann die Jacke auf ihrem Schoß auf und warf sie mir zu. „Erinnerst du dich an den hier?"

„Es ist einer von deinen hässlichen Blazern."

„Dazu sage ich jetzt mal nichts, weil ich weiß, dass es dir im Moment nicht gut geht", meinte sie und wartete.

Ich strich über den kühlen Stoff, von dem ein Duft nach Wacholder und Zitrone ausging.

„Erinnerst du dich daran, ihn getragen zu haben?", forschte sie erneut nach.

Thompson, mein früherer Chef, hatte mich des Öfteren genötigt, mir von Bethany Kleidung zu leihen, wenn ein wichtiger Kundentermin anstand, damit ich manierlicher aussah.

Und in dem Moment machte es Klick. Das letzte Teil des schrecklichen Puzzlespiels der vergangenen Tage war an seinen Platz gefallen. „Ethel Fultons Testamentseröffnung", japste ich.

„Ja", bestätigte sie nickend. „Verstehst du jetzt, was passiert ist?"

„Der magische Rückstand, den Moss erwähnte. Der war von dir?"

Sie nickte wieder. „Er steckte in meinem Blazer. Der Stromschlag hat die magische Energie verstärkt und auf dich übertragen."

„Aber ich bin nicht magisch", rief ich ungehalten.

„Nein, nicht richtig. Normalerweise verflüchtigt sich so eine Restenergie rasch wieder. Dass das bei dir nicht der Fall war, ist meine Schuld, fürchte ich."

Ich sah sie entsetzt an, wobei mir hunderte von Fragen gleichzeitig durch den Kopf gingen, aber ich brachte nur einziges Wort über die Lippen: „*Warum*?"

„Ich habe dir ja schon gesagt, ich praktiziere keine Magie, was bedeutet, diese Energie geht nirgendwo hin. Viel davon hat sich über die Jahre angestaut. Der Stromstoß hat alles aufgewirbelt und eine Reaktion ausgelöst", erklärte Bethany.

Ich unterbrach sie: „Aber ich kann keine Gedanken von anderen Menschen manipulieren oder anderes Zauberzeugs. Und schon gar nicht kann ich mich in ein Tier verwandeln." Jetzt kam ich mir plötzlich völlig unfähig und unbedeutend vor. Seitdem ich die Fähigkeit erlangt hatte, mit Octocat zu sprechen, war ich überzeugt gewesen, Superkräfte zu besitzen. Was für ein Witz. Tatsächlich gab es echte Supermenschen da draußen, nur leider gehörte ich nicht zu ihnen.

„Du hast eine kleine, aber starke Dosis von der Jacke abbekommen“, fuhr Bethany fort, die mich aufmerksam beobachtete. „Die Katze hat auch etwas abgekriegt.“

Ich betrachtete sie, wie sie nach Worten rang.

„Er war ganz in der Nähe, und irgendwie hat das eine Verbindung zwischen euch geschaffen. Ich weiß nicht, warum nur diese eine Fähigkeit auf dich abgefärbt hat und warum du sie zwischenzeitlich nicht wieder verloren hast.“

„Oh, aber Bethany ... Dann musste ich wieder losheulen, weil mir erneut bewusst wurde, was ich verloren hatte. „Sie ist weg. Octocat und ich – wir können nicht mehr miteinander sprechen.“

Dann hatte ich eine wunderbare Eingebung: „Kannst du das reparieren? Kannst du alles wieder so machen, wie es vorher war?“

Bethany biss sich auf die Unterlippe und atmete tief durch die Nase ein. „Ich benutze keine Magie“, betonte sie nochmals. „Aber für dich bin ich bereit, es zu versuchen.“

20

„Das Ironische ist, dass die Magie umso stärker wird, je weniger man sie praktiziert“, erläuterte Bethany, als wir uns nebeneinander in meinem Bibliothekszimmer niederließen. Octocat hockte auf meinem Schoß. Grandma hatte ich gebeten, uns allein zu lassen. So sehr ich sie auch liebte, hatte ich doch das Gefühl, dass dies ein ganz privater und persönlicher Moment bleiben musste.

„Es ist alles Teil des großen Gleichgewichts“, fuhr Bethany fort, während ich auf die Bäume starrte, die sich draußen sanft im Wind wiegten. „So werden die Machthungrigen davon abgehalten, übermächtig zu werden. Und so bleibt die magische Welt geheim und intakt.“

„Moss hat so etwas erwähnt“, sagte ich nickend und dachte an die unangenehmen Stunden im Terrarium zurück.

„Wie schon gesagt, dadurch, dass ich sie nicht aktiv anwende, ist meine Magie extrem stark“, fuhr Bethany fort. „Aber ich bin keine Expertin darin, sie zu kontrollieren. Ich kann versuchen, etwas davon auf dich zurückzuübertragen, aber es kann auch sein, dass es nicht funktioniert.“ Sie schluckte schwer. „Es könnte passieren, dass du dabei verletzt wirst.“

„Das Risiko ist es wert“, sagte ich ohne zu zögern und streichelte Octocat dabei. „Ich bin bereit.“

„Unsere beste Chance, das richtig hinzubekommen, ist, die Szene bei der Testamentseröffnung so exakt wie möglich nachzustellen. Deshalb habe ich dir den Blazer mitgebracht.“ Sie nickte in Richtung des zerknitterten Kleidungsstücks auf meinem Schoß und griff dann nach der Stofftasche, die sie auch noch dabeihatte.

Als ich sah, was darin steckte, sprang ich vor Schreck auf. „Halt das Ding von mir fern!“, kreischte ich und hielt mir die Hand vor die Augen. Es war die alte Kaffeemaschine aus dem Büro, die mich schon einmal fast umgebracht hatte, und zweifellos würde sie das heute wieder versuchen.

„Aber wir müssen nachstellen, was an jenem Tag passiert ist“, erinnerte mich Bethany. „Es tut mir leid, aber das ist der sicherste Weg, damit die Sache auch wirklich funktioniert.“

Ich zitterte heftig, als ich das verhasste Gerät betrachtete. Würde ich das durchstehen? Könnte ich mich meiner ja nun doch sehr berechtigten Angst stellen, und vor allem, würde ich das überleben?

Octocat miaute und rieb sich an meinen Knöcheln. Als ich mich zu ihm hinunterbeugte, um ihn zu streicheln, schnurrte er laut und leckte mir mit seiner rauen Zunge übers Gesicht. Dann sprang er zurück auf die Fensterbank und rieb seinen Kopf an der Kaffeemaschine, wobei er mich die ganze Zeit herausfordernd ansah.

Ich musste lächeln, obwohl ich immer noch vor Angst schlotterte. „Wenn er davon überzeugt ist, dann bin ich es auch. Ähm, ist es okay, wenn ich vorher meine Augen schließe?"

„Mach es, wie es für dich am besten ist", erwiderte Bethany und stellte die Kaffeemaschine neben der nächsten Steckdose auf. „Ich habe mir erlaubt, das Kabel etwas aufzuschlitzen. Dann klappt das mit dem Stromschlag bestimmt besser."

Na wunderbar.

Octocat miaute wieder. Er glaubte an mich, glaubte an uns. Ich würde alles tun, um für uns zu kämpfen, selbst wenn es bedeutete, mich blindlings in die Gefahr zu stürzen.

Bethany legte beide Hände auf meine Schultern, und ich spürte, wie sich ein warmes, angenehmes Gefühl durch ihren Blazer auf mich übertrug. „Bist du bereit?", fragte sie und zog ihre Hände weg.

Ich nickte und kniff die Augen fest zusammen, während sie mich zu meiner potenziellen Todesfalle führte. Octocat wich nicht von meiner Seite, und als ich das Kabel mit geschlossenen Augen nicht finden konnte, schob er meine Hand in die richtige Richtung.

Es gab nur noch eine Sache zu tun.

Mit einem tiefen Atemzug – von dem ich hoffte, dass es nicht mein letzter sein würde – nahm ich das Netzkabel und steckte es in die Steckdose. Als der Stromschlag durch meinen Körper schoss, brach ich zusammen und fiel lächelnd in Ohnmacht.

* * *

„Angie? Angie? Bist du okay?“ Bethany hielt meinen Kopf in ihrem Schoß, als ich zu mir kam.

„Was ist passiert?“ Ich fühlte mich benommen.

„Hat es funktioniert?“, fragte sie aufgeregt, ohne auf meine Frage einzugehen.

Sie half mir, mich aufzusetzen, und ich blickte mich im Raum um. Wir waren bei mir zu Hause in der Bibliothek, meinem hochheiligen Zufluchtsort. Aber warum?

Octocat näherte sich mir vorsichtig, fast so, als könne er sich bei mir mit irgendetwas anstecken. „Igitt“, sagte er. „Du riechst immer noch wie dieses Kellerloch.“

Tränen stiegen in mir hoch, und plötzlich erinnerte ich mich wieder an alles. „Du kannst sprechen“, stammelte ich und schluchzte laut.

Bethany jubelte und reckte eine Faust in die Luft.

Octocat schüttelte erstaunt den Kopf. „Natürlich kann ich sprechen. Das konnte ich schon immer. Aber du kannst mich jetzt wieder verstehen. Oh, bei meinem Barte, ich habe dir so viel zu erzählen.“

„Es hat funktioniert“, schluchzte ich. „Ich bin wieder magisch.“

Bethany legte sanfte ihre Hand auf meine Schulter. „Ich

glaube, du hast das Ganze falsch verstanden. Weißt du, es ist so, du selbst bist nicht magisch, aber das Band, das euch beide verbindet, ist es."

„Das klingt zu schön, um wahr zu sein, wie ein Märchen", witzelte ich.

„Na ja, märchenhaft ist es nicht gerade, eher ziemlich bizarr."

Für Ironie hatte meine Chefin wohl einfach nichts übrig, aber ich umarmte sie trotzdem ganz feste. „Vielen Dank, dass du uns geholfen hast."

„Hey, sei besser nicht zu nett zu ihr", warnte Octocat und rümpfte angewidert die Nase. „Sie ist auch ein Hund."

„Du bist ein Hund? Wie Peter?"

Sie nickte. „Ich kann mich in einen Pitbull verwandeln. Ich habe das in meiner Schulzeit ein paar Mal genutzt, um Jungs zu verscheuchen, die hundsgemein zu mir waren", erzählte sie kichernd.

„Und was machen wir jetzt?", wollte ich wissen.

Bethany seufzte und schaute zur Tür. „Leider muss ich gehen."

„Okay, aber wir sehen uns morgen bei der Arbeit, ja?"

Sie schüttelte den Kopf. „Ich muss weg aus Glendale. Jetzt, wo die Magie aufgedeckt wurde, ist es hier für mich hier nicht mehr sicher."

Dass Bethany uns verlassen wollte, machte mich traurig, aber ich konnte sie auch verstehen. „Was ist mit Peter und Moss? Werden sie auch gehen?"

„Peter kommt mit mir, sobald ich die Kaution für ihn bezahlt habe. Moss hingegen wird – nun, er wird noch eine Weile hier sein."

„Warum? Was ist passiert?"

„Peter hat Moss an die Polizei ausgeliefert, damit er sich aus der Anklage herausreden kann."

„Typisch", erwiderte ich spöttisch.

„Ich nehme ihn mit nach Georgia. Das ist so etwas wie die magische Hauptstadt der Welt."

„Atlanta?"

„Nein, eine viel kleinere Stadt namens Peach Plains."

„Kannst du mir noch einen Gefallen tun, bevor du gehst?"

„Wenn ich das kann, gerne, aber denk dran, meine magischen Kräfte sind etwas unberechenbar."

„Kannst du dieses Gedächtnisding bei mir machen?" Ich sah sie flehend an, denn eine zweite Gelegenheit würde es nicht geben, das wusste ich.

Bethany starrte mich verwirrt an. „Warum willst du das?"

Ich zuckte mit den Schultern, obwohl ich mich bereits fest entschieden hatte. „Ich fand meine Welt besser, als alles noch normal war. Wenn die Magie sowieso bald wieder aus ihr verschwindet, dann möchte ich mich lieber gar nicht mehr an all das erinnern."

Bethany dachte eine Sekunde lang darüber nach, bevor sie zustimmend nickte. „Aber dir ist schon klar, dass du dich dann auch nicht mehr daran erinnern wirst, warum du mit deiner Katze sprechen kannst? Und wenn jemals wieder etwas schiefgeht, weißt du nicht, wen du um Hilfe bitten kannst."

Das war natürlich durchaus ein Argument, aber es konnte mich trotzdem nicht umstimmen. „Wir sind doch jetzt gute Freunde, Bethany, oder?“

Sie lächelte mich an und umarmte mich kurz. „Natürlich.“

„Dann schau doch bitte einfach ab und zu nach uns. Komm vorbei und vergewissere dich, dass es uns gut geht.“

„Das mache ich auf jeden Fall“, versprach sie. „Also, bevor ich das versuche, bist du sicher, dass du das alles vergessen willst?“

„Ja, absolut sicher, das ganze Zauberzeugs.“

Bethany hob einen Arm und ließ die Hand kreisen, wie ich es schon bei Peter und Moss gesehen hatte. Bald würde ich mich an nichts mehr von der ganzen Geschichte erinnern.

Ich sah zu, wie sich ihre schlanken Finger anmutig vor meinem Gesicht bewegten. Bethany war schon immer sehr zierlich gewesen. Dass sie sich ausgerechnet in einen Pitbull verwandeln konnte, fand ich ziemlich lustig. Der Gedanke gefiel mir, auch wenn er gleich weg sein würde …

„*So*,“ meinte sie und blinzelte mich neugierig an. „Wie fühlst du dich jetzt?“

„Ein bisschen benebelt“, antwortete ich und fragte mich, warum mir plötzlich so schwindelig war. „Können wir etwas frische Luft reinlassen?“

„Klar doch!“ Sie kniete sich auf die Polster meiner gemütlichen Sitznische und öffnete die darüber liegenden Fenster ganz weit. Komisch, ich konnte mich nicht einmal daran erinnern, Bethany eingeladen zu haben, geschweige denn, worüber wir bisher gesprochen hatten.

„Ach, was für ein schöner Tag es doch noch geworden ist", meinte Octocat, der nun zufrieden seufzend neben mir am Fenster stand.

Wir streckten beide unsere Nasen hinaus und sogen die süßliche Sommerluft ein. Ich schloss die Augen und spürte die warmen Sonnenstrahlen im Gesicht. Was für ein perfekter Tag. Nur was hatten wir bloß die ganze Zeit gemacht? Doch einer Sache war ich mir gewiss, nämlich dass ich glücklich war – und über alle Maßen dankbar.

„Was macht die Katze da?", fragte jemand von so nah, dass ich erschrak.

„Glaubst du, sie wird uns hinterherjagen?", meinte eine andere Stimme laut.

„Hört auf, dumme Fragen zu stellen, fliegt einfach weiter und bringt euch in Sicherheit", erwiderte ein Dritter.

Ich öffnete meine Augen gerade noch rechtzeitig, um zu sehen, wie drei Möwen vom Dach flogen.

Ich wollte Octocat unbedingt fragen, ob er sie auch gehört hatte, aber Bethany stand immer noch nahe bei uns, und sie sollte das nicht erfahren.

Aber eines wusste ich mit Sicherheit: Diese Vögel hatten miteinander gesprochen.

Und ich hatte jedes Wort verstanden.

TIERISCHE TÄUSCHUNG

Was ist noch schlimmer, als einen hochnäsigen sprechenden Kater als besten Freund zu haben? Wenn er auf unerklärliche Weise verschwindet …

Octocat ist weg, und alles deutet darauf hin, dass er entführt wurde. Bei der wachsenden Zahl von Leuten, die wir beide schon hinter Gitter gebracht haben, ist es nicht gerade eine Überraschung, dass jemand auf Rache aus ist.

Aber wie soll ich es jemals schaffen, dieses Verbrechen ohne die Hilfe meines vierbeinigen Partners aufzuklären?

. . .

Die einzige andere Person, die mir vielleicht helfen könnte, ist gerade nach Georgia umgezogen. Jetzt bin ich so verzweifelt, dass ich alles tun würde, um ihn wiederzubekommen, selbst wenn ich dafür mein Geheimnis vor ganz Blueberry Bay enthüllen muss.

Alles würde ich geben, um ihn sicher nach Hause zu bringen. Oh, Octocat. Wo bist du nur hin?

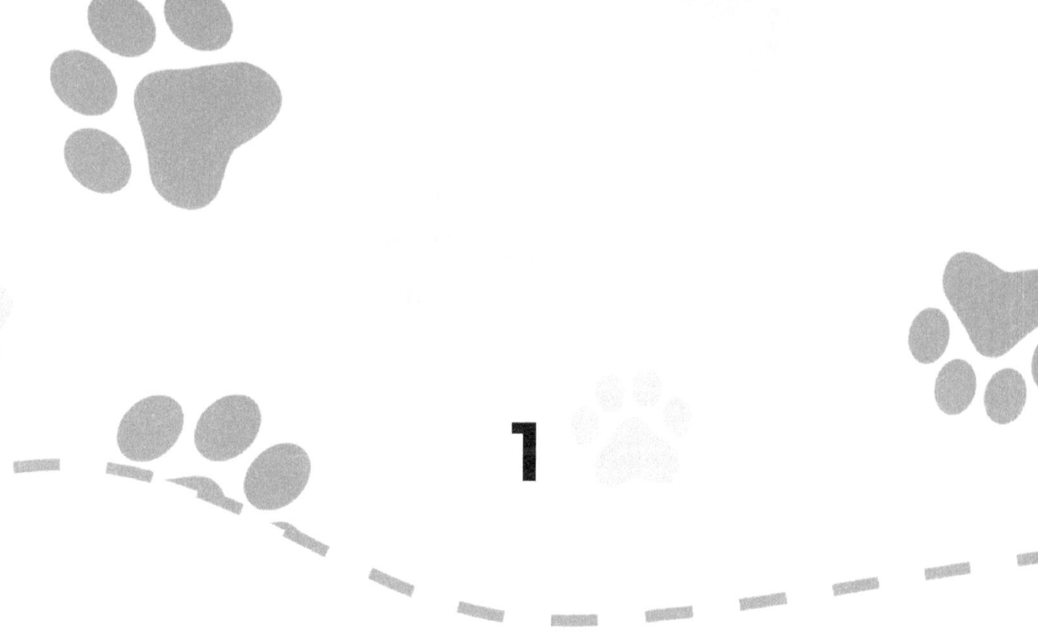

1

Mein Name ist Angie Russo, und ich bin ein Katzenmensch.

Das ist eigentlich das Wichtigste, was es über mich zu berichten gibt.

Da sind zwar noch ein paar andere Dinge, die mich ausmachen, etwa dass ich in Teilzeit als Anwaltsgehilfin und nebenberuflich als Privatdetektivin arbeite, dass ich in einer riesigen Villa an der Ostküste der Vereinigten Staaten lebe oder dass meine verrückte Großmutter eine meiner besten Freundinnen ist. Auch die Tatsache, dass ich es trotz meiner Unentschlossenheit geschafft habe, sieben College-Abschlüsse zu erlangen, ist nicht gerade gewöhnlich.

Doch das sind alles eher Nebensächlichkeiten.

Das Wichtigste an mir ist definitiv, dass ich eine Katze habe, besser gesagt, einen Kater.

Dabei handelt es sich beileibe nicht um einen normalen Hauskater, denn der kleine Kerl textet mich ständig zu. Ja genau, er spricht, und zwar *ziemlich viel.* Im Grunde hält er fast nie die Klappe.

Katzen haben ja allgemein den Ruf, ziemlich anspruchsvoll zu sein, aber glaubt mir, eure sind Zucker gegen meinen Haustiger.

Er frisst ausschließlich ein ganz bestimmtes Gourmetkatzenfutter, *Fancy Feast*, und auch nur ausgewählte Geschmacksrichtungen davon. Servieren darf ich ihm dieses ausschließlich in einem bestimmten Porzellanschälchen, und zwar zu genau von ihm festgelegten Tageszeiten. Außerdem trinkt er einzig und allein Evian. Ich habe in der Vergangenheit ein paar Mal versucht, ihn auszutricksen, da seine extravaganten Vorlieben natürlich Extrakosten verursachen, aber er hat den Unterschied tatsächlich sofort bemerkt und mich übelst dafür büßen lassen.

Das tue ich mir nicht noch einmal an, und um ehrlich zu sein, letztlich ist das Geld auch egal, denn mein Kater ist finanziell bestens aufgestellt: Er verfügt über einen nicht unerheblichen Treuhandfonds, den er von seiner früheren Besitzerin, die ermordet wurde, geerbt hat. Es war pures Glück, dass er und ich zusammengefunden haben –, das heißt, wenn man eine Nahtoderfahrung durch eine defekte Kaffeemaschine als „Glück" bezeichnen kann.

Ich empfinde es jedoch so.

Ich liebe mein Leben, und es gibt nicht viel, das ich daran ändern würde. Nur meinen Job als Anwaltsgehilfin will ich demnächst aufgeben, um Vollzeit als Detektivin zu arbeiten. Meinen Kater hole ich natürlich mit ins Boot – als Geschäftspartner. Er schaut sich so viele Krimis und juristische TV-Shows an, dass sein Wissen wahrscheinlich für einen Ehrendoktortitel in Strafrecht reichen würde. Und eine scharfe Waffe trägt er auch stets bei sich. Seine Krallen kamen schon öfters zum Einsatz, wenn wir in heikle Situationen gerieten.

Manchmal übertreibt er es allerdings etwas mit der Anwendung von Gewalt und seiner Fernsehsucht, doch davon abgesehen besitzt er viele einzigartige Fähigkeiten, die ihn zu einem unverzichtbaren Co-Ermittler machen. Da wäre zunächst einmal die Tatsache, dass er und ich miteinander kommunizieren können. Er ist einfach ein kleines Superhirn, und wer rechnet schon damit, von einer neugierigen Katze belauscht zu werden?

Außerdem steht uns meine Großmutter zur Seite. Früher glänzte sie in ihren Rollen am Broadway, und jetzt unterstützt sie uns bei unseren Fällen mit ihrem schauspielerischen Talent. Wir mögen ein recht ungewöhnliches Team sein, ergänzen uns aber super.

Scooby Doo kann einpacken!

Mein Spezialgebiet liegt in der Recherche. Ich liebe es, mir über die kleinsten Details, die uns auffallen, den Kopf zu zerbrechen, jeder noch so vagen Vermutung nachzugehen und alles über die Hintergründe herauszufinden.

Ich habe ein nahezu fotografisches Gedächtnis und ein Faible für Notizen-Apps und dergleichen, fühle mich allerdings in letzter Zeit mitunter ein wenig benebelt, sodass auf meinen Kopf nicht immer Verlass ist.

Normalerweise vergesse ich selten etwas, aber seit dieser neue Mitarbeiter, Peter Peters, in der Kanzlei angefangen hat, passiert mir das öfters. Diesen Kerl konnte ich von vornherein nicht leiden und bin mir ziemlich sicher, dass er etwas mit meinem verwirrten Zustand zu tun hat, kann mich aber einfach nicht mehr erinnern, warum.

Glücklicherweise wird er bald wieder weg sein. Nur leider nimmt er seine Cousine Bethany mit, die ich als Anwaltspartnerin der Kanzlei und inzwischen auch als gute Freundin zu schätzen gelernt habe. Sie werde ich definitiv vermissen. Ich verstehe jedoch, dass sie für ihre Familie da sein will, selbst wenn Peter der gruseligste Typ ist, den ich je getroffen habe.

Offen gestanden ist es wahrscheinlich ohnehin Zeit für mich, die Kündigung einzureichen. Das hieße jedoch, meinen heimlichen Schwarm zu enttäuschen, und deshalb habe ich das bisher nichts übers Herz gebracht. Ich stehe nämlich auf den Seniorpartner der Kanzlei, Charles Longfellow. Früher lebte er in Kalifornien, zog jedoch vor nicht allzu langer Zeit hierher und hat sich rasch hochgearbeitet. Kein Wunder, denn Charles ist ein fantastischer Anwalt und dabei nur ein paar Jahre älter als ich. Ja gut, manchmal muss man Glück haben – wie ich mit Octocat.

Wahrscheinlich hätte ich ihn schon längst gefragt, ob wir uns mal privat treffen, aber er hat seit Kurzem eine Freundin. Eine schreckliche Person. Ich kann sie absolut nicht ausstehen und nicht nur, weil sie zwischen mir und ihm steht (wir wären das Traumpaar schlechthin, das weiß ich einfach), sondern weil sie gemein, hinterhältig und immer total unfreundlich ist.

Vor ein paar Monaten stand sie sogar auf meiner Liste von Mordverdächtigen, ebenso wie ihr Bruder, der beinahe verurteilt worden wäre, doch beide traf keine Schuld, das konnten wir beweisen. Auch den Mord an einer prominenten Senatorin, die bei mir direkt nebenan wohnte, haben wir aufgeklärt.

Ich bin also bestens vorbereitet, um mich als Vollzeit-Privatdetektivin selbstständig zu machen, würde allerdings deutlich lieber Wirtschaftskriminelle durch die Stadt jagen als verrückte Mörder, denn unsere letzten Einsätze waren ganz schön gefährlich. Es liegt nahe, dass sich irgendwann einer von diesen Verbrechern, die wir in den Knast gebracht haben, an mir und meinem Kater rächen will.

Doch was immer geschehen mag, auf meine Spürnase kann ich mich hoffentlich verlassen …

Als ich an diesem sonnigen Nachmittag von der Arbeit heimkam und das Haus betrat, wäre ich um ein Haar mit Großmutter zusammengestoßen.

„Sieh mal, was ich heute in meinem Kunstkurs für dich gemacht habe!“, rief sie fröhlich, völlig unbeeindruckt von der Tatsache, dass ich sie beinahe in eines der antiken Buntglasfenster befördert hätte, die die Seiten unserer Eingangstür zierten.

Ich trat einen Schritt zurück und studierte das große Metallschild, das sie in ihren vom Alter gezeichneten Händen hielt und las laut, was darauf stand: „Pet Whisperer, P.I.". Die Tierflüsterer-Privatdetektivin. Um es mir genauer anzusehen, wollte ich es ihr abnehmen, doch dabei hätte ich es beinahe fallen gelassen, denn mit einem solchen Gewicht hatte ich nicht gerechnet. „Uff, das Ding ist wirklich schwer!"

„Es ist ja auch nicht aus Pappe, Liebes", erwiderte Grandma mit einem tadelnden Blick.

„Was für ein Kunstkurs ist das eigentlich?" Ich bewunderte, wie sie aus den verschiedenen Restmetallstücken dieses neue, schöne Schild erschaffen hatte.

„Es ist ein bisschen von allem – Skulptur, Schweißen, Landschaftsmalerei, Stillleben, Aktbilder." Bei Letzterem zwinkerte sie mir zu, und ich ahnte, dass sie sich im Grunde nur deshalb dort angemeldet hatte.

„Das klingt ja echt spannend", meinte ich lachend. Langeweile kannte Grandma sowieso nicht. Sie probierte gerne immer wieder neue Sachen aus, um sich die Zeit zu vertreiben. Jetzt hatte sie sich anscheinend vorgenommen, mein streng gehütetes Geheimnis in ganz Blueberry Bay bekannt zu machen.

Sie musste meinen leicht nervösen Gesichtsausdruck bemerkt haben, denn sie erklärte rasch: „Es ist für dein Geschäft, Liebes. Schließlich bin ich deine Assistentin, und da dachte ich mir, ich könnte mich nützlich machen."

„Aber das mit der Detektei ist doch noch gar nicht offiziell." Ich liebte meine Großmutter über alles und fand es toll von ihr, dass sie mir helfen wollte, aber jetzt fühlte ich mich zusätzlich unter Druck gesetzt, meinen großen Karrieresprung endlich in die Tat umzusetzen.

„Ja, du musst das wirklich bald konkret angehen." Sie zog die Brauen hoch und nickte mir aufmunternd zu.

Ich stöhnte auf, obwohl sie damit absolut recht hatte. „Okay, aber ich will nicht, dass jemand etwas davon erfährt, dass ich wirklich mit Tieren sprechen kann, ja?" Diese seltsame Sache beschäftigte mich seit Wochen.

Auch wenn meine Erinnerung mich teilweise im Stich ließ, waren meine Sinne irgendwie geschärft. Ich wusste immer noch nicht, wie und warum ich mit Octocat sprechen konnte, und in letzter Zeit hatte ich außerdem noch andere Tiere verstehen können.

Erst die Vögel auf dem Dach, dann ein Eichhörnchen in meinem Garten und sogar einen Hirsch, den ich in dem an unsere Villa angrenzenden Wald aufgeschreckt hatte. Allerdings funktionierte diese neue Fähigkeit nicht in jeder Situation, und eigentlich war mein Leben ja auch so schon kompliziert und verrückt genug.

Bisher hatte ich immer nur Octocat verstehen und mich mit ihm unterhalten können. Würde ich jetzt etwa eine richtige Frau Dr. Dolittle werden? Ich wusste noch nicht, was ich davon halten sollte. Wenn sich das in der Tierwelt herumsprach ... womöglich würden dann demnächst zahlreiche Viecher bei mir auf der

Matte stehen, sich bei mir beklagen oder mich mit Hilferufen und rechtlichen Forderungen bombardieren.

Ich wüsste überhaupt nicht, wie ich damit umgehen sollte. Schließlich war ich keine Staranwältin, sondern nur Assistentin in einer Kanzlei, und so sehr liebte ich die Gesetze nun auch wieder nicht, außer dass ich mich in meinem täglichen Leben meist daran halte.

„Wo ist Octocat?“, fragte ich Grandma und warf einen Blick die große Treppe hinauf, konnte ihn jedoch nirgends entdecken. Normalerweise hielt er sich zu dieser Tageszeit gerne dort oben auf, weil die Sonne dann durch die Dachfenster fiel und einen warmen Platz zum Dösen für ihn zauberte.

„Er muss hier irgendwo sein, da bin ich mir sicher“, antwortete sie gedankenverloren. Dabei nahm sie das Schild wieder an sich und betrachtete es zufrieden lächelnd.

„Wann hast du ihn denn zuletzt gesehen?“, forschte ich nach und ging los, um seine anderen Lieblingsschlafplätze zu checken. Vielleicht hatten ihn heute ein paar Wolken bei seiner üblichen Routine gestört – ansonsten würde er diese nicht freiwillig aufgeben, das wusste ich genau.

Irgendetwas stimmte nicht, und ich musste schnell herausfinden, was, sonst wäre der Tag für mich gelaufen.

Grandma kam herüber und tätschelte mir beruhigend die Schulter. „Also, bei meinem Vormittagstee heute war er noch da. Wir haben uns nämlich zusammen eine Folge von *Criminal Intent* angeschaut. Das ist erst gut zwei Stunden her. Ich bin sicher, es ist alles in Ordnung, Liebes.“

Aber ich war mir da ganz und gar nicht sicher.

Erst vor ein paar Wochen hatte ich ihn kurzzeitig verloren, bis er, wie von Geisterhand, plötzlich auf Caraway Island wieder auftauchte, was mich weiterhin vor Rätsel stellte. Wie war er bloß dorthin gekommen? Ich konnte mich nicht einmal daran erinnern, dass Grandma und ich ihn dort abgeholt hatten. Im Moment wusste ich nur, dass ich meinen Kater finden musste, und zwar sofort.

„Hilfst du mir, ihn zu suchen, Grandma?"

Sie nickte und verstaute das Metallschild im Schrank, und dann durchstöberten wir jeden Winkel nach ihm, drinnen und im Garten.

„Also, das ist echt merkwürdig", seufzte Grandma und kratzte sich am Kopf. „Vielleicht ist er nur spazieren gegangen und hat die Zeit vergessen."

Aber so tickte mein Kater nicht. Er besaß eine innere Funkuhr. Wenn ich nur versuchte, eine Minute länger zu schlafen, bekam ich zu hören, wie enttäuscht er von mir war. Er schlüpfte zwar dann und wann durch seine Katzenklappe nach draußen, jedoch entfernte er sich nie weit bei seinen Spaziergängen.

Zumindest nicht bis heute.

Am Ende unserer Einfahrt tauchte ein weißes Auto auf, das sich beim Näherkommen als der Postwagen entpuppte.

„Was für ein schöner Tag, nicht wahr?", trällerte die Postbotin Julie, während sie in ihrem Sack wühlte. Sie reichte mir einen kleinen Stapel Briefe. „Nicht viel heute." Und schon flitzte sie weiter.

„Danke, Julie!“, rief ich ihr hinterher und blätterte rasch die Umschläge durch – Werbung, Rechnungen, Werbung.

Doch dann erstarrte ich. Auf einem stand kein Absender, und adressiert war dieser Brief an „*Octavius Fulton*“.

Ja, an meinen Kater.

Ich schluckte schwer und riss ihn unvermittelt auf.

2

Das Datum des Poststempels auf dem Umschlag lag bereits zwei Monate zurück. Kein gutes Zeichen.

„Was ist?“, fragte Großmutter, die sich näherte, während ich den Inhalt überflog.

„Es ist …“ Innerlich zitternd atmete ich tief ein, um nicht gleich loszuschreien oder in Tränen auszubrechen. „Es ist eine Klage.“

„Was, wer will dich verklagen?“, rief sie empört. Gleichzeitig sah sie höchst besorgt aus.

In mir krampfte sich alles zusammen, doch ich zwang mich, das ganze Schreiben erneut genau durchzulesen, bevor ich ihr antwortete. „Die anderen Begünstigten von Ethels Testament – sie wollen Octocats Erbe anfechten. In einem Schiedsgerichtsverfahren.“

„Ach du liebe Zeit!“ Grandma schüttelte fassungslos den Kopf.

„Wenn Octocat Einspruch einlegen will, muss er persönlich vor Gericht erscheinen, und zwar bis spätestens diesen Freitag. Andernfalls gilt das als stillschweigendes Einverständnis, und das Verfahren wird fortgesetzt.“ Das Ganze kam mir in diesem Moment völlig absurd und unwirklich vor. Warum musste das ausgerechnet jetzt passieren und warum überhaupt? Schließlich waren die anderen Erben auch alle von Ethel bedacht worden. Die alte Dame hatte ihren Kater jedoch so innig geliebt, dass sie ihn für den Rest seiner Tage bestens versorgt wissen wollte, mit allem Komfort, den er brauchte. Und er brauchte eine Menge, wie ich inzwischen nur allzu gut wusste – Fancy Feast, Evian, feines Porzellan, Apple-Produkte und, nicht zu vergessen, eine riesige Villa. Der kleine Kerl hatte eben große Ansprüche.

Ich faltete den Brief seufzend zusammen und massierte mir die Schläfen, um die rasenden Kopfschmerzen zu unterdrücken, die ich plötzlich verspürte. „Grandma, wenn diese Klage durchgeht, könnte er seinen Treuhandfonds verlieren. Wir könnten das Haus verlieren. Und vielleicht sogar auch ihn.“

Tränen stiegen in mir hoch. O nein, jetzt bloß nicht weinen. Ich musste einen klaren Kopf bewahren, um die Sache in Ordnung zu bringen und um Octocat zu finden. Also schluckte ich sie hinunter.

Großmutter legte mir eine Hand auf den Rücken und schob mich behutsam in Richtung Haus. „Nun, dann müssen wir ihn eben bis Freitag finden“, stieß sie hervor. „Scheitern ist keine Option.“

Mein Kater war erst seit ein paar Stunden weg, höchstens, aber ich machte mit trotzdem wahnsinnige Sorgen um ihn. Er wäre am Boden zerstört, wenn er sein Erbe verlieren würde und ich es mir nicht mehr leisten könnte, seinen exklusiven Lebenswandel zu finanzieren. Noch schlimmer war die Vorstellung, dass er irgendwo verletzt in einem Graben liegen könnte, und ich hatte keine Ahnung, wo ich suchen sollte.

Grandma zeigte auf unsere antike und leider ziemlich unbequeme viktorianische Couch. „Du wartest hier“, wies sie mich mit sanfter Stimme an. „Und ich koche uns jetzt erst mal einen Tee. Ein Schuss Koffein wird uns helfen, unser Gehirn auf Trab zu bringen. Wir kriegen das alles wieder hin. Das wird schon.“ Sie eilte in die Küche, wo ich sie singen hörte.

Da saß ich nun in unserem großen, leeren Wohnzimmer und merkte, dass ich es hasste, so allein zu sein. Es fühlte sich nicht richtig an ohne Octocat, der sich über irgendetwas beschwerte, meine Lebensentscheidungen infrage stellte oder geschmacklose Witze erzählte, die niemand außer ihm lustig fand.

Während ich gegen meine überwältigenden Ängste ankämpfte, sang Grandma in der Küche lautstark weiter. Offenbar hatte sie bereits eine Ode an die Bezwingung des Katzen-Kidnappers und unseren phänomenalen Sieg vor dem Schiedsgericht komponiert. Woher nahm sie bloß diese Energie?

Ob Octocat wirklich gekidnappt worden war? Das erschien mir gar nicht so abwegig, denn freiwillig würde er sein vertrautes

Heim nicht verlassen. Aber warum sollte jemand meinen geliebten kleinen Tiger mitnehmen, und wer würde so etwas tun?

Großmutters grauer Lockenkopf tauchte in der Küche auf. „Hey, Angie, Liebes!", rief sie und winkte mir zu.

Ich hob den Kopf und versuchte zu lächeln, doch es gelang mir nicht richtig.

„Warum rufst du nicht mal Charles an? Er ist schließlich ein guter Freund, und vielleicht kann er uns helfen." Kaum hatte sie das gesagt, verschwand sie wieder und setzte ihr Liedchen fort.

Charles. Ob er wüsste, was wir tun sollten? Grandma schien davon überzeugt zu sein, und wir drei hatten ja auch schon mehr als einmal ein ziemlich gutes Team abgegeben. Zumindest könnte er mich bei diesem Gerichtsverfahren unterstützen. Er würde bestimmt einen Weg finden, uns unbeschadet da herauszuholen.

Das Telefon wog schwer in meinen Händen. Wenn ich ihn anrief, müsste ich mir eingestehen, dass etwas nicht stimmte. Dass Octocat verschwunden war. Könnte ich nicht vielleicht noch ein paar Minuten so tun, als ob alles in Ordnung wäre? Wäre das egoistisch von mir? Dumm?

„Nicht trödeln, Liebes!", trällerte Grandma vom Herd aus zu mir herüber. Dann sang sie in einer anderen Sprache weiter, vermutlich Koreanisch, da sie unlängst eine Vorliebe für K-Pop entwickelt hatte.

Keine Atemübung der Welt hätte mir in dem Moment genügend Kraft geben können, um diesen Anruf zu tätigen und die schrecklichen Worte laut auszusprechen. Aber ich tat es trotzdem. Für Octocat.

„Angie, alles in Ordnung?", meldete sich Charles, nachdem es ein paar Mal geklingelt hatte. Er war natürlich immer noch in der Firma. Seit Bethany ihre Kündigung eingereicht hatte, schob er noch mehr Überstunden. Wenn sie in den kommenden Tagen nach Georgia in ihr neues Leben entschwand, würde er der einzige verbleibende Anwalt der Kanzlei sein, in der sich die Partner in den letzten Monaten die Klinke in die Hand gaben.

Seine besorgte, freundliche Stimme löste die Tränen aus, die ich bisher mühsam zurückgehalten hatte. „Charles, er ist weg!", heulte ich in den Hörer. „Octocat ist verschwunden, und wir können ihn nirgends finden."

Charles holte tief Luft und sagte dann hastig: „Ich bin sicher, er hat einfach einen gemütlichen neuen Schlafplatz gefunden und wird nach Hause kommen, sobald ihm der Magen knurrt."

Ich hatte nicht den Eindruck, dass er das selbst für eine logische Erklärung hielt. Wir beide kannten meinen Kater zu gut, um zu glauben, dass er seine Routine absichtlich geändert hatte.

„Da ist auch noch dieses Schiedsverfahren", fügte ich hinzu, obwohl ich eigentlich nicht mehr den Nerv hatte, diesen schrecklichen Brief erneut zu öffnen und ihm den genauen Wortlaut vorzulesen.

„Was?", raunte Charles empört. „Wer hat ein Verfahren gegen dich eingeleitet?"

„Nicht gegen mich", erklärte ich ihm mit einem weiteren

tiefen Seufzer. „Gegen Octocat. Die anderen Erben aus Ethels Testament."

Er schwieg einen Augenblick, während er wohl über diese neueste Entwicklung im chaotischen Leben der Angie Russo nachdachte. „Lass dich davon jetzt nicht weiter beunruhigen", beschwichtigte er mich. „Konzentrier dich im Moment nur darauf, Octocat zu finden. Er kann nicht weit sein. Außerdem wussten wir beide, dass das Testament wahrscheinlich irgendwann angefochten werden würde, auch wenn Richard alles darangesetzt hat, das zu verhindern. Du kannst vor Gericht dagegen Einspruch erheben, bevor das Schiedsverfahren weitergeführt wird."

„Ja, aber die Frist läuft am Freitag ab", erwiderte ich mürrisch. Bis dato hatte ich noch nie wegen irgendwelcher persönlichen Angelegenheiten vor Gericht gehen müssen. Der einzige Grund, warum ich jemals einen Fuß in das Gebäude des Amtsgerichts gesetzt hatte, war, um die Anwälte meiner Firma zu unterstützen. Meistens Charles.

„Freitag?", fragte er ungläubig. „Aber das ist bei Weitem nicht genug Zeit."

„Ja, ich weiß." Ich fuhr mit dem Zeigefinger über das verschnörkelte Muster des Sofabezugs und starrte versunken ins Leere, schaffte es jedoch, nicht mehr zu weinen. Dann informierte ich ihn schniefend: „Auf dem Briefumschlag befinden sich mehrere Aufkleber und Stempel. Sieht aus, als wäre er ursprünglich an meine alte Adresse gegangen und dann als unzustellbar zurückgeschickt worden, bevor er endlich hier ankam."

„Aber die wissen doch alle, wo du und Octocat jetzt wohnen", rief er aufgebracht. Charles trug sein Herz stets auf der Zunge, und daher wusste ich genau, dass er wütend war. *Verdammt wütend.*

Ich nickte zustimmend. „Sollte man annehmen."

Wir seufzten beide unisono, und dann stellte ich ihm die Frage, die mich schon seit dem Eintreffen des Briefes beschäftigte: „Meinst du, sie haben ihn absichtlich an die falsche Adresse geschickt?"

„Klar haben sie das", knurrte er. Ich konnte hören, wie am anderen Ende der Leitung etwas lautstark zu Boden fiel. „Wir schaffen das trotzdem. Octocat wird sicher jeden Moment wieder auftauchen, und in der Zwischenzeit fange ich an, Argumente zusammenzutragen, warum die Anfechtung des Testaments völlig haltlos ist. Und am Freitag werden wir denen im Gericht ordentlich in den Hintern treten."

„Danke. Du schaffst es immer, dass ich mich besser fühle." Auf Charles konnte man sich einfach verlassen. Er war stets zur Stelle, wenn ich Hilfe brauchte, und genau das schätzte ich an meinem inzwischen engsten Freund besonders. Was für ein Glück, dass er vor einiger Zeit aus seiner Heimat Kalifornien in unsere malerische Blueberry Bay an der Ostküste gezogen war!

Er schwieg für einen Moment und fragte dann: „Soll ich nach der Arbeit vorbeikommen und dir helfen, Octocat zu suchen? Ich könnte früher Schluss machen. Vier Augen sehen ja bekanntlich mehr als zwei beziehungsweise sechs mehr als vier – deine Großmutter ist sicher schon an dem Fall dran, oder?"

Ich lachte leise auf. Er kannte uns wirklich schon zu gut. „Eigentlich würde ich gerne mal ein bisschen hier rauskommen. Wir suchen schon seit Stunden, aber er ist eindeutig nirgendwo hier in der Nähe."

„Willst du dann zu mir rüberkommen?", fragte er ohne das leiseste Zögern.

„Ja, das wäre super", antwortete ich erleichtert.

Jetzt, wo Charles uns unterstützte, wusste ich, dass alles gut werden würde. Es gab gar keine Alternative, denn alles andere würde mir das Herz brechen.

Wenn Octocat jetzt da wäre, würde er mich sicher ermahnen, dass ich mich zusammenreißen solle. „Tu, was getan werden muss!", würde er sagen. Und genau das hatte ich vor. Ich würde ihn schnell wieder nach Hause bringen und dafür sorgen, dass er hier bleiben konnte, wo er hingehörte.

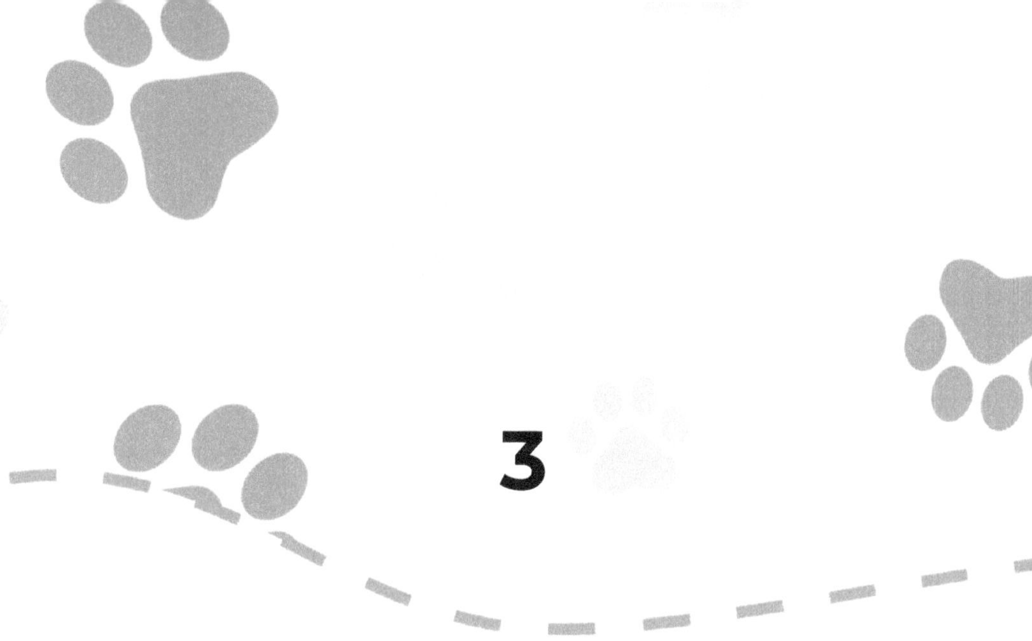

3

Charles lud mich für halb sieben zu einem schnellen Abendessen und einer Lagebesprechung bei ihm zu Hause ein. Als ich um kurz nach halb sieben bei ihm klingelte, war er jedoch noch nicht da und im Haus alles dunkel. Ich nahm an, dass es bei ihm auf der Arbeit doch etwas später geworden sein musste, und beschloss, den im Garten versteckten Schlüssel zu benutzen und drinnen auf ihn zu warten. Als Grandma noch hier wohnte, hatte sie den Ersatzschlüssel immer unter der Türmatte deponiert – ein Wunder, dass sie in ihren über siebzig Lebensjahren kein einziges Mal beklaut wurde. Zumindest war Charles ein wenig vorsichtiger.

„Hallo!“, rief ich, als ich durch die Tür schlüpfte, nur für den Fall, dass er womöglich unter der Dusche stand und das Klingeln nicht gehört hatte.

Nichts.

Ich zuckte mit den Schultern und ging in die Küche, um schon mal den Tisch zu decken, da ich davon ausging, dass er etwas von einem Takeaway-Restaurant mitbringen würde. Wir waren beide keine großartigen Köche, doch zum Glück hatte ich Großmutter, die erst kürzlich ihre Liebe zum Kochen entdeckt hatte und stets dafür sorgte, dass ich etwas Leckeres zu essen bekam. Das war zwar ein Segen, aber manchmal verfluchte ich ihre neue Leidenschaft auch, denn seitdem wir zusammenwohnten, hatte ich mindestens eine Kleidergröße zugelegt.

Ich wanderte durch die mir wohlvertrauten Räume und schaltete ein paar Lichter ein, denn Charles ließ aus irgendeinem Grund die Vorhänge meist zugezogen. Es fühlte sich total seltsam an, das Haus, in dem ich aufgewachsen war, mit Charles' spärlicher, maskulin anmutender Einrichtung zu sehen. Großmutter hatte sich vor einiger Zeit entschlossen, ihr Häuschen zu veräußern und zu mir zu ziehen, als ich die große Villa übernahm, in der wir beide jetzt wohnten.

Mit Charles hatte sich der perfekte Käufer gefunden, denn er suchte ein schönes neues Zuhause, wo man Wurzeln schlagen konnte. Zuvor hatte er in einem Apartment in Cliffside gewohnt, dem rauesten Pflaster von Glendale, wo vermutlich eine Reihe Gesetzesbrecher lebten, wobei ich in letzter Zeit auch eine andere Erfahrung mit Kriminalität gemacht hatte: Je reicher die Leute waren, desto wahrscheinlicher gingen sie über Leichen, damit niemand an ihr Vermögen herankam.

Manche Leute sind einfach nie zufrieden, und ich habe mir geschworen, auf gar keinen Fall jemals so zu werden.

Inzwischen fühlte sich das Haus schon nicht mehr so befremdlich an, und ich nahm Teller aus dem Schrank neben dem Herd, um den Tisch im Esszimmer zu decken. Ein paar Sekunden später hätte ich diese jedoch um ein Haar fallen lassen, denn mir bot sich ein schauderhafter Anblick.

„Oh mein Gott", rief ich, während ich die Teller umklammerte. „Habt ihr mich erschreckt!"

Nicht Charles hatte mich in Panik versetzt, sondern seine beiden Sphynx-Katzen, die plötzlich in der Tür standen und mich mit glühenden Augen anstarrten. Wie hatte ich sie nur vergessen können?

„Hallo, Jacques. Hallo, Jillianne", sagte ich mit einem freundlichen Lächeln. Hoffentlich würden sie nicht merken, dass ich in diesem Moment am liebsten geschrien hätte. „Jay und Jay", wie Charles sie zu nennen pflegte, wenn er von den beiden sprach, hatten keine Haare am Körper, dafür aber viele Falten auf ihrer nackten Haut, etwa wie ein Gehirn auf vier Beinen, mit einem Schwanz und durchdringenden Augen. Wenn man nicht darauf vorbereitet war, wirkte ihre Erscheinung im ersten Moment ziemlich beängstigend.

Die Größere der beiden, Jillianne, schritt auf mich zu. „Ein Prinz, eine Prinzessin und eine Anwaltsgehilfin stehen in einer Küche. Wer gehört nicht dazu?", zischelte sie, und so hörte ich zum ersten Mal eines ihrer berühmten Sphynx-Rätsel mit eigenen Ohren. Die Fähigkeit, mit jeder Fellnase und jedem Federvieh sprechen zu können, nicht nur mit Octocat, hatte ich ja erst vor Kurzem erlangt.

Jillianne zuckte mit dem Schwanz und kniff die Augen zusammen, als ich nicht sofort antwortete. „Oh“, stotterte ich und fühlte mich auf einmal wie ein Kandidat in der letzten Runde von Jeopardy, der sein ganzes Geld gesetzt, aber nicht die geringste Ahnung hatte, wie die Antwort lauten könnte. „Ist es die Anwaltsgehilfin? Ähm, ich bin hier, weil Charles mich eingeladen hat, ich schwöre es!“

Dabei legte ich mir die rechte Hand aufs Herz, in der Hoffnung, dass die misstrauischen Katzen mir glauben würden. Das taten sie aber nicht. Der kleine Jacques zeigte mir einen imposanten Katzenbuckel und stieß ein bedrohliches Fauchen aus.

Ich trat zwei Riesenschritte zurück und hob beschwichtigend die Hände. „Erinnert ihr euch nicht mehr an mich? Ich habe mich um euch gekümmert, als ...“ Vielleicht sollte ich ihr jüngstes Trauma besser nicht erwähnen, schließlich lag der Mord an ihrer Vorbesitzerin noch nicht lange zurück. „Als wir den Fall gelöst haben, damit der Senatorin Gerechtigkeit widerfährt. Wisst ihr noch?“

„Angie?“, ertönte Charles’ Stimme aus dem Flur, und ich hörte ihn rasch näherkommen. „Sprichst du mit Jay und Jay?“, fragte er, als er es in die Küche trat. „Ich dachte, das kannst du nicht.“

Oh, Mist.

Ich verschränkte die Arme und sah ihn finster an. „Wie kommt es eigentlich, dass immer du derjenige bist, der rein zufällig alle meine Geheimnisse aufdeckt? Ernsthaft, wie schaffst du das?“

„Gutes Timing?" Er hob Jillianne hoch und gab ihr einen Kuss auf die Stirn. Fassungslos beobachtete ich, wie sich diese Furie von einer Katze binnen Sekunden in eine zufrieden schnurrende Samtpfote verwandelte.

Ich seufzte zutiefst erleichtert. Und eines wusste ich gewiss: Nie wieder würde ich diesen Ersatzschlüssel verwenden und hier hereinplatzen.

„Also?" Er zog dieses Wort extrem in die Länge, und sein bohrender Blick ließ keine Ausflüchte zu. „Kannst du neuerdings echt mit allen Tieren sprechen? Mensch Angie, das hätte uns beim Calhoun-Fall extrem weiterhelfen können."

„Ach, sei still", brummte ich und versuchte erfolglos, mich seinen grünen Augen zu entziehen. Selbst wenn er angespannt war, lag etwas Liebes und Herzliches in seinem Gesichtsausdruck. „Okay, du hast gewonnen. Und ja, ich kann jetzt auch mit anderen Tieren sprechen. Keine Ahnung, wieso und warum das auf einmal funktioniert, aber ich würde es im Moment lieber nicht an die große Glocke hängen, okay?"

„Hast du das gehört?", wandte er sich mit einer niedlichen Babystimme an die Katze in seinem Arm. „Sie denkt, wir würden ihr Geheimnis verraten. Das traut sie uns wirklich zu."

Seltsamerweise fand ich es ziemlich sexy, wie Charles seine gruselige Katze streichelte und liebkoste. Offensichtlich war ich immer noch in ihn verknallt, egal wie oft ich aus Versehen mitbekam, wie er seine schreckliche Freundin Breanne küsste. Abgesehen von seinem schlechten Geschmack in Bezug auf Frauen und, na ja, ein paar anderen Dingen, war Charles definitiv der beste Kerl, den ich kannte.

Das bestätigte er mir schon im nächsten Moment, denn er legte mir beruhigend die Hand auf die Schulter und meinte: „Wir werden Octocat finden, und wir werden diese Klage niederschmettern. Alles wird gut."

Seine Berührung jagte mir einen kleinen Schauer über den Rücken, den ich schnell zu unterdrücken versuchte. Er war mein bester Freund und Chef – die denkbar unpassendste Wahl für eine Liebesbeziehung. Er und ich, das ging nicht, zumindest nicht im Moment.

Ich seufzte erschöpft. Dieser Tag kam mir schon unendlich lang vor.

Charles setzte Jillianne wieder auf den Boden und musterte mich prüfend. „Du glaubst mir doch, oder?"

„Ja", erwiderte ich hastig. Selbst wenn ich nicht wusste, was die Zukunft für uns beide bereithielt, so war ich mir sicher, dass Charles sich um alles kümmern würde, was aktuell schieflief. Es würde schon irgendwie alles gut ausgehen, nur zu welchem Preis, das musste sich erst noch herausstellen.

„Welches Gold befindet sich tatsächlich am Ende des Regenbogens?", fragte mich Jacques, der kleinere, gefleckte Kater, der mit etwas Abstand auf dem Küchenboden hockte. Offenbar war er nicht so gut im Rätselerfinden wie seine Gefährtin – wahrscheinlich ergriff sie deswegen in der Regel das Wort.

Trotzdem grübelte ich, was die Antwort darauf sein könnte.

War das ein wichtiger Hinweis? Würde mir die Lösung helfen, meinen vermissten Kater zu finden?

„Weißt du, was das Gold am Ende des Regenbogens in Wirklichkeit ist?“, gab ich die Frage an Charles weiter, während ich an meinem eingerissenen Daumennagel knibbelte – eine fiese Angewohnheit von mir, die ich einfach nicht ablegen konnte und die immer dann außer Kontrolle geriet, wenn ich nervös war.

Er blinzelte mich ein paar Mal an, dann brach er in Gelächter aus. „Ich weiß es nicht. Eine Schüssel Müsli? Komische Frage.“

Ich drehte mich wieder zu Jacques um, doch der war schon irgendwo im Haus verschwunden. Hatte er mich nur veräppeln wollen oder versucht, mir etwas Wichtiges mitzuteilen?

Ob ich es jemals erfahren würde?

4

„Ich hoffe, du hast Lust auf gebratenes Hühnchen“, meinte Charles genau in dem Moment, als ich die rot-weißen Schachteln auf dem Esszimmertisch erspähte. „Ich dachte, wir könnten etwas Nervennahrung gebrauchen“, fügte er grinsend hinzu.

„Es riecht echt lecker!“ Dann musste ich an Octocats Reaktion denken, als ich es einmal gewagt hatte, Fastfood-Hähnchen mit nach Hause zu bringen – das erste und letzte Mal. Er fand den fettigen Geruch damals so widerlich, dass er meinen Teller vom Tisch fegte und Flügel, Schenkel und Keulen auf den staubigen Boden fielen. Damit hatte sich jenes Abendessen erledigt.

Was hatte dieser kleine Kerl mir schon für Szenen gemacht …

Charles musterte mich aufmerksam, während er sich einen Berg Pommes frites auf seinen Teller schaufelte. „Woran denkst du?“, fragte er leise.

„An Octocat", gab ich traurig zu, wobei mir der große Angstkloß in meinem Hals beinahe die Luft abdrückte. „Glaubst du wirklich, dass es ihm gut geht?"

„Angie, sieh mich an." Seine Stimme klang wie „Keine Widerrede", sodass ich mich seinem strengen Blick stellte. „Dein Kater könnte wahrscheinlich die schlimmste Flutkatastrophe überstehen. Er ist zweifellos ein Überlebenskünstler – unverwüstbar wie eine Kakerlake. Wenn er sich etwas in den Kopf gesetzt hat, dann schafft er das auch, und ich bin mir absolut sicher, dass er im Moment nur eines im Sinn hat, nämlich zurück zu dir nach Hause zu kommen. Und das wird er auch. Okay?"

„Okay", murmelte ich. Der Vergleich mit der Kakerlake würde Octocat sicher nicht gefallen, wenn er hier wäre. Aber er war nicht hier, und schon begann ich erneut, mir Sorgen zu machen, dass wir ihn nie finden würden – schon gar nicht rechtzeitig zu seinem Gerichtstermin.

Charles ließ mich ein paar Minuten meinen Gedanken nachhängen und schaute mich dabei unentwegt an. „Sag, dass du mir glaubst", meinte er schließlich.

„Ja, ja, ich glaube dir", versicherte ich ihm rasch. Einerseits wollte ich das natürlich gerne, aber andererseits fiel es mir sehr schwer, da wir immer noch keine Ahnung hatten, wer oder was dahintersteckte. „Es ist trotzdem echt nicht leicht." Ich konnte das emotionale Chaos, das in meinem Inneren tobte, nicht verbergen. War es meine Schuld, dass mein geliebter Haustiger verschwunden war? Wenn ja, würde ich mir das nie verzeihen.

„Iss jetzt mal was", befahl Charles und deutete auf meinen

Teller mit den salzigen Seelentröstern, die immer noch unberührt auf mich warteten.

Er hatte es gut gemeint, das wusste ich, trotzdem drehte sich mir bei diesem Anblick der Magen um. Ich verzog das Gesicht und lehnte mich zurück, um zumindest etwas Abstand zu dem ekelerregenden Geruch zu bekommen.

Meine Gedanken kreisten sofort wieder um Octocat. „Glaubst du, er hat Zugang zu Evian und Fancy Feast, wo auch immer er ist? Was, wenn er verhungert oder verdurstet? Was, wenn …?“

„Okay, das reicht jetzt.“ Charles legte sein Besteck geräuschvoll weg und schob seinen Teller beiseite. „Du hast hiermit offiziell Redeverbot, bis du etwas im Magen hast.“

„Aber …“ erwiderte ich, doch dann fiel mir nicht sofort ein passendes Argument ein.

„Kein Aber“, schnaubte er und verschränkte die Arme vor der Brust. „Während du isst, übernehme ich das Reden. Klaro?“

Ich saß betrübt da und schaute ihn stirnrunzelnd an, was ihm einen tiefen Seufzer entlockte.

Dann entspannten sich seine Gesichtszüge, und er beschwichtigte mich mit sanfter Stimme: „Komm schon. Ich versuche nur, dir zu helfen und ein guter Freund zu sein.“

Obwohl mein Magen immer noch rebellierte, nahm ich gehorsam eine Hühnerkeule und lächelte Charles mit großen Augen an, bevor ich herzhaft von dem saftigen Fleisch abbiss. Zu meiner Überraschung schmeckte es recht lecker, und schlecht wurde mir auch nicht. Vielleicht war ich ja doch hungrig.

„Danke“, sagte er mit einem kurzen Nicken in meine Richtung. „Also, wir müssen uns mit ein paar wichtigen Fragen befassen. Fangen wir mit dem Schiedsverfahren an. Ich nehme an, du kannst dich besser auf dein Essen konzentrieren, wenn ich dir langweilige, bürokratische Sachen erzähle."

Ich hielt den Daumen hoch, gespannt, was er sich überlegt hatte.

„Wie schon gesagt, bis dahin haben wir Octocat bestimmt zurück, das heißt, die Frist können wir problemlos einhalten." Er hob die Hand, um jegliche Einwände von mir abzublocken.

„Davon unabhängig", fuhr er mit Nachdruck fort, „und nur um sicherzugehen, werde ich morgen beim Gericht vorbeischauen und eine Fristverlängerung beantragen. In der Zwischenzeit werde ich mir eine Taktik für das Verfahren überlegen. Ich denke, die richtigen Argumente habe ich schnell zusammen. Ethel Fulton hat in ihrem Testament sehr eindeutig klargestellt, wie ihr Vermögen aufgeteilt werden soll und wen sie hauptsächlich begünstigen möchte. Und selbst wenn Octocat den größten Anteil erhalten hat, sind alle Familienmitglieder von ihr berücksichtigt worden."

Er hielt inne und trank rasch einen Schluck Wasser. Im Gegensatz zu Octocat bevorzugte er Leitungswasser, was ich irgendwie komisch fand. Schließlich hätte er sich auch Evian locker leisten können. Dann fuhr er fort: „Sie werden vielleicht argumentieren, dass Octocat und die monatlichen Zahlungen, die er aus dem Treuhandfonds erhält, besser bei einem der Familienmitglieder aufgehoben wären, aber den Zahn können wir ihnen ziehen. Wir haben jede Menge Beweise, dass du dich fantastisch um ihn kümmerst. Viele Zeugen, die das ebenfalls bestätigen würden."

Ich schob meinen Teller beiseite, denn mehr ging gerade wirklich nicht rein. Nun fühlte ich mich zwar etwas besser, dennoch hatte ich weiterhin dieses schreckliche Durcheinander im Kopf. Und jetzt wirbelte da auch noch all das herum, was Charles mir zu dem Verfahren erklärt hatte.

„Mag sein, dass ich eine fantastische Katzenmama *war*", murmelte ich düster. „Aber jetzt ist mein Schützling entweder weggelaufen oder er wurde direkt vor meiner Nase entführt."

Charles nahm seine Gabel und fuchtelte damit herum, als wollte er auf mich losgehen. Dabei landete ein Tropfen Ketchup einen halben Meter weiter auf dem Tisch. Wortlos starrten wir beide einen Moment auf den Fleck.

„Wir werden ihn finden", versprach er erneut. „Und du weißt doch wie, oder? Du weißt, was du zu tun hast?"

Ich sah fragend zu ihm auf, während ich gedanklich die ganzen Orte durchging, an denen wir noch suchen mussten, und mir ausmalte, was ihm womöglich alles schon passiert sein könnte.

„Ähm, hallo!", rief er und wedelte dabei mit der Hand vor meiner Nase hin und her. „Du kannst jetzt auch mit anderen Tieren sprechen. Das ist gigantisch!"

„Jay und Jay waren nicht gerade begeistert darüber", wandte ich ein. Und ich wusste ja auch noch gar nicht, wie ich diese neue Fähigkeit richtig einsetzen konnte, musste noch viel lernen, da jede Spezies ihren eigenen Jargon und ihren eigenen sozialen

Kodex zu haben schien. Verdammt, ich hatte doch gerade erst angefangen, Octocat mit jedem Tag etwas besser kennenzulernen, und jetzt gab es da draußen eine ganze Welt unbekannter Kreaturen, die es zu ergründen galt. Helfen konnte mir auch niemand, denn wen hätte ich zu diesem speziellen Thema um Rat fragen sollen?

„Ich meine doch nicht sie", kicherte Charles und nickte in Richtung seiner beiden launischen Katzen. „Bestimmt gibt es im Wald bei dir nebenan mindestens ein Dutzend Tiere, die sich regelmäßig in der Nähe deines Hauses oder sogar in deinem Garten aufhalten. Vielleicht hat eines von ihnen etwas gesehen."

„Ach du meine Güte, du hast recht!" Plötzlich konnte ich es kaum erwarten, wieder nach Hause zu kommen. Auch wenn ich nicht genau wusste, wie ich mich ihnen gegenüber verhalten sollte, so konnte ich doch wenigstens probieren, mit ihnen zu sprechen. Außerdem war ich inzwischen so fertig, dass ich wirklich alles versucht und wahrscheinlich fast alles riskiert hätte, um meinen vermissten Freund wiederzufinden.

Charles lächelte mich an. „Geht's dir jetzt besser?"

Wirklich besser gehen würde es mir erst dann, wenn ich Octocat wieder an mich drücken konnte. Mit Sicherheit würde ich seinen kleinen, pelzigen Körper ganz fest umarmen, sobald ich ihn wiedergefunden hatte, und wahrscheinlich würde er mich wie verrückt kratzen. Doch selbst das wäre mir egal, wenn ich ihn nur wiederbekommen und er mir nicht die Schuld für das geben würde, was passiert war.

Und selbst wenn er mir die Schuld geben würde, könnte ich

damit leben. Dann würde ich mir eben noch viel mehr Mühe geben, damit so etwas nie wieder vorkommt.

„Danke, dass du mir Mut gemacht hast“, sagte ich zu Charles, der gerade unsere Teller abräumte.

„Jetzt ist Schluss mit mutlos“, erwiderte er lachend. „Haben wir uns verstanden?“

Das hatte er zwar scherzhaft gemeint, versprechen wollte ich ihm jedoch nichts. Ich wusste nur, für Octocat würde ich jedes Hindernis und jeden Drahtseilakt gerne in Kauf nehmen.

Alles würde ich tun, um den besten Kater der Welt sicher nach Hause zu bringen ...

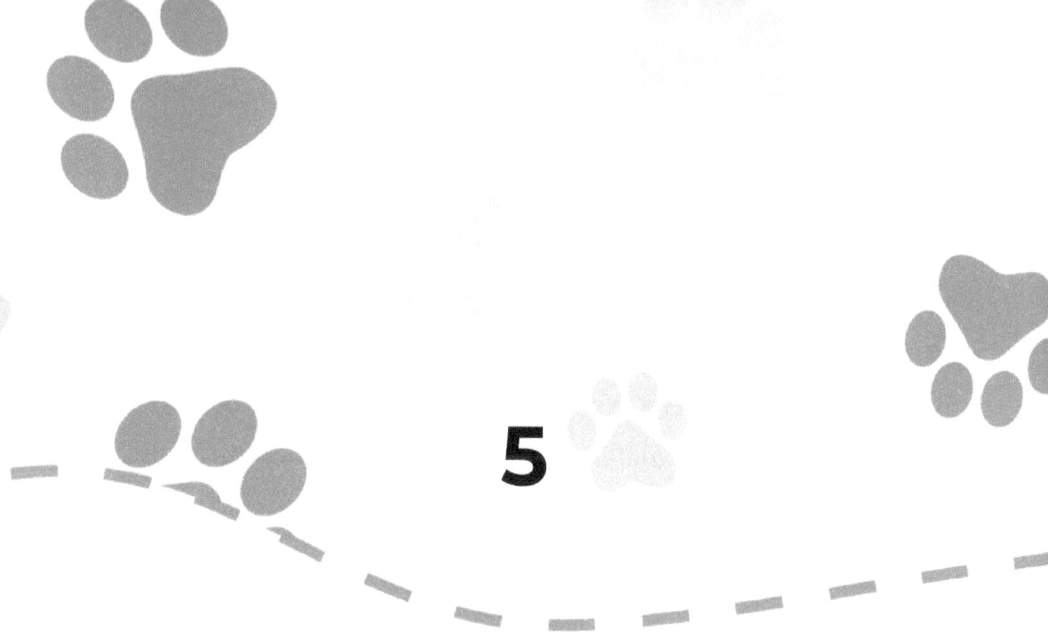

5

Großmutter war nicht da, als ich von meinem Besuch bei Charles nach Hause kam. Sie schien mit ihrem kleinen, roten Sportcoupé unterwegs zu sein, vermutlich um unseren Suchradius zu erweitern.

Es dämmerte bereits, und normalerweise zogen sich die Tiere, die tagsüber oft in meinem Garten herumhüpften und -flatterten, nun in ihre nächtlichen Verstecke zurück. Einige der Waldtiere waren zwar definitiv nachtaktiv, aber mir war nicht wohl bei der Vorstellung, allein in den dunklen Wald zu gehen. Stattdessen beschloss ich, auch wenn es mir schwerfiel, früh ins Bett zu gehen, um meine Suche morgen bei Tagesanbruch fortzusetzen.

„Wo auch immer du bist, mein Schatz“, flüsterte ich in den Abendwind und hoffte, dass Octocat mich irgendwie hören und zumindest spüren würde, dass ich an ihn dachte, „ich hoffe, es geht dir gut.“

* * *

Am nächsten Morgen quälte ich mich beim ersten Anzeichen der Dämmerung aus dem Bett. Die Tiere waren schon wach, also musste ich es auch sein. Nans Auto stand wieder vor dem Haus. Sie schien noch zu schlafen, hatte mir jedoch eine ausführliche Nachricht auf dem Küchentisch hinterlassen:

Angie, mein Schatz,

ich weiß, du brennst darauf, unseren kleinen Kumpel wiederzufinden, aber bitte iss erst einen Happen. Da ist Kuchen in der Dose neben dem Kühlschrank, und darin sind ein paar von diesen kalten Fertig-Milchkaffees, falls ich nicht früh genug auf bin, um dir einen frischen Kaffee zu kochen.

An diesen Orten habe ich gestern Abend nach ihm gesucht …

Was folgte, war eine lange Liste von nahezu jedem Winkel Glendales. Kein Wunder, dass Grandma noch im Bett lag. Sie schien die ganze Nacht unterwegs gewesen zu sein. Trotzdem hatte sie „unseren kleinen Kumpel“ nicht gefunden. Es sah mehr und mehr nach einer Entführung aus, weshalb wir ihn umso dringender bald finden mussten. Ich schnappte mir ein Stück Kuchen und einen der süßen Kaffees aus dem Kühlschrank als Wegzehrung.

Ob die Waldbewohner sich wohl von mir befragen lassen würden?

Draußen wurde ich von der Sonne umarmt und beruhigt, als hätte sie meine Zweifel gespürt. Hoffentlich würden die Tiere genauso entgegenkommend sein wie das Wetter.

Dann könnten wir tatsächlich etwas erreichen.

Eine kleine Meise saß auf dem Geländer der Terrasse und musterte mich mit schief gelegtem Kopf.

Ich blieb stehen und lächelte, so freundlich ich konnte. „Hallo“, begrüßte ich sie, den Mund noch voller Kuchen.

Der kleine, rundliche Vogel reckte alarmiert den Hals und stellte sich auf die Zehenspitzen. „Es spricht!“, rief er entsetzt.

Ich nickte und schluckte den Bissen hinunter, bevor ich weiterredete. „Mein Name ist Angie, und ich habe mich gefragt, ob du weißt …“ Die Meise schlug wild mit den Flügeln und flatterte eilig davon, ohne mich auch nur eines weiteren Blickes zu würdigen.

Nun denn. Offensichtlich musste ich ein weniger scheues Tier finden. Meiner beschränkten Erfahrung nach war dieses ganze Federvieh einfach zu schnell aus der Fassung zu bringen und flog mir nichts, dir nichts davon. Definitiv nicht gerade nützlich, wenn man einen wertvollen Zeugen brauchte.

Ich ging zum Wald hinüber, der mein Grundstück an drei Seiten umgab. Am Rande der Bäume hielt ich inne, lauschte dem bunten morgendlichen Gezwitscher der Vögel und beschloss, mich nur als allerletzten Ausweg erneut an sie zu wenden.

Aus einem der Wipfel ertönte ein Rascheln, und tatsächlich

sah ich einen Moment später ein Eichhörnchen, das von einem Ast zum nächsten sprang und dabei ein Liedchen trällerte, das von allen seinen Lieblingsnüssen zu handeln schien.

„So ein Tag, so wunderschön wie heute, ein toller Tag, um Eicheln knabbern zu gehen“, schmetterte es, summte dann ein paar Takte, bevor es sein Lied fortsetzte. „Und ein Tag, um nach meinen Walnüssen zu sehen!“

„Hey!“, rief ich in seine Richtung. Ich wusste nicht viel über Eichhörnchen, aber sie schienen definitiv nicht die scheuesten Kreaturen zu sein. Das könnte ich mir vielleicht zunutze machen.

Das kleine Nagetier blieb wie angewurzelt stehen. Es hörte sofort auf zu singen und starrte mich aus glänzenden, schwarzen Augen reglos an.

„Ich habe gehört, dass du gerne Nüsse isst.“ Mir war gerade eine Idee gekommen, die ich sofort austesten musste: „Aber magst du auch Erdnussbutter?“

Es hob die Nase und schnupperte übertrieben, als könnte es den nussig-süßen Duft direkt einsaugen. Eine Sekunde später kam es den Baumstamm heruntergeflitzt. „Hast-hast-hast du etwa Erdnussbutter?“

„Das kommt darauf an.“ Ich verschränkte die Arme und versuchte, einen gelangweilten, aber dennoch freundlichen Blick aufzusetzen.

Mit menschlichen Bestechungstechniken kannte sich Herr Eichhörnchen anscheinend nicht aus, denn nun platzte er fast vor Neugier und fragte abermals: „Du hast doch Erdnussbutter, oder?“ Er kam noch ein Stück näher und reckte die Nase erneut in die Luft.

„Mein Name ist Angie, und ich wohne da hinten“, informierte ich ihn und zeigte mit dem Daumen über meine Schulter in Richtung meines Hauses.

Der quirlige Nager nickte energisch. „Ich bin Maple. Ich wohne etwa drei Bäume weiter und fünf nach rechts.“ Seine Stimme klang nun eher quietschig und nicht mehr so hastig wie eben. Anders. In dem Moment wurde mir klar, dass Maple höchstwahrscheinlich ein Mädchen sein musste.

Da ich nicht wusste, wie ich mich höflich danach erkundigen sollte, vermied ich die direkte Anrede. „Ich versuche gerade, meinen Freund zu finden“, erklärte ich. „Wenn du mir dabei hilfst, gebe ich dir ein ganzes Glas Erdnussbutter dafür.“

Maples Augen wurden noch größer. Sie setzte sich direkt vor mich hin und legte ihre pelzigen, kleinen Hände auf meine Schuhspitzen. „Wirklich? Ein ganzes Glas?“, fragte sie fast ehrfürchtig, wobei sie mich unaufhörlich ansah.

„Ja“, bestätigte ich mit einem vielsagenden Lächeln. „Aber zuerst musst du mir helfen, meinen Freund zu finden.“

„Meinst du den anderen Menschen? Oder die Katze?“ Maple kratzte sich am Kopf. „Ansonsten wohnt doch niemand in deinem Kobel, oder?“

„Die Katze“, antwortete ich mit einem Nicken. „Und woher weißt du, wer in meinem, äh, Kobel wohnt?“

„Ich beobachte euch manchmal von meinem Baum aus“, informierte mich Maple unverblümt. „Manchmal klettere ich sogar auf das Dach, um euch besser sehen zu können. Ihr seid ein lustiges Trio, ihr drei."

Ich wusste nicht, ob das als Kompliment oder eher ironisch gemeint war, also sagte ich nur: „Ähm, danke?" Eigentlich fand ich es ein bisschen unheimlich, dass Maple uns offenbar regelmäßig beobachtete, doch möglicherweise hatte sie gerade deswegen wichtige Hinweise für mich.

„Gerne", erwiderte das Eichhörnchen und schnüffelte zum wiederholten Mal. „Erdnussbutter?"

„Erst die Katze, dann die Erdnussbutter", erinnerte ich sie.

„Oh, ich werd' fast verrückt vor Hunger, wenn ich nur an diese köstliche Creme denke, aber ich verspreche, ich werde mein Bestes geben, um dir zu helfen!"

Eindeutig würde es schwierig werden, meine neue Eichhörnchen-Freundin bei der Stange zu halten, also sollte ich mit meinen Fragen wohl besser schnell auf den Punkt kommen.

Ich nannte ihr die wichtigsten Fakten: „Octocat ist gestern am späten Vormittag oder am frühen Nachmittag verschwunden. Wir haben überall nach ihm gesucht, konnten ihn aber nicht finden. Jetzt fragen wir uns deshalb, ob ihn vielleicht jemand entführt haben könnte. Hast du irgendetwas Ungewöhnliches gesehen, was hier um diese Zeit passiert ist?"

„Ungewöhnlich? Hmmm." Maple ergriff ihren buschigen Schwanz und begann, ihn mit den Fingern zu kämmen. Während sie nachdachte, wanderte ihr Blick ziellos umher. „Der große Hirsch war hier. Du weißt schon, der mit den vielen spitzen Enden an seinem Geweih? Er trieb sich eine Weile am Waldrand herum, was ich seltsam fand, da er sich normalerweise meist im Unterholz versteckt. Und meine Freundin Willow sagte, sie hätte den alten Menschen gesehen, wie er ein Nickerchen in der Sonne machte."

„Meine Großmutter?" Das klang definitiv nicht nach ihr, wo sie doch stets nur so vor Energie sprühte, aber wer sollte es sonst sein?

„Ja, ich glaube schon." Maple streckte ihre Pfötchen zu beiden Seiten aus, was an ein Achselzucken erinnerte. „Ich verstehe das total. Was gibt es Besseres als ein Schläfchen in der Sonne? Nur Nüsse essen ist schöner – vor allem Erdnussbutter. Hast du denn welche für mich?"

„Grandma ist übrigens eine Sie", erklärte ich ihr mit einem leisen Kichern. „Aber mach dir darüber keinen Kopf. Ich weiß, dass man das bei Menschen nicht so leicht erkennen kann. Und, ja, das versprochene Glas Erdnussbutter bekommst du natürlich. Aber könntest du mir vielleicht noch einen Gefallen tun, Maple? Es ist sehr wichtig."

Sie drehte sich langsam von mir weg und schien den Wald um uns herum zu inspizieren. Ich folgte ihrem Blick, konnte aber keine anderen Tiere in der Nähe wahrnehmen.

Dann wandte sie sich mir mit offenem Mund zu. „Habe ich das nicht schon getan?"

Ich ahnte, dass ich mein Erdnussbutter-Versprechen zügig einlösen musste, andernfalls würde meine erste tierische Informantin gleich zurück in ihre Bäume huschen. „Ja, deshalb kriegst du auf jeden Fall ein Glas Erdnussbutter. Und ich gebe dir noch eines, wenn du dich im Wald umhörst und versuchst, etwas darüber in Erfahrung zu bringen, was mit meiner Katze passiert sein könnte.“

Maple salutierte vor mir und rannte dann laut rufend in den Wald davon. Keine Ahnung, wo sie diese spezielle Geste gelernt hatte oder was sie mit ihrem Kreischen bei den anderen Tieren erreichen wollte, aber ich würde meinen Teil des Versprechens zweifellos einhalten.

Zumindest wusste ich jetzt, dass uns einige der Tiere ziemlich genau beobachteten. Ob eines von ihnen mitbekommen hatte, was gestern passiert war?

Ich ging zurück ins Haus und betete, wirklich noch irgendwo ein Glas Erdnussbutter auf Lager zu haben. Hoffentlich würde mir Maple gleich etwas Neues berichten können.

Die qualvolle Sorge um meinen Kater wurde immer größer, und ich war mir nicht sicher, ob ich eine weitere Nacht überstehen würde, ohne ihn in Sicherheit zu wissen.

Ach, Octocat, wo steckst du bloß?

6

Obwohl ich kaum eine halbe Stunde weg gewesen war, fand ich Großmutter zu Hause nun hellwach und komplett geschminkt vor. Sie trug ein blaues, knielanges Sommerkleid mit Spitzenbesatz, dazu eine pinkfarbene Strumpfhose und große, baumelnde Ohrringe.

„Hey, guten Morgen. Warum bist du denn so aufgedonnert?", fragte ich, als ich die Tür hinter mir zuzog.

„Aufgedonnert?" Grandma runzelte ein wenig die Stirn und kratzte sich am Hals. „Findest du? Ich hatte mir schon Gedanken gemacht, ob ich damit womöglich zu alt und verschroben rüberkomme."

Ich verdrehte die Augen und schüttelte den Kopf. Wie eine alte Schachtel sah sie wirklich nicht aus, doch in Sachen Mode diskutierte man besser nicht mit ihr. Wir hatten zwar beide einen sehr speziellen, allerdings auch sehr unterschiedlichen Geschmack.

„Wirkt die Spitzenbordüre nicht ein bisschen altmodisch?“, hakte sie nach.

„Ich finde, du siehst gut aus“, bestätigte ich ihr achselzuckend und lächelte sie an. „Aber du hast mir noch nicht verraten, warum du dich so herausgeputzt hast.“

„Oh, nun ja, dieser nette junge Mann, Brock, hat angerufen und gesagt, dass er vorbeikommt, um ein paar Arbeiten zu erledigen.“ Grandma wippte mit den Schultern und kicherte – sie kicherte tatsächlich in sich hinein.

Das war verrückt. Selbst für ihre Verhältnisse.

Und besonders für die frühe Morgenstunde.

„Er will jetzt lieber Cal genannt werden“, erinnerte ich sie. „Du weißt schon, kurz für Calhoun.“

Großmutter studierte ihr Aussehen in dem antiken Spiegel, der neben der Tür hing. „Ah, stimmt ja.“

„Aber das erklärt nicht, warum du dich so … zurechtgemacht hast.“ Ich wollte schon sagen „aufreizend“, verkniff es mir jedoch, und in dem Augenblick wurde es mir klar. *Natürlich.* „Du hast doch nicht etwa einen neuen Schwarm, oder?“

Sie winkte ab und verdrehte die Augen, aber ihr stieg unverkennbar die Röte ins Gesicht. „Papperlapapp. Es ist ja wohl keine Schwärmerei, wenn man nicht vorhat, irgendeinen Schritt in diese Richtung zu unternehmen. Außerdem, du dummes Huhn, habe ich bereits entschieden, dass er für dich ist.“

„Für mich?“, kreischte ich. „Das kann doch nicht dein Ernst sein!“

„Wieso nicht? Er ist Single. Du bist Single. Ihr kommt gut miteinander aus. Wo ist das Problem?“ Ein verschmitztes Lächeln huschte über ihr Gesicht. „Es sei denn, du hast einen anderen Kerl im Visier?“

Sicher, es ließ sich nicht leugnen, dass Cal ein attraktiver Mann war, und wir verstanden uns prima. Aber in der jetzigen Situation erschien mir allein der Gedanke an ein Date vollkommen absurd. Kam nicht infrage. Nicht, bevor Octocat wieder wohlbehalten zu Hause war.

Ich stöhnte und dehnte den Nacken zu beiden Seiten, bis es knackte. „He, wo sind wir denn hier, Grandma? Doch nicht mehr im 19. Jahrhundert, oder? Ich kann mir durchaus selbst einen Freund suchen, wenn ich einen haben will. Im Moment mache ich mir aber mehr Sorgen um meinen verschwundenen Kater. Also, vielen Dank.“

Sie schien völlig unbeeindruckt von meiner trotzigen Reaktion. „Das ist doch kein Grund, sich eine gute Gelegenheit entgehen zu lassen, wenn sie sich zufällig ergibt“, meinte sie. „Außerdem, wenn du dir selbst einen Freund suchen kannst, warum hast du denn keinen? Lass dir doch von deiner alten Großmutter helfen. Übrigens, hast du vor, das da anzubehalten?“

„Das reicht!“, rief ich, riss beide Hände hoch und marschierte direkt an ihr vorbei. „Ich werde draußen auf Cal warten, und du hältst dich da bitte raus. Am besten, du suchst weiter nach Octocat.“ Obwohl es mir selbst übertrieben dramatisch vorkam, knallte ich die Tür hinter mir zu und wäre beinahe in den feschen Handwerker hineingerannt.

„Oh, Entschuldigung", murmelte ich und versuchte, mich an ihm vorbeizuschlängeln, ohne das Gleichgewicht zu verlieren oder ihn peinlich anzurempeln. Dank Grandma war ich mir seines guten Aussehens jetzt noch mehr bewusst als sonst.

Cal sah mich mitleidig an und zog die Stirn in Falten. „Ist alles in Ordnung?"

„Alles super", antwortete ich mit erhobenem Daumen und zwinkerte ihm zu. Menno. Warum musste ich mich immer lächerlich machen?

Cal strich sich mit der Hand über den Nacken und ließ den Blick über die Veranda schweifen. „Deine Großmutter hat mich vorhin angerufen und gesagt, du bräuchtest Hilfe beim Anbringen eines Schildes für dein neues Unternehmen." Er sah mich an, und seine dunklen Augen trafen auf meine. „Ich wusste nicht, dass du eine eigene Firma eröffnest. Wenn du einen Rat oder irgendetwas brauchst, helfe ich dir gern, wenn ich kann."

Verwundert fragte ich mich, warum Großmutter behauptet hatte, Cal habe bei uns angerufen. Er hatte keinen Grund, mir nicht die Wahrheit zu sagen, also hatte sie mich absichtlich angeschwindelt. Was bezweckte sie damit und warum gerade jetzt?

„Danke, Cal. Das ist ..." Ich hielt inne und räusperte mich, weil ich das Gefühl hatte, kaum noch Luft zu kriegen. „Das ist wirklich nett von dir. Ich sage dir auf jeden Fall Bescheid, wenn ich Hilfe brauche."

Er wippte auf den Fußballen vor und zurück und spähte unsicher in Richtung Tür, bis er schließlich fragte: „Also, ähm, wo ist denn das Schild?“

„Oh, einen Moment. Ich geh’ schnell rein und hole es. Bin gleich wieder da.“ Flugs rannte ich hinein und ließ die Tür hinter mir zufallen, damit Cal mir nicht folgen konnte. Womöglich würde Grandma mich sonst noch mehr in Verlegenheit bringen, und das konnte ich jetzt echt nicht gebrauchen. Ich schnappte mir das Metallschild, ging wieder nach draußen und reichte es ihm.

Er lachte, als er es sah. „Ich schätze, das hat deine Großmutter gemacht.“

„Jep.“ Hoffentlich würde sie nicht im nächsten Moment durch die Tür platzen.

„Und was genau ist das für ein Geschäft?“

„Eine Ermittlungsfirma, also eine Privatdetektei.“ Ich biss mir auf die Lippe, während er immer noch stirnrunzelnd auf den Schriftzug starrte.

„Und du bist jetzt eine Tierflüsterin – so eine Art Miss Doolittle?“ Er schaute mir wieder in die Augen.

Ich trat einen Schritt zurück und rang mir ein Lachen ab. „Den Namen hat sich meine Mutter ausgedacht, und Grandma fand ihn auch klasse.“

„Du kannst also nicht mit Tieren sprechen?“, fragte er und hob eine Augenbraue. Er wirkte nicht kritisch, nur neugierig. Trotzdem hätte ich lieber einen anderen Namen für meine neue Firma gehabt.

Ich schüttelte den Kopf so heftig, dass ich praktisch ein

Schleudertrauma bekam. „Ach Quatsch, nein!“

„Schade“, erwiderte Cal, nachdem er leise mit der Zunge geschnalzt hatte. „Es wäre spannend zu erfahren, was die so zu sagen haben.“

„Ja“, pflichtete ich ihm lachend bei. „Das wäre es sicherlich. Vor allem, weil mein Kater seit gestern verschwunden ist und ich mir große Sorgen um ihn mache.“

„Octavius, richtig?“, fragte er. „Ich erinnere mich an den kleinen Kerl. Soll ich dir suchen helfen? Das Schild ist in ein paar Minuten aufgehängt, und ansonsten habe ich keine Termine heute.“

Ich holte tief Luft und war plötzlich froh über seinen Besuch. Großmutter hatte bestimmt nur unseren Suchtrupp erweitern wollen, und diese romantischen Allüren waren einfach ihre Art, dem Ganzen ein wenig Flair zu verleihen, aber darum ging es nicht wirklich. „Danke, Brock. Sorry, ich meine, Cal. Wenn es dir nichts ausmacht?“

In einem der Fenster bewegte sich ein Vorhang, und dann erschien Grandmas Gesicht mit einem breiten, frechen Grinsen. Ich warf ihr natürlich einen finsteren Blick zu. Egal, ob sie das Herz am rechten Fleck trug oder nicht, manchmal ging sie ein Stück zu weit. Manchmal musste ich ein Machtwort sprechen und sie daran erinnern, dass es nicht in Ordnung war, sich derart in mein Leben einzumischen.

Weniger als eine Minute später riss sie die Haustür auf und schob sich zwischen uns. „Habe ich richtig gehört? Sie wollen uns bei der Suche nach unserem lieben Katerchen unterstützen?“, säuselte sie und klimperte mit den Wimpern, die mir so lang vorkamen, dass ich mich fragte, ob das ihre echten waren. Zumindest musste sie mehrere Schichten Mascara aufgetragen haben.

„Ja, klar“, antwortete Cal und bedachte sie mit einem charmanten Lächeln. Grandma konnte einfach jeden um den Finger wickeln. Das war so etwas wie ihr persönliches Supertalent.

„Ach, klasse“, rief sie. „Angie und ich brauchen jede Hilfe, die wir kriegen können. Wir machen uns solche Sorgen um den Kleinen.“

„Nicht der Rede wert. Es ist mir ein Vergnügen“, versicherte Cal uns, als ein weiterer Wagen die Einfahrt hinauffuhr und vor dem Haus hielt.

Anscheinend waren wir heute Morgen eine beliebte Adresse. Wem die staubige, schwarze Limousine gehörte, erkannte ich sofort. Im nächsten Moment kam Charles auch schon schnellen Schrittes zu uns herüber.

„Grandma“, rief er. „Ich habe mich sofort auf den Weg gemacht, als ich deine Nachricht erhielt. Ist alles okay?“

Grandma begrüßte ihn mit einer herzlichen Umarmung und lächelte mich dabei an. Würden heute Morgen etwa alle flotten Junggesellen von Blueberry Bay bei mir auftauchen? Uff, hoffentlich nicht.

Was für eine merkwürdige Situation. Als wir alle so dastanden, schossen mir genau zwei Dinge durch den Kopf.

Erstens: Warum habe ich meiner Großmutter bloß beigebracht, wie man eine WhatsApp-Nachricht schreibt.

Und zweitens: Ich bringe sie um.

7

Alle außer Großmutter schienen sich bei unserem spontanen Suchtrupp-Meeting vor meiner Haustür ein wenig unwohl zu fühlen. Für einige Momente schwiegen wir uns an.

„Ist alles gut bei dir?", wandte sich Charles an Grandma, da sie ihm bei seiner Ankunft keine klare Antwort gegeben hatte. „Deine Nachricht hat mich beunruhigt."

„Oh, mir geht's gut, danke", antwortete sie mit einem Lächeln, wie es nur Großmütter aufsetzen können. „Ich mache mir nur solche Sorgen um Octocat. Du weißt ja, was los ist. Er ist letzte Nacht nicht nach Hause gekommen, und die arme Angie ist auch völlig fertig. Das ist eine schwierige Situation für uns, und wir könnten wirklich etwas Unterstützung gebrauchen."

Zumindest das entsprach der Wahrheit, und ich nickte

zustimmend. „Tut mir leid, dass wir dich von der Arbeit abhalten“, murmelte ich entschuldigend.

„Ist schon okay“, sagte Charles, legte eine Hand auf meine Schulter und drückte sie kurz. „Das hier ist wichtig.“

Cal, der eben noch sein Gewicht von einem Fuß auf den anderen verlagert hatte, trat einen kleinen Schritt zurück. „Hi, Charles“, brummte er.

„Brock.“ Auch ihm legte er nun eine Hand auf die Schulter. „Schön, dich zu sehen, Mann.“

Eine unbehagliche Spannung lag zwischen den beiden in der Luft, trotz der Tatsache, dass Charles den anderen vor nicht allzu langer Zeit vor einer Anklage wegen Doppelmordes bewahrt hatte und obendrein seit einigen Monaten mit dessen Zwillingsschwester zusammen war.

Ob sie sich deshalb nicht mehr ganz grün waren, wegen Cals Schwester Breanne? Und wenn ja, was hatte das zu bedeuten? Hatte Charles etwa Stress mit seiner Freundin? Vor allem, warum freute ich mich so über diese Möglichkeit? Verdammt. Schluss mit Tagträumen. Ich musste mich jetzt wieder voll darauf konzentrieren, meine verlorene Fellnase zu finden.

„Ich habe leider eine schlechte Nachricht“, informierte uns Charles in diesem Moment und schaute von mir zu Grandma und wieder zu mir. „Ich habe mich direkt heute Morgen mit dem Gericht in Verbindung gesetzt, und leider ist es so, dass wir keinen Aufschub für das Schiedsverfahren bekommen können.“

„Das heißt?“, wollte sie wissen, wobei sie ungeduldig die Hand kreisen ließ.

Er seufzte. „Wir müssen Octocat finden, und zwar schnell. Nur so haben wir eine Chance, denen etwas entgegenzusetzen, und glaubt mir, ihr werdet das anfechten wollen."

„Wartet mal", unterbrach ihn Cal verwirrt und signalisierte mit den Händen eine Auszeit. „Der Kater muss vor Gericht erscheinen? Nicht ihr beide?"

„Der Kater", erklärte Charles, „ist der Begünstigte, also ja, er muss anwesend sein."

Cal ergriff meine Hand und drückte sie freundlich, dann sagte er: „Mach dir keine Sorgen, Angie. Ich bin mir sicher, dass wir ihn heute finden werden, und wenn nicht, kann es doch nicht so schwer sein, einen Doppelgänger aufzutreiben, den man notfalls mit vor Gericht nehmen kann?"

Ich war sprachlos und hätte ihn am liebsten sofort weggeschubst, so unmöglich fand ich seinen Vorschlag.

Dann brach er in Gelächter aus. „Tut mir leid, das war ein Witz. Ich wollte nur die Stimmung ein bisschen auflockern. Ist wohl ziemlich danebengegangen."

„Gewaltig daneben", korrigierte ihn Grandma mit einem Augenzwinkern. „Cal, wie wäre es, wenn wir zwei uns zusammen auf die Suche begeben? Charles, bist du einverstanden, Angie zu begleiten?"

Ich sparte mir die Mühe, ihr zu erklären, dass ich dafür – oder für irgendetwas anderes – keine Begleitung brauchte. Und eigentlich war ich froh darüber, Charles bei der Suche für eine Weile an meiner Seite zu haben, vor allem, da ich immer mehr die Hoffnung verlor und sich ein äußerst bedrückendes Gefühl in mir breitmachte.

„Wir können da weitermachen, wo wir gestern Abend aufgehört haben, oder zumindest das tun, worüber wir gesprochen haben. Komm mit mir“, forderte Charles mich auf und gab mir ein Zeichen, ihm in den Wald zu folgen.

Der Wald!

„Einen Moment noch!“, rief ich und huschte an Grandma und Cal vorbei zurück ins Haus. Im Vorratsraum fand ich zum Glück ein ungeöffnetes Glas Erdnussbutter für meine Eichhörnchen-Informantin Maple. Auf dem Rückweg achtete ich darauf, dass Cal es nicht sehen konnte, um unangenehme Fragen zu vermeiden.

„Na, hast du Gelüste?“, feixte Charles, als ich bei ihm ankam.

Die Röte stieg mir ins Gesicht, doch dann erinnerte ich mich daran, dass er ja über alles Bescheid wusste. Vor ihm brauchte ich nichts zu verbergen, und es gab absolut nichts, das mir peinlich sein musste. „Sagen wir mal so, ich schulde einem Eichhörnchen einen Gefallen.“ Ich schnalzte mit der Zunge, und dann gingen wir los.

„Einem Eichhörnchen, hm? Hatte es irgendwelche interessanten Hinweise für dich?“ Er fragte das, als wäre es die normalste Sache der Welt, und ich hätte ihn dafür knutschen können.

„Nicht wirklich. Es ist übrigens eine *Sie*. Ich habe sie gebeten, Augen und Ohren offen zu halten. Dafür müsste sie allerdings damit aufhören, ständig nur noch an Erdnussbutter zu denken.“

Charles lachte leise. „Vielleicht müssen wir dir einen anderen tierischen Helfer suchen. Was denkst du, wer wäre gut im Detektivspielen?“ Er rieb sich das Kinn und schnitt eine lustige Grimasse. Dann setzte er einen britischen Akzent à la Sherlock Holmes auf.

„Wie wäre es mit einem Vogel, Darling? Oder vielleicht einem Reh? Oh, was hältst du denn von einem Berglöwen?“

Ich war völlig hingerissen von ihm. „Ha-ha!“ Mein Herz klopfte wie wild in meiner Brust, und ich musste mich zwingen, tief durchzuatmen.

Als sich unsere Schultern einen Moment später wie zufällig berührten, versetzte mich das erneut in einen innerlichen Ausnahmezustand. „Nein, jetzt mal im Ernst. Wonach sollen wir suchen?“

„Also, die Vögel reden nicht mit mir. Viel zu scheu.“ Wir gingen immer noch so dicht nebeneinanderher, dass ich an kaum an etwas anderes denken konnte. „Ich weiß nicht, wer hier sonst noch so unterwegs ist und habe bisher nie mit einem von ihnen gesprochen – das heißt, ich hab’ keinen Plan.“

„Komm schon“, erwiderte er und streckte mir die Hand entgegen, als wir den Waldrand erreichten. „Lass es uns herausfinden.“

Mein Puls raste, als ich sie ergriff. Bestimmt wollte er in diesem Moment nur ein Gentleman sein, aber ich hatte nun mal in den letzten Monaten meine Gefühle für ihn total unterdrückt. Er schien nicht die leiseste Ahnung zu haben, wie ich tatsächlich für ihn empfand, und obendrein hatte er natürlich eine Freundin.

Oder war da doch noch mehr? Mein Herz pochte wie wild, während wir nach einem Tier Ausschau hielten, das bereit sein könnte, mit uns zu sprechen.

„Lass uns weiter reingehen", schlug Charles vor und zog mich förmlich mit sich.

„Ich habe gehört, dass es hier tief in den Wäldern Bären gibt." Bei der Vorstellung, plötzlich einem solch gefährlichen Raubtier gegenüberzustehen, lief mir ein kalter Schauer über den Rücken. So ein Bär war sicher kein sonderlich kommunikativer Typ, der irgendwelche Probleme besprechen wollte – schon gar nicht mit einem Menschen wie mir, der ihn frech anquatschte.

„Vor denen habe ich keine Angst", beruhigte mich Charles. „Bei den Pfadfindern hat man uns gezeigt, wie man mit ihnen umgeht."

Ich konnte mir das Lachen nicht verkneifen. „Du bist in Kalifornien also vielen Bären begegnet, ja?"

„Haufenweise", bestätigte er und drückte meine Hand kurz und spielerisch.

Ein Zweig knackte einige Meter entfernt, und wir schauten beide sofort zu der Stelle. Eine hellbraune Hirschkuh stand dort hoch aufgerichtet und vollkommen still. Ihre dunklen Augen bohrten sich in meine, und ich konnte ihre Angst spüren, während sie fieberhaft zu überlegen schien, ob sie besser stehen bleiben oder wegrennen sollte.

„Wir tun dir nichts", flüsterte ich ihr sanft zu, aber das reichte schon, um sie zu verjagen. Im Zickzack sprang sie durch den

Wald davon und war binnen Sekunden aus unserem Blickfeld verschwunden.

„Ich tue dir nichts!“, rief ihr hinterher. „Ich werde keinem von euch auch nur ein Haar krümmen. Könnte denn nicht irgendjemand mit mir reden, bitte?“

Erneut ertönte ein Knirschen. Die Blätter raschelten und wir ahnten, dass sich uns jemand von hinten rasch näherte.

Im nächsten Augenblick warf sich Charles unvermittelt mit ausgestreckten Armen vor mich, als wäre er mein persönlicher Bodyguard.

„Bist du sicher, dass du keine Angst vor Bären hast?“, scherzte ich, um dem Moment die Spitze zu nehmen, obwohl auch ich einen ordentlichen Schreck bekommen hatte. In diesem Wald war ich schon einmal überfallen worden, von einem fremden Mann, der mich gepackt und mir den Mund zugehalten hatte. Da musste ich mein Schicksal ja nicht noch einmal herausfordern. Eine Begegnung mit einem Bären würde ich vielleicht nicht überleben, wenn es hier tatsächlich welche gab.

Alles wurde still.

Wir schwiegen und warteten, was da kommen würde.

Und dann erschien ein puscheliges, braunes Fellknäuel.

„Ist das meine Erdnussbutter?“, quietschte Maple, die aufgeregt von Baum zu Baum sprang. Nicht zu fassen, dass ein kleines Eichhörnchen so viel Lärm verursachen konnte.

„Ja, die ist für dich“, bestätigte ich ihr und ging in die Hocke, um ihr das Glas zu geben. „Aber zuerst möchte ich wissen, was du für mich in Erfahrung gebracht hast.“

Maple flitzte auf mich zu und blieb kurz vor meinen Knien stehen. „Was meinst du denn?“

„Ähm. Was du über meine vermisste Katze herausgefunden hast?“

„Deine Katze ist verschwunden? O nein!“

In diesem Moment hoffte ich, dass Eichhörnchen nicht so gut darin waren, menschliche Emotionen zu deuten, denn meine Enttäuschung konnte ich nicht verbergen. Hatte Maple tatsächlich alles vergessen, worüber wir zuvor gesprochen hatten?

„Hier“, sagte ich mit einem Seufzer, während ich den Deckel des Glases abschraubte und es der Kleinen reichte. „Nimm es. Es gehört dir.“

Charles und ich sahen zu, wie Maple ihre Errungenschaft zur Seite kippte und mit euphorischen Juchzern wegrollte.

„Komm, gehen wir“, sagte ich seufzend. „Ich glaube nicht, dass wir hier draußen finden werden, was wir suchen.“

Ich hasste Niederlagen, und noch mehr hasste ich es, Zeit zu verschwenden, während Octocat sicher irgendwo auf mich wartete und mich brauchte. Es hatte wirklich keinen Sinn, Maple die Situation zu erklären, wenn sie es einen Moment später schon wieder vergaß.

Vielleicht sollte ich versuchen, diesen Hirsch zu finden. Wenn er mir helfen könnte, meine Katze zurückzubekommen, wäre es das Risiko wert.

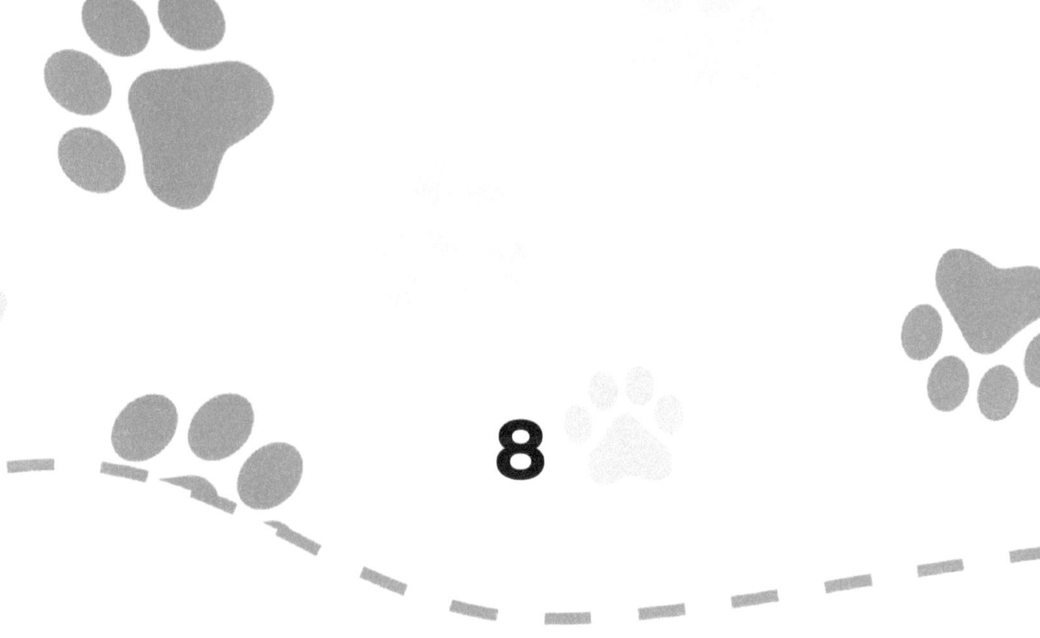

8

„Schon zurück?“, rief Großmutter erstaunt, als Charles und ich eine Stunde nach unserem Aufbruch wieder ins Haus stapften. Dennoch kam es mir so vor, als wären wir eine Ewigkeit weg gewesen. Charles hatte darauf bestanden, unsere Ermittlungen im Wald gründlich durchzuführen und nicht so schnell aufzugeben, aber selbst er hatte zugegeben, dass wir keinen Schritt weitergekommen waren und die Aktion wohl als totalen Reinfall abhaken mussten.

„Ja“, grummelte ich, streifte mir an der Tür die Schuhe ab und schleuderte sie von mir. „Wir haben absolut nichts erreicht. Wie ist es euch ergangen?“

„Ich habe Cal nach Hause geschickt“, berichtete Grandma mit einem dramatischen Seufzer, und Wut huschte über ihr Gesicht, obwohl sie sich so etwas normalerweise nicht anmerken ließ. „Er hat sich bei mir mindestens zehn Minuspunkte eingehandelt mit seinem Vorschlag, einen Doppelgänger für Octocat zu finden. Was für eine furchtbare Idee!“

Da konnte ich ihr nur zustimmen. Selbst wenn er es scherzhaft gemeint hatte, wie er behauptete, fand ich es auch verletzend, und wäre unser Kater dabei gewesen, hätte er sicher einen Ausraster bekommen.

Im Wohnzimmer hatte Grandma auf dem Boden eine riesige weiße Pappe ausgebreitet, vor der sie nun mit einer Reihe bunter Filzstifte hockte, in der Hand einen knallroten.

„Was machst du da?“, fragte Charles und ging näher heran, um einen Blick darauf zu werfen.

„Und woher hast du diese ganzen Bastelsachen?“, fügte ich hinzu und folgte ihm.

Grandma blickte gebannt auf ihre Utensilien und erklärte: „Ich habe immer ein paar vorrätig, nur für den Notfall. Man weiß nie, ob man vielleicht schnell etwas aus Pappmaché bauen oder etwas töpfern muss.“

„Ach so, ja klar“, erwiderte ich und verdrehte dramatisch die Augen, damit Charles es auch mitbekam. Ich liebte meine Großmutter über alles, aber manchmal schienen ihre Prioritäten ein wenig aus dem Ruder zu laufen, etwa wenn sie meinte, bei einer lebenswichtigen Suchaktion auch noch Heiratsvermittlerin spielen zu müssen.

Dann schritt sie mit dem Rotstift zur Tat und murmelte: „Ich sammle sämtliche Fakten und Vermutungen, die uns bisher vorliegen, damit wir alles an einem Ort haben. Betrachtet das Plakat als Kommandozentrale. Schaut hier. Rot ist für die Dinge, die wir mit Sicherheit wissen. Blau sind die Punkte, bei denen wir uns noch nicht sicher sind."

„Und Schwarz?", fragte Charles und griff nach dem Stift.

„Schwarz sind Ideen, die wir bereits ausgeschlossen haben. Dinge, von denen wir zweifelsfrei wissen, dass sie nicht zutreffen", erklärte Großmutter. Sie schrieb mit großen, geschwungenen Buchstaben weiter und nickte dabei unaufhörlich mit dem Kopf. Dann hielt sie inne und riss Charles den Filzstift aus der Hand. „Das ist meiner, sorry!"

„Grandma!", rief ich entsetzt und fühlte mich in dem Moment wie ihre Mutter, auch wenn sie mich großgezogen.

Charles ging lachend darüber hinweg. Dann standen wir beide schweigend da und sahen zu, wie sie ihr Projekt abschloss,

„Okay, Kinder. Lasst uns mal den Ernst der Lage besprechen", verkündete sie ein paar Minuten später, nachdem sie ihre Liste fertiggestellt und allen Filzstiften die Kappe wieder aufgesetzt hatte.

„Was wissen wir bis jetzt?", fragte ich. Auf unserer neuen Übersicht stand deprimierend wenig – sie zeigte im Grunde nur, dass wir noch nicht weit gekommen waren.

Großmutter richtete sich kerzengerade auf und faltete die Hände im Schoß. „Octocat ist weg. *Das ist Fakt*", begann sie. „Er ist gestern zwischen zehn und ein Uhr verschwunden. *Fakt.* Er wurde vielleicht gegen seinen Willen entführt. *Verdacht.* Außerdem kam gestern ein Brief an, in dem die Sache mit dem Schiedsverfahren angekündigt wurde. *Fakt.* Es könnte damit zusammenhängen. *Verdacht.*"

„Ich sehe kein Schwarz“, bemerkte ich und suchte vergeblich nach entsprechenden Notizen auf unserem neuen Memoboard. „Was konnten wir denn schon ausschließen?“

„Noch nichts“, erwiderte sie und zog die Stirn in Falten. Sie drehte den schwarzen Filzstift zwischen ihren Fingern, als wolle sie unbedingt etwas damit eintragen.

„Kopf hoch!“ Charles versuchte, uns mit einem megabreiten Lächeln aufzumuntern, das schrecklich aufgesetzt wirkte. „Wir machen Fortschritte, auch wenn uns die noch ziemlich klein erscheinen.“

„Oh, lasst uns auch noch eine Liste aller Orte zusammenstellen, die wir schon überprüft haben“, rief Grandma vergnügt und wollte aufspringen.

Ich legte ihr eine Hand auf die Schulter und schüttelte den Kopf. „Die hast du mir doch schon heute Morgen gegeben. Auf dem Zettel, erinnerst du dich?“

„Ja, aber wir haben sie noch nicht hier, zusammen mit den anderen Infos zu unserem Fall“, nörgelte sie.

„Warte, ich hole sie.“ Ich beschloss, jetzt einfach mal das zu tun, was Grandma vorschlug. Wenigstens brachte sie ein wenig Struktur in die ganze Sache, während ich bisher nur vergeblich im Wald herumgelaufen war, was mich im Grunde nur weiter verwirrt und frustriert und überdies ein Glas Erdnussbutter gekostet hatte.

Ich holte den Zettel aus der Küche und las ihr die Liste der Orte vor, an denen sie gestern Abend nach unserem Kater Ausschau gehalten hatte. Sie notierte diese mit einem grünen

Stift. Endlich sah unser Memoboard etwas voller aus. Aber war das wirklich ein gutes Zeichen? Oder bedeutete es lediglich, dass uns die Möglichkeiten ausgingen?

„Wir werden ihn finden“, versicherte Charles zum gefühlt hundertsten Mal an diesem Morgen, und obwohl ich seine optimistische Art ansonsten sehr schätzte, wünschte ich mir jetzt, er würde das nicht noch einmal betonen.

„Habt ihr die Nachbarn befragt?“, wollte er wissen.

Grandma schnalzte mit der Zunge. „Ja natürlich. Das war das Erste, was wir gestern Nachmittag gemacht haben.“

„Okay, was ist mit …?“ Er wurde durch das unerwartete Summen der elektronischen Katzenklappe unterbrochen, die sich im nahen Foyer öffnete.

War das möglich? War er etwa von ganz allein nach Hause gekommen?

„Octocat!“ Ich sprang auf die Füße und raste stolpernd zur Tür. Die Klappe war so programmiert, dass sie sich nur öffnete, wenn der Sensor den kleinen Chip an seinem Halsband erkannte, was bedeutete, dass es nur er sein konnte, der da hereingetapst kam. Vor Erleichterung begann ich, leise zu weinen.

Vielleicht hatte er einfach einen Ausflug unternommen und dann war es zu spät, um zurückzukehren, oder er hatte sich verirrt und daraufhin ewig gebraucht, um wieder nach Hause zu finden. Oh, der junge Mann würde mir Rede und Antwort stehen müssen!

Auf den letzten Metern stemmte ich eine Hand in die Hüfte

und setzte ein „Wo warst du so lange?“-Gesicht auf, als würde ich ihm gleich den Hintern versohlen.

Als ich um die Ecke kam, sah ich zuerst seinen gestreiften Schwanz, der mir jedoch extrem aufgeplustert erschien – vermutlich ein Zeichen, dass auch er ziemlich aufgeregt war.

Dann erkannte ich ein Paar dicke, graue Hinterläufe, die definitiv nicht zu meinem braunen Kater gehörten. Da wurde mir klar, dass ich hier nicht Octocat vor mir hatte, der seine triumphale Rückkehr zelebrierte, sondern einen Eindringling.

Aber wieso? Wie konnte dieses Viech ohne den mit der Katzenklappe gekoppelten Sender hier hereingelangen?

Ich rätselte noch darüber, als sich das Tier umdrehte und mich aus dunklen, von einer hellen Maske umgebenen Augen anstarrte. Ein Waschbär!

In der einen Hand hielt er das kaputte Halsband von Octocat und in der anderen eine leere Dose Fancy Feast. Woher war dieser Störenfried gekommen, und wie war er an die Sachen meiner Katze gelangt?

„Du hast mir einiges zu erklären, Freundchen!“, schnauzte ich ihn an, ohne darüber nachzudenken, dass ich ihn damit in die Flucht schlagen könnte. Dieser Waschbär war unsere einzige Spur! Obwohl ich ihn am liebsten angeschrien hätte, musste ich mich jetzt zusammenreißen und nett zu ihm sein, sonst würde er mitsamt den heißersehnten Informationen davonrennen.

Zum Glück hatte er nicht die geringste Angst vor mir. Er umklammerte die beiden Sachen, stellte sich dann auf die Hinterbeine und neigte den Kopf zur Seite, während er mich musterte. „Hast du gerade etwas gesagt?“, fragte er mit ungläubigem Blick.

Für einen kurzen Moment verharrte ich, und wir schauten uns nur schweigend in die Augen. Ich konnte spüren, dass Grandma und Charles hinter mir aufgetaucht waren, aber sie gaben keinen Mucks von sich.

Plötzlich brach unser ungebetener Gast in ein schrilles Kichern aus, das mir sofort auf die Nerven ging. „Oh, du kannst sprechen! Das ist ja so süß!“

Ich mag mir gar nicht ausmalen, was als Nächstes passiert wäre, hätten Grandma und Charles mich nicht an beiden Armen gepackt und zurückgehalten. Vermutlich hätte ich mir einen kleinen Ringkampf mit einem Waschbären geliefert – und mit Sicherheit verloren.

9

„Warum hast du das Halsband meiner Katze?“, fauchte ich den Eindringling an, der mich aus kleinen, dunklen Kulleraugen fixierte. Es war mir in diesem Moment egal, ob er vielleicht Tollwut oder eine andere üble, ansteckende Krankheit hatte. Ich musste meiner Wut Luft machen. Und ich brauchte Antworten.

Der Waschbär fletschte die Zähne und brauchte dann unendlich lange, um sich zu entscheiden, ob er mit mir reden oder mich besser beißen sollte.

Schließlich sprach er und betonte dabei jedes Wort: „Octavius Maxwell Ricardo Edmund Frederick Fulton ist sein eigener Herr. Er gehört dir nicht, und du kannst ihn nicht besitzen, niemand hat das Recht dazu.“

Ich hatte mich schon auf einiges gefasst gemacht, aber mit einer solchen Antwort hatte ich nun wirklich nicht gerechnet.

„Du ke-ke-kennst-ihn?“, stotterte ich und ließ mich auf die Knie fallen, um auf Augenhöhe mit ihm sprechen zu können.

Er lachte nervös, sank in sich zusammen und antwortete ohne Aufhebens: „Ob ich ihn kenne? Nein! Ich wünschte, es wäre so! Doch allein schon jetzt in seinem Haus zu stehen, ist eine enorme Ehre. Ich kann gar nicht in Worte fassen, wie …“

„Du bist hier eingebrochen“, fuhr ich ihn frustriert an. „Das ist nicht ehrenhaft.“

Das Tierchen ließ den Kopf hängen und weinte. Ob seine Tränen echt waren, konnte ich nicht genau sagen, aber in diesem Moment stand er sowohl Grandma als auch Octocat in Sachen Drama definitiv in nichts nach. Na toll. Anscheinend war ich immer und überall nur von Schauspielern umgeben.

„Genug gejammert“, blaffte ich ihn an, denn ich wollte endlich wissen, was hier gespielt wurde. „Sag mir endlich, wer du bist und was du hier willst. Bist du so eine Art Octocat-Fanboy?“

„Er bevorzugt seinen vollen Namen, nur mal so zur Info.“ Der Waschbär besaß tatsächlich die Dreistigkeit, mich zu korrigieren. „Und ich bin nicht nur eine Art Fanboy.“ Er schüttelte vehement den Kopf und verzog das Gesicht mit gebleckten Zähnen zu einem gruseligen Grinsen, das mich ein Stück zurückschrecken ließ. „Ich bin sein absolut allergrößter Fan. Numero uno, Baby!“

Es hatte bisher noch nicht viele Momente in meinem Leben gegeben, in denen ich mir die Hände völlig fassungslos vors Gesicht geschlagen hatte, aber das war einer davon. „Ich wusste nicht, dass Hauskatzen Fans haben können.“

Er stürmte auf mich zu, bis nur noch wenige Zentimeter

unsere Nasenspitzen trennten, und klärte mich auf: „Er ist nicht nur irgendeine Hauskatze, Lady! Er ist das Nonplusultra an tierischer Raffinesse."

Okay, es wäre wahrscheinlich geschickt, das Gespräch jetzt auf Octocats Verschwinden zu lenken. Vielleicht hatte unser Besucher ja irgendwelche Hinweise. Aber ich musste unbedingt noch wissen, wie mein Kater an diesen begeisterten Anhänger gekommen war. „Warum findest du ihn so toll? Wie kam es, dass du, ähm, sein größter Fan wurdest?"

Der Waschbär richtete sich auf und hielt sich theatralisch die Hand vors Gesicht. „Es begann in einer dunklen, sternenklaren Nacht. Ich ging wie immer meinen Geschäften nach, spionierte einigen Menschen hinterher, plünderte ein paar Mülltonnen, du weißt schon, das Übliche. Und siehe da, plötzlich fand ich etwas Neues und Wunderbares. Es glänzte und stach mir sofort ins Auge. Nicht nur, weil es wertvoll aussah, sondern weil es ... wow, einfach köstlich duftete!"

Er hob die leere Katzenfutterdose, die er mitgebracht hatte, vom Boden auf und hielt sie mir hin. „Fancy Feast war die größte Delikatesse, die ich je in meinem Leben gekostet hatte, und dann gab es auch noch jeden Tag mehr davon! Wow, ich war der glücklichste Müllschlucker in ganz Blueberry Bay."

Ich musste an mich halten, um nicht laut loszulachen. „Hast du dich gerade echt selbst einen Müllschlucker genannt? Krass. Aber erzähl weiter, bitte."

„Natürlich wollte ich erfahren, woher dieses himmlische Essen stammte. Also beobachtete ich den Ort des Geschehens.

Und da sah ich Octavius zum ersten Mal. Schlau wie ich bin, erkannte ich sofort, dass es sein Essen war, von dessen Resten ich mich ernährte. Ich fragte mich, welch andere wunderbare Dinge er noch sein Eigen nannte, also legte ich mich weiter auf die Lauer, wenn du so willst. Bald lernte ich etwas über Evian, so ein Apple-Dingsda, Sonnenbäder und eine Million anderer erstaunlicher Sachen. Als ich sein Halsband hier fand, wusste ich sofort, dass es das Kronjuwel in meiner Fanartikel-Sammlung werden würde. Und ich kam rein, weil ich gespannt war, was ich sonst noch finden würde oder ob ich – beim großen Waschbären im Himmel – vielleicht sogar die Chance bekäme, Meister Octavius persönlich zu treffen."

„Wie ist dein Name?", fragte ich skeptisch. Zum ersten Mal seit Octocats Verschwinden war ich tatsächlich froh, dass er nicht da war. Wenn er das gerade gehört hätte, meine Güte, ich glaube, sein Ego wäre mit ihm durch die Decke gegangen.

Der Waschbär stellte die leere Katzenfutterdose zurück auf den Boden und versuchte, sich Octocats Halsband umzulegen. Er lächelte erneut irritierend zahnreich und fragte mich: „Wäre es zu viel verlangt, dass du mich Octavius nennst? Wenn ich mir einen Namen aussuchen könnte, dann wäre es ganz sicher dieser."

„Ja, das ist definitiv zu viel verlangt." Dieser Rabauke brauchte meiner Meinung nach klare Ansagen, wenn man etwas bei ihm erreichen wollte. Wenigstens schien er clever und nicht vergesslich zu sein. Vielleicht würde er uns sogar helfen wollen. „Wie ist dein richtiger Name?"

Er zog einen Schmollmund und schaute auf seine Füße. „Pringle."

Anscheinend war ihm das peinlich, dabei fand ich seinen Namen voll süß.

„Freut mich, dich kennenzulernen, Pringle. Ich bin Angie." Ich streckte ihm die Hand entgegen und schüttelte seine Pfote. Der schlaue Waschbär kannte offensichtlich nicht nur die Gepflogenheiten meiner Katze, sondern auch die der Menschen, denn er erwiderte die freundliche Geste.

„Also, Pringle. Wie kommst du zu diesem Namen?" Zugegeben, das Kerlchen hatte mich schon um den Finger gewickelt – und Hoffnungen geweckt.

„Tja, *Angie*", begann er ohne Umschweife, „das ist eine lange Geschichte. Als meine Mutter mich und meine Geschwister im Bauch trug, waren Pringles ihr absoluter Lieblingssnack. Da ich als Erster zur Welt kam, hat sie mich Pringle getauft. Hey, eigentlich ist die Geschichte doch nicht so lang. Jetzt weißt du es."

Das brachte mich ein wenig zum Lachen, doch ich fasste mich rasch wieder, denn das, was ich meinem neuen Freund nun erzählen wollte, würde ihm nicht gefallen: „Okay, Pringle. Danke, das war eine schöne Geschichte, aber ich habe leider keine guten Nachrichten für dich. Unser lieber Octavius ist verschwunden, seit fast vierundzwanzig Stunden, und wir sind völlig ratlos, wo wir ihn noch suchen sollen."

Der Waschbär hielt sich die winzigen schwarzen Hände vors Gesicht. „Octavius, nein!", rief er. „Du warst viel zu jung und perfekt, um so früh von uns zu gehen." Daraufhin fiel er in einem gespielten Ohnmachtsanfall hintenüber, und ich fragte mich, ob er womöglich heimlich öfters mit fernsah, wenn er uns tagsüber ausspionierte.

„Hey. Nein, das hast du falsch verstanden!" Ich stupste ihn an, und er setzte sich wieder auf. „Er ist nicht tot! Wie kommst du darauf?"

Pringles Augen wurden immer größer und begannen zu leuchten. „Dann lebt er! Unser lieber Octavius ist am Leben!"

Als ich zur Bestätigung nickte, vollführte er einen Luftsprung und reckte begeistert die Faust in die Höhe. Was für eine seltsame kleine Kreatur.

„Bitte Pringle, du darfst keine voreiligen Schlüsse ziehen. Hör einfach zu, okay?" Ein Lächeln huschte über mein Gesicht, denn mir wurde klar, wie ich zu dem hyperaktiven Waschbären durchdringen konnte. „Sonst sehen wir Octavius womöglich nie wieder. Alles hängt nur von dir ab."

„Es ist mir eine enorme Ehre", sagte er und verbeugte sich, obwohl ich beim besten Willen nicht wusste, warum. „Ich bin ganz Ohr!"

Ich nickte. „Gut. Komm mit und lerne den Rest des Octavius-Fanclubs kennen. Dann bringen wir dich auf den neuesten Stand der Dinge."

„Aber ich bin immer noch der Präsident des Fanclubs, weil ich der Numero-uno-Fan bin", wandte er ein und beäugte Charles und Grandma leicht aggressiv, als wir uns näherten.

„Natürlich bist du das", versicherte ich ihm. „Du bist definitiv sein größter Fan. Ich glaube nicht, dass dir einer von uns diese Ehre streitig machen wird.“

Pringle grinste, als hätte er gerade einen äußerst begehrten Preis gewonnen.

Charles begrüßte unser neues Mitglied mit einem Winken. Anhand von Großmutters Memoboard informierte ich den Waschbären über alles, was wir bisher wussten. Zweifelsohne vergötterte er Octocat, doch könnte das der Schlüssel sein, um diesen Fall zu knacken?

Oh, ich hoffte es inständig.

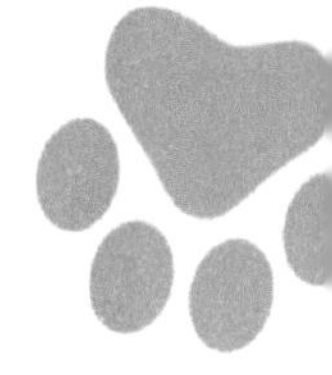

10

Pringle lief unruhig im Wohnzimmer auf und ab, teils auf den Hinterbeinen, teils auf allen Vieren hoppelnd. Dabei redete er ununterbrochen.

Ich konnte seinen Monolog gar nicht so schnell für Grandma und Charles übersetzen, und deswegen unterbrach er mich zwischendurch ungeduldig.

„Wer auch immer Octavius entführt hat ... das wird er uns büßen, das wird ihn teuer zu stehen kommen." Zur Bekräftigung schlug er sich mit seiner kleinen Faust in die offene Handfläche. „Ich werde nicht eher ruhen, bis er wieder zu Hause ist. Ich werde nichts essen, bis er ... okay, vielleicht keine so gute Idee, ein Waschbär muss schließlich bei Kräften bleiben, wenn er seinen Katzenfreund aus einer gefährlichen Notlage retten will."

„Ähm, darf ich dich mal was fragen?" Ich hob meine Hand,

um Pringles Aufmerksamkeit auf mich zu lenken. „Hast du Octocat überhaupt schon einmal getroffen?“

Er seufzte und zuckte mit den Schultern. „Noch nicht, aber ich gehe davon aus, du stellst mich vor, wenn er wieder zu Hause ist, ja?“ Seine Augen wurden immer größer, und für einen kurzen Moment hörte er mit dem Getrippel auf und verharrte heftig zitternd, wohl vor Aufregung.

Gerne hätte ich ihn gestreichelt, doch wusste ich nicht, wie er auf eine solch intime Geste reagieren würde. Also lächelte ich ihn nur an. „Ich bin mir sicher, dass er nichts lieber täte, als den Präsidenten seines persönlichen Fanclubs kennenzulernen“, versicherte ich ihm. „Danke, dass du uns helfen willst.“

Pringle stellte sich auf die Zehenspitzen, breitete die Arme weit aus und verkündete: „Natürlich. Nur darum bin ich auf Erden. Octavius ist eine lebende Legende, und so soll das auch noch lange, lange bleiben, damit er die Tierwelt in nah und fern weiter inspirieren kann.“ Er schlug sich mit der Faust auf die Brust, kniete dann nieder und senkte ehrfürchtig den Kopf.

Da ich nicht wusste, wie ich darauf reagieren sollte, tätschelte ich ihn zwischen den Ohren und sagte: „Danke für deine Unterstützung.“

Er hob den Kopf, die Faust weiter fest an die Brust gedrückt. „Es ist eine Ehre, ihm zu dienen. Was ist meine erste Aufgabe?“

Oje. Ich hatte wohl gerade versehentlich einen kleinen Waschbären zum Ritter geschlagen.

Er kniete immer noch vor mir, und ich kniff angestrengt die

Augen zusammen. Die ganze Szene hätte urkomisch sein können, wenn ich mir nicht so große Sorgen um Octocat gemacht hätte.

Pringle räusperte sich. „Lady Angela, mein Auftrag?“

„Oh, ja richtig.“ Ich brauchte eine Sekunde, um mich zu sammeln. Wir hatten also nun einen Helfer, der halb mittelalterlicher Ritter und halb lautstark krakeelender Octocat-Fan war. Und er hatte geschworen, meinen Kater zu finden. Wir teilten die gleiche Leidenschaft und das gleiche Ziel. Hoffnung keimte in mir auf, und mir fielen sofort verschiedene Aufgaben für ihn ein.

„Ich möchte dich bitten, mit den anderen Tieren im Wald zu sprechen. Finde heraus, ob sie etwas gesehen oder gehört haben, das nützlich sein könnte. Wenn es dunkel wird, kommst du zurück und behältst im Auge, was rund um das Haus vor sich geht. Wenn du etwas Verdächtiges beobachtest, lass es uns wissen.“

„Stets zu euren Diensten.“ Pringle warf mir einen letzten Blick zu, bevor er durch die Katzenklappe nach draußen stürmte, um seinen Auftrag auszuführen.

„Hoffentlich hat er mehr Erfolg als wir“, meinte Charles und riss mich aus meinen Gedanken. Ich hatte seine und Grandmas Anwesenheit schon völlig verdrängt. Wenn ich mit Tieren sprach, vergaß ich manchmal alles um mich herum.

„Zumindest ist er vorerst beschäftigt“, erwiderte ich und zuckte mit den Schultern.

Großmutter drehte ihr Plakat um und nahm einen violetten

Filzstift zur Hand. „Hör mal, Liebes. Ich weiß, das ist jetzt nicht leicht für dich, aber wir müssen mal über dich reden. Oder besser gesagt, wer es auf dich abgesehen haben könnte."

Erneut fühlte ich Panik in mir hochsteigen. „Denkst du, jemand hat Octocat entführt, um sich an mir zu rächen?"

„Nun ja, er selbst hat doch eigentlich keine Feinde, also müssen wir diese Möglichkeit in Erwägung ziehen." Charles kam zu mir und legte einen Arm um meine Schulter. Ich lehnte den Kopf an seine Brust und versuchte, den Gedanken zu verdrängen, ich könnte für den Tod meines besten vierbeinigen Freundes verantwortlich sein. Leider gab es keinerlei Anzeichen, dass er jemals wieder nach Hause kommen würde oder dass er überhaupt noch lebte.

„Also, Schatz. Wer hasst dich am meisten auf dieser Welt?" Grandma schien es nicht zu stören, dass in mir gerade eine Flut von Emotionen tobte. Sie war schon immer eine Frau klarer Worte gewesen.

Hass – wow. Harter Tobak. Gab es wirklich Leute da draußen, die mich hassten?

„Und wer kennt dich gut genug, um zu wissen, dass es dir sehr wehtun würde, deine Katze zu verlieren", fügte Charles leise hinzu.

„O ja, ein wichtiger Punkt", meinte Großmutter kichernd. Als sie Charles' Hand auf meiner Schulter erblickte, zwinkerte sie mir zu. Sie schien tatsächlich Spaß an diesem ganzen Durcheinander zu haben – zu viel Spaß, für meinen Geschmack.

„Hass ist so ein krasses Wort", entgegnete ich ihr und löste mich aus Charles' Arm. Sofort lief mir ein kalter Schauer über den Rücken.

„Es ist auch ein mächtiges Gefühl", stimmte sie zu. „Ich weiß, es ist schwer, darüber nachzudenken, aber ich bin mir ziemlich sicher, dass die Leute, die du ins Gefängnis gebracht hast, nicht gut auf dich zu sprechen sind."

Ich stand auf, durchquerte den Raum und ließ mich stöhnend aufs Sofa fallen. „Okay. Also erstens, habe nicht ich sie ins Gefängnis gebracht, sondern ihre Verbrechen. Und zweitens, sie sind noch *im Knast.* Wie sollten sie Octocat entführen, selbst wenn sie es gewollt hätten?"

„Sie hat recht", meinte Charles zu Grandma, und beide seufzten gleichzeitig. Es war mir regelrecht unheimlich, dass wir drei uns inzwischen so gut kannten, dass wir teilweise sogar schon die Marotten der anderen übernommen hatten. „Möglicherweise steckt nicht nur ein Mann dahinter, sondern zwei."

„Oder zwei Frauen. Böse Mädchen gibt es ja schließlich auch." Perverserweise stand ihr bei dieser Anmerkung der Stolz ins Gesicht geschrieben. Was für eine verkorkste Form von Frauenpower.

„Dieser Peter, der letztens bei uns gearbeitet hat, mochte dich offensichtlich nicht besonders", lenkte Charles ein. Er meinte Bethanys gruseligen Cousin, der für eine Weile als Aushilfe in unserer Kanzlei sein Unwesen getrieben hatte. Ich musste mir sogar den Schreibtisch mit ihm teilen. Als er vor Kurzem ins weit entfernte Georgia entschwand, hatte ich drei Kreuze geschlagen.

„Ja, und war da nicht noch ein anderer Typ, der fristlos

entlassen wurde, nachdem du dich über sexuelle Belästigung beschwert hattest?", unterbrach ihn Grandma. „Brad hieß der doch, oder?"

„Ja und ja, aber diese beiden Typen waren einfach nur widerlich", stöhnte ich. Wollte mir meine sonst so stolze und feministische Großmutter etwa Vorwürfe machen, weil ich mir das nicht gefallen ließ? Unglaublich.

„Brad hat praktisch jeden sexuell belästigt und hätte schon lange gefeuert werden müssen, bevor ich mich über ihn beschwert habe. Und übrigens bin ich auch nicht die Einzige, die das getan hat. Peter dagegen hatte mich schon vom ersten Tag an auf dem Kieker. Gott sei Dank sind sie jetzt beide weg."

Grandma runzelte die Stirn und spielte mit ihren Stiften herum. „Hey, ich will dich nicht ärgern. Ich versuche nur zu helfen, damit wir unseren kleinen Kumpel bald wiederkriegen."

„Ich glaube, wir kommen so nicht wirklich weiter. Lasst uns etwas anderes versuchen", schlug Charles netterweise vor, um mich aus der Situation zu retten.

„Ja, Angie scheint jetzt auch ziemlich fertig mit den Nerven zu sein." Großmutter setzte sich neben mich aufs Sofa und legte ihre faltige Hand auf mein Knie.

„Es ist nicht lustig, eine Liste von Leuten zu erstellen, die dich nicht leiden können", wandte ich mich an die beiden. Es schien, als würde dieser Tag mit jeder Stunde schlimmer werden. „Mach das selbst mal, dann wirst du schon sehen."

„Oh, es gibt niemanden, der mich nicht leiden mag."

Grandma fuhr sich mit den Händen durchs Haar und wippte dabei hin und her. „Ich bin doch nur eine schrullige, alte Oma."

„Aha." Nun musste ich doch grinsen. Wenigstens waren wir mit dem Thema „Angies schlimmste Feinde" endlich durch.

Charles kam herüber und setzte sich auf meine andere Seite. „Es sieht mehr und mehr danach aus, dass es etwas mit Ethel Fultons Testament zu tun hat. Womöglich war jemand unzufrieden mit der Aufteilung des Erbes."

„Er hat recht", pflichtete meine schrullige Oma ihm bei und lehnte sich zurück in das harte Polster des antiken Möbelstücks. „Es ist schon sehr verdächtig und passt zeitlich voll zusammen."

„Und seid ihr euch sicher, dass er nicht einfach aus freien Stücken losgezogen ist?" Charles hob abwartend eine Augenbraue.

„Auf keinen Fall", riefen Grandma und ich unisono.

Er presste die Lippen zusammen und gab ein Brummeln von sich. „Das schränkt die Auswahl an Kandidaten natürlich erheblich ein. Da Ethels Testament über unsere Kanzlei gelaufen ist, kann ich sicher eine Kopie bekommen. Aber ihr müsst mir alles erzählen, was ihr über die Beteiligten wisst, denn das ist ja passiert, bevor ich hierhergezogen bin."

„Sollen wir Officer Bouchard anrufen und ihm Bescheid geben?", fragte Grandma. Ich wusste genau, dass sie schon vor fast einem Jahr ein Auge auf den örtlichen Polizeibeamten geworfen hatte. O Mann. Sie und ich waren praktisch in jeden Junggesellen in unserer kleinen Stadt verknallt. Nicht, dass wir je mit einem von ihnen ausgegangen wären, aber trotzdem.

Charles schüttelte den Kopf und runzelte die Stirn. „Was soll das bringen? Wir haben doch keinerlei Beweise."

„Du weißt, was das heißt!" Großmutter stieß sich fest von meinem Knie ab und sprang auf die Füße. „Wir müssen los und welche finden."

11

Grandma blieb zu Hause, während Charles und ich zur Anwaltskanzlei fuhren, um uns eine Kopie von Ethels Testament sowie eine Liste aller Begünstigten zu besorgen.

„Da sind an die dreißig Leute erwähnt“, stöhnte ich und blätterte das umfassende juristische Dokument ein zweites Mal durch. „Woher sollen wir wissen, wer Octocat entführt hat?“

„Lass uns eine Liste mit Adressen und den letzten bekannten Kontaktinformationen erstellen“, schlug Charles vor und öffnete ein neues Dokument auf seinem Laptop. „Dann können wir wahrscheinlich schon diejenigen ausschließen, die weit weg wohnen, und dann sehen wir weiter.“

„Ich schaue mir auch mal an, was ich über unsere Verdächtigen in den sozialen Medien erfahren kann.“ Und schon hatte ich mein Handy aus der Tasche gefischt und schwenkte es mit einem schelmischen Grinsen zwischen uns hin und her. „Die Leute sind da oft erstaunlich durchschaubar, weil sie meinen, dass sich ohnehin niemand für ihre Posts interessiert. Vielleicht finden wir heraus, wer unglücklich über das Testament ist oder sich mit Geldproblemen herumschlägt. Irgendjemand wird ja wohl ein klares Motiv haben. Wir müssen nur tief genug danach graben."

„Clever, Angie. Das gefällt mir. Dann nichts wie ran an die Arbeit!" Daraufhin wandte sich Charles wieder seinem Computer zu.

So verstrichen mehrere Stunden. Ich nahm mir ein Beispiel an Grandma und verwendete farbige Markierungen für die einzelnen Personen auf der Liste, je nachdem, was wir jeweils über ihn oder sie herausgefunden hatten und wie wahrscheinlich es war, dass diese Person unser Katzen-Kidnapper sein könnte.

„Die blauen Häkchen sind für die Leute, die bei der Testamentseröffnung anwesend waren", erklärte ich, nachdem wir beide unsere Recherchen beendet hatten. „Mensch, das kommt mir vor, als wäre es schon ewig her."

Mein Leben hatte sich seit diesem Tag enorm verändert. An jenem Morgen war ich ins Büro gekommen, und mein Chef Thompson hatte an meinem Outfit herumgemeckert, meinte, ich solle mir einen Blazer von Bethany leihen, mit der ich jedoch damals noch nicht so richtig befreundet gewesen war. Kurz darauf bekam ich einen Stromschlag von der alten Kaffeemaschine, und nachdem ich wieder zu mir gekommen war, konnte ich plötzlich mit Octocat sprechen. Von da an ging richtig die Post ab.

Jetzt hatte ich einen sprechenden Kater als besten Freund, lebte in einer der protzigsten Villen des ganzen Bundesstaates und war kurz davor, meine eigene private Ermittlungsfirma zu eröffnen.

Das heißt, sobald ich den Mut aufbringen würde, Charles meine Kündigung vorzulegen.

Ich schluckte den aufsteigenden Kloß im Hals hinunter und erklärte Charles meine Liste: „Das schwarze X bedeutet, dass das Profil dieser Person entweder auf privat gesetzt ist oder dass ich nichts finden konnte. Leute, die mir verdächtig vorkamen oder denen ich die Entführung zutrauen würde, habe ich mit einem roten Kreis markiert."

„Aber fast jeder hat einen roten Kreis", bemerkte Charles mit einem Grinsen, das mir einen Stich versetzte.

„Hey, nicht lachen. Das ist eine ernste Angelegenheit." Ich warf ihm einen bösen Blick zu, und er wurde schlagartig ernst.

„Hast ja recht. Tut mir leid."

„Was hast du herausgefunden?" Ich hoffte verzweifelt, dass er mehr Leute hatte ausschließen können als ich.

„Tja, nur eine Handvoll wohnt hier in der Nähe, also kommen die wohl am ehesten infrage." Er drehte seinen Bildschirm zu mir herüber, sodass ich die Liste der Namen und Adressen sehen konnte, die er der Entfernung nach sortiert hatte, oben diejenigen, die am nächsten wohnten.

„Klasse!" Voller Tatendrang stand ich auf. „Druckst du mir

die aus, dann fahre ich da sofort vorbei, um die abzuchecken. Ach nein, warte, ich mache schnell ein Foto davon."

Ich nahm mein Handy und öffnete die Kamera-App, doch in dem Moment klappte Charles den Laptop zu und ließ seine Hand auf dem Deckel ruhen.

„Nein, das wirst du nicht." Regungslos wartete er darauf, dass ich klein beigab. Verdammt. Manchmal konnte er schon nervig sein. „Wer auch immer Octocat entführt hat, wird dich definitiv wiedererkennen und Grandma wahrscheinlich auch."

„Ja gut, und was jetzt?" Ich stampfte mit dem Fuß auf wie der melodramatische Teenager, der ich einst war. „Soll ich Däumchen drehen oder was?"

Ein freundliches Lächeln glitt über sein vertrautes Gesicht, was mich sofort beruhigte. „Das habe ich nicht gesagt. Aber diese Überprüfung werde ich selbst in die Hand nehmen."

Jetzt musste auch ich lächeln, froh und dankbar, dass er sich so für diese Sache engagierte. „Super, dann lass uns gehen", antwortete ich und griff nach dem Laptop, um die Adressen abzufotografieren.

Er hob einen Zeigefinger und fuchtelte vor meiner Nase herum. „Nein, Angie. Du kommst nicht mit. Vertrau mir, okay? Ich werde das nicht vermasseln. Glaub mir, ich will den Kleinen genauso sehr zurückhaben wie du. Aber heute Nachmittag habe ich einen Gerichtstermin, also kann ich diesen Hinweisen erst im Anschluss daran nachgehen."

Ich musste mich zusammenreißen, um nicht zu seufzen. Er

hatte ja recht, aber das machte das Warten nicht leichter. Mit hängendem Kopf presste ich schließlich ein „Danke" hervor.

„Klar, gerne", raunte Charles. „Komm, ich bringe dich nach Hause. Vielleicht hat Pringle etwas Neues herausbekommen, während wir weg waren."

Wir konnten nur hoffen ...

* * *

Natürlich hatte Pringle in der Zwischenzeit keine neuen Hinweise gefunden und Großmutter auch nicht.

„Ich frage mich, was Ethel von diesem ganzen Tohuwabohu halten würde, wenn sie noch am Leben wäre", meinte Grandma beim Abendessen. Sie hatte sich zuvor in der Küche ausgetobt und eine seltsame, aber durchaus köstliche Kombination aus Dim Sum, Gnocchi und Empanadas auf den Tisch gebracht.

„Du würdest mich doch nie und nimmer umbringen, um an mein Vermögen zu kommen", überlegte sie weiter und biss herzhaft in eine dampfende Teigtasche, wobei sie mich kritisch musterte. „Oder etwa doch?"

Ich ließ meine Gabel fallen und starrte sie fassungslos an. Zum Glück hatte ich gerade einen großen Bissen hinuntergeschluckt, sonst wäre der mir sicher im Hals steckengeblieben. Was meine Großmutter manchmal so von sich gab!

„Das war doch nur ein Witz", säuselte sie, doch ihr fröhliches Kichern verebbte rasch. „Trotzdem ... Die arme Ethel. Verraten von denen, die sie am meisten liebte, schon vor ihrem Tod und darüber hinaus. Sie wollte doch nur, dass es ihr geliebter Kater den Rest seiner Tage gut hat und es ihm an nichts fehlt, aber selbst das ist ihr nicht ohne Weiteres vergönnt."

Sie zuckte mit den Schultern, nahm einen weiteren Bissen und kaute nachdenklich. Wir saßen schweigend da, und ich dachte über die verstorbene Ethel Fulton nach, was mich unendlich traurig stimmte, vor allem, weil ich in gewisser Weise jetzt ihr Leben lebte, oder zumindest in ihrem Haus. Obwohl sie viel Geld besessen hatte, war es nicht von der Hand zu weisen, dass ihr einige wichtige Dinge im Leben gefehlt hatten.

Wie Liebe, Familie und Wertschätzung.

Grandma sagte nichts mehr dazu, aber ich schwor mir, dass diese Frau, deren Beerdigung ich im letzten Jahr beigewohnt, die ich jedoch nie persönlich kennengelernt hatte, einen festen Platz in meinem Herzen behalten würde. Ich war es ihr schuldig, dafür zu sorgen, dass ihr Kater wieder gesund in sein Zuhause zurückkehrte, dass er hier sicher war und seinen anspruchsvollen Lebensstil weiterführen konnte. Wenn andere Leute das nicht kapierten, war das schließlich nicht mein Problem, oder?

Für mich lag es klar auf der Hand, und es war mir absolut wichtig, dafür zu kämpfen und alles wieder in Ordnung zu bringen.

Octocat musste wieder nach Hause kommen, koste es, was es wolle.

Nach dem Abendessen trudelten die ersten Updates von Charles ein. Nach jedem Besuch bei einem von Ethels Erben schickte er mir eine Nachricht aufs Handy. Zuerst kamen sie in kurzen Abständen, da er mit denjenigen anfing, die hier in Glendale lebten, aber nach einiger Zeit wurden es weniger.

Ich lag im Bett mit dem Telefon direkt neben mir und wartete gespannt auf jede neue Info von ihm.

Irgendwann schlief ich darüber ein.

Ich träumte von den ersten Tagen mit Octocat, als wir noch in meiner kleinen Mietwohnung lebten, die er hasste. Da hatten wir gerade erst angefangen, uns aneinander zu gewöhnen. Ich ließ all die schönen gemeinsamen Erinnerungen Revue passieren – als ich ihm sein eigenes iPad schenkte, wie wir zusammen gegrillte Shrimps aßen, der Tag, an dem ich die Unterlagen für seine offizielle Adoption unterschrieb. Wir hatten so viele wunderbare Momente zusammen erlebt, und es würden noch viele weitere folgen.

Wir hatten Mörder und Diebe gefangen – da sollte es doch möglich sein, auch einen Katzen-Kidnapper zu stellen.

Dann wichen in meinen Träumen die glücklichen Erinnerungen den gruseligen: an rasante Verfolgungsjagden und bedrohliche Treppenhäuser, an den Besuch eines Freundes im Hochsicherheitstrakt eines Gefängnisses und daran, dass ich direkt in die Augen von jemandem starrte, der mich töten wollte.

Ein Knall ertönte von der anderen Seite des Zimmers, und ich richtete mich jäh auf, noch bevor ich überhaupt richtig aufgewacht war. Das Bild einer glänzenden Pistole flackerte vor meinem inneren Auge auf. Ich war im letzten Jahr mehr als einmal mit einer Waffe bedroht worden und …

PENG!

Es kam von irgendwo jenseits meiner geschlossenen Schlafzimmertür.

Nein, es *war* meine Tür.

Jemand hämmerte dagegen, als ob sein Leben davon abhinge, dass ich schnell öffnete.

„Grandma?“, rief ich und tappte zögerlich in Richtung des Getöses.

„Mach auf! Mach auf!“, rief eine vertraute, piepsige Stimme. „Es gibt neue Entwicklungen!“

Ich stieß die Tür auf, und herein kam Pringle.

Er kletterte direkt auf mein Bett und blinzelte heftig, als ich das Licht anknipste. „Ah, ich bin geblendet“, jammerte er und rieb sich die Augen. „Hat das Ding keinen Dimmer?“

„Tut mir leid.“ Ich schaltete das Deckenlicht aus und meine Nachttischlampe an. Als ich näherkam, bemerkte ich, dass er ein weißes Blatt Papier trug, auf dem bunte Schnipsel prangten.

„Woher hast du das?“, fragte ich und zeigte darauf.

„Das versuche ich dir ja gerade zu sagen. Jemand hat das hier gerade unter der Eingangstür durchgeschoben. Ich bin sofort hingerannt, war aber nicht schnell genug, um das Gesicht desjenigen zu sehen. Definitiv aber ein Mensch. Eindeutig ein Mensch. *Da. Nimm es.*“

Meine Hände zitterten, als ich Pringle den Bogen abnahm, den er mir entgegenhielt.

„Es ist ein Drohbrief“, sagte ich ungläubig, während ich die unsauber zusammengeklebten Buchstaben betrachtete, die eindeutig aus einer Zeitschrift ausgeschnitten worden waren.

„Warum macht man sich überhaupt diese Mühe? Warum hat derjenige seine Botschaft nicht einfach ausgedruckt?"

„Vielleicht hat da jemand einen Hang zum Drama?", meinte Pringle mit gebleckten Zähnen und verdrehte dabei die Augen. „Also, was steht da? Hm?"

Ich hob das Papier näher ans Licht und las ihm vor: „Du gehörst nicht hierher. Gib das Haus auf oder ich töte die Katze."

Ich rang um Luft und ließ den Brief fallen wie eine heiße Kartoffel.

„O nein, o nein, auf keinen Fall!" Pringle hüpfte wütend auf meinem Bett herum. „Niemand bedroht Octavius und kommt ungestraft damit davon. Was machen wir jetzt?"

„Ich weiß es nicht", schluchzte ich. „Da steht nicht, was genau wir tun sollen oder wie wir antworten können."

Das Haus würde ich gegen Octocat eintauschen, wenn es sein müsste, aber wie? Ich fühlte mich hilfloser denn je und starrte Pringle an, in der Hoffnung, er hätte eine Antwort.

12

„Komm schon“, sagte ich zu meinem Waschbärgehilfen, nachdem einige Momente angespannten Schweigens zwischen uns vergangen waren. „Wie wäre es mit einer Portion Fancy Feast?“

Ich fotografierte das Erpresserschreiben mit dem Handy und schickte das Bild an Charles und Großmutter. Dann zog ich los, um unten in der Küche eine Art Mitternachtssnack für mich und Pringle vorzubereiten. Auf halbem Weg hinunter bemerkte ich, dass er mir nicht folgte.

Er stand immer noch auf dem oberen Absatz der schmalen Treppe, und riesige Tränen glitzerten in seinen dunklen Augen. „Fancy Feast? Für mich?“, krächzte er.

Ich lächelte das süße, bizarre Waldwesen an. „Ich kann auch etwas Evian dazugeben, wenn du möchtest.“

Pringle hopste die Treppe hinunter, so schnell ihn seine vier

Füße tragen konnten, und klammerte sich an mein Bein, was wohl eine dankbare Umarmung darstellen sollte. „Das ist der beste Tag meines Lebens", flüsterte er in meine karierte Schlafanzughose. „Der allerbeste Tag."

„Warte nur, bis du Octavius kennenlernst", sagte ich kichernd und stellte mir die Szene bildlich vor – den Ausdruck überschwänglicher Freude auf Pringles Gesicht und den wahrscheinlich höchst irritierten Blick meines Katers. „Er wird dich bestimmt mögen", sagte ich dennoch. Sobald sich Octocat an den enthusiastischen Waschbären gewöhnt hätte, würde es ihm sicherlich gefallen, dass ihn jemand so sehr schätzte wie er sich selbst.

Pringle blieb abrupt stehen, setzte sich aber schnell wieder in Bewegung. Wie einfach dieser kleine Kerl doch zu begeistern war! Nachdem ich ihm das versprochene Fancy Feast und dazu Evian serviert hatte – auf Einweggeschirr statt dem von Octocat bevorzugten Edelporzellan –, schnappte ich mir einen Müsliriegel und ging zu Grandma, um ihr von dcm Drohbrief zu berichten.

Noch bevor ich ihr Schlafzimmer erreichte, vibrierte das Handy in meiner Hand. Die Nummer wurde mir als unbekannt angezeigt, was mir so spät in der Nacht besonders merkwürdig vorkam.

Könnte es der Katzen-Kidnapper sein, der mir seine Forderungen mitteilen wollte? Ich war bereit, jede Summe zu zahlen, wenn ich dafür meinen Kater zurückbekam.

„Hallo?" Ich zitterte vor Aufregung, als ich das Gespräch

annahm.

„Angie, warum hast du mich nicht früher angerufen?“ Die Stimme am anderen Ende klang ziemlich aufgebracht, sodass ich einen Moment brauchte, um sie einzuordnen.

„B-B-Bethany?“, stotterte ich, als ich endlich die Stimme meiner Freundin erkannte. „Wo bist du?“

„Peter und ich sind heute Abend in Georgia angekommen, und jetzt hat Charles mich eben angerufen. Er hat mir alles erzählt, was seit unserer Abreise passiert ist. Sag mir zuerst mal, geht es dir gut?“

„Ja“, flunkerte ich, warum auch immer. Ich mochte Bethany inzwischen wirklich gern, obwohl unsere Beziehung nicht immer einfach gewesen war. Doch so sehr ich ihr auch vertraute, sie brauchte nicht zu wissen, wie stark mich die jüngsten Ereignisse belasteten. Sie kannte mein Geheimnis nicht, und dabei wollte ich es eigentlich belassen.

„Hast du eine Idee, wer Octocat entführt haben könnte?“, fragte ich mit bebender Stimme.

Bethany antwortete ohne Umschweife: „Offensichtlich hat das etwas mit Ethels Testament zu tun. Erinnerst du dich, wie wütend alle waren, dass er überhaupt zu den Erben gehörte, und dann bekam er auch noch diesen riesigen Treuhandfonds?“

In diese Richtung hatte ich auch schon gedacht, aber trotzdem passte es irgendwie nicht richtig ins Bild. „Ja, aber das ist schon so viele Monate her“, entgegnete ich. „Warum kommt dann erst jetzt eine solche Reaktion?“

Sie summte ein paar Takte und fragte dann: „Wie lange ist es her, dass du in Fulton Manor eingezogen bist?“

„Ein paar Monate“, murmelte ich und begann, auf einem meiner eh schon abgeknabberten Fingernägel herumzukauen. „Glaubst du, das hat etwas damit zu tun? Ich habe eben ein Erpresserschreiben bekommen, in dem es ausdrücklich erwähnt wird.“

„Natürlich hat das Haus etwas damit zu tun“, entfuhr es Bethany. „Aber eine Sache ergibt keinen Sinn: Wenn die Entführung deiner Katze dich davon abhalten sollte, das Gerichtsverfahren anzufechten, warum schickt man dir dann überhaupt noch diesen Erpresserbrief? Ich meine, ohne das Sümmchen, das Octocat jeden Monat aus dem Treuhandfonds erhält, könntest du dir das Anwesen doch nicht leisten und müsstest es ohnehin aufgeben, oder?“

Ich stöhnte und fühlte mich, als würde ich gleich ohnmächtig werden. „Danke, dass du mich daran erinnerst, wie viel hier auf dem Spiel steht. Aber ja, stimmt schon, mit meinem Teilzeitjob in der Kanzlei könnte ich die Villa nie halten.“

„Lass mich nachdenken“, murmelte Bethany ungerührt.

„Hast du eine Idee, wer dahintersteckt?“, hakte ich nach. Es machte mich wahnsinnig, dass ich in dieser ganzen Sache total auf dem Schlauch stand. Hatte ich in meiner Panik etwas Wichtiges übersehen? Konnte meine schlaue Freundin mit ihrer scharfen Logik etwas entdecken, das mir entgangen war?

„Noch nicht“, antwortete sie mit einem Seufzer. „Aber ich kenne die Fultons ein bisschen besser als du. Immerhin gibt es einige Anhaltspunkte, und vielleicht komme ich auf die Lösung, wenn ich lange genug darüber nachdenke."

„Jeder noch so kleine Hinweis wäre eine Hilfe für uns", erwiderte ich in freundlichem Ton. „Danke, Bethany."

„Hey, ich schulde dir eh noch was." Sie stieß ein leises Glucksen aus, allerdings hatte ich keinen Schimmer, was sie meinte.

„Wirklich? Warum?"

„Ähm, schon gut", antwortete sie und lachte erneut nervös. „Ich muss jetzt auflegen. Bis dann, Angie!"

Seltsam. Sehr seltsam. Mit einer Sache hatte Bethany allerdings recht: Das Schiedsverfahren und die Erpressung schienen im Widerspruch zueinander zu stehen. Der Drohbrief könnte sogar ein Grund sein, eine vorübergehende Vertagung des Verfahrens zu erwirken. Konnte der Kidnapper wirklich so kurzsichtig sein?

Charles wüsste das sicher besser.

Ich warf einen Blick auf das Display meines Handys. Es war schon kurz nach halb eins. Da Charles regelmäßig bis Mitternacht arbeitete, beschloss ich, ihn anzurufen.

„Hallo?", meldete sich eine kühle Frauenstimme.

„Oh, ähm, Breanne?", sagte ich zögernd. Es nervte mich, dass sie um diese Zeit an sein Telefon ging.

„Wer denn sonst? Und warum rufst du meinen Freund mitten in der Nacht an. *Hmm?*" Mein Ärger über sie schien auf Gegenseitigkeit zu beruhen. Aber Charles und ich waren schon Freunde gewesen, bevor sie mit ihm zusammenkam, und ich würde wetten, dass ich ihn besser kannte und mehr für ihn empfand als diese Trulla.

„Gib das her“, hörte ich Charles sagen, bevor er ihr vermutlich das Telefon aus der Hand riss.

„Entschuldigung“, murmelte ich. „Ich wollte nicht stören.“

Charles sog die Luft durch die Zähne ein. „Du störst nicht. Breanne ist nur vorbeigekommen, um mir schnell gute Nacht zu sagen, da wir uns morgen nicht sehen können.“

Jep, alles klar. Eine äußerst glaubwürdige Geschichte.

Auch wenn ich mit meinen achtundzwanzig Jahren immer noch Jungfrau war, wusste ich, wie die Dinge liefen. Und ich hätte kotzen können bei dem Gedanken.

„Charles!“, zischte Breanne am anderen Ende der Leitung im Hintergrund. „Ich habe nicht die ganze Nacht Zeit.“

„Sorry, ich kann jetzt nicht“, murmelte er und klang dabei ein wenig betrübt.

„Ciao“, flüsterte ich, nachdem er den Anruf bereits beendet hatte.

„Menschen sind merkwürdig“, merkte Pringle an und watschelte zu mir herüber.

„Das stimmt“, pflichtete ich ihm bei. „Aber Waschbären sind auch irgendwie komisch.“

Er lachte und begann, sich nach seinem dekadenten Katzenfutterfestmahl mit den Händchen übers Gesicht zu wischen. „Da hast du recht.“

„Glaubst du, dass es ihm da draußen gut geht?“, fragte ich unvermittelt.

„Hör zu, Baby. Ich kann und will nicht in einer Welt ohne Octavius leben. Du musst einfach ganz fest daran glauben, dass es ihm gut geht und dass derjenige, der das getan hat, dafür büßen wird – und zwar ordentlich."

Ich lehnte mich zu ihm hinüber und streichelte sein Fell. Wenn ich meine Augen schloss, fühlte es sich fast so an, als wäre er mein vermisster kleiner Freund. Nur das leise schnatternde Geräusch, das er von sich gab, glich nicht gerade einem Schnurren.

„Weißt du", sagte er nach einer Weile. „Ich habe mir überlegt, dass wir vielleicht schon mal anfangen sollten, Octavius' Willkommensfeier zu planen. So sind wir bereit, wenn er wieder da ist."

„Gute Idee! Überleg du dir doch ruhig schon etwas, und dann gibst du mir Bescheid, was ich besorgen soll, okay?"

„Es wäre mir ein Vergnügen." Pringle zeigte mir sein zahniges, leicht beunruhigendes Lächeln und hoppelte einen Moment später durch die Katzenklappe hinaus, um mit seinen Vorbereitungen zu beginnen.

Ich drückte das Erpresserschreiben an meine Brust und schickte ein Stoßgebet gen Himmel, dass Octocat heil zurückkommen möge. Es gab so viele Menschen – und Tiere – hier, die ihn liebten, die ihn vermissten und die ihn zu Hause brauchten.

13

Den Rest der Nacht konnte ich nicht mehr schlafen. Stattdessen tappte ich bei ausgeschaltetem Licht im Wohnzimmer herum und beobachtete den Garten, in der Hoffnung, der mysteriöse Verfasser des Drohbriefs würde ein zweites Mal auftauchen.

Irgendwann musste ich eingenickt sein und kam erst wieder zu mir, als Großmutter mich ansprach: „Hey, wach mal auf und erzähl mir, was auch immer ich verpasst habe." Dann drückte sie mir eine Tasse Kaffee in die Hand.

„Was? Oh." Mühsam setzte ich mich auf. Mir tat alles weh von der harten Couch. Falls der Kidnapper letzte Nacht noch einmal aufgekreuzt war, hatte ich ihn sicher verpasst. Mein verdammter Biorhythmus hatte mich ausgetrickst.

„Jemand hat das hier unter der Tür durchgeschoben", informierte ich sie, nachdem ich den Brief auf dem Boden neben meinen Füßen gefunden und ihn ihr gereicht hatte.

Sie schnalzte mit der Zunge und schüttelte den Kopf. „Das ist aber wirklich kein fairer Schachzug, was?“

Mit einem Mal konnte ich nicht mehr länger an mich halten. Ich hatte so sehr versucht, stark zu sein und die Fassung zu bewahren, aber für was? Dadurch würde Octocat auch nicht wieder nach Hause kommen.

Also ließ ich den Tränen freien Lauf.

Grandma nahm mir die Kaffeetasse aus der Hand und stellte sie auf den Tisch, dann nahm sie mich in den Arm und beruhigte mich mit leise säuselnden Schhht-Lauten.

„Glaubst du, sie machen ihre Drohung wahr?“ Ich schluchzte laut, weil all meine Sorgen und Ängste plötzlich auf mich einstürzten. „Dass sie Octocat töten?“

Sie streichelte mir übers Haar, und ihre Worte klangen sanft, aber bestimmt und irgendwie weise: „Ich bin ja schon ein paar Tage älter als du, und in all der Zeit habe ich eine sehr wichtige Lektion gelernt, und das mehr als einmal, fürchte ich.“

Sie holte tief Luft, und ich löste mich aus ihrer Umarmung, um ihr in die Augen zu sehen.

„Verrückte Menschen sind zu allem fähig, wenn sie glauben, dass es ihnen hilft, ihre wahnwitzigen Ziele zu erreichen.“

Das war nicht die Antwort, die ich hören wollte.

Grandma strich mir mit ihrer faltigen Hand über die Wange, wobei sie mit einer Fingerspitze eine Träne auffing. „Ich habe aber auch noch etwas anderes gelernt. Menschen würden alles tun, um ihre eigene Haut zu retten. Und ich wette, das gilt auch für Katzen. Wir dürfen unseren kleinen Freund nicht aufgeben. Er ist ein Überlebenskünstler."

„Ja, und er hat noch drei Leben übrig. Zumindest behauptet er das", fügte ich mit einem leisen, traurigen Lachen hinzu und presste mein Gesicht Trost suchend in ihren weichen Pullover. In mir schmerzte alles.

„Natürlich", sagte sie und drückte mich überraschend kräftig. Eines Tages würde ich anfangen, so fit wie meine Großmutter zu werden. Nur nicht gerade heute. „Also, wie lautet der Plan? Was machen wir als Nächstes?"

In der Nacht hatte ich viel Zeit gehabt, über unsere nächsten Schritte nachzudenken, während ich im Wohnzimmer auf und ab schlich. Schließlich war mir klar geworden, dass die Waldtiere, selbst wenn sie nicht wussten, was mit Octocat passiert war, dennoch unsere beste Chance sein könnten, ihn wiederzufinden. Wer auch immer ihn entführt hatte, wusste wahrscheinlich nicht, dass ich mit Tieren sprechen kann, also würde auch niemand auf die Idee kommen, sich überhaupt um meine Truppe aus pelzigen Helfern zu kümmern.

„Diesen Blick kenne ich", meinte Grandma mit einem breiten, erleichterten Grinsen. „Du hast dir doch was überlegt. Schieß los. Erzähl es deiner alten Oma."

„Einen konkreten Plan habe ich noch nicht, aber eine ziemlich gute Idee", sagte ich und versuchte dabei, die Verspannungen in meinen Rücken zu lösen, die sich letzte Nacht dort eingenistet hatten. „Komm mit, da ist noch jemand, dem ich es erzählen will."

Wir schlüpften rasch in unsere Schuhe und eilten aus dem Haus in Richtung Wald. Großmutter fragte nicht einmal, warum. Wahrscheinlich ahnte sie bereits, was ich vorhatte.

Als wir den Waldrand erreichten, kam auch schon Maple angeflitzt. „Hey, da ist ja die Erdnussbutter-Frau!", rief sie aufgeregt von einem tief hängenden Ast aus. „Hallo-hallo!"

Überrascht biss ich mir auf die Lippe und wechselte einen Blick mit Grandma. Einen Moment später hatte das Eichhörnchen sich etwas beruhigt.

„Hi, Maple", begrüßte ich sie mit einem flüchtigen, freundlichen Winken. „Mein Name ist übrigens Angie. Falls du dich nicht mehr erinnern solltest. Hast du Pringle heute Morgen schon gesehen?"

Ihr Näschen zuckte, und sogleich sprang sie auf einen anderen Ast hinüber. „Pringle!", schrie sie. „Die Erdnussbutter-Frau braucht dich! Vielleicht hat sie noch mehr von dem köstlichen Zeug für uns."

Dann huschte sie über den Ast und blitzschnell den dicken Baumstamm hinunter auf den Boden. „Hast du noch mehr Erdnussbutter?", fragte sie und presste ihre Hände immer wieder auf meinen Schuh, fast so, als würde sie eine Herz-Lungen-Massage an meinen Zehen durchführen.

„Schon möglich", säuselte ich. „Aber bring mir erst Pringle her, bitte."

„Verstanden!“ Maple hüpfte in den Wald und ließ mich und Grandma wartend zurück.

„Was hat das goldige Viech gesagt?“, flüsterte sie, als Maple außer Sichtweite war.

Ich kicherte. Trotz ihrer Vergesslichkeit hatte ich die Kleine schon ins Herz geschlossen. Wenn sie es tatsächlich schaffte, uns zu helfen, Octocat zurückzubekommen, würde ich sie ab sofort immer mit der süßen Creme versorgen. „Sie steht total auf Erdnussbutter“, erklärte ich, „und redet fast unaufhörlich nur davon.“

Grandma seufzte hingerissen auf. „Oh, warum haben wir dann nicht welche mitgebracht?“

Ich schüttelte den Kopf und hielt den Blick auf die Bäume gerichtet. „Glaub mir, diesen Fehler habe ich schon einmal gemacht. Sobald sie ihre Erdnussbutter hat, vergisst sie alles andere auf der Welt, und dann ist sie uns keine Hilfe mehr. Sie soll sich erst mal auf ihre Aufgabe konzentrieren. Danach kann sie ihre Belohnung haben.“

Schon tauchte Maple wieder auf, flitzte an uns vorbei und rannte zum Haus. „Bin gleich wieder da!“, rief sie mit einem aufgeregten Quietschen.

Wir beobachteten, wie sich das Eichhörnchen der vorderen Veranda näherte und direkt davor stehen blieb. Ein graues Etwas, das wie eine große, flauschige Kugel aussah, kletterte darunter hervor und blinzelte ins Sonnenlicht.

„Ich wusste nicht, dass er so nah bei uns wohnt“, sagte

Grandma, während wir beide beobachteten, wie der schlaue Nager den schläfrigen Waschbären zu uns herüber lotste.

„Ich auch nicht“, murmelte ich. Er musste irgendwo ein Loch gegraben haben, um unter die Veranda zu kommen. Hoffentlich hatte er dabei keinen Schaden angerichtet. Meine Liste an nötigen Reparaturen am Haus war sowieso schon lang genug.

„Einen gesegneten guten Morgen, Lady Angela“, trällerte Pringle, als er und Maple sich uns näherten. Er zog also immer noch diese ritterliche Mittelalter-Nummer ab. Okay.

Obwohl ich lieber Krimis und Thriller las, hatte ich mir schon genug Fantasy-Romane reingezogen und war für Pringles grandioses Rollenspiel gewappnet.

„Auch Ihnen einen guten Morgen, Sir Pringle.“ Ich hielt inne und machte einen kurzen Knicks. O Mann. „Wir möchten Sie heute mit einem höchst edlen Anliegen betrauen.“

„Warum redet die Erdnussbutter-Frau so komisch?“, quietschte Maple, wurde aber schnell von dem Waschbären zum Schweigen gebracht, der immer noch sein Bestes tat, um seine Rolle auszufüllen.

„Ja. Octavius.“ Pringle nickte wissend.

„Es wird Zeit, dass wir ihn nach Hause bringen. Seid Ihr und Euer Knappe der Aufgabe gewachsen?“ Ich lenkte meinen Blick auf Maple. So flatterhaft das kleine Eichhörnchen auch sein mochte, ich hoffte, dass Pringle gute Arbeit leisten würde, um sie im Zaum zu halten. Wir würden beide Tiere brauchen, um meinen Plan umzusetzen.

„Darf ich meinen Knappen selbst wählen?“, fragte er mit

einem zögerlichen Grinsen. Ich konnte es ihm nicht verübeln. Der Waschbär schien von nahezu menschlicher Intelligenz zu sein, während das Eichhörnchen … nun ja … Sie war wirklich niedlich!

„Die mutige Maple wird Ihnen gute Dienste leisten“, sagte ich, nickte kurz und flüsterte ihm unter vorgehaltener Hand zu: „Außerdem weiß ich zufällig, dass sie für Erdnussbutter alles tun würde.“

Das Eichhörnchen spitzte daraufhin die Ohren, blieb jedoch zum Glück still.

Pringle senkte den Kopf, und ich fragte mich, ob er sich geschlagen geben oder in den Kampf ziehen wollte. Doch dann meinte er: „So verraten Sie uns Ihr Vorhaben, und wir werden es umsetzen.“

Okay. Showtime!

Blieb nur zu hoffen, dass mein verrückter Plan aufgehen und unseren Fellfreund sicher nach Hause bringen würde.

14

Grandma und ich setzten uns im Schneidersitz ins Gras, und die beiden Tiere ließen sich uns gegenüber nieder.

„Okay, ich erkläre euch jetzt, was ich mir überlegt habe …“ Ich erläuterte ihnen meinen neuen Plan in allen Einzelheiten.

„Oh, wir sollten uns einen GPS-Tracker für Haustiere zulegen“, warf Grandma ein. „Ich habe, äh, schon viel Positives darüber gehört.“ Sie strahlte mich an, als hätte ich sie gerade zur Miss America gekrönt. Seltsam.

„Klar, so ein Ding können wir heute Nachmittag noch besorgen“, stimmte ich zu. Die Idee fand ich gut, aber auch leicht abgefahren, wenn man bedenkt, dass meine Großmutter gerade erst angefangen hatte, Textnachrichten auf ihrem Handy zu nutzen.

„Bringt auch noch etwas Erdnussbutter mit, wenn ihr schon mal unterwegs seid“, schlug Maple sinnigerweise vor.

„Erst die Arbeit, dann das Vergnügen“, schimpfte Pringle seinen Eichhörnchen-Knappen. Jep, diesen Waschbär konnten wir gebrauchen.

Ich streckte die Hand aus und gab ihm ein High Five, und da er die Menschen anscheinend oft genug beobachtet hatte, wusste er genau, was zu tun war. Selbst wenn er Octocat verehrte, hatte er ganz klar mehr auf dem Kasten als sein Idol.

„Da hast du vollkommen recht“, pflichtete ich ihm bei und setzte eine ernste Miene auf, wobei ich die Augen zusammenkniff. „Nichts ist wichtiger, als Octocat nach Hause zu bringen. Nichts. Nicht einmal Erdnussbutter.“

Maple japste.

Pringle jubelte.

Grandma schaute verwirrt, aber trotzdem ziemlich optimistisch drein. „Welche Rolle habe ich bei diesem ganzen Manöver, Liebes?“, fragte sie, nachdem sich alle wieder beruhigt hatten.

Das war der schwierige Teil. Theoretisch brauchte ich sie nicht unbedingt, um die Operation durchzuziehen, aber ich wusste, dass ich sie besser nicht ausschließen sollte.

„Du wirst weiterhin die Kommandozentrale leiten und kannst mir helfen, heute Nacht wach zu bleiben. Außerdem brauche ich dich für Kostüm und Maske. Das ist definitiv dein Bereich.“

Das schien sie zu freuen. „Ich mache Kakao und rufe die Jungs an.“

O nein, nicht schon wieder. Warum musste sie gerade jetzt versuchen, mir ein Liebesleben zu verschaffen? Es war ja nicht so, als wäre ich erst seit Kurzem Single. Im Gegenteil, bei mir hieß es schon immer: ich allein gegen den Rest der Welt.

Ich schüttelte nachdrücklich den Kopf. „Die Jungs? *Nein.* Wir brauchen Cal und Charles dafür nicht."

Grandma stieß mir mit dem Ellbogen in die Rippen. „Sie sind aber eine nette Ablenkung. Oder etwa nicht?"

Ich verdrehte die Augen und gab ihr bewusst keine Antwort. Für ihre Verkupplungsversuche hatte ich jetzt echt keinen Nerv. „Versteht jeder, was er zu tun hat?"

„Ja", erwiderten Großmutter und Pringle wie aus einem Munde. Beide schienen bereit zu sein, zur Tat zu schreiten.

Maple jedoch hob ihr braunes Händchen. „Ähm, mir ist da etwas entfallen", piepste sie zerknirscht.

„Ist schon gut, Kleine. Komm mit mir, ich erkläre dir alles." Pringle gab ihr ein Zeichen, ihm zurück in seine Behausung unter der Veranda zu folgen. Unser Ritterspiel war anscheinend beendet und die Tafelrunde aufgehoben – zum Glück!

„Ich liebe Observierungen", raunte Grandma mir zu, als wir uns auf den Weg zurück zum Haus machten. „Du holst den GPS-Tracker, und ich fahre zum Supermarkt, um ein paar Snacks und Getränke für unser kleines Treffen heute Abend zu besorgen."

Ich blieb stehen und starrte sie an. „Willst du wirklich Cal und Charles einladen? Wir feiern doch keine Party. Zumindest ist es nicht so gedacht."

Sie drehte sich zu mir um und umarmte mich. „Das weiß ich, Liebes, aber in schweren Zeiten hilft es, gute Freunde an seiner Seite zu haben."

Na schön, das ließ sich nicht bestreiten. „Okay“, willigte ich ein und hoffte, dass der Abend nicht allzu peinlich werden würde, was auch immer sie vorhatte.

Andererseits kannte ich doch meine Großmutter …

Natürlich würde es peinlich für mich werden.

* * *

Unsere Observierungsparty begann um zehn Uhr abends. Pringle hatte Maple den Plan mindestens ein paar Dutzend Mal erklärt, und sie hatten sogar Testübungen sowohl mit als auch ohne den GPS-Tracker durchgeführt.

Charles und Cal kamen um Punkt zehn und stellten ihre Autos, wie besprochen, hinter dem Haus versteckt ab. Das Gelingen der ganzen Operation hing davon ab, dass der Erpresser in dieser Nacht zurückkam, und er sollte den Eindruck gewinnen, niemand wäre daheim. Aus diesem Grund fand unsere Aktion im Stockdunkeln statt. Nicht einmal eine Kerze zündeten wir an.

Wir unterhielten uns nur im Flüsterton miteinander, und deshalb wirkte die ganze Sache seltsam intim. Alle trugen bequeme schwarze Sweatshirts, wofür natürlich Grandma gesorgt hatte, und wir nippten an Thermobechern mit heißem Kakao – ebenfalls von ihr bereitgestellt.

„Bist du dir sicher, dass diese Person heute Abend wieder auftaucht?“, fragte Cal zu meiner Linken.

„Das muss er, denn er hat Angie keine Möglichkeit gegeben, ihm irgendwie zu antworten", antwortete Charles rechts von mir.

Sie saßen beide nah genug neben mir, dass ich ihre Körperwärme spüren konnte. Insgeheim dachte ich, dass sie die attraktivsten Kerle waren, die mir je begegnet waren. Der eine war blitzgescheit, der andere beeindruckte mich vor allem mit seinem muskulösen Körper. Ein großes Herz hatten sie beide, doch während ich dort im Stockdunkeln hockte, wurde mir klar, dass sich mein Herz nur nach dem einen von ihnen sehnte.

Und zwar nach demjenigen, der bereits vergeben war.

So lief das immer bei mir. Verdammt.

„Bist du nervös?", flüsterte Charles mir ins Ohr.

„Mehr gespannt als nervös", antwortete ich und fragte mich, ob er auch das Gefühl hatte, dass es zwischen uns funkte?

Das Telefon in seiner Tasche brummte. Wir waren uns so nah, dass ich die Vibrationen spürte. „Es ist Breanne", sagte er und drückte eine Taste, damit der Anruf direkt an die Mailbox weitergeleitet wurde.

Das ließ mich innerlich ein wenig jubeln. Er hatte mich ihr vorgezogen. Zumindest für das hier. Zumindest für den Moment.

Gegen halb zwölf zog ein Geräusch von draußen nahe einem der Fenster unsere Aufmerksamkeit auf sich.

„Pssst", erinnerte ich sie. „Wir müssen uns ruhig verhalten, in Deckung bleiben und unseren Plan durchziehen."

„Ja, der Plan ist das A und O", flüsterte Großmutter.

Der arme Cal wusste immer noch nicht, dass ich mit Tieren reden konnte. Er dachte, wir wollten den Täter mit Hightech-

Videokameras und einer ausgeklügelten Falle überrumpeln. Er hatte keine Ahnung, dass sich ein nachtaktiver Waschbär längst unter der Veranda postiert hatte und alles genau beobachtete, und dass ein vergessliches, aber flinkes und mit einem GPS-Sender ausgestattetes Eichhörnchen nur darauf wartete, sich in das Auto unseres geheimnisvollen Kidnappers zu stürzen, sobald der Waschbär sein Okay gab.

Wie erwartet stürmte Pringle ein paar Minuten später durch die Katzenklappe, um uns mitzuteilen, dass der Plan in die Tat umgesetzt wurde.

„Hey, Cal. Würdest du mir etwas in der Küche helfen?", bat ihn Grandma und lotste ihn aus dem Raum, bevor er unseren kleinen Besucher genauer unter die Lupe nehmen konnte. Der Waschbär hielt etwas in den Pfoten, vermutlich ein zweites Erpresserschreiben.

„Gute Arbeit, Pringle." Ich schnappte mir den Zettel und tätschelte seinen Kopf, dann stürmten Charles und ich hinaus in die Nacht. Wir hatten zuvor vereinbart, dass er fahren und ich navigieren würde. Wir würden dem kleinen Punkt auf der Karte, der Maples Standort symbolisierte, folgen. Wer weiß, wohin sie gerade unterwegs war?

Trotz meiner Neugierde warf ich nicht einmal einen Blick auf das neue Schreiben. Stattdessen konzentrierte ich mich darauf, den blinkenden Punkt nicht zu verlieren, in der Hoffnung, er würde uns zu Octocat führen und diese ganze schreckliche Tortur ein für alle Mal beenden.

Charles manövrierte uns geschickt durch die Gegend,

während ich ihm jede Kurve ansagte. Wir waren jetzt nicht mehr weit hinter dem Kidnapper. Bald würden wir uns gegenüberstehen, und ich hoffte, endlich Antworten auf meine vielen Fragen zu bekommen.

„Das ist merkwürdig“, murmelte Charles, als wir durch einen verschlafenen Vorort fuhren. „Ich kenne jemanden, der hier wohnt.“

„Nun ja, Glendale ist ja nicht groß. Da kennt man doch fast überall jemanden“, erwiderte ich und starrte weiterhin gebannt auf die Karte im Display meines Handys, um nichts zu verpassen.

„Charles“, rief ich plötzlich aufgeregt. „Der Punkt hat angehalten!“

Endlich. Wir würden Octocat zurückbekommen, und zwar jetzt.

„Wo?“, raunte er mit einer mir unerklärlich finsteren Miene.

„Nur ein paar Einfahrten weiter. Sieht aus, als wäre es …“

„Yellow Cape Cod?“, fragte er, als er in die Einfahrt fuhr.

„Ja, woher weißt du das?“ Ich war schockiert. Konnte es sein, dass …

„Das ist Breannes Haus“, knurrte er leise.

Oh-oh.

15

Ich sprang aus dem Auto, noch bevor Charles den Wagen richtig geparkt hatte, holte die rothaarige Immobilienmaklerin auf den Stufen zur Veranda vor ihrer Haustür ein und zerrte am Träger ihrer Handtasche, bis sie sich endlich umdrehte und mich ansah. „Wo ist meine Katze, du, du …? *Breanne!*“

„Fass mich nicht an!“, kreischte sie zurück und entriss mir ihre Designer-Tasche.

Oh, in dem Moment hätte ich ihr gerne eine verpasst, auch wenn so etwas eigentlich gar nicht meine Art ist. Zumindest ihr protziges Accessoire hätte ich am liebsten in den Dreck geschleudert. Ich hielt mich nur deshalb zurück, weil ich unbedingt zu meinem Kater wollte. War er dort drinnen? Hatte Breanne ihn die ganze Zeit über gehabt? Fragen über Fragen.

„Wo ist er?“, brüllte ich meine Erzfeindin an, und sie wirkte verunsichert, was ich mit Genugtuung zur Kenntnis nahm. Wenn ich ihr weiter einheizte, würde sie bestimmt einknicken. „Rück ihn raus, sonst garantiere ich für nichts."

Sie ging einen Schritt zurück und drückte sich an die Tür. „Wovon redest du?", stieß sie hervor und sah mich an, als ob ich verrückt geworden und das alles überhaupt nicht ihre Schuld wäre.

Ich trat so nah an sie heran, dass sich unsere Gesichter beinahe berührten und mir ihr widerlich blumiges Parfüm in die Nase stieg. „Tu doch nicht so. Ich weiß, dass du es warst, die die Erpresserbriefe unter meiner Tür durchgeschoben hat. Wir sind dir hierher gefolgt. Stimmt's, Charles?" Ich drehte mich zu ihm um. Er stand immer noch neben seinem Auto, und anscheinend hatte es ihm die Sprache verschlagen.

„Lass mich rein!", schrie ich. „Lass mich sofort zu ihm!"

Aber Breanne stellte sich stur und verschränkte die Arme vor der Brust. „Nein. Hau ab!"

Glücklicherweise hatte sich Charles endlich wieder eingekriegt. Er stampfte zu uns herüber, trat um uns herum und öffnete die Tür.

„Wie konntest du nur?", fragte er seine fiese Freundin, aber ich wartete ihre Antwort nicht ab, sondern stürmte hinein.

Drinnen begann ich lauthals nach meinem Kater zu rufen. Doch selbst nachdem ich das ganze Haus durchstöbert hatte, konnte ich ihn nicht finden. „Octocat! Octocat! Bist du hier? Komm raus! Es ist vorbei!"

Keine Antwort. Deshalb schnauzte ich Breanne noch einmal

an: „Wo ist er? Warum hast du ihn mitgenommen? Wie konntest du nur?“

„Ich habe deine blöde Katze nicht, und ich schulde dir nichts“, antwortete sie schniefend und schaute weg, als würde sie sich doch ein wenig schuldig fühlen. Ja klar, wer's glaubt, wird selig.

„Ich denke, du schuldest mir ein paar Antworten“, mischte sich Charles ein. „Hast du wirklich Angies Katze gestohlen und ihr Drohbriefe geschickt? Warum um Himmels willen?“

„Beruhigt euch“, murmelte sie durch zusammengebissene Zähne. „Ich habe die Katze nicht. Okay?“

„Sorry, aber ich glaube dir kein Wort. Du hast die Briefe bei mir abgeliefert. Wir haben dich auf frischer Tat ertappt“, brach es aus mir heraus.

Breanne verengte feindselig die Augen und stierte mich boshaft an. „Gut. Ich gebe es zu. Das war ich. Aber ich habe sie nicht geschrieben.“

„Wer war es denn dann? Hör auf, mich hinzuhalten, und sag mir, was du weißt“, forderte ich sie auf. Warum wollte sie nicht damit herausrücken? Um Zeit zu schinden?

Sie schüttelte den Kopf. „Ich weiß es nicht.“ Charles trat neben mich, sodass wir ihr vereint gegenüberstanden, und das schien sie zu fuchsen. Offenbar hatte sie erwartet, dass er sich auf ihre Seite schlagen würde.

„Wie kannst du das nicht wissen?“ Charles' Stimme bebte vor Enttäuschung, das spürte ich deutlich. „Wie konntest du bei so etwas mitmachen? Und ohne zu wissen, worum es geht?“ Er räusperte sich, bevor er fortfuhr. „Ich hätte dich für schlauer gehalten, Bree. Und auch netter."

„Ich nicht", geiferte ich.

Breanne hatte mich nie gemocht und ich sie ebenso wenig. Es überraschte mich nicht, dass sie mich verletzen wollte, aber es erschreckte mich, dass sie in diese furchtbare Sache verwickelt war. Sie hatte absolut keine Verbindung zu Ethel Fulton, also warum hatte sie sich überhaupt darauf eingelassen?

„Es ist kein großes Ding", rief sie. „Ernsthaft, beruhige dich. Du weißt, dass ich geringere Einkünfte hatte, seit mein Bruder unter Mordverdacht stand. Und als mir neulich ein anonymer Kunde eine große Provision versprach sowie eine weitere großzügige Finanzspritze in naher Zukunft, wie konnte ich da nein sagen? Es ist ja nicht so, dass ich jemandem wehtue. Wir haben nur versucht, dich aus deinem Haus zu vertreiben."

„Du hast damit gedroht, meine Katze zu töten!" Ich schäumte vor Wut, da ich nun jemanden zur Verantwortung ziehen konnte, nur hatte ich immer noch keine Ahnung, wo sich mein Kater befand.

„Nein, das habe ich nicht getan. Ich habe die Briefe nicht geschrieben. Und ernsthaft, wer würde denn eine Katze töten? Das geht ein bisschen zu weit." Sie schien von Minute zu Minute kleinlauter zu werden, wollte dennoch weiterhin nicht zugeben, einen Fehler begangen zu haben.

„Aber Erpressung ist für dich in Ordnung, ja?", brummte Charles, wobei er Breanne aus zusammengekniffenen Augen betrachtete. „Wirklich, Bree. Ich dachte, ich kenne dich."

„Du kennst mich doch, deshalb dachte ich, du würdest es verstehen“, flehte sie ihn an. „Du weißt, wie schwierig meine Lage in letzter Zeit war.“

„Ja, aber ich bin davon ausgegangen, dass du dich da durchbeißt“, erwiderte er. „Mit ehrlicher Arbeit. Nicht mit Erpressung und Drohungen.“ Es kam mir trotz allem ein wenig komisch vor, dass Charles seine Freundin beschimpfte, weil sie mich erpresste, obwohl er so etwas auch schon getan hatte, damit ich ihm bei einem schwierigen Fall half. Zugegeben, er hätte mich niemals wirklich verletzt. Breanne hingegen ...

„Nein“, beharrte sie. „Ich versuche es doch, aber es klappt einfach nicht. Und weißt du, warum? Alle halten meinen Bruder für dieses Monster, selbst, nachdem er freigesprochen wurde, und das ist allein ihre Schuld.“ Sie zeigte zitternd in meine Richtung. Wenn Blicke töten könnten ...

Charles legte seine Hand auf meine Schulter. „Sie hat mir geholfen, dass er freigesprochen wurde. Hast du das etwa schon vergessen?“

Breanne zuckte mit den Schultern. „Ihre Mutter, meine ich. Diese Nachrichtensprecherin. Die hat ganz Blueberry Bay davon überzeugt, dass Brock schuldig ist, und selbst nachdem seine Unschuld bewiesen wurde, ist unser Ruf ruiniert. Die Leute sind voreingenommen. Oh, und glaub ja nicht, es wäre mir entgangen, dass sie versucht, mir meinen Freund direkt vor der Nase wegzuschnappen.“

„Meine Güte, was ist los mit dir?“, brüllte Charles sie an. „Angie und ich sind nur Freunde. Aber das spielt jetzt eigentlich auch keine Rolle mehr, denn das mit uns beiden hat sich erledigt."

„Bitte, Schatz, sei doch nicht so", flehte Breanne ihn an und ging auf ihn zu, wohl um ihn zu umarmen.

Er jedoch wandte sich von ihr ab und eilte zur Haustür. „Ich warte im Auto auf dich", rief er mir noch zu, bevor er nach draußen verschwand.

„Weißt du echt nicht, wer die Briefe geschrieben hat?", fragte ich sie mit ruhiger Stimme. So sehr ich Breanne auch hasste, sie war gerade abserviert worden und schien darüber ziemlich bekümmert zu sein. Außerdem brachte es nichts, sie anzuschreien. Vielleicht würde ein bisschen Freundlichkeit helfen.

„Ich weiß es wirklich nicht", sagte sie schniefend. „Und jetzt bitte ... bitte geh einfach."

Ich musterte sie einen Moment lang, bevor ich Charles schließlich nach draußen folgte. Ich fand ihn hinter dem Lenkrad seines Autos, den Kopf gesenkt, und Tränen liefen ihm über die Wangen. „Hey, alles okay?"

Er richtete sich auf und räusperte sich. „Ich hätte es besser wissen müssen. Ich bin so dumm gewesen."

„Es tut mir leid", murmelte ich. Was hätte ich auch sonst sagen sollen? „Willst du darüber reden?"

„Ehrlich gesagt", meinte er, während er das Auto aus der Einfahrt zurücksetzte, „ich möchte am liebsten vergessen, dass ich je mit ihr zusammen war. Nicht zu fassen, dass ich so viele Monate meines Lebens an sie verschwendet habe."

In diesem Moment war ich hin- und hergerissen. Einerseits

wollte ich Charles eine gute Freundin sein, andererseits konnte ich das *„Ich hab's dir ja gesagt"* nur mit Mühe unterdrücken. Ich hatte immer gewusst, dass mit Breanne etwas faul war, aber dass sie zu derart fiesen Sachen fähig war ... Nie hätte ich erwartet, dass sie mir das Leben so zur Hölle machen würde.

„Es tut mir so leid, dass sie dir das angetan hat", sagte er, wobei er seine Augen fest auf die Straße gerichtet hielt. „Ich wollte Octocat schon vorher finden, aber jetzt fühlt es sich so an, als wäre es meine Pflicht, als wäre das Ganze irgendwie zum Teil meine Schuld. Ich weiß, dass ich einer der Hauptgründe bin, warum sie dich hasst, und jetzt ist es meine Aufgabe, alles wieder in Ordnung zu bringen."

„Charles, dich trifft überhaupt keine Schuld!"

„Es fühlt sich aber so an."

Ich legte ihm beschwichtigend die Hand auf den Unterarm. „Ich nehme deine Hilfe gerne an, aber du musst dich zu nichts verpflichtet fühlen. Danke, dass du so ein guter Freund bist."

Schweigend fuhren wir zurück. Hatte Charles es ernst gemeint, als er Breanne sagte, wir seien nur Freunde? Oder war er all die Monate auch insgeheim in mich verschossen gewesen?

Ich verdrängte diese Gedanken, denn in meinem Kopf wirbelte ohnehin schon zu viel herum. Und im Moment gab es eigentlich nur eine Frage, die wirklich zählte und auf die wir uns voll konzentrieren mussten ...

Wo war Octocat?

16

Zu Hause warteten Grandma und Cal auf unsere Rückkehr. Sie hatten sämtliche Lichter im Erdgeschoss eingeschaltet.

Cal sprang auf, als wir eintraten. „Habt ihr ihn gefunden?"

„Nein", informierte ich sie und ließ mir eine Tasse heißen Kakao von Großmutter in die Hand drücken, die ihre Rolle als Leiterin der Kommandozentrale sichtlich genoss.

„Habt ihr herausgefunden, wer die Zettel hinterlassen hat?", fragte sie mit großen Augen.

„Ja, das haben wir." Ich biss mir auf die Lippe. Cal war immerhin Breannes Zwillingsbruder, und ich wollte nicht diejenige sein, die ihm diese Nachricht überbrachte, zumal sie seinen schlechten Ruf, der ihn zu Unrecht verfolgte, als Ausrede für ihre zwielichtigen Geschäfte benutzt hatte.

„Es war Breanne", antwortete Charles für mich mit verbitterter Stimme. Ich hatte ihn in all den Monaten, die ich ihn kannte, noch nie so wütend erlebt.

„Du meinst, deine Freundin?“ Großmutter sah von Charles zu Cal und runzelte die Stirn. „Beziehungsweise deine Schwester?“

„Jetzt ist sie meine Ex“, erwiderte er seufzend.

Grandma versuchte nicht einmal, ihre Freude über diese Neuigkeit zu verbergen. Sie legte sogar einen Arm um meine Schulter und drückte mich an sich. „Gut. Sie war sowieso nicht die Richtige für dich.“

Ich wäre beinahe gestorben, als sie mir nicht gerade verstohlen zuzwinkerte.

Charles hatte es eindeutig mitbekommen, aber zumindest lächelte er jetzt.

Cal schien die Nachricht weitaus mehr zu belasten. „Warum sollte sie so etwas tun?“ Er ließ sich auf die Couch sinken und fuhr sich mit beiden Händen durch die Haare. „Oh, warte. Es ist wegen mir. Nicht wahr?“

„Es ist nicht deine Schuld, dass dir ein Mord angehängt wurde“, beruhigte ich ihn.

„Es fühlt sich aber so an, als wäre ich mitverantwortlich.“

„Charles fühlt sich auch schuldig“, sagte ich. „Aber glaub mir, keiner kann etwas dafür, keiner außer Breanne.“

„Okay“, unterbrach uns Grandma, und alle sahen sie an. „Schluss mit dem Gejammer. Auf uns wartet Arbeit!“

„Was meinst du? Breanne war ein Fiasko, eine Sackgasse. Angeblich weiß sie nicht, wer sie dafür bezahlt hat, die Briefe hier abzuliefern.“ Charles tigerte im Wohnzimmer umher wie ein eingesperrter, kampfbereiter Löwe.

„Ich fahre zu ihr und rede mit ihr.“ Cal erhob sich und marschierte zur Haustür. „Ruft mich an, wenn ihr mich braucht.“

Die Tür knallte zu, und wir atmeten alle gleichzeitig geräuschvoll ein.

„Charles, sieh mich an.“ Großmutter ging direkt auf ihn zu und stellte sich auf die Zehenspitzen, um sich seinem Gesicht zu nähern.

Er blieb stehen. Seine Halsschlagader pulsierte, und auch die Adern an seinen Armen traten klar hervor. Die innere Anspannung war ihm deutlich anzumerken.

„Ich weiß, dass du gerade total fertig bist, aber du und diese Frau, ihr habt ohnehin nicht zusammengepasst“, meinte Grandma nachdrücklich. „Also, hör auf zu grübeln und schalte dein großartiges Gehirn wieder ein. Wir brauchen dich, um unseren Kater zu finden.“

„Was das angeht, war Breanne zwar ein Satz mit X“, sagte ich zu Charles in einem sanfteren Ton als meine Großmutter, „aber das heißt noch lange nicht, dass wir in einer Sackgasse stecken. Wir haben immer noch die Liste der Begünstigten aus Ethels Testament, und du hast bisher nur diejenigen aus dem näheren Umkreis gecheckt, richtig?“

Er nickte, sagte jedoch nichts. Ich fragte mich kurz, ob er gerade Tränen oder Schreie unterdrückte. Vielleicht beides.

Ich nahm seine Hand in meine und drückte sie beruhigend. „Dann ist es an der Zeit, dass wir einen kleinen Ausflug unternehmen. Wenn jemand Breanne bezahlt hat, um die Briefe abzuliefern, wohnt er wahrscheinlich nicht nah genug, um das selbst zu erledigen."

„Ich bleibe hier bei den Tieren, falls in der Kommandozentrale etwas passiert", verkündete Grandma.

„Charles?", wisperte ich. „Du hast es im Moment echt schwer, das weiß ich, aber ich könnte einen Freund an meiner Seite wirklich gut gebrauchen. Bist du dabei?"

Er senkte den Blick und nickte, als ob ein tonnenschweres Gewicht auf ihm lastete. „Ich bin dabei", seufzte er.

Ich schlang meine Arme um ihn und drückte ihn fest an mich. „Danke", murmelte ich. „Aber bevor wir losdüsen, müssen wir einen kurzen Zwischenstopp bei diesem 24-Stunden-Laden an der Tankstelle einlegen und auch noch schnell bei Breanne vorbeischauen."

Er starrte mich entsetzt an. Offenbar schienen wir endlich einer Meinung zu sein, was sie betraf, obwohl ich mir andere Umstände dafür gewünscht hätte. Leider blieb uns nichts anderes übrig, als an diesem Abend erneut bei ihr vorbeizufahren.

„Ich fürchte, wir haben Maple dort vergessen", gab ich zu und zuckte mit den Schultern. Gleichzeitig machte ich mir schreckliche Vorwürfe, dass wir eines unserer Teammitglieder zurückgelassen hatten. „Ich denke, wir sollten uns dafür mit mindestens einem Glas Erdnussbutter entschuldigen. Deswegen muss ich vorher in den Shop. Komm schon, gehen wir."

* * *

Seit dem Beginn unserer Observierung an diesem Abend um zehn hatten Charles und ich keine Sekunde geschlafen, und nach den ganzen Ereignissen war ich mir sicher, wir würden diese Nacht auch kein Auge zutun, selbst wenn wir es wollten. Also schnappten wir uns ein paar von den gekühlten Espresso-Getränken, von denen Grandma immer behauptete, sie schmeckten nach Kreide, und machten uns auf der Suche nach entscheidenden Hinweisen auf den Weg zu unserem nächsten großen Abenteuer.

„Wem sollen wir zuerst einen Besuch abstatten?“, fragte Charles, als wir die Hauptstraße erreicht hatten, die durch unsere kleine Stadt Glendale führte.

„Ethels Nichte, Anne“, sagte ich bestimmt und deutete auf ihren Namen auf dem Ausdruck, den Charles mir gegeben hatte. „Sie war mir definitiv nicht ganz geheuer, als wir uns das letzte Mal trafen.“

„Nicht geheuer, aha. Traust du ihr so etwas denn zu?“. Er grinste verschmitzt, streckte die Arme und lehnte sich in seinem Sitz zurück. Jetzt, wo wir Maple aus Breannes Fängen befreit und dieses Kapitel hinter uns gelassen hatten, wirkte er wieder viel normaler und entspannter.

„Nicht geheuer im Sinne von nicht vertrauenswürdig. Sie stand auf meiner Liste der Mordverdächtigen.“ Dann erzählte ich ihm von meinen diversen Begegnungen mit der unheimlichen älteren Frau.

„Definitiv verdächtig“, stimmte er zu. „Ist sie wirklich in Ethels Haus eingebrochen?“

„Ja, aber da ich das auch gemacht habe, beschloss ich, das nicht an die große Glocke zu hängen.“ Ich begann, geistesabwesend an einem Fingernagel zu knabbern. Obwohl Charles und ich wieder zu unserem üblichen lockeren Geplänkel zurückgefunden hatten, war es doch anders als zuvor. Jetzt fragte ich mich bei jedem seiner Blicke, Berührungen und Worte, ob sich noch mehr dahinter verbarg und ob er meine Gefühle erwiderte.

Ich kniff mich in die Hand, um meine volle Aufmerksamkeit wieder darauf zu lenken, wie wir Octocat finden könnten, anstatt darüber nachzusinnen, was er möglicherweise für mich empfand – oder auch nicht.

Glücklicherweise musste er sich aufs Fahren konzentrieren, sodass er meine komischen Anwandlungen nicht mitbekam. „Aber du sagtest, sie war dort, um sich nach Antiquitäten und anderen Wertgegenständen umzuschauen, die sie für sich behalten wollte, richtig?“

„Ja, und wenn Octocat und ich nicht aufgetaucht wären, um sie zu stoppen, hätte sie mit Sicherheit alles mitgenommen.“

„Hat sie das auch gesagt?“ Charles unterdrückte ein schelmisches Kichern, und ich gab ihm einen spielerischen Klaps auf den Oberarm.

„Ha-ha. Komm schon, jetzt mal im Ernst.“

Er brach erneut in Gelächter aus.

„Na schön, es sei dir verziehen, es war ja schon eine lange Nacht und wir fangen gerade erst an“, erwiderte ich scherzhaft. „Jedenfalls, ja, mein Bauchgefühl sagt mir, dass es Anne ist. Bei den anderen kann ich es mir nicht so recht vorstellen, um ehrlich zu sein.“

„Tja, ich schätze, dann fahren wir jetzt nach Boston. Wenigstens sollten wir vor der morgendlichen Rushhour dort eintreffen.“

Für einen Moment starrten wir beide in die düstere Nacht. Schließlich gab ich Annes Adresse ins Navi meines Telefons ein. „Die Fahrt dauert fast vier Stunden“, stöhnte ich.

„Es hätte schlimmer kommen können“, meinte Charles achselzuckend. „Ethel hatte auch Familie in Oregon. Das nenne ich eine lange Fahrt.“

„Was machen wir, wenn ich mit Anne falschliege?“, murmelte ich. „Wo sollen wir dann hin?“

Er griff nach meiner Hand und hielt sie in seiner. „So darfst du nicht denken. Konzentrier dich nur darauf, Octocat zu finden, damit wir ihn wieder sicher nach Hause bringen können. Alles andere ist nicht wichtig. Und wenn dein Bauchgefühl dir sagt, dass Anne dahintersteckt, glaube ich das auch.“ Er hob meine Hand an seine Lippen und küsste sie, bevor er losließ.

Diese süße kleine Geste brachte mein Herz zum Rasen, und die Schmetterlinge in meinem Bauch spielten verrückt. Mit dem Gefühl seiner Lippen auf meiner Haut waren all meine Ängste plötzlich verschwunden. Charles glaubte daran, glaubte, dass wir es schaffen würden.

Und jetzt tat ich das auch.

17

Ich hätte nicht schlafen können, selbst wenn ich es gewollt hätte. Zum einen hatte mich die Vorfreude gepackt, meinen vermissten Fellfreund endlich wiederzusehen, zum anderen fand ich es furchtbar aufregend, mit Charles unterwegs und ihm so nah zu sein.

Lange Zeit hatte ich mir gewünscht, dass er mit Breanne Schluss machen würde, und jetzt war es Wirklichkeit geworden. Ob er endlich erkannt hatte, dass wir beide schon immer füreinander bestimmt waren? Monatelang hatte ich versucht, meine Gefühle für ihn beiseitezuschieben, aber es war mir nie richtig gelungen.

In dem Gerichtsprozess gegen Cal, der zu Unrecht wegen Doppelmordes angeklagt worden war, hatte er alles gegeben. Er akzeptierte meine Fähigkeit, mit Tieren sprechen zu können als wäre es das Normalste auf der Welt. Er hatte zwei obdachlose, traumatisierte Katzen aufgenommen, nachdem sie unbeabsichtigt ihre Besitzerin getötet hatten. Er war einfach immer da und immer lieb und freundlich.

„Worüber denkst du nach?“, wollte er wissen.

Ich gähnte, um mir etwas Zeit zu verschaffen. „Bin nur müde.“

„Wehe, du schläfst mir ein“, neckte er. „Gleich ist Schichtwechsel.“

„Halt an. Ich übernehme jetzt.“ Das Fahren würde mich sicher ablenken, um all die Gedanken zu verdrängen.

Charles schaute zu mir herüber, dann wieder auf die Straße. „Bist du sicher?“

„Ich bin fit, versprochen. Doch wenn es dich beruhigt, ziehe ich mir noch einen von diesen Fertigkaffees rein.“ Ich nahm einen der kleinen braun-bunten Becher und schüttelte ihn kräftig.

„Okay, danach wechseln wir.“ Er drehte die Musik auf und klickte sich durch ein paar Songs, bevor er bei einer meiner Lieblings-Metal-Balladen aus den 80ern hängen blieb.

„Weißt du, es ist ein Irrglaube“, sagte ich, während ich zu dem melancholischen Beat mit dem Kopf wippte.

Er hörte auf mitzusingen und blickte kurz in meine Richtung. „Was meinst du?“

Ich zuckte mit den Schultern. „Dass zu viel Koffein zu einem Herzstillstand führen kann.“ Zumindest mein Herz schlug immer noch gegen meinen Brustkorb wie ein eingesperrtes wildes Tier. Daran würde auch mein Kaffeekonsum nichts ändern.

Alles nur wegen Charles, meinem Traummann. Der Himmel stehe mir bei.

Als das Lied zu Ende war, legte Charles seine Luftgitarre beiseite und fuhr an den Straßenrand, damit wir die Plätze tauschen konnten.

„Bist du traurig?“, fragte ich ihn, als erneut ein recht düsteres Lied aus den Lautsprechern ertönte. „Wegen Breanne?“

„Eher sauer, würde ich sagen.“ Er scrollte wieder durch seine Playlist und wählte diesmal einen aggressiven Hard-Rock-Titel, der absolut nicht mein Fall war.

„Meinst du, dass du ihr verzeihen kannst? Dass ihr beide wieder zusammenkommen werdet?“ Ich brüllte gegen die schrille Migräne-Mucke an.

Daraufhin senkte er die Lautstärke und fixierte mich von der Seite. „Meinst du, wir sollten?“

Ich spürte, wie mir die Röte in die Wangen stieg und hoffte, dass er es nicht bemerkte. „Nein“, antwortete ich ehrlich.

„Sehe ich auch so“, sagte er, verschränktc die Arme und lehnte sein Gesicht seufzend gegen das kalte Fenster. „Das mit uns passte ohnehin nie so ganz.“

„Warum seid ihr dann so lange zusammengeblieben?“

Zugegeben, ich war schon ziemlich neugierig, aber ich musste doch wissen, wie die Dinge standen, und Charles schien kein Geheimnis daraus machen zu wollen. Außerdem hatten wir noch jede Menge Zeit totzuschlagen, bevor wir bei Anne in Boston ankommen würden.

„Das ist eine gute Frage“, antwortete er nach einer kurzen Pause.

Als ich zu ihm hinüberblickte, hatte er die Augen geschlossen und lächelte kaum merklich. „Du musst nicht antworten, wenn du nicht willst“, räumte ich ein, hoffte jedoch inständig, er würde es mir verraten.

Er seufzte und rutschte in seinem Sitz hin und her, die Stirn gerunzelt und mit gequälter Miene. „Ich glaube, ich war einfach einsam, nachdem ich so weit von zu Hause weggezogen war, um ein neues Leben in Blueberry Bay zu beginnen. Ich habe versucht, Wurzeln zu schlagen.“

„Und deshalb auch das Haus und die Katzen?“, hakte ich nach. *Siehst du, es gibt andere Möglichkeiten, sich ein Leben aufzubauen. Dafür braucht man keine Breanne Calhoun.*

„Ja, und die Firma. Ich hätte nie gedacht, dass ich so schnell Seniorpartner werden und die anderen Partner sich die Klinke in die Hand geben würden. Das hat mich echt auf Trab gehalten. Vielleicht zu sehr, um zu realisieren, was zwischen mir und Breanne vor sich ging.“

Das waren ja ganz neue Töne. „Was meinst du?“

„Ich schätze, dass es für mich einfacher war, weiter mit ihr auszugehen und nichts an der Situation zu ändern. Verstehst du, was ich meine?“

„Nein“, antwortete ich ehrlich. „Nicht wirklich.“

Er holte tief Luft und blinzelte einen Moment zu mir herüber, bevor er die Augen wieder schloss. „Ich habe immer gern Zeit mit

Breanne verbracht, auch wenn sie dich gehasst hat, aber sie war immer nett zu mir. Ich habe es genossen, mit ihr zusammen zu sein, und das war das Entscheidende. Es war schön, aber nicht richtig erfüllend. Wirklich gesehnt habe ich mich nicht nach ihr, habe nie die Stunden gezählt, bis ich sie wiedersehen konnte, und die Arbeit und andere Dinge waren mir stets wichtiger. Sie hat eine Lücke in meinem Leben gefüllt, jedoch nur zum Teil, denke ich."

„Ging ihr das genauso?", murmelte ich, um seine ernste Stimmung zu durchbrechen.

Charles lachte leise auf und fuhr fort: „Vielleicht war ich unfair ihr gegenüber, weil ich es so lange habe laufen lassen. Wahrscheinlich hätte ich jetzt ein schlechtes Gewissen, wenn ich nicht so wütend darüber wäre, was sie dir angetan hat."

„Mach dir um mich keine Sorgen", beruhigte ich ihn. „Ich komme schon klar."

„Das weiß ich. Du bist die stärkste Person, die ich kenne", sagte er leise, und eine weitere Hitzewallung überkam mich und ließ mich erröten.

War das jetzt der passende Zeitpunkt, um ihm meine Gefühle zu gestehen?

Eigentlich hatte er mir gerade eine perfekte Vorlage gegeben, und das Timing schien günstig – wir hatten weder dringende berufliche Verpflichtungen, noch saß uns eine wütende Freundin im Nacken, der gegenüber ich mich hätte rechtfertigen müssen. Wir konnten also ganz offen über uns und unsere Gefühle sprechen.

Eine bessere Gelegenheit hatte es nie gegeben. Ich musste nur meinen ganzen Mut zusammennehmen ...

„Charles ...“, raunte ich und schaute zu ihm hinüber. Es gab so viel, was ich ihm sagen wollte ...

Allerdings hatte sich das mit dem perfekten Moment gerade erledigt – Charles schlief tief und fest.

In großen Städten Auto zu fahren, hatte mir noch nie ganz behagt, aber zum Glück erreichten wir Boston noch vor Sonnenaufgang. Ich weckte Charles fünf Minuten vor unserem Ziel, laut Navi.

„Warum hast du mich so lange schlafen lassen?“, stöhnte er.

„Du hast es offensichtlich gebraucht“, sagte ich lächelnd. Ich war so kurz davor gewesen, ihm alles zu offenbaren, all meine geheimen Wünsche und Sehnsüchte. Gott sei Dank war er eingenickt und hatte mich – uns – davor bewahrt. Ich musste mich jetzt auf Octocat konzentrieren. Wir beide.

Er richtete sich in seinem Sitz auf und klatschte sich ein paar Mal auf die Wangen, um wach zu werden. „Also, wie lautet dein Plan?“

Glücklicherweise hatte ich viel Zeit zum Nachdenken gehabt, begleitet von Charles’ kunterbunter Playlist. „Ich dachte, du könntest bei ihr klingeln. Erfinde irgendeine Ausrede über den Nachlass und das Schiedsverfahren. Wenn du dich dabei sehr juristisch ausdrückst, wird sie sicher keinen Verdacht schöpfen.“

Er nickte und rieb sich den Schlaf aus den Augen. „Okay. Was dann?"

„Bring sie dazu, dich hereinzubitten. Nach kurzer Zeit entschuldigst du dich und fragst, ob du die Toilette benutzen darfst. Dann schau dich um, ob du ihn findest."

„Das ist ein guter Plan, aber ..." Er seufzte und streckte die Beine von sich, dann wandte er sich mir wieder zu. „Glaubst du nicht, dass es verdächtig wäre, schon vor sechs Uhr morgens bei ihr aufzukreuzen?"

„Ja, stimmt." Was sagte Grandma immer? Eile mit Weile. Aber Warten gehörte nicht zu meinen Stärken.

Charles schien das nicht zu stören. Er lächelte zu mir herüber und fragte: „Wie wäre es, wenn wir erst etwas frühstücken und dann zu einer vernünftigeren Zeit zurückkommen, damit sie uns unsere Geschichte abkauft?"

„Das wäre wahrscheinlich besser", stimmte ich zu.

Sein Gesicht erhellte sich, und er deutete auf ein großes, beleuchtetes Schild am Ende der Straße. „Da ist ein Diner. Komm schon. Wir genehmigen uns ein paar Spiegeleier mit Speck. Die gehen auf mich."

Ich nickte und bog auf den Parkplatz ein. Ach, hätten wir das bloß etwas besser getimt, aber wenigstens kamen wir irgendwie voran.

Charles hielt mir die Tür auf, was ja an sich keine große Sache war, doch es fühlte sich großartig an. „Ladies first", sagte er.

Und ich lief rot an.

Ich und meine verflixte Verliebtheit.

18

Wir frühstückten in Ruhe, jedoch konnte ich es nicht recht genießen, weil mich diese ganzen unausgesprochenen Dinge plagten. Gegen halb acht reichte Charles der Kellnerin seine Kreditkarte und fragte mich, ob ich bereit sei, zu Anne zu fahren.

Oh, und wie ich dafür bereit war.

„Danke für die Einladung", murmelte ich schüchtern. „Das hat gutgetan."

Er legte mir einen Arm um die Schultern, und wir bewegten uns in Richtung Ausgang. „Nichts zu danken. Wir sind doch Freunde."

Freunde. Ach so, ja.

„Was denkst du, wie Octocat reagieren wird, wenn wir ihn finden?" Ich wechselte bewusst das Thema, um den Fokus wieder auf den eigentlichen Grund unseres Ausflugs zu lenken.

Er lächelte und riss die Augen auf. „Ich wette, er wird sehr dankbar sein, dich vermutlich abschlecken und sich kraulen lassen."

Ich kicherte, als er mir wieder die Tür aufhielt. „Die Wette nehme ich an, denn ich bin mir ziemlich sicher, dass er zuerst eine ordentliche Mahlzeit verlangen und uns dann anmotzen wird, dass wir so lange gebraucht haben, ihn zu finden."

„Ach, Quatsch!" Charles lachte. „Natürlich wird er sich freuen. Warum sollte er sich beschweren? Wir haben uns doch für ihn auf den Kopf gestellt."

„Erst schlag ein", beharrte ich, ohne Blickkontakt mit ihm aufzunehmen, während wir den Parkplatz überquerten. „Zwanzig Mäuse?"

„Einverstanden." Er rutschte hinter das Lenkrad, und ich nahm auf dem Beifahrersitz Platz. „Jetzt erklär mir das, Russo."

„Sagen wir einfach, dass ich die Einzige bin, die ihn wirklich versteht, und na ja – oft übersetze ich dir und Grandma nicht alles, was er so von sich gibt." Bei dem Gedanken musste ich lächeln und merkte, wie sehr ich Octocat und alles an ihm vermisste.

„Moment mal!" Charles lehnte sich zu mir herüber. „Hat er etwa die ganze Zeit fiese Sachen über mich gesagt? Und ich hatte keinen Schimmer?"

Wieder lachte ich auf und fühlte mich ein bisschen leichter, fast so, als wäre Octocat jetzt hier bei uns. „Nicht die ganze Zeit, aber er nennt dich mitunter Kotzbrocken."

„Was für eine Frechheit!", rief Charles entrüstet. „Wenn wir ihn sicher nach Hause gebracht haben, werde ich mir auch einen gemeinen Spitznamen für ihn ausdenken."

„Mach das", gluckste ich belustigt.

Oh, ich konnte es kaum erwarten, wie sich das entwickeln würde.

Wir erreichten Annes Bungalow etwa fünf Minuten später. Es war immer noch früh, aber einige der Kinder aus der Nachbarschaft tummelten sich bereits an der nahen Bushaltestelle.

„Ich warte hier. Geh du vor." Ich gab Charles einen kleinen Schubs und sah zu, wie er selbstbewusst die Stufen der Veranda zu Annes Haustür erklomm, die Aktentasche unter dem Arm. Trotz seines übernächtigten Gesichts mit dunklen Schatten unter den Augen sah er aus wie ein Anwalt in offizieller Mission.

Hoffentlich würde Anne es ihm auch abkaufen.

Er läutete an der Tür und wartete.

Als nichts geschah, drückte er erneut auf den Klingelknopf.

„Vielleicht ist sie kaputt", schrieb ich ihm aufs Handy. Ich wollte nicht rufen, nur für den Fall, dass Anne sich an mich erinnerte. Womöglich würde sie sich dann verstecken. „Versuch zu klopfen."

Er klopfte mehrmals, aber niemand kam. Falls Anne sich im Haus befand, weigerte sie sich eindeutig, die Tür zu öffnen.

Ich kletterte aus dem Auto und marschierte zu Charles hinüber. „Machen Sie auf, Anne Fulton!", rief ich gegen die hölzerne Tür. „Wir wissen, dass Sie da drin sind!"

„Ähm, Entschuldigung", ertönte eine Frauenstimme von nebenan. „Suchen Sie nach Anne?"

Anscheinend war ich hier nicht die Einzige mit herausragenden kombinatorischen Fähigkeiten. Wir gingen zu der Frau hinüber, die im Vorgarten des Nachbarhauses stand.

„Ja“, sagte Charles und nickte zur Begrüßung. „Wir sind von der Kanzlei, die den Nachlass ihrer verstorbenen Tante verwaltet, und haben einige sehr wichtige Neuigkeiten mit ihr zu besprechen.“

Die Frau runzelte die Stirn und schüttelte den Kopf. „Tut mir leid, Sie haben sie gerade verpasst. Also nein, sie ist schon seit ein paar Tage weg, im Urlaub. Ich habe ihre Post aus dem Briefkasten genommen und ihre Blumenbeete gegossen. Kann ich ihr etwas ausrichten?“

„Danke, aber das ist schon in Ordnung“, antwortete ich und zwang mich zu einem Lächeln. Die Nachbarin konnte ja nichts dafür, dass Anne wie vom Erdboden verschluckt war. Dank ihr war es uns jetzt allerdings nicht mehr möglich, uns weiter am Haus umsehen. Zu blöd.

„Wissen Sie, wann genau sie weggefahren ist?“, fragte mein schlauer Freund.

„Am Dienstagmorgen in aller Frühe.“

„Vielen Dank. Sie haben uns sehr geholfen“, sagte er und nickte ihr erneut zu, um sich zu verabschieden.

Ich folgte ihm zum Auto. Wir sprachen erst wieder, nachdem uns die Nachbarin ein letztes Mal zugewinkt und sich zurück zu ihrem Haus begeben hatte.

„Zeitlich passt das alles perfekt zusammen“, sagte er. Seine Hände zitterten vor Aufregung. „Anne ist weg aus Boston, um

Octocat zu entführen, und wahrscheinlich ist er seitdem bei ihr."

„Glaubst du, sie treibt sich irgendwo in Blueberry Bay herum?"

„Ruf Grandma an. Sie wird wissen, was wir jetzt tun sollen. Den Rest können wir auf dem Heimweg besprechen."

Wie erwartet nahm Großmutter beim ersten Klingeln ab und hatte sofort einen Plan parat, nachdem ich sie über die Geschehnisse in Boston informiert hatte. „Wenn diese elende Frau sich hier in der Nähe aufhält, werde ich sie finden. Ich habe das perfekte Kostüm für diese Rolle."

„Welche Rolle?", fragte ich.

„Natürlich die der gutmütigen, aber vergesslichen alten Tante, die niemand verdächtigt. Man wird mir sicher sofort ihre Zimmernummer mitteilen, und wenn ich sie habe, werde ich ..."

„Du wirst auf Charles und mich warten!", unterbrach ich sie. „Versprich mir das, bitte."

„Okay. Ich werde sie aufspüren und dann die Lage überwachen, bis das B-Team eintrifft."

„Also sind wir jetzt das B-Team?", kicherte ich.

„Wir können nicht alle das A-Team sein, Schatz. Und jetzt gebt Gas, damit wir die alte Hexe überrumpeln und uns zurückholen können, was uns gehört."

Nachdem ich aufgelegt hatte, wandte ich mich mit einem breiten Grinsen an Charles und fragte: „Wie schnell kannst du uns zurückbringen?"

Er drückte noch mehr aufs Gaspedal, und wir sausten los.

* * *

Ich war zuversichtlich, dass wir Octocat vor Tagesende finden würden, aber einige Dinge gaben mir weiter Rätsel auf. Angenommen Anne hatte sich die ganze Zeit in Glendale aufgehalten, warum hatte sie dann Breanne angeheuert, um ihre Drohbriefe zu überbringen? Und warum veranstaltete sie diesen ganzen Zirkus gerade jetzt, wo das Schiedsgerichtsverfahren doch bereits für morgen angesetzt war?

Charles hatte auch keine plausible Erklärung dafür, sodass wir nur hoffen konnten, Anne nachher auf frischer Tat zu ertappen und ein Geständnis von ihr zu bekommen. Allerdings mussten wir uns bis dahin noch eine Weile gedulden und uns durch den Verkehr nach Hause kämpfen.

Wir waren noch ein paar Stunden von Glendale entfernt, als Großmutter anrief. Ich stellte das Telefon auf laut, damit Charles mithören konnte.

„Der Adler ist gelandet!", rief sie ins Telefon. „Ich wiederhole, der Adler ist gelandet!"

„Heißt das, du hast Anne gefunden?", rief ich. Hoffnung stieg in mir auf wie ein glänzender Heliumballon, der zur Decke schwebte.

Grandma kicherte. „Selbstverständlich haben wir sie gefunden. Wir sind ja schließlich das A-Team."

Ich stieß einen lauten, erleichterten Seufzer aus. Wir standen kurz davor, unser Katerchen zurückzubekommen. Dennoch war mir die Sache noch nicht ganz klar, also hakte ich nach: „Mega!

Aber zwei Fragen habe ich trotzdem: Wo bist du, und wer gehört zu deinem A-Team?“

„Ähm, Sekunde mal, Liebes.“ Nans Trainingshose raschelte im Hintergrund, und einen Moment später erklärte sie mir: „Sorry, ich wollte dir das lieber ohne Zuhörer sagen. Ich bin mit Cal und seiner Schwester hier.“

„Breanne ist bei dir?“, rief ich aus, starr vor Entsetzen. „Warum?“

„Entspann dich. Ich weiß, du hasst sie, aber sie ist diejenige, die Annes Aufenthaltsort herausgefunden und uns direkt dorthin geführt hat.“

Charles warf mir einen panischen Blick zu, und ich zog eine Grimasse, wobei ich mir Daumen und Zeigefinger wie eine Pistole an den Kopf hielt.

„Hast du was zum Schreiben für die Adresse?“, fragte Grandma. Offenbar wollte sie in diesem Moment weder über Breanne noch über Anne sprechen.

Recht hatte sie. Schluss mit langen Reden. Es war Zeit zu handeln.

Ich notierte mir die Anschrift und bat Großmutter, mir diese auch noch einmal aufs Handy zu schicken. Anscheinend hatte sich Anne ein Zimmer in einem Motel in der nahe gelegenen Stadt Cooper Cove genommen. Wir würden in weniger als zwei Stunden dort sein.

„Ich hoffe, du hältst die zwanzig Mäuse schon bereit?“, neckte ich Charles. Bald würde ich unsere kleine Wette gewinnen, aber viel wichtiger war, dass ich bald meinen Kater zurückhaben und endlich erfahren würde, warum er überhaupt entführt worden war.

Wir hatten es fast geschafft.

Anne, wir kommen, und du hast keine Chance …

Ich würde meine kleine Samtpfote verteidigen wie eine Katzenmama ihre Babys.

19

Charles und ich erreichten das schäbige Motel in Cooper Cove in Rekordzeit. Als wir ankamen, warteten Großmutter und die Calhoun-Zwillinge schon auf dem Parkplatz. Grandma saß mit Cal in ihrem Sportcoupé, während Breanne ein Stück weiter auf dem Fahrersitz ihres Luxus-SUV einen riesigen Stapel Papiere durchblätterte.

Bei unserem Eintreffen sprangen alle sofort aus ihren Autos und eilten zu uns herüber.

Cal nahm mich fest in den Arm. „Willkommen zurück“, sagte er mit einem charmanten Grinsen.

Breanne versuchte, Charles zu umarmen, aber er wehrte sie ab.

„Los geht's!“, stieß Grandma hervor, und schon führte sie unsere Truppe die enge Außentreppe hinauf, zum Motelzimmer Nummer sechsundzwanzig.

Und wir folgten ihr alle wie gehorsame kleine Entlein.

Das Zimmer war das dritte auf der rechten Seite. Charles drängte sich nach vorne und klopfte an die Tür. „Machen Sie auf“, rief er mit einer viel tieferen Stimme als sonst. Vielleicht, um einschüchternder zu klingen. Sehr gut. So würde sie hoffentlich freiwillig öffnen.

„Seid ihr sicher, dass Anne überhaupt da drin ist?“, fragte ich frustriert. Es kam mir wie ein Déjà-vu vor. Was, wenn das wieder ein Reinfall wie in Boston werden würde?

„Anne? Nein“, antwortete Grandma mit festem, entschlossenem Blick. „Der Entführer? Ja.“

„Wie jetzt ...?“ Meine Stimme zitterte in diesem Augenblick genauso heftig wie meine Hände.

Auch Charles wirkte völlig verwirrt, und Cal erklärte uns die Situation. „Also, hört mal zu. Das Ganze war so: Breanne hatte ein schlechtes Gewissen, weil sie sich in diese Sache hat reinziehen lassen. Deshalb war sie einverstanden, uns zu helfen.“

„Das stimmt. Ich wollte euch helfen. *Das will ich.*“ Sie legte eine Hand auf Charles’ Arm, der sich ihr jedoch ruckartig entzog.

„Ich würde das lieber von deinem Bruder hören“, brummte er, ohne seine frischgebackene Ex auch nur eines Blickes zu würdigen.

Cal wartete, bis ich nickte und fuhr dann fort. „Nun, ähm, Bree hat eine E-Mail an den Verfasser der Drohbriefe geschrieben, da sie mit ihm nur auf diesem Weg Kontakt hatte. Sie meinte, im Grunde sei der Plan des Erpressers aufgegangen, weil du bereit wärst, das Haus aufzugeben.“ Der arme Kerl wirkte total nervös. Es schien ihm gar nicht zu behagen, der Mittelsmann in dieser Angelegenheit zu sein, und ich konnte es ihm nicht verübeln.

Als er weiter herumdruckste, ergriff Breanne das Wort. „Ich teilte diesem Jemand mit, dass ich die vorläufigen Dokumente habe und dass wir uns persönlich treffen müssten, um mit der nächsten Phase des Plans zu beginnen. Etwa eine Stunde später erhielt ich diese Adresse und die Zimmernummer."

„Wart ihr schon drinnen?", fragte ich und blickte zurück in Richtung der Tür.

„Nein, wir haben auf euch gewartet", antwortete Großmutter. „Ohne euch hätten wir den Fall nicht gelöst."

„Ja, leider warten wir nun schon eine halbe Ewigkeit hier", meckerte Breanne und sah mich feindselig an, nachdem Charles ihr klar zu verstehen gegeben hatte, dass er nichts mehr mit ihr zu tun haben wollte. „Können wir das also bitte endlich hinter uns bringen? Ich habe heute noch andere Dinge zu tun."

„Etwa noch mehr Drohbriefe ausliefern?", spöttelte Grandma und lachte über ihren eigenen Witz.

Ich konnte nicht widerstehen, ihr ein High Five dafür zu geben, auch wenn es wohl ein wenig kindisch wirkte.

Breanne sah uns beide finster an, und mir wurde wieder bewusst, dass wir nicht zum Spaß hier waren.

„Sie reagiert nicht", murmelte ich, starrte auf die billige Moteltür und wünschte mir, ich hätte Röntgenaugen. „Warum macht sie nicht auf?"

Grandma räusperte sich und hielt einen Zeigefinger hoch. „Zimmerservice!“, rief sie fröhlich und klopfte beschwingt an.

Nichts rührte sich, aber die Tür zum Nebenzimmer öffnete sich einen Spalt und ein Mann mittleren Alters lugte heraus. „Zimmerservice?“, fragte er mit einem verwirrten Gesichtsausdruck.

„Die sind gerade in ein anderes Zimmer gegangen. Sieht so aus, als hätten Sie noch ein bisschen Zeit, um sich fein zu machen“, zwitscherte Großmutter mit einem koketten Augenzwinkern.

„Moment mal bitte“, rief ich, kurz bevor die Tür des Mannes zufiel.

Er drückte sie ein kleines Stück auf und starrte mich interessiert an.

„Haben Sie zufällig die Frau gesehen, die in diesem Zimmer übernachtet hat? Wir wollten uns heute treffen, aber sie scheint nicht da zu sein.“

Er schüttelte den Kopf. „Nein, tut mir leid. Ich bin erst gestern Abend angekommen.“

Klick. Die Tür fiel ins Schloss.

„O Mann, das ist ja lächerlich“, stöhnte Breanne. „Komm schon, Cal.“ Sie packte seinen Arm und zog ihn mit sich. „Wir gehen zur Rezeption und fragen nach. Ihr anderen könnt hierbleiben.“

Grandma, Charles und ich warteten schweigend. Was gab es da noch zu sagen? Octocat könnte sich in dem Zimmer befinden oder auch nicht. Es war wie bei Schrödingers Katze, nur hoffentlich ohne Kiste und ohne tote Katze.

Zum Glück dauerte es nur fünf Minuten, bis die Zwillinge zurückkamen.

„Der- oder diejenige hat bereits ausgecheckt", informierte uns Cal mit einem enttäuschten Kopfschütteln. „Und wir waren so nah dran. Tut mir leid, Angie."

Großmutter klopfte ihm auf den Bizeps. „Das ist schon okay, mein Lieber. Haben sie euch einen Namen genannt?"

„Nein, sie meinten, das dürften sie nicht", zischte Breanne. „Aus Datenschutzgründen."

Tränen der Wut brannten in meinen Augen, und meine Kehle war wie zugeschnürt. „Was jetzt?", brüllte ich die verschlossene Tür an.

Charles und Grandma legten beide einen Arm um mich, woraufhin Breanne auf ihren unglaublich hohen Absätzen kehrtmachte. „Gut, das war's dann hier", rief sie, bevor sie winkend davonstöckelte. „Haltet mich auf dem Laufenden. Oder lasst es bleiben. Wie auch immer."

„Was für eine Tussi, die da. Du weißt ja, dass ich sie noch nie leiden konnte", teilte uns eine leise, hochmütige Stimme von unten mit.

„Nicht jetzt, Octocat", murmelte ich. „Wir müssen uns überlegen, was wir als Nächstes tun."

Warte ... War das ...? *Oh!*

Ich wirbelte herum und trat so schwungvoll an das Geländer des Außenflurs, dass ich beinahe hinuntergestürzt wäre.

„Pass auf!“, rief Charles, schlang seine Arme um meine Taille. Er hatte mich gerade noch rechtzeitig aufgefangen.

In dem Moment realisierte ich jedoch nicht, dass mein Schwarm mich womöglich vor einem bösen Sturz bewahrt hatte. Mich interessierte allein die braun-schwarz-gestreifte Gestalt, die ich verschwommen in dem kleinen Hof unten sitzen sah und die mich irritiert betrachtete.

„Also weißt du ...“, sagte Octocat betont langsam, damit ich es nur ja verstand. „Ich war drei ganze Tage weg von zu Hause. Drei ganze Tage, an denen ich Leitungswasser trinken und Billig-Katzenfutter hinunterwürgen musste. *Drei Tage* ohne mein iPad und ohne meine Katzenklappe. Weißt du, wie sehr ich gelitten habe? Ehrlich, Angela, warum hat das so lange gedauert, wo hast du gesteckt?“

Ich verschluckte mich vor lauter Schluchzen und stieß Charles mit dem Ellbogen an. „Du schuldest mir zwanzig Dollar“, japste ich und streckte die Hand aus.

„Bringt ihr mich jetzt endlich nach Hause?“, forderte Octocat uns auf. „Ich setze keine Pfote mehr auf diesen dreckigen Boden, und für diese Woche hatte ich mehr als genug Abenteuer, vielen Dank.“

Ich wischte mir die Nase mit dem Handrücken ab und rannte die Treppe hinunter. Bei meinem Kater angekommen, hob ich ihn hoch und drückte ihn an meine Brust.

„Ekelhaft!“, protestierte er. „Ich habe gerade meine Mittags-wäsche beendet, und jetzt wischst du deine Keime an mir ab. Lass mich runter, du dreckiger Mensch. Lass mich sofort runter.“

Ich setzte ihn zurück aufs Gras und lachte schallend. Es war mir egal, wie verrückt das für andere aussehen musste. Das war einer der besten Tage meines Lebens. Ich hatte Octocat wieder, und er war ganz der Alte – auch wenn *er* behauptete, man hätte ihm etwas angetan. Allerdings fragte ich mich …

„Wie kommst du hierher, ganz allein? Wo ist die Person, die dich entführt hat?" Ich starrte in seine funkelnden, bernsteinfarbenen Augen.

Mein Kater sprang auf eine nahe gelegene Bank und reckte theatralisch eine Pfote in die Höhe. Was auch immer er zu erzählen hatte, es würde eine dramatische und gleichermaßen unterhaltsame Story werden, in der er natürlich die Hauptrolle spielte. Hach, es war so schön, ihn wiederzuhaben.

Er lächelte und begann mit seinem erschütternden Bericht. „Also, vor ein paar Stunden ist sie überstürzt abgereist. Sie wollte mich mitnehmen, aber ich hatte noch ein Ass im Ärmel …"

Er fuhr unvermittelt die Krallen aus, was in der Tat ziemlich bedrohlich wirkte.

„Sagen wir mal so, ich habe den Kampf gewonnen." Er lachte auf seine typische Art, als wäre er ein Mafiaboss.

„Du sprachst von einer *Sie.* Weißt du, wer dich entführt hat? War es eine Frau?"

Er zuckte mit seinen schmächtigen Schultern. „Es war definitiv eine Person, die ich schon einmal gesehen habe. Ich bin mir relativ sicher, dass es eine von Ethels Verwandten war, und ich bin mir zu mindestens sechzig Prozent sicher, dass es eine Frau war."

Ich kraulte ihn zwischen den Ohren. „Gute Arbeit." Es fiel ihm nach wie vor schwer, Menschen zu unterscheiden, aber er wurde langsam besser darin. Und er war wieder da, wo er hingehörte – bei mir.

„Ähm, Angie?", hörte ich Charles sagen. Er näherte sich mit Grandma und Cal im Schlepptau. „Wir könnten es noch zu dem Gerichtstermin schaffen, wenn du willst ..."

„Nichts wie los!", rief ich.

Jetzt, wo ich meinen besten Fellfreund endlich wieder an meiner Seite hatte, würde ich auf keinen Fall zulassen, dass ihm noch einmal irgendwer etwas antat. Wir waren wieder vereint, und so sollte bleiben.

20

„Ich erhebe Einspruch!“, rief Grandma unvermittelt, als unser Fünfergrüppchen etwa zwanzig Minuten später in das Bezirksgericht stürmte.

Eine Justizbeamtin mit Dauerwellen winkte uns hinter einer dicken Plexiglasscheibe zu sich herüber. „Hallo, zusammen. Wogegen wollen Sie denn Einspruch erheben?“

Charles schob sich vor meine Großmutter. „Hallo. Wir sind wegen der Anhörung zum Nachlass von Ethel Fulton hier.“

Die Frau nickte und lächelte uns alle weiterhin strahlend an. „Oh, dafür sind schon viele Leute gekommen. Raum B-2. Sie kommen auf die Minute. Viel Erfolg.“

Bevor wir sie aufhalten konnten, spurtete meine Großmutter den Flur entlang und riss die Tür zu Raum B-2 auf. „Ich erhebe Einspruch!“, verkündete sie.

Der Rest von uns rannte ihr hinterher und tauchte eine Sekunde später auf.

„Longfellow!", rief jemand vorne im Raum aus und musterte Charles mit strenger Miene. „Halten Sie Ihre Klientin im Zaum, und zwar sofort."

Wir nahmen im hinteren Teil des Saals Platz und vermieden es bewusst, einen der anderen Erben direkt anzusehen. Verstohlen ließ ich den Blick durch die Reihen schweifen und stellte fest, dass sich Anne nicht unter den Anwesenden befand.

Verdammt! Ich hatte so gehofft, einen konkreten Beweis zu erhalten, dass sie hinter allem steckte, und ich wollte ihr klarmachen, dass ich ihn Zukunft vor nichts zurückschrecken würde, um meine Katze vor ihr zu schützen.

„Na schön, fangen wir an", ergriff der leitende Richter das Wort. „Uns liegen mehrere Anfechtungen des Testaments von Ethel Fulton vor, insbesondere in Bezug auf Octavius Fulton. Ist er heute hier?"

„Ja, Euer Ehren." Ich erhob mich mit meinem vierbeinigen Freund auf dem Arm, nicht sicher, wie man einen Richter korrekt anzureden hatte. Das hier war schließlich eine Premiere für mich.

„Lassen Sie mich raten. Octavius ist die Katze, nicht wahr?", fragte der Mann mit einem gelangweilten Ausdruck.

„Ja, aber Ethel liebte ihn wie einen Sohn und wollte sicherstellen, dass er immer so versorgt wird, wie er es bei ihr seit jeher gewohnt war", erklärte Charles.

„Aha, ja das dachte ich mir.“ Der Schiedsrichter blätterte in der Kopie des Testaments, die vor ihm lag, und drehte den Hals zur Seite, sodass es knackte. Nach ein paar Minuten blickte er mit einem dünnen Lächeln wieder zu uns auf. „Es gibt Präzedenzfälle für solche Sachlagen. Ethel Fulton hätte meinetwegen den ganzen Staat Maine ihrer Katze vermachen können. Es ist nicht Aufgabe des Gerichts, das infrage zu stellen. Also, warum sind wir hier?“

„Das Haus“, keuchte eine raue Stimme aus der Nähe der Tür.

Alle drehten sich um, und mir wäre beinahe etwas hochgekommen, als ich sah, wer dort stand.

Anne Fulton wirkte genauso altbacken, wie ich sie in Erinnerung hatte, nur ihr graues Haar trug sie jetzt kurz. Am Arm hatte sie einen Verband, der mit frischem Blut durchtränkt war.

„Ist das dein Werk?“, flüsterte ich Octocat zu.

„Darauf kannst du wetten“, antwortete er stolz. Dann verengte er seinen Blick und stieß ein beeindruckendes Fauchen in ihre Richtung aus.

„Das Haus ist nicht ausdrücklich im Testament erwähnt“, erwiderte der Schiedsrichter.

„Das mag sein ...“, meinte Anne. Sie ging nach vorne, wobei sie möglichst viel Abstand zu uns hielt. „Aber irgendwie hat es die Katze trotzdem geschafft, es zu erben.“

„Eigentlich gehört das Haus mir“, warf ich ein.

„Und mir“, ergänzte Großmutter.

„Meine Klienten haben das Haus auf dem freien Markt erworben. Ihre Verbindungen zum Nachlass von Ethel Fulton sind diesbezüglich irrelevant", fügte Charles hinzu. Das saß. *Mein Held.*

„Dem stimme ich zu", sagte der Richter. „Gibt es darüber hinaus irgendwelche Beanstandungen?"

Niemand meldete sich zu Wort, nur Grandma grinste süffisant von einem Ohr zum anderen. Octocat war auf ihren Schoß gesprungen, und sie verwöhnte ihn mit behutsamen Streicheleinheiten – genau so, wie er es gerne mochte.

„Dann gelten die Bestimmungen des Testaments ohne Einschränkung", verkündete der Schiedsrichter. Ich erwartete einen Hammerschlag, aber es tat sich nichts dergleichen. Na gut.

Wir blieben sitzen, bis die Fultons das Feld geräumt hatten. Ich war heilfroh, dass dieses Verfahren nun endlich ausgestanden war, bedauerte jedoch, dass mein ehemaliger Chef, Richard Fulton, die lange Reise von Florida hierher offensichtlich nicht hatte antreten können.

Nur Anne hatte den Raum noch nicht verlassen.

„Ich weiß, dass Sie es waren", zischte ich.

Octocat unterstützte mich ebenfalls mit einem Fauchen.

„Warum haben Sie meinen Kater entführt?", fuhr ich sie an und hielt mich an einem Stuhl fest, um nicht direkt auf sie loszugehen.

Anne sah nicht einmal schuldbewusst aus. „Das ist der Kater meiner Tante Ethel. Er hätte in der Familie bleiben sollen, nachdem sie uns verlassen hatte."

„Er oder sein Treuhandfonds?", schoss Grandma zurück.

„Denn der offenen Wunde an Ihrem Arm nach zu urteilen, will unser lieber Octavius nichts mit Ihresgleichen zu tun haben."

„Sie haben nichts in der Hand", geiferte sie. „Und Sie können auch nichts tun. Ich habe mich nur ein paar Tage um ihn gekümmert. Es ist ja nicht so, als hätte ich einen Mord begangen."

„Sie bewegen sich auf sehr dünnem Eis", rief Großmutter, während Octocat von ihrem Schoß sprang und wie ein Kampfhahn zu der Intrigantin hinüberstolzierte.

„Ich werde das Haus bekommen", murmelte Anne, umfasste dann ihren verletzten Arm und flüchtete durch die Tür, als Octocat zu einem weiteren Schlag gegen sie ausholen wollte.

Grandma und ich tauschten einen kurzen Blick aus, dann hakte sie sich bei Cal unter und meinte: „Komm, mein Lieber. Ich möchte der netten Dame danken, die uns bei unserer Ankunft geholfen hat."

Und schon waren sie raus und ließen Charles, Octocat und mich allein in dem Raum zurück.

Seufzend lehnte ich meinen Kopf an Charles' Schulter.

„Ich bin echt froh, dass du ihn zurückbekommen hast", sagte er.

„Ich auch."

„Gehen wir jetzt nach Hause?", maulte Octocat, der bereits an der Tür auf uns wartete. „Ich brauche unbedingt etwas Evian."

„Ja, gleich", versicherte ich ihm mit einem erschöpften Seufzer.

Charles schüttelte den Kopf. „Beschwert er sich etwa schon wieder?"

„Ja“, antwortete ich kichernd und setzte mich auf.

Mein Traummann drehte sich auf seinem Stuhl zu mir um und sah mir direkt in die Augen. „Jetzt, wo er wieder da ist, möchte ich dir etwas sagen. Ich will dir das eigentlich schon seit einer ganzen Weile sagen.“

Ich schluckte schwer, und mein Herz raste plötzlich. Er wollte mir etwas mitteilen.

Bedeutete das ...?

Wollte er endlich ...?

Würden wir ...?

Er legte mir seine Hände links und rechts auf die Schultern und versuchte, sein Lächeln zu unterdrücken, das immer breiter zu werden schien. „Versteh das bitte nicht falsch, aber ...“

„Ja?“, fragte ich und schloss lasziv die Augen, um ihm zu signalisieren, dass ich bereit für einen Kuss war. Verdammt, ich hätte ihn sogar vom Fleck weg geheiratet. Am richtigen Ort dafür befanden wir uns ja schon – das Standesamt lag im selben Gebäude. *Ja, ja, ja, ich will!*

„Angie“, sagte er leise und wartete, bis ich meine Augen wieder öffnete. „Du bist gefeuert.“

Mit einem Mal lösten sich all meine Hoffnungen in Luft auf. Er sollte mich küssen, nicht feuern!

Charles drückte seine Stirn an meine, und sein warmer Atem streifte mein Gesicht. „Ich sagte, dass du es nicht falsch verstehen sollst. Ich tue dir einen Gefallen damit. Im Grunde tue ich uns beiden einen Gefallen.“

„Verstehe ich nicht“, murmelte ich und wünschte, mir wäre in diesem Moment etwas Intelligenteres eingefallen.

„Ich weiß schon seit Wochen, dass du aufhören willst, oder vielleicht auch schon seit ein paar Monaten. Was hält dich davon ab?“

„Ich wollte dich nicht im Stich lassen“, gab ich zu.

Er strich mir eine lose Strähne meines hellbraunen Haars hinters Ohr. „Du würdest mich nie im Stich lassen, das weiß ich, und ich will nicht, dass du wegen mir deine Träume auf Eis legst.“

Er war mir so unfassbar nah, dass es mir schwerfiel, mich zu konzentrieren. Was passierte hier? Und sollte ich mich darüber freuen oder nicht?

„Du bist eine großartige Privatdetektivin, und es wird Zeit, dass du dich selbstständig machst. Das kannst du nicht, wenn du weiterhin die Hälfte deiner Zeit in der Kanzlei verbringst, also ... Du bist hiermit entlassen.“

„Danke?“ Eine passendere Antwort fiel mir leider nicht ein. Im Gegensatz zu dem vorausgegangenen Gerichtsverfahren gab es für das hier keine Präzedenzfälle. Das, was gerade zwischen mir und Charles geschah, fühlte sich völlig neu an.

Er lachte leise. „Nichts zu danken. Ich tue das auch aus eigennützigen Gründen.“

„Oh?“, hauchte ich und sah ihn fragend an. Ihn so nah zu spüren, machte mich immer noch ganz wuschig, und ich wollte immer noch diesen Kuss.

„Ja, denn als ich noch dein Chef war, konnte ich dich nicht …"

Ich holte tief Luft, doch bevor ich ausatmen konnte, berührten seine Lippen die meinen. O mein Gott, wir küssten uns!

Und es war so, wie ich es mir immer erträumt hatte.

„Menschen sind eklig", beschwerte sich Octocat und strich mir mit der Pfote über den Arm – zum Glück sehr sanft und ohne Krallen, nicht wie bei der Nummer mit Anne.

Mein Ex-Chef lehnte sich lachend zurück. „Lass mich raten, das hat ihm nicht gefallen."

„Jep", bestätigte ich seine Vermutung. „Aber nicht, weil er eifersüchtig ist, sondern weil er es eklig findet."

Charles verdrehte die Augen, doch ein glückliches Strahlen lag auf seinem Gesicht. „Wie dem auch sei, Octocat. Ich weiß, dass du mich hinter meinem Rücken Kotzbrocken nennst."

„Jungs, Jungs!", rief ich. Die Szene brachte mich so sehr zum Lächeln, dass es in den Mundwinkeln zog. „Ihr müsst bitte einen Weg finden, miteinander klarzukommen."

Als ich aufstand, ergriff Charles sofort meine Hand, unsere Finger verschränkten sich, und gemeinsam setzten wir uns in Bewegung. Octocat blieb nichts anderes übrig, als hinter uns herzutrotten.

„Ich kann nicht glauben, dass du dich auf diese unnötige Romanze konzentrierst, wo du dich eigentlich darum kümmern solltest, mir so schnell wie möglich Evian zu besorgen", brummte mein Kater, mürrisch wie eh und je.

Ich nahm ihn hoch, klemmte ihn mir unter den freien Arm, und so verließen wir das Gerichtsgebäude. „Wenn wir nach Hause kommen, möchte ich dir jemand ganz Besonderes vorstellen.“

„O nein, warum? Ich bin so müde“, jammerte er.

„Er ist der Präsident deines Fanclubs“, verriet ich ihm und stellte mir vor, wie wahnsinnig glücklich Pringle sein würde, sein Idol zu treffen.

„Kann ich der Präsident deines Fanklubs sein?“, fragte mich Charles und drückte meine Hand.

Ich tat so, als würde ich einen Moment lang darüber nachdenken. „Ich brauche nicht wirklich einen Fanclub, aber du kannst mein Freund sein. Das heißt, wenn du …“

Charles blieb stehen, zog mich an sich und küsste mich erneut.

Anscheinend war er einverstanden.

DAS CHIHUAHUA-KOMPLOTT

Meine verrückte alte Großmutter liebt es, ihre Entscheidungen aus dem Bauch heraus zu treffen. Letzte Woche hat sie mit dem Flamenco-Tanzen angefangen. Diese Woche hat sie einen Chihuahua namens Paisley adoptiert, der nichts als Ärger macht. Eigentlich ja weiter kein Problem, wenn da nicht unser launischer Kater wäre …

Mann, ich hätte nie gedacht, dass ich Octocats Stimme einmal vermissen würde, aber sein stiller Protest wird immer unerträglicher, vor allem, weil wir eigentlich gerade dabei sind, eine Privatdetektei in unser beider Namen zu eröffnet.

. . .

Als Grandma und ich herausfinden, dass jemand Gelder des örtlichen Tierheims veruntreut, spitzt sich die Lage noch weiter zu. Wenn wir den Schuldigen nicht bald aufspüren, können sie dichtmachen, und die armen, heimatlosen Geschöpfe verlieren auch noch diese Zuflucht.

Okay, ich muss also nur noch den Bösewicht finden und die Tiere retten – und es nebenbei auch noch irgendwie schaffen, dass Octocat und Paisley ihre Differenzen beilegen und als Team zusammenarbeiten. Eine Kleinigkeit ... aber wünscht mir besser viel Glück ...

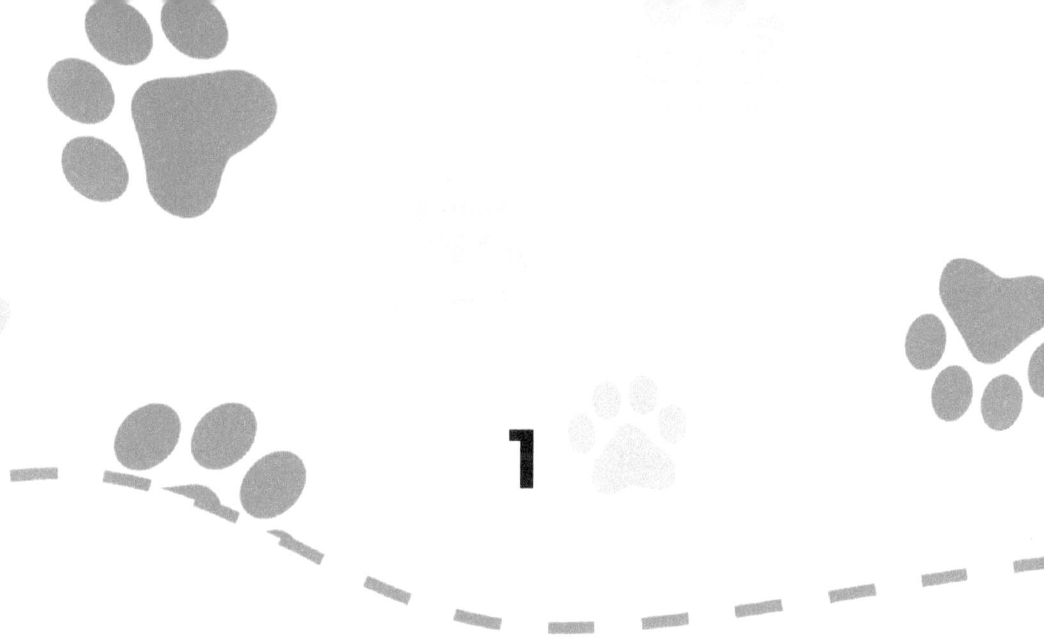

1

Hi, ich bin Angie Russo, und das letzte Jahr glich einer wilden Achterbahnfahrt. Ja, es sind jetzt genau zwölf Monate, seit sich mein ganzes Leben zum Besseren gewendet hat.

Sicher, ich bin in dieser Zeit vielen gefährlichen Gestalten begegnet – Mördern, Entführern, Fieslingen … von allem war etwas dabei. Doch ich hätte keine Sekunde davon missen wollen.

Aber mal der Reihe nach … Alles fing mit meinem früheren Job als Anwaltsgehilfin an.

Eine reiche alte Dame war gerade dahingeschieden, und ihre Erben hatten sich zur offiziellen Testamentseröffnung in unserem Büro eingefunden. Ich wurde angewiesen, Kaffee zu kochen, und das war das letzte Mal, dass ich ein solch gefährliches Unterfangen wagte.

Ich bekam nämlich einen Stromschlag ab und wurde

bewusstlos. Nachdem ich wieder zu mir gekommen war, hatte ich zum einen furchtbare Angst vor Kaffeemaschinen – oh, und besaß außerdem plötzlich die Fähigkeit, mit Tieren zu sprechen. Zuerst konnte ich mich nur mit diesem Kater namens Octavius Maxwell Ricardo Edmund Frederick Fulton unterhalten, den ich kurzerhand in Octocat umbenannte. Er war einer der Haupterben der Verstorbenen.

Um es kurz zu machen: Er erzählte mir von seiner Vermutung, dass die alte Dame umgebracht worden sei, und bat mich, ihm bei der Suche nach dem Mörder zu helfen. Gemeinsam machten wir uns daran, den Fall zu lösen, und wurden dabei so etwas wie ziemlich beste Freunde. Jetzt lebt er bei mir, und ich sorge für sein Wohlergehen und verwalte seinen überaus großzügigen Treuhandfonds.

Und weil ich mich leichtsinnigerweise auf einen Deal ohne konkreten Einsatz mit ihm einließ, da ich ihn irgendwie dazu bringen musste, sich an der Leine führen zu lassen, wohnen wir jetzt in der prunkvollen Villa seines früheren Frauchens. Tja, deshalb kostete mich ein neongrünes Katzengeschirr für zehn Dollar am Ende eine satte Million.

Wenigstens war es nicht mein Geld, sondern seines.

Ja, im letzten Jahr war bei mir also wirklich viel los. Meinem Kater und mir gelang es, drei weitere Morde aufzuklären. Er wurde gekidnappt. Ich entschloss mich letztlich doch, meinen Job in der Kanzlei aufzugeben, um zusammen mit ihm eine Privatdetektei zu eröffnen. Ach ja, und das Allerwichtigste: Ich habe jetzt einen Freund!

Meine Großmutter ist darüber sogar noch glücklicher als ich, hat sie doch jahrelang versucht, mich zu verkuppeln. Dennoch, wo sie es endlich geschafft hat, weiß sie scheinbar nichts Rechtes mit sich anzufangen.

Klar, sie backt weiterhin wie eine Wilde und besucht regelmäßig die Kunstkurse der Gemeinde, hat jedoch in letzter Zeit auch noch einige andere Sachen ausprobiert, als liefe ihr die Zeit davon. Sie tanzte Flamenco, lernte Koreanisch und spielte sogar Pokémon Go, weil sie findet, Pikachu und sie seien so etwas wie Seelenverwandte, natürlich nur auf spiritueller Ebene. Aber ehrlich gesagt, mir ist das zu hoch.

Meine Mutter und mein Vater sind beim TV-Sender Channel Seven nach wie vor gut beschäftigt – sie als Nachrichtensprecherin, er als Sportreporter. Grandma und ich laden sie einmal pro Woche zu einem leckeren selbstgekochten Essen zu uns ein. Ach so, hatte ich schon erwähnt, dass Großmutter und ich mittlerweile zusammenwohnen?

Das ist nicht weiter verwunderlich, denn sie ist nicht nur die Frau, die mich großgezogen hat, sondern gleichzeitig auch meine beste Freundin und die erstaunlichste Person, die ich kenne. Außerdem hilft sie mir, Octocats enorm hohen Ansprüchen und seinem straffen Zeitplan gerecht zu werden.

Und, ganz unter uns, wir sorgen natürlich dafür, dass er nur seine Lieblingsfuttersorten zu essen und sein Evian ausschließlich aus seiner Lieblingsporzellantasse serviert bekommt.

Vor Kurzem hat er ein brandneues iPad Pro gefordert. Seine Begründung? Für unser neues Geschäftsvorhaben bräuchte er dringend ein professionelles Upgrade, obwohl er sein Tablet hauptsächlich zum Spielen diverser Aquarium- und Koi-Teich-Games benutzt.

Der Hauptgrund scheint mir eher der, dass er sein altes Gerät dem Präsidenten seines Fanclubs geschenkt hat, einem Waschbären, der unter unserer Veranda lebt. Sein Name ist Pringle, und meist ist er ein ziemlich netter Kerl. Mein Kater genießt es natürlich immens, einen Fanboy zu haben, der jede seiner Entscheidungen befürwortet, inklusive seiner regelmäßigen Kritik an meiner Person.

So ist es leider – Octocat beschwert sich beinahe ununterbrochen, aber trotzdem weiß ich, dass er mich sehr liebt. Deshalb plane ich auch einen ganz besonderen Abend, um unseren Jahrestag zu feiern. Ob er sich wohl daran erinnert? Danach ganz gewiss.

Ich kann es kaum erwarten, den Ausdruck auf seinem kleinen Kätzchengesicht zu sehen, wenn er erfährt, was ich mir für ihn habe einfallen lassen. Lasset die Spiele beginnen!

Es war nicht einfach, meine Partyvorbereitungen vor Octocat geheim zu halten, aber bis jetzt hatte er glücklicherweise noch nichts mitbekommen. Anstatt selbst etwas zu kochen, bat ich Großmutter, ein paar gegrillte Shrimps und Hummerbrötchen aus dem Little Dog Diner in Misty Harbor zu besorgen. Das ist zwar eine ziemliche Strecke, aber jeden einzelnen Kilometer wert.

Da ich sie jede Minute zurückerwartete, war es für mich an der Zeit, den Ehrengast zu wecken. Ich fand ihn schlafend auf seinem fünf-Uhr-Sonnenfleck an der Westseite des Hauses. „Aufstehen, du Schlafmütze!“, rief ich mit meiner besten Trällerstimme, die er, wie ich wusste, nicht ausstehen konnte.

„Angela“, stöhnte er, „hast du noch nie gehört, dass man Katzen, die gerade ein Nickerchen machen, nicht wecken sollte?“

„Ich bin mir ziemlich sicher, der Spruch lautet … egal. Komm schon, ich habe eine Überraschung für dich.“

Puh, das war knapp. Beinahe hätte ich den Ausdruck *schlafende Hunde* benutzt. Dieser Ausrutscher hätte womöglich den kompletten Abend ruiniert, aber ich konnte es gerade noch so verhindern.

„Eine Überraschung?“, fragte er und gähnte so breit, dass seine Schnurrhaare vor der Nase zusammenstießen. „Was denn für eine?“

„Wirst du schon sehen. Komm einfach mit.“ Ich klopfte auf mein Bein und deutete ihm an, mir zu folgen.

Er jedoch ließ sich mit dem Hinterteil demonstrativ auf den Holzboden plumpsen und zuckte lediglich mit dem Schwanz. „Sag es mir besser, sonst rühre ich mich keinen Zentimeter vom Fleck weg!“, verlangte er zu wissen.

„Octocat, kannst du nicht einfach mal … Ach, vergiss es. Also gut, heute ist es genau ein Jahr her, dass wir uns zum ersten Mal getroffen haben. Erinnerst du dich an diesen Tag?“

„Du meinst also, es ist ein Jahr und einen Tag her, seit Ethel gestorben ist?“ Er zog fragend eine Augenbraue hoch und musterte mich.

Mist, daran hatte ich überhaupt nicht gedacht. Hoffentlich war er jetzt nicht zu traurig, um zu feiern.

„Scheint meine Spezialität zu sein, dir das Leben schwer zu machen“, sagte er mit einem hämischen Lachen und trabte kopfschüttelnd von dannen. „Alles Gute zum Jahrestag, Angela. Ich bin wirklich froh, dass du mein Mensch bist.“

Aus Richtung der Veranda ertönten Schritte. Ich hatte Großmutter gar nicht vorfahren hören, aber jetzt war sie offensichtlich da, und unsere kleine Party konnte offiziell beginnen. Meinen Freund, Charles, hatte ich gebeten, erst später dazuzustoßen, da mein Kater und er in letzter Zeit nicht sonderlich gut miteinander auskamen.

Insgeheim fand ich es total süß, dass mein Kater auf meinen Freund eifersüchtig war, hoffte aber trotzdem, dass sich das irgendwann geben würde.

„Grandma?“, rief ich laut. Octocat und ich hatten bereits den unteren Treppenabsatz erreicht, sie jedoch war noch immer nicht hereingekommen. Also trippelte ich hinüber zur Tür, drehte am Knauf, und ...

Ein schwanzwedelndes, schwarzes Fellknäuel sprang herein.

„Ich bin hier! Ich bin zu Hause! O Mann! Mannomann. Unglaublich!“, kreischte der kleine Hund, hockte sich hin und pinkelte direkt auf den Fußabtreter.

Ich drehte mich zu Octocat um, der den Neuankömmling mit

einem entsetzten Katzenbuckel und aufgeplustertem Schwanz anstarrte. „Angela, was hat das zu bedeuten?“, fauchte er und lenkte damit unabsichtlich dessen Aufmerksamkeit auf sich.

„Eine Katze! Ist das denn zu glauben! O Mann! O Mann! O Mannomann!” Der Hund, der sich bei näherer Betrachtung als Chihuahua erwies, sprang direkt auf meinen Kater zu und schnüffelte hemmungslos an dessen Hintern.

Dieser zischte und knurrte, schlug mit den Tatzen um sich und schaffte es, dass der Kleine sich kreischend zurückzog.

Na Klasse!

„Was ist denn hier für ein Tumult?“ Großmutter kam ins Haus gestürmt, entdeckte den kleinen schwarzen Hund, der sich in einer Ecke verkrochen hatte, und drückte das wimmernde Bündel an ihre Brust. „Los, sagt schon! Wer hat meine Paisley angegriffen?“

„Grandma ...“ Ich kniff mir in den Nasenrücken, um die sich ankündigten Kopfschmerzen zu unterdrücken. „Was hat dieser Hund hier zu suchen?“

„Darf ich vorstellen, das ist Paisley“, gurrte Großmutter mit einer Babystimme, und der Chihuahua leckte ihr übers Gesicht. Der furchterregende Kater und der Schmerz, den dieser ihr zugefügt hatte, schienen vergessen. „Sie wohnt ab heute ebenfalls hier.“

„Oh, verdammt, nein!“, brüllte Octcat von seinem Platz auf der Treppe zu uns herüber. „Ich dachte, wir wollten mich heute Abend feiern und nicht mir das Leben zur Hölle machen!“

„Grandma“, schaltete ich mich ein und versuchte zu

beschwichtigen, bevor alle die Fassung verloren, „wir können keine Hunde bei uns aufnehmen. Octocat hasst sie."

„Haaasssss", zischte dieser und knurrte erneut.

„Aber wieso denn?", fragte der kleine Chihuahua zitternd. „Er kennt mich doch überhaupt nicht. Ich bin Paisley, und ich bin nett."

Großmutter fuhr in beinahe kindlichem Tonfall fort, während sie ihr über ihr dreifarbiges, mehrheitlich schwarzes Fell strich. „Also, ich habe die kleine Maus im Tierheim entdeckt, und sie hat sofort mein Herz erobert. Was hätte ich denn tun sollen?"

Sie musterte mich aus zusammengekniffenen Augen. „Ganz allein in diesem Käfig ihrem Schicksal überlassen? Oder, Gott bewahre, mit ansehen, wie sie sie einschläfern, weil sie in dem Auffanglager wieder Platz brauchen?" Sie hielt Paisley die übergroßen Ohren zu und blickte mich stirnrunzelnd an.

„Nein, ich meine …", stotterte ich, „das hättest du natürlich nicht tun können." O Mann, was war ich nur für ein Softie.

„Octavius wird sich wohl oder übel an seine neue Mitbewohnerin gewöhnen müssen, denn ich habe nicht vor, sie zurückzubringen", sagte sie, und ihr Ton machte deutlich, dass die Diskussion für sie damit beendet war. „Komm, mein Baby, lass uns nach draußen gehen und die Waldtiere kennenlernen."

Nachdem die beiden draußen waren, machte ich mich auf die Suche nach meinem Kater, um ihm alles zu erklären und mich in Grandmas Namen bei ihm zu entschuldigen.

Allerdings war er wie vom Erdboden verschluckt.

Verdammt, das würde er mir nie verzeihen.

2

Schließlich entdeckte ich Octocat in meinem Schlafzimmer, wo er unter meinem Bett kauerte. Seine großen, bernsteinfarbenen Augen leuchteten in der Dunkelheit. Als ich mich vor ihn auf den Bauch legte, um ihn besser sehen zu können, stieß er ein leises Knurren aus, das mich zusammenzucken ließ.

„Geh weg“, fügte er mit dumpfer, beinahe schon furchteinflößender Stimme hinzu.

„Das ist nicht fair“, schimpfte ich, als würde ich mit einem bockigen Kleinkind sprechen. „Glaub mir, ich bin über diese Wendung genauso schockiert wie du.“

Ich zermarterte mir das Hirn, um die richtigen Worte zu finden und die Dinge so darzustellen, dass er sie verstehen konnte. Leider war es mit meinem logischen Denkvermögen nie sehr weit her, wenn Octocat unglücklich war – und seine heutige Laune hatte bereits einen Rekordtiefpunkt erreicht.

Unter größten Schwierigkeiten schaffte ich es, ein fröhliches Lächeln auf mein Gesicht zu zaubern, und erklärte ihm dann: „Aber wenn man genauer darüber nachdenkt, macht es doch auch irgendwie Sinn, oder?“ Wir haben uns, und Großmutter hat jetzt auch eine kleine Fellnase als beste Freundin. Ist das nicht wunderbar?“

„Nein“, antwortete mein Stubentiger stur und drehte das Gesicht zur Wand.

Ich hasste es, wenn er so verstimmt war, konnte aber leider nichts dagegen tun, solange er nicht gewillt war, mir zumindest ein kleines Stück entgegenzukommen. „Wirst du wenigstens an unserem tierischen Jahrestag ein bisschen mit mir feiern?“, flehte ich mit beinahe weinerlicher Stimme.

Octocat wandte sich wieder mir zu; seine Augen besaßen noch immer dieses gespenstische Glühen, während er über meine Bitte nachdachte. „Nein, ich komme nicht raus“, sagte er endlich, „aber wenn du die Güte hättest, meine Shrimps und mein Evian hierher zu bringen und zudem versprichst, diesen Hund von mir fernzuhalten, würde ich eventuell in Erwägung ziehen, das festliche Mahl in unseren Privatgemächern mit dir zu teilen. *Allerdings nur wir beide.*“

Ich konnte mir einen Seufzer nicht verkneifen. „Du willst dieses Zimmer also wirklich nicht verlassen?“

Sein Schwanz zuckte wie wild und wirbelte dadurch eine

ekelerregende Wolke aus Staub und Tierhaaren auf, die sich prompt in der Luft verteilte. O Mann, mit dem Putzen hatte ich es wirklich nicht so.

Octocat schien der Dreck nicht zu stören – er hatte im Moment Wichtigeres zu tun. „Erst dann, wenn dieser Eindringling weg ist“, teilte er mir mit einem weiteren Zischen mit. „Ist es wieder einmal notwendig, dich daran zu erinnern, dass du dich hier in meinem Haus befindest?“

„Nein, das ist keineswegs notwendig; du lässt es mich ja ständig spüren.“ Es fühlte sich seltsam an, seine überzogen pathetische Sprache zu imitieren, aber oft war er dann eher bereit, mir zuzuhören. Und gerade jetzt musste ich ihm irgendwie klarmachen, dass Großmutter genauso schwer zu bändigen war wie er selbst. Wenn sie etwas wollten, konnten beide extrem stur sein. Also musste ich, was die Geschichte mit dem Chihuahua betraf, einen Kompromiss finden.

Ich seufzte erneut auf. „Also gut. Und in Anbetracht deiner unnachgiebigen Haltung wird es wohl das Beste sein, wenn ich deine Katzentoilette auch gleich mitbringe. Bin gleich wieder da.“

Ich erhob mich und verließ mein Turmschlafzimmer, wobei ich speziell darauf bedacht war, die Tür hinter mir vollständig zu schließen. So ungern ich Octocat einsperren wollte, so sehr machte ich mir auch Sorgen darüber, was mit Paisley passieren könnte, wenn sie dort herumschnüffelte. Sie war höchstens halb so groß wie er und hatte eindeutig keinen einzigen Knochen im Körper, der einem derartigen Angriff standhalten würde.

Mein Kater hingegen?

Der besaß die Figur eines tierischen Preisboxers.

Ich fand Großmutter in der Küche, wo sie gerade ein Paar mit Hundeknochen bedruckte Keramikschüsseln für Paisley gleich links neben der Speisekammer aufstellte. „Tut mir leid, dass Octocat sich so aufgeführt hat“, murmelte ich und ignorierte geflissentlich die Tatsache, dass er sich extrem darüber aufregen würde, dass die Hundenäpfe so nahe an seinem Vorrat an Fancy Feast standen, seinem bevorzugten Gourmetkatzenfutter.

„Die Katze war gemein“, jammerte der Chihuahua und rieb sich die Nase, auf der eine frische Wunde prangte.

„Er wollte dir ganz sicher nicht wehtun, aber er ist einfach manchmal etwas schwierig“, beruhigte ich sie und schenkte ihr ein aufmunterndes Lächeln.

Der kleine Hund sprang an mir hoch, wedelte aufgeregt mit dem Schwanz und rief: „Hey! Hey! Hey! Hast du gerade mit mir geredet? Du weißt, wie das geht? Dann bist du aber echt clever!“

Ich bückte mich und nahm Paisley auf den Arm, und sie fing sofort an, mein Gesicht abzulecken, als wäre es mit Bratensoße oder einer anderen unwiderstehlichen Leckerei überzogen. „Ja, ich kann sowohl mit Menschen als auch mit Tieren sprechen“, erklärte ich. „Allerdings weiß ich nicht, warum das so ist. Wäre es für dich in Ordnung, wenn wir uns unterhalten?“

Sie wedelte erneut so heftig mit dem Schwanz, dass ihr ganzer Körper zu zittern begann, als hätte sie Schüttelfrost. Ob sie einen Pullover oder ein Medikament gegen Angstzustände brauchte, konnte ich nicht mit Sicherheit sagen. Dann jedoch sprudelten die Worte nur so aus ihr heraus. „Ich hatte mir schon immer meine eigenen Menschen gewünscht, und jetzt habe ich sogar einen bekommen, der sprechen kann! Die anderen Hunde im Tierheim werden mir das nie im Leben glauben! Wann dürfen sie mal zu Besuch kommen? Oh, oder vielleicht können sie ja sogar bei uns einziehen? Dieses Haus ist so groß, und es gibt so viele von ihnen, die ein Zuhause brauchen."

Ich lachte über ihren Enthusiasmus, auch wenn mir der Gedanke an all die herrenlosen Tierchen, die nach Paisleys Adoption zurückbleiben mussten, beinahe das Herz brach. „Es tut mir leid, Paisley. Ich wünschte, ich könnte alle deine Freunde aufnehmen, aber mein Kater steht nun mal an erster Stelle. Er wäre ziemlich ungehalten, wenn noch mehr von deiner Sorte hier aufkreuzten."

Sobald ich sie wieder abgesetzt hatte, rollte sie sich an meinen Füßen zusammen und schmollte. „Er ist fies und gemein."

„Ja, irgendwie schon, aber du wirst ihn bald liebgewonnen haben, das verspreche ich dir. Und umgekehrt wird es genauso sein. Er braucht einfach etwas Zeit, um sich an deine Anwesenheit zu gewöhnen. Das ist eine große Veränderung für ihn."

„Für mich doch ebenfalls." Sie zog einen Kreis, um zu verdeutlichen, für wie riesig sie ihr neues Heim empfand. „Im Tierheim musste ich mir einen Käfig mit zwei anderen Freunden teilen. Es war sehr beengt. Deshalb dachte ich, dass wir auch einigen der anderen ein Zuhause geben könnten."

Drei in einem Zwinger zusammengepfercht?

Ich war zwar noch nicht oft im örtlichen Tierheim gewesen,

aber soweit ich mich erinnerte, gab es dort in der Vergangenheit nie ein Problem wegen Überfüllung. Vielleicht war es für Paisley aufgrund ihrer geringen Größe etwas anders abgelaufen.

Gleich fühlte ich mich irgendwie schuldig, dass ich nicht mehr Tiere aufnehmen konnte, und wenn ich daran dachte, wie sie auf engstem Raum vor sich hinvegetierten, sogar noch mieser. Vielleicht wären ein paar freiwillige Arbeitseinsätze oder eine kleine Spende angebracht, sowohl um ihnen aus einer möglicherweise schwierigen Lage zu helfen als auch, um mein schlechtes Gewissen zu beruhigen.

„Hey", sagte ich und ging in die Hocke, so dass sie und ich uns beinahe auf Augenhöhe befanden. „Wie wäre es, wenn wir beide morgen deinen Freunden einen Besuch abstatten würden? Du könntest ihnen erzählen, wie es dir ergangen ist, und ich würde mich erkundigen, was wir tun können, um für alle ein neues Zuhause zu finden."

Sie stieß einen schrillen Schrei aus und begann erneut, unkontrolliert zu zittern. „Du bringst mich doch nicht zurück, oder?", jaulte sie. „Grandma hat mir nämlich versichert, dass das hier jetzt mein Zuhause ist."

Das arme Ding. Kein Wunder, dass Großmutter sie einfach mitnehmen musste.

„O Schätzchen, ich verspreche dir, dass ich dir das nicht antun werde. Grandma hat völlig recht. Du gehörst jetzt hierher, und daran wird sich nichts ändern."

Die kleine Fellnase stellte sich auf die Hinterbeine und kratze mir ihren Pfoten über mein Bein. „Ich hab dich lieb, neue Mami“, sagte sie. „Heute ist der schönste Tag meines Lebens.”

Ihr Liebesbekenntnis ließ mein Herz schmelzen. Was Octocat betraf, hatte ich beinahe erst durch die Hand eines bewaffneten Psychopathen sterben müssen, bevor er überhaupt gewillt war zuzugeben, dass er mich mochte. Bei Paisley hatte ein einziges, kurzes Gespräch gereicht, um eine tiefe Bindung zwischen uns herzustellen. So sehr ich meinen Kater auch liebte, fühlte es sich gut an, zur Abwechslung mal geschätzt, anstatt permanent beleidigt zu werden.

Hmm. Vielleicht war ich doch nicht so sehr ein Katzenmensch, wie ich immer annahm.

Natürlich erzeugte dieser Gedanke sofort weitere Schuldgefühle. Schließlich war heute unser tierischer Jahrestag, und ich hatte meinem getigerten Oberhaupt zur Feier dieses Ereignisses frisch gegrillte Shrimps versprochen.

Es wurde langsam Zeit, Großmutter und Paisley sich selbst zu überlassen – sie konnten ja ebenfalls ihren eigenen Adoptionstag feiern – und mich um mein armes, enttäuschtes Kätzchen zu kümmern, das in meinem Turmzimmer bestimmt schon ungeduldig auf mich wartete.

Vorher schloss ich noch schnell die Augen und schickte eine Bitte ans Universum, dass wir eines Tages alle eine große, glückliche Familie sein würden. Leider hatte ich keine Kerze zum Ausblasen, und es war niemandes Geburtstag, aber vielleicht würde die besondere Magie, an die ich als Kind geglaubt hatte, uns auch jetzt wieder retten.

Eigentlich brauchte es fast schon ein Wunder, um meinen sturen Kater dazu zu bringen, sein Herz diesem armen, verängstigten, bedürftigen Hund gegenüber zu öffnen.

Nur für den Fall der Fälle sprach ich noch ein kurzes Gebet.

Irgendwie würden und mussten wir einen Weg finden, alle friedlich miteinander zu leben.

Es blieb uns ja auch keine andere Wahl.

3

Als ich mit den gegrillten Shrimps für uns beide und dem Evian für Octocat in mein Zimmer zurückkehrte, fand ich ihn, gedankenverloren mit dem Schwanz wedelnd, auf meinem Kissen sitzend vor.

Kaum hatte er mich erblickt, sprang er auf und begann, nervös auf dem Bett auf- und abzuwandern. „Konntest du Grandma bezüglich der unerwünschten Missgeburt, die sie uns ins Haus geschleppt hat, zur Vernunft bringen? Besser gesagt, in mein Haus?“ Während er diese Worte ausspie, vermied er es, mich anzusehen, was nur gut war, denn mein Gesichtsausdruck hätte mich direkt verraten.

„Ähm, teilweise“, sagte ich und bemühte mich, nicht schon wieder zu seufzen. „Allerdings habe ich mich hauptsächlich mit Paisley unterhalten, und sie ist überglücklich, hier sein zu dürfen.“

Octocat unterbrach seine Rennerei und starrte mich mit unverhohlener Verachtung an. „Und ich wäre überglücklich, wenn sie das *nicht* wäre."

Ich stöhnte auf und ließ mich neben ihm aufs Bett sinken. „Ich weiß, Veränderungen sind schwer zu akzeptieren, aber ..."

Meine getigerte Diva hob eine Pfote und schüttelte den Kopf. „Wenn ich dich an dieser Stelle gleich mal unterbrechen dürfte ... Da du anscheinend nicht auf meiner Seite bist, bist du ja wohl gegen mich. Und deshalb ..." Er hielt inne und seufzte schwer. „Wünsche ich dir jetzt eine gute Nacht, Angela."

Ratlos beobachtete ich, wie er auf den Boden sprang und sich wieder unter meiner Schlafstätte verkroch. „Hey, ich habe auch nicht um diesen Familienzuwachs gebeten", rief ich ihm hinterher, aber natürlich bekam ich keine Antwort.

„Wir können Paisley doch nicht einfach zurückschicken. Nach allem, was sie mir erzählte, ist das Tierheim jetzt schon absolut überfüllt. Wie schrecklich, so leben zu müssen, vor allem, wenn es eine Familie gibt, die sie haben möchte. *Unsere* Familie."

Er schwieg nach wie vor beharrlich.

„Es regt mich total auf, dass du mich so geflissentlich ignorierst", fauchte ich, warf mich resigniert auf mein Bett und studierte eingehend einen Fleck an der Zimmerdecke. „Wie in aller Welt sollen wir unsere Fälle aufklären, wenn wir nicht einmal vernünftig miteinander reden?"

Octocat antwortete noch immer nicht, was wahrscheinlich im Hinblick auf den letzten Punkt auch ganz gut war. Obwohl wir unsere Privatdetektei *„Pet Whisperer P.I."* schon vor mehr als einer Woche eröffnet hatten, war bisher noch keine einzige Anfrage eingegangen.

So im Nachhinein betrachtet hätte ich diesen verrückten Namen, den Mom und Grandma uns aufgedrückt hatten, vielleicht doch besser ablehnen sollen. Wenn man sich in Blueberry Bay Tierflüsterer nannte, hielten einen die Leute garantiert für verrückt oder, noch schlimmer, für einen Betrüger.

Was ich natürlich beides nicht war.

Vielleicht würde das Geschäft ja ins Rollen kommen, wenn ich eine eigene Website online stellte oder entsprechende Anzeigen schaltete. Charles, mein Freund, hatte sogar angeboten, Aufträge aus der Kanzlei an mich weiterzuleiten, wenn er oder einer seiner Mitarbeiter zusätzliche Hilfe benötigen sollten. Das hatte ich ursprünglich natürlich kategorisch abgelehnt, weil ich es vorzog, es aus eigener Kraft zu schaffen – oder eben zu scheitern. Jetzt allerdings begann ich mich zu fragen, ob das nicht falscher Stolz gewesen war. Wenn ich Menschen helfen konnte, das tat, was ich liebte und dafür auch noch bezahlt wurde, wen kümmerte es dann schon, wie ich zu meinen Kunden kam?

„Können wir jetzt bitte zumindest darüber reden", flehte ich meinen noch immer vor Wut schäumenden Kater an.

„Du weißt bereits, wie ich zu der Sache stehe. Wenn du dich entschließen solltest, dich auf meine Seite zu schlagen, werde ich in Erwägung ziehen, wieder mit dir zu sprechen", entgegnete er in diesem schrecklich herablassenden Ton, den ich so sehr verabscheute.

„Auch gut, dann kannst du unseren Jahrestag auch gerne

allein verbringen.“ Da ich auch darauf keine Antwort erwartete, stürmte ich los und knallte die Tür hinter mir zu.

Natürlich ließ ich meinen getigerten Freund nur ungern zurück, aber wenn er in dieser Stimmung war, schuf unser Zusammensein leider nur noch mehr Probleme. Vielleicht könnten wir dieses Gespräch am nächsten Morgen nochmals in Angriff nehmen.

Aber auch nur vielleicht ...

Bis dahin allerdings hatte ich von Streit erst mal die Nase voll.

Also holte ich sein Katzenklo und stellte es samt seinem Futter und Wasser auf den Boden und verzog mich mit meinem Bettzeug in eines der Gästezimmer. Wahrscheinlich brauchten wir beide etwas Zeit, um erst mal wieder runterzukommen. Nachdem ich es mir gemütlich gemacht hatte, schickte ich Charles eine kurze Nachricht, um ihm mitzuteilen, dass er an diesem Abend nicht mehr vorbeizukommen brauchte und legte mich früher als geplant schlafen.

Was für ein toller Jahrestag!

Am nächsten Morgen wachte ich gut erholt auf und war schon wesentlich weniger verärgert als in der Nacht zuvor. Kaum hatte ich mein provisorisches Nachtquartier verlassen, stürmte auch Paisley schon auf mich zu, begann, mir die Füße zu lecken und mir von den großartigen Abenteuern zu erzählen, die sie auf ihrer morgendlichen Tour mit Großmutter auf unserem Anwesen erlebt hatte.

„Es gibt so viele tolle Stellen zum Pinkeln! So viele!“, schwärmte sie, und ich beugte mich zu ihr hinab, um sie zwischen ihren entzückenden übergroßen Ohren zu kraulen. „Ich liebe es hier! Es ist wie im Hundeparadies! Ich kann noch immer nicht glauben, dass ich jetzt hier leben darf! Ich liebe mein neues Leben! Ich liebe dich!“

Und schon rannte sie wieder davon, und ich schmunzelte vor mich hin. Sie drehte so viele rasante Runden, dass sie bald völlig außer Atem war. Als sie in deutlich gemäßigterem Tempo wieder zu mir zurückkam, hing ihr die Zunge seitlich aus dem Mund, und sie keuchte schwer. Trotzdem blickte sie mich mit unverhohlener Zuneigung an.

„Freut mich, dass es dir hier gefällt“, sagte ich. „Großmutter und ich werden alles tun, was in unserer Macht steht, damit du dein neues Leben genießen kannst. Übrigens, möchtest du heute, zusammen mit mir, dem Tierheim einen kurzen Besuch abstatten?“

„O Mann! O Mann! Ja, unbedingt! Ja, bitte!“, jubilierte die kleine Hündin und drehte vor Freude eine weitere manische Runde.

Ich lachte laut auf, was ich heute mit Sicherheit noch öfters tun würde, jetzt, wo dieses hyperaktive Fellbündel in unser Leben getreten war. „Wahrscheinlich haben sie noch nicht geöffnet, aber ich werde mal schnell im Internet nachsehen, wie die Besuchszeiten sind.“

Paisley folgte mir die Treppe hinauf und in Richtung meines Schlafzimmers – eben jenes Schlafzimmers, von dem ich zufälligerweise wusste, dass darin ein äußerst mürrischer Kater saß und sich selbst bemitleidete.

Daher blieb ich abrupt stehen, sodass der eifrige Chihuahua volle Kanne gegen meine Waden rannte. „Ähm, tut mir leid, aber Octocat würde sich zu sehr aufregen, wenn du mit mir reinkämst. Würde es dir etwas ausmachen, hier draußen auf mich zu warten? Ich verspreche, ich bin gleich wieder da."

Das dreifarbige Hündchen ließ sich mit dem Hinterteil auf die oberste Treppenstufe plumpsen und wedelte stürmisch mit dem Schwanz. „Ich werde ein braves Mädchen sein und warten, weil du mir das aufgetragen hast!"

Solch eine Antwort hätte ich von meinem Kater niemals bekommen. Daran könnte ich mich gewöhnen. Dann wischte ich mir das breite Lächeln aus dem Gesicht und betrat leise sein selbst auferlegtes Gefängnis.

„Octavius?", rief ich, wobei ich den von ihm bevorzugten Namen benutzte, in der Hoffnung, dass es mir ein paar dringend benötigte Pluspunkte bei ihm einbringen würde. „Bist du hier drinnen?"

„Natürlich bin ich hier, Angela", knurrte er unter dem Bett hervor, „aber ich rieche den Hund vor der Tür."

„Oh, Paisley? Sie kommt nicht rein, keine Sorge. Ich ..."

Just in diesem Moment wurde die Tür aufgestoßen, und ein überschwänglicher Chihuahua hüpfte herein. „Du hast mich gerufen? Hier bin ich. Ich bin ja ein braves Mädchen!", bellte sie und raste direkt unters Bett, um erneut die Verfolgung ihres getigerten Mitbewohners aufzunehmen.

„Verrat!“, brüllte Octocat, schoss wie ein Wirbelwind an mir vorbei und auf direktem Wege die Treppe hinunter. „Hochverrat!“

Sogar von hier oben konnte ich hören, wie seine elektronische Katzenklappe piepste und unsanft aufgestoßen wurde.

Wenigstens war Paisley ihm nicht gefolgt. Diese stand voller Stolz vor meinen Füßen und trommelte mit ihrem kleinen schwarzen Schwanz gegen die Holzdielen. „Habe ich das gut gemacht, Mami?“, fragte sie.

Ich brachte es nicht übers Herz, mit ihr zu schimpfen. „Das hast du“, versicherte ich ihr, „aber das nächste Mal wartest du lieber, bis ich *Komm* sage, okay?“

„Ja, Mami. Gar kein Problem. „Du bist meine allerbeste Freundin, und ich hab dich ganz doll lieb!“ Mit diesen Worten begann sie, meine Zehen zu lecken und hörte mindestens geschlagene drei Minuten nicht mehr auf damit.

Hmm ... naja. Vielleicht fing ich doch so langsam an, ihren Enthusiasmus *ein klein wenig* nervig zu finden ...

4

Um die Mittagszeit kamen Paisley und ich im Tierheim von Glendale an. Wir waren kaum eingetreten, als wir auch schon überschwänglich von einer etwas pummeligen älteren Frau begrüßt wurden, die hinter einem ramponierten Schreibtisch aus Eichenholz in der Ecke des Eingangsbereichs saß.

„Willkommen! Treten Sie nur näher!“, krächzte sie. Als ihr Blick auf Paisley fiel, räusperte sie sich und fuhr mit deutlich leiserer Stimme fort: „Hey, kleiner Hund, dich kenne ich doch. Sie wollen sie aber nicht wieder zurückbringen, oder? Hat sie sich bei Ihnen nicht gut aufgeführt?“

Paisley zuckte zusammen und versteckte sich hinter meinen Beinen, wobei sie wieder heftig zu zittern begann. Mittlerweile war mir klar, dass das einfach ihre Art war, mit Aufregung oder Nervosität umzugehen.

„Nein, natürlich nicht!", versicherte ich den beiden. „Wir wollten Ihnen nur einen kleinen Besuch abstatten und vielleicht mit jemandem bezüglich einer ehrenamtlichen Tätigkeit sprechen. Ich würde gerne ab und zu ein paar Stunden aushelfen."

Die Miene der Frau erhellte sich schlagartig. „Oh, wie schön! Lassen Sie uns doch nach hinten ins Büro von Mr. Leavitt gehen, der für die Öffentlichkeitsarbeit und solche Dinge zuständig ist. Dann können Sie sich in Ruhe unterhalten."

Ich nickte zustimmend und folgte ihr durch eine Reihe von Doppeltüren in den hinteren Bereich des Tierheims.

Paisley tänzelte neben mir her und blieb häufig stehen, um zu schnuppern oder ihre bebende Nase auf den Boden zu drücken. „Es riecht alles noch genauso wie gestern", meinte sie. „Oh, kannst du das glauben, Mami?"

Das konnte ich nur zu gut, entschied mich aber, nichts zu sagen, was ihre gute Laune trüben könnte. Ich hielt also lieber den Mund, während die Dame uns durch einen langen, schmalen Raum geleitete, an dessen Wänden sich die Zwinger überall deckenhoch aneinanderreihten. Sicherlich waren viele der Hunde zu mehreren in einem Käfig untergebracht, genau wie Paisley es am Abend zuvor beschrieben hatte.

„Hey, Chihuahua! Was machst du denn schon wieder an diesem schrecklichen Ort?", rief uns ein schwarzer Labrador-Mix hinterher, schob seine Schnauze durch den Metallkäfig und winselte.

„Haha. Ich bin nur zu Besuch hier", antwortete die Kleine fröhlich. „Stell dir vor, ich habe zwei neue Frauchen. Diese hier spricht sogar“, fügte sie hinzu und deutete auf mich, während wir der pummeligen Frau immer tiefer ins Innere des Gebäudes folgten.

„Es spricht?“, fragte ein flauschiger, kleiner Hund mit piepsiger Stimme. „Wirklich?“

„*Wirklich.* Und es ist ein Mädchen, also eine sie, und so solltest du sie auch anreden. Sei höflich, ja?“ Sie stupste mich mit ihrer feuchten Nase an. „Hey, Mami, könntest du bitte mal was zu unseren Freunden sagen?“

Ich hüstelte, warf ihr einen Blick aus weit aufgerissenen Augen zu und schüttelte kaum merklich den Kopf. Hoffentlich würde sie diese Geste verstehen. Da sie noch neu in unserer Familie war, schien sie nicht zu realisieren, dass ich meine Fähigkeiten nicht unbedingt vor Fremden zur Schau stellen wollte. Sobald wir beide mal eine ruhige Minute hatten, würde ich ihr das erklären müssen, auch wenn es mir irgendwie leidtat, dass sie vor den anderen Tierheimhunden nicht mit meiner speziellen Fähigkeit angeben konnte.

„Hier wären wir“, sagte unsere Begleiterin strahlend und rettete mich damit vor dem enttäuschten Blick meines Hundemädchens. „Das ist das Zimmer von Mr. Leavitt.“

„Vielen Dank.“ Ich streckte ihr die Hand entgegen, und sie schüttelte sie.

„Mein Name ist übrigens Pearl“, bot sie mit einem freundlichen Lächeln an, „und es ist mir ein Vergnügen, Ihnen behilflich zu sein. Sollten Sie noch irgendwelche Fragen haben, bevor Sie gehen, finden Sie mich wieder vorne auf meinem Platz. Viel Glück!“

Ich sah ihr hinterher, wie sie davonrauschte, und war leicht verwirrt, dass sie mir viel Glück gewünscht hatte. Lebten Orte wie dieser nicht von ehrenamtlichen Mitarbeitern?

Plötzlich begannen die Hunde hinter uns, lautstark zu bellen. Obwohl ich mich bemühte zu verstehen, was sie sagten, waren es einfach zu viele unterschiedliche Stimmen, als dass ich Genaueres hätte heraushören können. Also hob ich die Faust, um anzuklopfen und fühlte mich mit einem Mal irgendwie beklommen.

„Herein“, rief jemand – vermutlich dieser Mr. Leavitt.

Ich nahm Paisley auf den Arm und stieß die Tür auf. Genau in diesem Moment fingen die Leuchtstoffröhren über meinem Kopf an zu flackern – an, aus, an. Letztendlich versagten sie ihren Dienst. In dem langen, mit Zwingern überfüllten Raum hinter mir wurde es stockdunkel und still. Das kleine Büro vor mir jedoch war dank der langen Fensterfront an der Hinterseite in helles Sonnenlicht getaucht.

„Hallo“, sagte ich schüchtern. „Wenn es gerade nicht passt, kann ich auch später wiederkommen.“

Der Mann hinter dem Schreibtisch blickte mit einem einladenden Grinsen zu mir auf. Überraschenderweise schien er ungefähr in meinem Alter zu sein – Ende zwanzig, vielleicht Anfang dreißig. Keine Ahnung warum, aber ich hätte eigentlich eine wesentlich ältere Person erwartet. Vielleicht aufgrund der Tatsache, dass die grauhaarige Frau, die ich gerade kennengelernt hatte, über ihn als *Mister* gesprochen hatte.

Er stand auf und streckte mir die Hand entgegen. „Sie meinen das Licht? Nee, dass passiert andauernd. Bitte, nehmen Sie doch Platz und sagen Sie mir, was ich für Sie tun kann." Seine blauen Augen leuchteten, und als unsere Hände sich berührten, hätte ich schwören können, einen winzigen Funken zu spüren, der von seiner Haut auf meine übersprang.

Auch wenn ich Mr. Leavitt nicht sonderlich gut aussehend fand, hatte er etwas unwiderstehlich Attraktives an sich. Sollte er seine Tätigkeit als PR-Leiter im Tierheim irgendwann an den Nagel hängen, hätte er mit Sicherheit noch eine lange und erfolgreiche Karriere in Hollywood oder in der Vorstandsetage einer renommierten Firma vor sich. Er würde überall dort gut hinpassen, wo Charisma gefragt war.

„Ich kenne diesen Kerl", sagte Paisley, die zusammengerollt auf meinem Schoß lag, nachdem ich auf einem der gepolsterten Stühle gegenüber des Schreibtisches Platz genommen hatte. „Er hat manchmal mit uns gespielt. Und er brachte immer viele Leute vorbei, die uns besuchen wollten. Einige von denen haben sogar mit uns gespielt."

Anstatt ihr zu antworten, streichelte ich ihr lediglich beruhigend über das Köpfchen, ließ meine Hand dort liegen und richtete dann meine Aufmerksamkeit wieder auf die einzig weitere Person im Raum. „Meine Großmutter und ich haben dieses süße kleine Mädchen aus Ihrem Tierheim adoptiert. Und da wir so glücklich mit ihr sind, dachte ich mir, ich würde gerne etwas von diesem Glück zurückgeben."

Mr. Leavitt nickte und faltete die Hände vor sich. „Soso, zurückgeben. Und wie genau haben Sie sich das vorgestellt?"

„Könnten Sie einen freiwilligen Helfer gebrauchen? Ich kann gut mit Tieren umgehen." Das war natürlich die Untertreibung des Jahres, aber ich wollte dem Kerl auf keinen Fall die Wahrheit über meine geheimen Fähigkeiten verraten.

„Das ist wirklich ausgesprochen nett von Ihnen, Miss ...?" Er hielt inne und grinste mich entwaffnend an.

„Russo", erwiderte ich schnell und ärgerte mich, dass mir dabei die Röte in die Wangen stieg. „Angie Russo. Hallo."

Er zwinkerte und lehnte sich in seinem Stuhl zurück, wodurch ich mich wieder etwas beruhigte. „Wie ich schon sagte, ich weiß Ihr Angebot wirklich zu schätzen. Sie haben wahrscheinlich selbst schon bemerkt, dass wir im Moment ziemlich überlaufen sind."

Ich nickte zustimmend. „Ja, deshalb dachte ich eben, Sie könnten Unterstützung gebrauchen."

Die Neonröhren flackerten erneut auf und beleuchteten eine kleine Lampe, die sich am Rand seines Schreibtisches befand. Er studierte sie einen Moment lang eingehend und runzelte dann nachdenklich die Stirn. „Genauso überlaufen sind wir mit freiwilligen Helfern, aber ich befürchte, wir brauchen mehr als nur diese."

Mein Herz plumpste direkt auf den Linoleumboden unter meinem Stuhl. „Ist alles okay?", flüsterte ich zu Paisley und wünschte, die sensible kleine Hündin auf meinem Schoß müsste sich den Rest unseres Gesprächs nicht mit anhören.

Mr. Leavitt grinste noch breiter. „Natürlich ist alles in Ordnung, zumindest für den Moment. Nur ein paar Wachstumsschmerzen, wenn Sie so wollen. Wie gesagt, im Moment haben wir zu viele Tiere und sogar noch mehr Ehrenamtliche, allerdings fehlen uns die finanziellen Mittel. Das macht es ein wenig schwierig, all unsere Ausgaben zu decken, aber wir schaffen das schon. Es ist uns bisher immer gelungen."

Hatte er mich tatsächlich abgewiesen? Mir zu verstehen gegeben, dass meine Hilfe nicht gut genug wäre? Das ärgerte mich maßlos, also überlegte ich verzweifelt, wie ich doch noch meinen Beitrag leisten könnte.

„Freut mich zu hören, dass Sie ausreichend Unterstützung haben, aber ich würde trotzdem gerne etwas zum Wohlergehen der Tiere beitragen", sagte ich und lächelte ihn gewinnend an. „Würden Sie unter den gegebenen Umständen lieber eine Spende annehmen?"

Er schüttelte den Kopf und seufzte tief auf. „Oh, nein, das ist wirklich nicht nötig. Ich wollte damit nicht andeuten, dass ..."

Ich grinste in mich hinein und angelte in meiner Handtasche nach meinem Scheckheft. Offensichtlich war Mr. Leavitt ein stolzer Mann, aber hier handelte es sich um eine städtische Einrichtung, und ich fühlte mich als Teil dieser städtischen Gemeinschaft. Ich war es den Vierbeinern schuldig, etwas dazu beizutragen, dass sie genug zu essen, zu trinken und ein Dach über dem Kopf hatten. „Ich weiß, dass Sie das nicht andeuten wollten, aber jetzt bin ich schon mal hier, und ich möchte helfen", entgegnete ich achselzuckend.

„Also wenn Sie darauf bestehen, werde ich Ihr großzügiges Angebot natürlich nicht ausschlagen. Und all diese wunderbaren Tiere werden es Ihnen danken."

Er nannte mir die Details, die ich in den Scheck einzusetzen hatte, und nahm ihn dann mit einem Ausdruck überschwänglicher Freude entgegen. „Sie sind eine gute Frau, Angie Russo. Diese Kleine hier kann sich glücklich schätzen, einen Platz in Ihrer Familie gefunden zu haben", sagte er und kraulte der Chihuahua-Hündin die Stirn.

Ausnahmsweise widersprach ich einmal nicht. Paisley hatte es mit uns wirklich gut erwischt. Das war mir jetzt noch klarer, nachdem ich die Alternativen gesehen hatte. Nun musste ich mir nur noch etwas einfallen lassen, um all den anderen zu helfen, ebenfalls ein liebevolles Zuhause zu finden …

5

Nachdem ich den Scheck für meine Spende ausgestellt hatte, führte mich Mr. Leavitt durch das Tierheim und erklärte mir detailliert, wofür er sie zu verwenden gedachte. Als wir uns auf den Heimweg machten, war ich um eintausend Dollar leichter, dafür jedoch in Hochstimmung.

Es tat gut, Geld für etwas wirklich Sinnvolles auszugeben. Natürlich war es auch völlig in Ordnung, Octocat mit seinem speziellen Tafelwasser, dem Gourmet-Katzenfutter und der neuesten Apple-Technologie zu verwöhnen, also mit allem, was sein kleines Herz begehrte. Allerdings war es noch mal etwas ganz anderes, Dutzenden von Tieren in Not zu helfen, anstatt nur die Sonderwünsche meines verwöhnten Katers zu befriedigen.

Ich konnte gar nicht mehr aufhören zu grinsen.

Während dieser Fahrt hatten Paisley und ich auch eine kleine, aber wichtige Unterhaltung darüber, was ich im Beisein anderer Leute preisgeben wollte und was nicht.

„Du kannst also nicht mit Tieren reden, wenn andere Menschen in der Nähe sind?“, fasste die Kleine zusammen, die es sich ohne Sicherung auf dem Beifahrersitz bequem gemacht hatte.

„Bingo“, bestätigte ich lächelnd und fügte dann hinzu: „Es sei denn, es handelt sich um Grandma, Charles oder jemand anderen, der uns nahesteht. Hast du das verstanden?“

„Verstanden“, bellte sie und nahm sich einen kurzen Moment Zeit, um mich bewundernd anzustarren, bevor sie ihre Vorderpfoten auf den Rahmen des offenen Seitenfensters legte und die frische Brise genoss.

Zurück zu Hause erwischten wir Grandma dabei, wie sie Liedern aus einem Musical lauschte, während sie eine hohe Schichttorte mit hellrosa Buttercreme bestrich. „Ist das der Hamilton-Soundtrack?“, riet ich, trat näher und bemühte mich, ein Lächeln zu unterdrücken. Kaum zu glauben, dass meine über siebzigjährige Großmutter zu Songs über die Gründung unserer Nation rappte.

„Dieser Lin Manuel Miranda ist so talentiert und dazu auch noch so süß! Wenn ich fünfunddreißig Jahre jünger wäre oder er fünfunddreißig Jahre älter, würde ich ihm am liebsten die Kleider vom Leib reißen und …“

Schnell steckte ich mir die Zeigefinger in die Ohren, um mir den Rest des Satzes zu ersparen. „O bitte, das will ich wirklich nicht hören.“

Sie schmunzelte nur und schüttelte den Kopf. „Hey, ich mag ja alt sein, aber noch bin ich nicht tot!“

Ich umarmte sie kurz und wechselte schnell das Thema. „Ja, ähm, richtig. Also, ähm, wie auch immer ... Hat Octocat sich zwischenzeitlich blicken lassen?“

Sie zuckte mit den Schultern und widmete sich erneut ihrem überdimensionalen Gebäck. „Er tauchte auf, kurz nachdem du wegfuhrst. Ich habe ihn gefüttert und dann wieder ins Zimmer gesperrt. Wie lief es im Tierheim?“

Erneut schoss mir das Bild von all den armen Tieren in ihren dunklen Käfigen durch den Kopf und mir entfuhr ein trauriger Seufzer. „Ich habe Geld gespendet, wünschte aber, wir könnten mehr tun, um zu helfen. Es ist wirklich total überfüllt da drinnen, und während meines Besuchs fiel sogar der Strom aus.“

„Nicht zu fassen.“ Sie biss sich auf die Lippe und drehte dann den Kuchen einmal komplett herum, um sich zu vergewissern, dass er vollständig glasiert war.

„Ja, echt heftig“, stimmte ich zu. „Wieso bist du gestern eigentlich in das Tierheim gegangen und hast Paisley mitgenommen? Wusstest du, dass sie in finanziellen Schwierigkeiten stecken?“

Großmutter nahm ihre Schürze ab, wusch sich an der Spüle die Hände und trocknete sie anschließend an einem bestickten Geschirrtuch ab. „Ich hatte keine Ahnung, und Gott sei Dank blieb das Licht an, während ich dort war. Allerdings ist mir direkt aufgefallen, dass sie momentan mehr Hunde als Zwinger haben, in die sie sie stecken könnten.“

„Was genau hat dich denn veranlasst, einen Hund zu adoptieren?“ Ich nutzte ihr nachdenkliches Schweigen aus, um mir einen Teelöffel aus der Schublade zu holen und von der Buttercreme zu naschen.

Grandma verdrehte gespielt entrüstet die Augen und folgte mir hinüber ins Wohnzimmer, wo wir es uns beide auf unseren Stammplätzen in der großen, mit ungemütlichen antiken Möbeln ausgestatteten Sitzecke niederließen. „Eigentlich hatte ich es gar nicht vor“, verriet sie mir. „Ich habe es einfach gemacht.”

„Ja, das war mal wieder typisch“, sagte ich und kicherte. Ich liebte sie wirklich heiß und innig, aber leider passierte es viel zu häufig, dass sie erst handelte und später nachdachte – wenn überhaupt. „Wie auch immer, mit Paisley hast du eine gute Wahl getroffen. Sie ist wirklich ein süßes kleines Mädchen.“

„Klar habe ich das, und das ist sie in der Tat“, gackerte sie wie eine stolze Mutterhenne. „Hattest du Zweifel?“

„Natürlich nicht.“

Wir machten uns einen Tee und plauderten dann ein wenig über unsere Pläne für die kommende Woche. Großmutter arbeitete hart daran, neue Rezepte für ihr Buch auszuprobieren, das sie demnächst veröffentlichen wollte. Allerdings handelte es sich nicht um ein Kochbuch im gewöhnlichen Sinn, sondern eher um eine Art von Memoiren, angereichert mit einem halben Dutzend ihrer persönlichen Lieblingsrezepte. Zudem beschäftigte sie sich mit einem geheimen Kunstprojekt für das Cover. Allerdings sollte ich es erst zu sehen bekommen, wenn es fertig war.

Ich wiederum hatte ursprünglich geplant, Aufträge für Octocats und meine neu gegründete Privatdetektei an Land zu ziehen. Jetzt sah es jedoch eher danach aus, als müsse ich mich die nächsten Tage als Vermittlerin zwischen unseren Haustieren betätigen, damit sie lernten, friedlich miteinander umzugehen.

„Wärst du mit Hühnchen Parmigiana zum Abendessen einverstanden?", fragte sie und warf einen kurzen Blick auf ihre neue Apple Watch. Octocat hatte uns mit seiner Begeisterung für Apple-Produkte irgendwie angesteckt. „Wir haben zwar noch ein paar Stunden Zeit, aber ich müsste zumindest schon mal das Fleisch auftauen."

Obwohl ich stolze Amerikanerin war, konnte ich meine italienischen Wurzeln nicht verleugnen und hatte daher immer Lust auf ein schmackhaftes Nudelgericht – und was Grandma für mich zauberte, schmeckte sowieso immer himmlisch. „Du weißt doch, wie sehr ich dieses Gericht liebe", antwortete ich, ohne zu zögern, und bereits jetzt lief mir in Erwartung des abendlichen Festessens das Wasser im Mund zusammen.

Ein lautes Geräusch, so als ob etwas Zerbrechliches auf dem Boden zerschellt wäre, ließ uns hochfahren.

„Was war das denn?", kreischte Grandma auf.

„Es klang, als käme es aus der Küche. Schnell, lass uns nachsehen."

Wir eilten hinüber und fanden die kleinen Paisley vor, die an einem Haufen Porzellanscherben schnüffelte. O nein, das gute Lenox-Service! Gar nicht gut!

„War das eine von Octocats Teetassen, die Ethel ihm vermacht hat?“, rief ich und spürte bereits, wie sich üble Kopfschmerzen unter meinen Schläfen auszubreiten drohten.

Großmutter bückte sich und hob eine der Scherben auf. „Dem Blumenmuster am Rand nach zu urteilen ... Ja, das war sie.”

„Hast du das gemacht, Paisley?“ Ich ging auf die Knie, um mich mehr oder weniger auf Augenhöhe mit dem kleinen Hund zu unterhalten. „Hast du die Tasse aus Versehen heruntergeworfen?“

„Nein, habe ich nicht. So etwas würde ich nie tun!“, versicherte sie mir bellend und wedelte dabei freundlich mit dem Schwanz. „Ich würde doch niemals Mamis oder Grandmas Sachen kaputtmachen.“

Ich glaubte ihr, nicht zuletzt deshalb, weil ich wusste, dass sie uns unbedingt alles recht machen wollte. Es erschien mir auch ein Ding der Unmöglichkeit, dass sie auf den Tresen klettern, die Tasse herunterschieben und dann wieder auf den Boden springen konnte, ohne sich dabei zu verletzen.

„Meinst du, Octavius hat sie aus Protest selbst zerschmettert?“, fragte Grandma und schüttelte enttäuscht den Kopf.

„Das könnte ich mir bei ihm zwar sehr gut vorstellen, aber er ist ja seit heute Vormittag in meinem Schlafzimmer eingesperrt, schon vergessen?“

Sie kratzte sich ratlos am Kopf. „Bist du dir sicher, dass du nicht etwa versehentlich ein Fenster offengelassen hast?“

„Ziemlich sicher“, antwortete ich, obwohl ich mir im Moment bei allem, was ihn anging, nicht wirklich sicher war. „Aber lass uns doch einfach mal nachsehen, ob er noch drinnen ist.“

„Darf ich euch begleiten?“, fragte Paisley und hüpfte aufgeregt hinter uns her.

„Nein, er …“, wollte ich sie schon abweisen, überlegte es mir dann jedoch anders. „Weißt du was, Paze? Ja, komm mit.“

„Oh, welche Freude!“, jubelte der Chihuahua und rannte, so schnell seine kleinen Beine ihn tragen konnten, die beiden Treppenabsätze hinauf.

„Dir ist aber schon klar, dass er dich dafür hassen wird“, merkte Großmutter mit einem frechen Grinsen an.

Ich zuckte mit den Achseln. „Ja, gut, aber vielleicht bin ich auch wütend auf ihn“, murmelte ich, atmete tief durch und stieß die Tür auf.

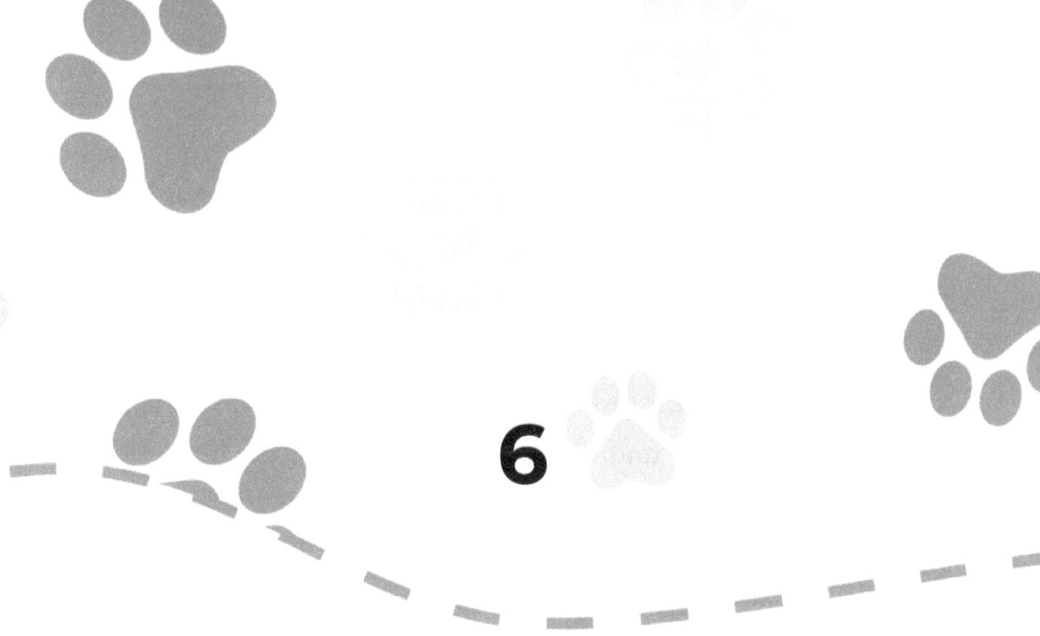

6

Wir fanden Octocat in der Ecke meines Bettes sitzend und unglücklich ins Leere starrend vor. Das Sonnenlicht, das durch das große Fenster fiel, fing sich in seinem getigerten Fell, das wirr in alle Richtungen abstand. Allein beim Anblick dieser Szene fing meine Nase an zu kribbeln, und ich musste herzhaft niesen.

„Was machst du für einen Lärm?“, stöhnte mein Kater auf und wandte sich, ein zerknirschtes Grinsen im Gesicht, mir zu.

„Mein Katzenfreund!“, kreischte Paisley in diesem Moment, stürmte auf die Schlafstatt zu und setzte zum Sprung an. Allerdings reichte der Schwung nicht ganz aus, um ihren winzigen Körper auf die Matratze zu befördern, und so knallte sie mit dem Kopf gegen das Bettgestell.

Die Sache wurde auch nicht unbedingt dadurch erleichtert, dass Octocat beschloss, ihr mit ausgefahrenen Krallen einen Hieb zu verpassen. „Hey, du Rotznase, lass uns eines gleich mal klarstellen. Ich bin nicht dein Freund“, knurrte er und fuchtelte mit den Tatzen vor ihrem Gesicht herum, bereit, zum nächsten Schlag gegen das arme kleine Tierchen auszuholen.

„Das reicht jetzt, ihr zwei!“ Großmutter eilte hinzu, schnappte sich die Kampfhähne und klemmte sich jeden unter einen Arm. „Vertragt euch doch bitte endlich. Schließlich sind wir eine Familie.“

Paisley bemühte sich, die kurze Distanz zu ihm zu überbrücken und rief fröhlich bellend aus: „Bruder, Bruder, Bruder!“

Octocat gab ein teuflisches Fauchen von sich und wandte sich wütend in Grandmas Arm, bis er sich endlich aus ihrem Griff befreien konnte.

Ich lachte lauthals auf, was ihn nur noch mehr in Rage versetzte. „Warum belästigt ihr mich überhaupt?“, jammerte er. „Verschwindet.“

„Wir haben uns lediglich gefragt, ob du etwas darüber weißt, was in der Küche passiert ist.“ Ich beobachtete genau, ob sein Ausdruck etwas preisgeben, ob er sich irgendetwas anmerken lassen würde, aber er behielt sein Pokerface und sah uns verachtungsvoll an. „Und was bitte ist in der Küche passiert?“, fragte er mit einem Gähnen, das vor allem nach seinem gestrigen Abendessen und zudem nach Katzenhintern roch.

O Mann!

Hatte er wirklich keine Ahnung? Mit Sicherheit würde ihm mein nächster Satz sein armes, gekränktes Herz erneut brechen. Ich erinnerte mich an das erste Mal, als eine von Ethels Erbstücken zerbrach, an seine Verzweiflung darüber und die darauffolgende rührende Beerdigung.

„Willst du ihm das von der kaputten Teetasse erzählen, oder soll ich?“, fragte Großmutter und zog fragend eine Augenbraue hoch.

So viel zum Thema Feinfühligkeit.

„Welche kaputte Teetasse?“ Mein getigerter Freund keuchte scharf auf und schien plötzlich Mühe zu haben, überhaupt ein Wort herauszubekommen.

„Es tut mir leid“, sagte ich und meinte es tatsächlich ehrlich. „Eine aus dem Nachlass deines früheren Frauchens. Wir waren alle im Wohnzimmer, als …“

„Genug!“, brüllte er und drehte sich so ruckartig zu mir um, dass ich instinktiv einen Schritt zurückwich. „Das kann nur der Hund gewesen sein, und das weißt du auch!“

Ich schüttelte den Kopf und sah ihn unverwandt an. „Das dachten wir ursprünglich auch, aber er kommt nicht mal an den Tresen heran.“

Paisley begann zu kläffen. „Das mit deiner Trinkschüssel tut mir leid, Bruder.“

„Ganz ehrlich, der Köter ist nicht viel größer als eine Ratte. Es sollte nicht allzu schwer sein, ihm das Genick zu brechen“, stieß Octocat zwischen zusammengebissenen Zähnen hervor.

„Du gemeine Katze!“, brüllte ich ihn an, „wie kannst du es wagen, so über deine Schwester zu sprechen?“

„Sie gehört nicht zu meiner Familie und wird es auch nie.

Schaff sie besser schnellstmöglich hier raus, sonst garantiere ich für nichts."

Paisley fing an, ohrenbetäubend zu schreien und wollte sich überhaupt nicht mehr beruhigen.

„Na, na, mein Lieber", säuselte Großmutter, während ich meinem Aggro-Kater direkt in die Augen blickte. Es war eine Sache, aufgebracht zu sein, aber eine gänzlich andere, jemandem Gewalt anzudrohen.

„Hör auf, mich so anzuschauen", fauchte er und zuckte bedeutungsvoll mit seinem dunklen Schwanz. „Du bist diejenige, die all dies hier verursacht hat. Merkst du denn nicht, dass ich um meine arme, süße Teetasse trauere?"

Niemand sagte etwas, wir alle standen nur mehr oder weniger unbeholfen in meinem Turmzimmer herum. Zumindest hatte Paisley endlich mit dem Gezeter aufgehört.

„Raus hier! Ihr alle. Lasst mich in Frieden!", murrte er verzweifelt.

Mir war schon klar, dass er verärgert war, aber trotzdem konnte ich es kaum fassen, wie schnell er von reinem Ärger zu einer konkreten Morddrohung übergegangen war. Es waren Momente wie diese, in denen ich mich fragte, ob mein Leben ohne ihn nicht einfacher wäre. Natürlich wusste ich, dass das albern war und dass das Jagen einer Katze im Blut lag, aber trotzdem ... Wie konnte er sich nur so kaltblütig verhalten?

„Na schön, wir gehen", grummelte ich und geleitete Großmutter und Paisley aus dem Raum. „Wenn wir uns das nächste Mal sehen, bist du hoffentlich wieder etwas besser drauf."

„Das lief ja nicht unbedingt wie geplant“, flüsterte Grandma mir ins Ohr, nachdem wir die Tür hinter unserer kleinen Gruppe geschlossen hatten.

„Nein, nicht unbedingt.“

Seite an Seite trotteten wir die Treppe hinunter.

Großmutter trug Paisley auf dem Arm, als wäre sie ein kleines Baby. „Und, was nun?“, fragte sie mich.

„Sieht fast so aus, als müssten wir unseren Porzellanfriedhof im Garten erweitern. Ansonsten fällt mir gerade auch nichts dazu ein. Wir wissen beide, dass es ewig dauern kann, bis sein Groll verflogen ist, und dass auch Paisley nirgendwo anders hinkann. Ich denke, wir können die Lage tatsächlich nur aussitzen. Und dabei vielleicht ein Auge auf die Kleine haben.“ Ich hatte ihr seine gemurmelte Drohung nicht übersetzt und auch nicht vor, das jetzt zu tun.

Grandma summte vor sich hin, während sie über unsere nächsten Schritte nachdachte. Nach nur wenigen Augenblicken begann sie zu strahlen. „Die Lage aussitzen? Aber ... O Gott, was für ein furchtbarer Ausdruck, vor allem in Anbetracht der aktuellen Ereignisse. Ich meine, wir haben doch im Moment wirklich mehr als ein Problem, das einer Lösung bedarf.“

„Das Tierheim?“, fragte ich, wobei meine Stimme brach.

Sie nickte. „Du erwähntest ja bereits, wie tief sie in finanziellen Nöten stecken, und ich habe vom Verkauf meines früheren Hauses noch etwas Geld übrig. Vielleicht wäre es an der Zeit, auch mal etwas zu spenden.“

Eine großartige Idee. Ich selbst hatte mich heute nach meiner

Schenkung richtig gut gefühlt, und zumindest freuten sie sich, im Gegensatz zu Octocat, über jegliche Art von Zuwendung. *„Hmm. Wie lange haben die denn überhaupt geöffnet? Es ist ja fast schon Abendessenszeit!“*

Davon ließ Großmutter sich jedoch nicht abhalten. „Ich fahre mal kurz hin und probiere mein Glück“, sagte sie. „Sollten sie heute bereits geschlossen haben, starte ich gleich morgen früh einen neuen Versuch.“

Bevor sie die große Treppe ins Erdgeschoss hinuntereilen konnte, legte ich ihr eine Hand auf die Schulter. „Moment mal. Ich werde dich auf keinen Fall allein losziehen lassen. Bestimmt erinnerst du dich doch noch daran, wie dein letzter Besuch dort endete?“

„Natürlich tue ich das“, sagte sie, grinste schelmisch, hob Paisley hoch und drückte ihr einen kleinen Kuss auf die Nase. „Aber war die Entscheidung wirklich so falsch? Ich meine, schau dir dieses süße Mädchen doch mal an!“

„Kommt drauf an, wem du diese Frage stellst“, sagte ich und deutete mit einem gequälten Seufzer in Richtung meines Schlafzimmers.

„Wie auch immer – bin gleich wieder da“, antwortete sie, wandte sich von der Treppe ab und eilte den Flur entlang zu ihrem Zimmer. „Ich muss mich nur kurz umziehen.“

Als sie nur wenige Minuten später wieder zu mir nach unten kam, trug sie ein aufreizendes pinkfarbenes T-Shirt mit der Aufschrift *Dog Mom*. Die beiden *O*s darauf sahen aus wie Tatzenabdrücke.

„Wann bitte hattest du denn Zeit, dir das zu besorgen?“, erkundigte ich mich schmunzelnd.

„Premiumversand, Liebes“, war ihre Antwort. Dann wühlte sie im Kleiderschrank herum und zog eine passende rosa Leine heraus, zusammen mit einem …

„Ein Stachelhalsband? Für einen knapp zwei Kilogramm schweren Chihuahua? Ist das dein Ernst?“ Ich brach in herzhaftes Gelächter aus. Nur weil mich die Mätzchen meiner Großmutter schon lange nicht mehr überraschten, bedeutete das noch lange nicht, dass ich sie nicht urkomisch fand.

Sie ließ sich auf den Boden nieder und klopfte auf ihren Oberschenkel. „Warum denn nicht?“, verteidigte sie sich, während sie sich daranmachte, das Teil an Paisleys dünnen Hals anzupassen. „Wie wir bereits mitbekommen haben, schlägt in diesem winzigen Körper das Herz einer Kämpferin.“

Ich prustete erneut los. „Ähm, ich kann mit ihr reden, schon vergessen?“

„Ganz genau, ich bin eine Kämpferin!“, rief Paisley in dicsem Moment enthusiastisch aus und lenkte unsere Aufmerksamkeit auf sich. „Ein großer, mutiger Hund!“

Ich konnte nur noch den Kopf schütteln. Diese beiden waren eindeutig wie füreinander geschaffen, und darüber freute ich mich sehr.

7

Irgendwie fühlte ich mich wie ein Außenseiter. Meine beiden Begleiterinnen hatten sich in leuchtenden, farblich aufeinander abgestimmten Rosatönen herausgeputzt, während ich eine schwarz gepunktete Bluse und einen flippigen gelben Rock trug. Auf dem Weg nach draußen hatte Grandma sich noch spontan entschieden, ihr Outfit durch silberne Pumps aufzupeppen. Ich hingegen war in meine allerliebsten, wenn auch schon ziemlich verschlissenen Kampfstiefel geschlüpft. Wie gewöhnlich gaben wir ein ziemlich außergewöhnliches Paar ab. Wenn man dann auch noch den Chihuahua dazu nahm, stellten wir so etwas wie eine wandelnde Modenschau dar –, oder zumindest könnte man meinen, wir wären einer dieser skurrilen Realityshows entsprungen.

Ein paar Minuten vor sechs trafen wir am Tierheim ein und wurden von fest verschlossenen Türen begrüßt.

„Mist“, murmelte ich und rüttelte sicherheitshalber ein weiteres Mal an der Klinke.

Dann schaute ich mich nach Großmutter um und sah gerade noch, wie sie sich in geduckter Haltung seitlich um das Gebäude herumschlich und aus meinem Blickfeld verschwand.

„Was tust du da?“, flüstere ich etwas lauter als geplant und eilte ihr hinterher.

„Nach einem anderen Eingang suchen, was sonst“, sagte sie, klopfte mit ihren langen Fingernägeln gegen das Fenster und drehte sich dann mit einem teuflischen Lächeln zu mir um.

„Dies ist keiner deiner geliebten Spionagefilme, Grandma. Wir kommen einfach morgen noch mal vorbei. Es besteht keine Notwendigkeit, hier herumzuschleichen. Los, lass uns gehen“, zischte ich und versuchte, sie zurück zum Parkplatz zu zerren.

Sie schüttelte mich ab, hob dann einen Finger an die Lippen, ließ sich auf den Boden nieder und deutete mir an, es ihr gleichzutun. „Warte. Jemand ist da drinnen.“

Entgegen meinem Bauchgefühl tat ich, wie sie mir befahl.

Dann streckten wir beide vorsichtig die Köpfe über den Backsteinvorsprung und spähten hinein. Im Inneren blätterte eine dünne blonde Frau durch einen hohen Stapel mit Papieren. Sie murmelte etwas vor sich hin, was ich aber leider nicht verstehen konnte.

Großmutter kniff mich in den Arm. „Siehst du? Ich wusste ja gleich, dass hier etwas faul ist.“

Na logisch. In Wirklichkeit hatte sie einfach nur jedes Mal Glück, wenn ihr der Sinn nach einem Abenteuer stand. Aber zugegeben, in letzter Zeit hatte sie stets einen hervorragenden Riecher dafür gehabt, in unserer verschlafenen Kleinstadt Dramen aufzuspüren und Verbrechen aufzudecken.

Gespannt beobachteten wir, wie die Blondine mit zitternden Händen ein Blatt Papier aus der Mitte des Stapels zog und es durch einen Schredder laufen ließ. Kurz blickte sie auf, als ob sie spürte, dass jemand ihr bei ihrem Treiben zusah. Dann fluchte sie leise und verschwand eilig aus unserem Blickfeld.

„Los, hinterher", sagte Großmutter und huschte zum nächsten Fenster.

Paisley und ich schlichen ihr so lautlos wie möglich nach. Was waren wir doch für eine verrückte Detektivbande.

Wir entdeckten sie erst wieder, als wir das Ende des Gebäudes und den Raum erreicht hatten, den ich als Mr. Leavitts Büro wiedererkannte. Dort zog sie die linke untere Schublade seines Schreibtisches auf, schob die restlichen Papiere, die sie offensichtlich an sich genommen hatte, hinein, ließ ihren Blick ein letztes Mal umherschweifen und verließ fluchtartig den Raum.

„Mist! Ist sie raus?", fragte ich, etwas kurzatmig aufgrund der aufregenden Entdeckung sowie des ungewohnten, geduckten Entenmarsches. „Sie wird unser Auto auf dem Parkplatz sehen und wissen, dass jemand hier ist."

„Verdammt, du hast recht." Grandma sprang auf und sprintete zurück zum Haupteingang, wobei sie satte dreißig Sekunden vor der Blondine dort aufschlug. Ich blieb ihr knapp auf den Fersen.

Falls die junge Frau überrascht war, uns vor der Tür warten

zu sehen, ließ sie es sich nicht anmerken, „Oh, hallo! Kann ich Ihnen helfen?“, fragte sie höflich.

„Ja, Liebes, das wäre sehr nett“, antwortete Großmutter in übertrieben großmütterlichem Tonfall, den sie immer dann anschlug, wenn sie besonders gebrechlich oder bedürftig rüberzukommen versuchte. „Ich wollte eine kleine Spende machen, weiß aber nicht, ob ich hier richtig bin? Ist das das Tierheim der Stadt Glendale?“

Ihr Gegenüber lächelte erleichtert. „Ja, da sind Sie hier richtig, aber leider haben wir bereits geschlossen.“

„Okay, na ja, was soll's“, zwitscherte Grandma übertrieben optimistisch. „Das habe ich jetzt davon, wenn ich tagsüber ein zu langes Nickerchen einlege.“

„Kein Problem“, sagte die junge Frau und bedachte sie mit einem beschwichtigenden Lächeln. „Ab morgen früh um acht ist wieder geöffnet. Allerdings, wenn es Ihnen Mühe und Aufwand erspart, kann ich Ihren Scheck auch jetzt entgegennehmen und ihn morgen an die zuständige Person weiterleiten.“

„Oh, Gott segne Sie, Liebes.“ Großmutter schenkte ihr ein gütiges Lächeln. „Das wäre wunderbar. Darf ich Ihren Namen erfahren? Ich möchte sicherstellen, dass ich meinen Followern auf Facebook berichten kann, wie hilfsbereit Sie heute Abend waren.“

„Ich bin Trish“, stellte sich das Mädchen lachend vor. „Und vielen Dank schon mal. Wir freuen uns über alles, was wir bekommen können.“

„Also, Trish.“ Sie zog das Scheckbuch aus ihrer Handtasche.

„Es ist nicht viel, da meine finanziellen Mittel begrenzt sind. Trotzdem hoffe ich, einen kleinen Beitrag leisten zu können."

„Kein Beitrag ist zu klein, glauben Sie mir. Ich selbst habe leider nicht mal zwei Cent übrig, die ich entbehren könnte, deshalb investiere ich stattdessen meine Zeit", erklärte Trish, während sie leicht nervös von einem Fuß auf den anderen trat.

„Das Tierheim kann sich glücklich schätzen, so jemanden wie Sie zu haben", schaltete ich mich in die Unterhaltung ein.

Dann beobachteten wir beide schweigend, wie Großmutter einen Scheck über hundert Dollar ausstellte, ihn mit Schwung aus dem Büchlein herausriss und ihr in die Hand drückte.

„Im Namen der Tiere danke ich Ihnen sehr für Ihre Großzügigkeit", sagte die junge Frau und hielt die Spende dicht an ihr Herz gepresst.

„Aber ich bitte Sie, das war doch nur eine Kleinigkeit. Ich wünschte, ich könnte mehr geben."

„Jede noch so kleine Summe macht einen großen Unterschied." Trish faltete den Scheck in der Mitte und steckte ihn vorne in ihre Handtasche. „Ich werde dafür sorgen, dass das Geld gleich morgen in unsere Kasse fließt. Gute Nacht, und nochmals herzlichen Dank!"

Wir verabschiedeten uns von ihr, genehmigten Paisley noch eine kleine Pinkelpause und gingen dann zurück zu unserem Wagen.

„Wer war das denn?", fragte unsere kleine Begleiterin. „Die kenne ich noch gar nicht."

„Trish", erklärte ich ihr. „Sie ist eine der freiwilligen Helferinnen. Bist du sicher, dass du sie noch nie zuvor gesehen hast? Sie kann kaum neu hier sein, wenn man sie mit dem Abschließen der Türen betraut hat."

„Nein, definitiv noch nie", antwortete Paisley ohne das geringste Zögern. „Aber sie war wirklich hübsch. Ich mag sie."

„Moment mal", sagte ich mit einem schiefen Grinsen, als ich mich an die Anfänge mit Octocat erinnerte. „Erkennst du sie vielleicht nur deshalb nicht, weil du die Menschen nicht auseinanderhalten kannst?"

Paisleys lange rosa Zunge baumelte aus ihrem Mund, während sie amüsiert schnaubte. „Wie kommst du denn auf solch einen Blödsinn? Jeder Mensch sieht anders aus, und jeder hat seinen ureigenen Geruch! Nein, ich hätte mich mit Sicherheit an sie erinnert, wenn ich sie vorher schon einmal gesehen oder gerochen hätte."

Schnell informierte ich Großmutter über unsere kleine Unterhaltung.

„*Hmm*", sagte sie und schnaufte dramatisch. „Das ist allerdings ein wenig seltsam."

„Finde ich auch", stimmte ich zu. „Was glaubst du, hatte Trish so ganz allein im Tierheim zu suchen? Arbeitet sie tatsächlich ehrenamtlich dort oder nicht? Und was hat sie heimlich durch den Schredder gejagt?"

„Lauter gute Fragen", antwortete sie, während wir zurück nach Hause fuhren. „Jedenfalls werde ich mein Bankkonto ganz genau im Auge behalten, um zu sehen, wo mein Geld tatsächlich landet."

Ich nickte zustimmend. „Mach das auf jeden Fall."

„Und vielleicht kommen wir morgen Abend einfach noch mal her und brechen dann tatsächlich ein", fügte sie hinzu, einen ernsten Ausdruck auf ihrem faltigen Gesicht.

„Bist du verrückt?", schimpfte ich. „Wir versuchen, andere von solchen Aktionen abzuhalten, und du willst selbst gegen die Gesetze verstoßen?"

„Mit dir machen solche Sachen einfach keinen Spaß", murrte sie.

Vielleicht war ich im Vergleich zu meiner verrückten Großmutter wirklich zu bieder, aber eine von uns beiden musste ja die Vernünftige sein.

Und da mit Octocat anscheinend momentan nicht zu rechnen war, schien diese Aufgabe mir zuzufallen.

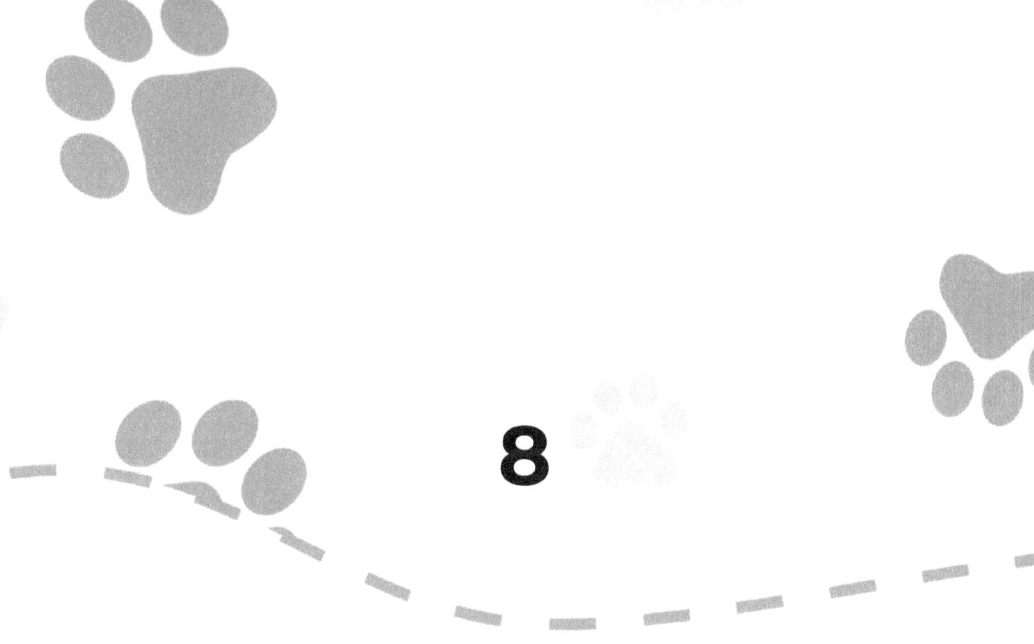

8

Als wir nach Hause zurückkehrten, fanden wir meinen Freund Charles wartend auf der Veranda vor. Kaum hatte ich den Motor abgestellt, sprang ich heraus, rannte die kurze Treppe hinauf und warf mich direkt in seine ausgestreckten Arme.

„Was machst du denn hier?“, fragte ich nach einem schnellen Begrüßungskuss.

„Nachdem gestern die tierische Jahrestagfeier abgesagt wurde, durfte ich ja nicht mehr vorbeikommen. Und bei unserem Telefonat heute Morgen schienst du mir irgendwie niedergeschlagen. Also dachte ich mir, ich schaue einfach mal vorbei, um mein kleines Mädchen etwas aufzumuntern.“ Während er sprach, hielt sein Blick mich gefangen, und meine Knie wurden weich. Obwohl wir bereits seit ein paar Wochen offiziell miteinander gingen, konnte ich es immer noch nicht fassen, dass wir endlich zusammengekommen waren. Wie lange war ich in ihn verknallt gewesen, und jetzt? Jetzt war er wirklich und wahrhaftig mein Freund, endlich, und ein großartiger noch dazu.

Nachdem ich mich wieder unter Kontrolle hatte, löste ich mich von ihm und studierte sein attraktives Gesicht. „Dein kleines Mädchen?“, wiederholte ich kichernd seine Worte. „Das klingt sehr nach Großmutter.“

„Okay ... Also ...“, gestand er mit einem heiseren Lachen, „vielleicht hat sie mich ja angerufen und dazu angestiftet. Aber wichtig ist doch jetzt nur, dass ich da bin, und ich habe für heute Abend etwas ganz Besonderes für uns geplant.“

Ich umarmte ihn fest und drückte mein Gesicht gegen seine Brust, um meine Nervosität zu verbergen. Diese ganze Beziehungskiste war noch ziemlich neu für mich, und ich hatte nach wie vor Angst, ich könne es vermasseln. Die Sache war auch gerade deswegen so heikel, weil wir zuerst einfach nur supergute Freunde geworden waren, bevor wir uns auf diese romantische Bindung eingelassen hatten.

Aufgrund dieser Umstände befürchtete ich außerdem, dass wir uns bereits gefährlich dem *Ich liebe dich*-Stadium näherten, obwohl wir erst seit etwas weniger als einem Monat zusammen waren. Und sobald erst mal diese drei kleinen Worte aus dem Sack waren, würde auch der nächste Schritt mit *Willst du mich heiraten* nicht mehr lange auf sich warten lassen. So sehr ich Charles auch anbetete – bei dem Gedanken, die Frau von jemandem zu werden, mit jemand anderem als Grandma zusammenzuleben, wurde mir heiß und kalt.

Immer langsam mit den jungen Pferden, sagte ich mir wieder und wieder vor. So, wie es jetzt lief, war es eigentlich perfekt, und ich wollte mir Zeit lassen, um die Phase meiner ersten echten, erwachsenen Verliebtheit in vollen Zügen auszukosten.

Also schluckte ich die letzten Reste meiner Unruhe hinunter und fragte: „Darf ich erfahren, was du geplant hast, oder ist es wieder eine deiner berühmten Überraschungen?"

Charles küsste mich auf die Stirn und schob mich ein Stück von sich. „Dieses Mal sage ich es dir", antwortete er mit einem Grinsen, „aber beim nächsten Mal behalte ich es bis zum allerletzten Augenblick für mich. Das wird dann nämlich wirklich eine Überraschung werden."

Ich nickte, immer noch auf das Jetzt konzentriert und begierig darauf zu erfahren, was er an diesem Abend vorhatte.

Er legte beide Arme um meine Taille und zog mich an sich. „Am Ortsrand von Dewdrop Springs hat gerade ein neues Wellnesscenter eröffnet, und die bieten Paarmassagen zum Sonderpreis an. Ich dachte mir, wir könnten das doch einmal austesten. Was hältst du davon?"

„Da bin ich sofort dabei!", quietschte ich und machte vor Freude einen kleinen Luftsprung. Ich hatte noch nie eine professionelle Massage bekommen, jedoch schon viel Gutes darüber gehört – vor allem von meiner Großmutter. Ganz ehrlich? Ein klein wenig machte mich die Vorstellung schon nervös, aber ich fand Charles' Geste zu nett, um mir mein Zögern oder meine Bedenken anmerken zu lassen.

„Bis später, Liebes", rief Grandma uns noch hinterher, als er mich zu seinem Auto führte. „Tu nichts, was ich nicht auch tun würde."

Ich lachte so herzhaft, dass ich mich fast verschluckte. Sie würde so ziemlich alles tun, ohne vorher auch nur einen Moment darüber nachzudenken. Definitiv kein Vorbild für keusches Betragen. Andererseits war das womöglich auch etwas, wovon ich mir eine Scheibe abschneiden konnte.

„Danke, dass du mich dort rausgeholt hast", sagte ich meinem Freund, als er rückwärts aus der langen Auffahrt fuhr.

„Immer wieder gerne." Er zwinkerte mir lächelnd zu, so dass ich ihn am liebsten auf der Stelle geküsst hätte. „Schmollt Octocat noch immer wegen des Familienzuwachses?"

Ich sog scharf die Luft durch die Zähne ein. „Das ist noch milde ausgedrückt."

Charles schmunzelte. „Erinnerst du dich noch an das Chaos mit Yo-Yo?"

O ja, Yo-Yo, der Yorkie, der einzige Zeuge des Doppelmordes an seinen Besitzern. Das war der Fall gewesen, bei dem Charles und ich uns kennengelernt hatten und gute Freunde geworden waren, obwohl es eigentlich damit begann, dass er mich erpresste und drohte, der ganzen Welt mein Geheimnis zu verraten.

„Ja logisch", entgegnete ich mit einem verschmitzten Grinsen. „Und auch daran, wie sich Octocat während der ganzen Zeit, die sie miteinander verbringen mussten, nie wirklich an ihn gewöhnen konnte."

„Und das war ja nur eine knappe Woche gewesen. Paisley wird den Rest ihres Lebens hier verbringen. Selbst er kann seine Protesthaltung nicht ewig durchziehen."

„Oh ihr Kleingläubigen", witzelte ich und verdrehte zur Bekräftigung die Augen.

Nach einer guten halben Stunde Fahrt hatten wir unser Ziel erreicht. Das neue, mondäne Spa lag inmitten einer ziemlich heruntergekommenen Shopping Mall, die mir nicht sehr vertrauenerweckend erschien. Sobald wir jedoch durch die Tür traten, erwartete uns ein prächtiger, in beruhigendem Hellgrün gestrichener Empfangsbereich. Direkt neben dem Tresen blubberte ein großer Steinbrunnen vor sich hin, und aus versteckten Lautsprechern ertönte sanfte klassische Musik. Begrüßt wurden wir von einer Frau, die von Kopf bis Fuß in Weiß gekleidet war.

Ihre roten Haare leuchteten sogar in der gedimmten Beleuchtung, und ihre blasse Haut wirkte makellos. „Willkommen bci Serenity", sagte sie mit melodischer Stimme. „Wie darf ich heute Ihre Welt verschönern?"

Ich kämpfte gegen eine Reihe von sarkastischen Kommentaren an, die mir schon auf der Zunge lagen und schenkte dieser Möchtegern-Weltverbesserin ein verkniffenes Lächeln.

Charles hingegen schien völlig in seinem Element zu sein. Möglicherweise, weil er in Kalifornien aufgewachsen war. Er griff nach meiner Hand, zog mich mit sich und ging zielstrebig auf die

Dame zu „Wir haben für sieben Uhr eine Paarmassage gebucht", teilte er ihr mit.

„Ah, der letzte Höhepunkt des Tages. Ausgezeichnet." Sie machte eine unnatürlich lange Pause, bevor sie fortfuhr: „Heute Nacht werden Sie sicher gut schlafen."

Es folgte ein weiterer peinlicher Moment der Stille.

Charles und ich blickten erst uns fragend an und dann zurück zu ihr.

„Stone ist fast fertig mit seinem vorherigen Termin. Wenn Sie noch kurz Platz nehmen würden?" Sie schwebte hinter dem Pult hervor und führte uns zu ein paar riesigen Gymnastikbällen, die um einen kleinen Teppich herum postiert waren.

„Ähm, vielen Dank." Unbeholfen ließ ich mich auf dem dunkelgrünen Ball nieder; Charles entschied sich für den hellbraunen.

Die Rezeptionistin lächelte uns etwas länger an, als es unbedingt nötig gewesen wäre, ging dann in den hinteren Raum und ließ uns allein zurück. Tja ... Sollte diese Mitarbeiterin ein Aushängeschild des Spas sein, musste es sich um einen wirklich sonderbaren Ort handeln. Das machte mich noch nervöser. Grandma würde diese ganze Show mit Sicherheit genießen. Ihre Devise war ja: je verrückter, desto besser. Ich hingegen hielt mich lieber an das, was ich bereits kannte und liebte.

„Du glaubst doch auch nicht, dass Stone der richtige Name dieses Typen ist, oder?", wollte Charles wissen und schnitt eine Grimasse.

Ich hatte ihn genau das Gleiche fragen wollen, versetzte ihm stattdessen aber nur einen spielerischen Klaps. „All das trägt zum *Ambiente* bei.“ Ich betonte dieses Wort dermaßen übertrieben, dass es nach einer komplett anderen Sprache klang. Vielleicht wie Französisch.

„All das ist Teil ihrer Devise, unsere Welt schöner zu machen“, fügte er mit einem leisen Lachen hinzu und stieß mit seinem riesigen Fitnessball gegen meinen.

Ich rollte leicht zurück, um Schwung zu holen und rempelte ihn dann noch härter an. Daraus entwickelte sich eine Art Flirt-Spiel, für das jeder von uns seine eigenen Regeln aufstellte.

Wir bemerkten zunächst nicht einmal, dass die Rezeptionistin zurückgekehrt war – erst als sie sich vernehmlich räusperte und uns vorwurfsvoll anstarrte.

„Stone wäre jetzt bereit für Sie“, ließ sie uns wissen und zwang sich zu einem Lächeln, das wohl eher Charles galt als mir.

In diesem Moment schwang die hintere Tür auf und eine zierliche, blonde Gestalt trat heraus.

„Trish?“, fragte ich erstaunt und konnte kaum glauben, dass ich der ehrenamtlichen Helferin des Tierheims an einem einzigen Tag gleich zweimal über den Weg lief, und das noch dazu innerhalb von einer Stunde. Vor allem, wenn man die Entfernung bedachte, die wir alle zurücklegen mussten, um von Glendale zum Einkaufszentrum zu gelangen.

Trish blinzelte mich zuerst irritiert an, lächelte dann jedoch. „Ach ja, Sie sind ja heute mit Ihrer Mutter vorbeigekommen, um etwas zu spenden, richtig?“, erwiderte sie mit einem zuckersüßen Tonfall, der sehr aufgesetzt wirkte.

„Eigentlich mit meiner Großmutter, aber – ja – das war ich.“ Ich lächelte freundlich zurück, um ihr zu signalisieren, dass ich ihr nichts Böses wollte. „Was machen Sie denn hier?“

„N-n-nichts“, war ihre zittrige Antwort. „Ich bin gerade auf dem Weg nach Hause.“

Und bevor ich noch irgendetwas fragen konnte, war sie auch schon zur Tür hinaus.

Tja, so viel zum Thema Smalltalk ...

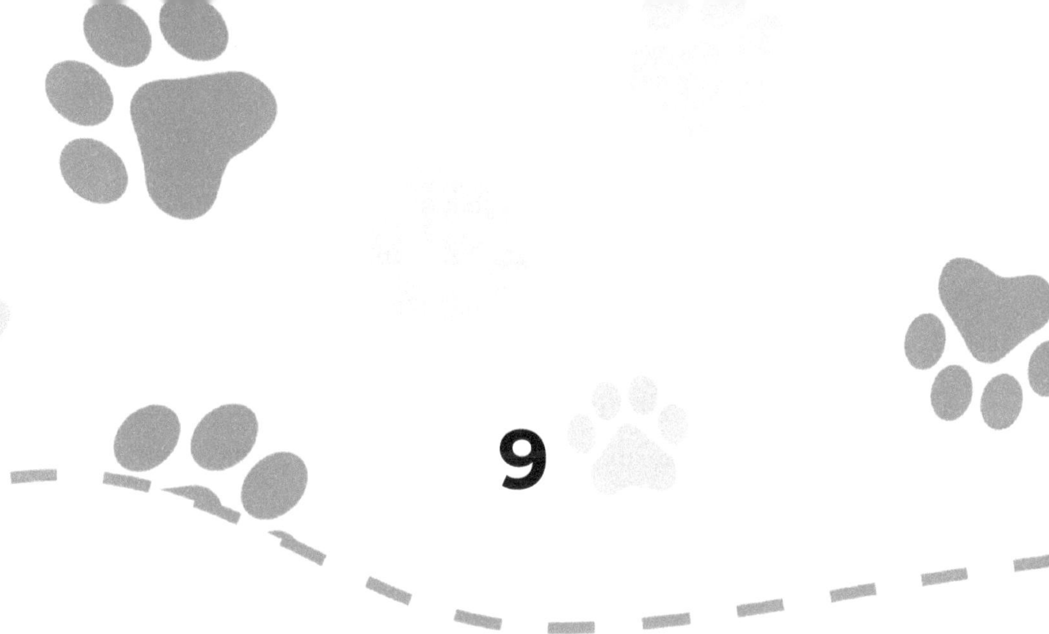

9

Keine Ahnung, wie ich mir Stone vorgestellt hatte, aber zumindest war er kein bäriger Holzfällertyp, der uns kurze Zeit später in Empfang nahm.

Obwohl er, ebenso wie die Frau an der Rezeption, ganz in Weiß gekleidet war, besaß er eine völlig andere Ausstrahlung. Durch seinen dichten roten Bart schenkte er uns ein gigantisches offenes Lächeln. „Guten Abend", sagte er und schob sich durchs Zimmer in Richtung der Schränke, die die Rückwand säumten, wobei seine langen Arme seitlich herunterbaumelten. Auf seinem Weg dorthin schaltete er die Musik an, und sogleich erfüllten die beruhigenden Klänge eines exotischen Saiteninstruments den Raum, was die ganze Sache noch eigenartiger und befremdlicher erschienen ließ.

„Ich komme in fünf Minuten wieder; dann können wir loslegen." Mit diesen Worten reichte er jedem von uns einen weißen, flauschigen Bademantel und ließ uns dann allein, um uns die Möglichkeit zu geben, uns in Ruhe auszuziehen.

Oha. Er hatte kaum fünf Worte mit uns gewechselt, und schon wollte er, dass wir unsere Kleider ablegten? Ich war zwar nicht unbedingt prüde, aber doch etwas schamhaft, was meinen Körper anbelangte.

Charles hatte mich auch noch nie nackt gesehen, verhielt sich diesbezüglich aber wie ein wahrer Gentleman. Auch jetzt drehte er mir sogleich den Rücken zu und versprach, nicht herzuschauen, bis ich ihm mein Okay dafür gab. Dennoch riss ich mir meine Sachen in Rekordgeschwindigkeit vom Leib und schlüpfte im gleichen Tempo in den dicken Bademantel. Ich verschwand beinahe in dem ungewohnten, deutlich zu großen Kleidungsstück, aber wenigstens fühlte es sich angenehm auf meiner nackten Haut an.

„Du kannst dich jetzt wieder umdrehen", teilte ich ihm verlegen mit. Tatsächlich fühlte ich mich in diesem wolligweißen, überdimensionalen Wellnessteil wie ein Schaf.

Ein bisschen kam ich mir vor wie ein Comic-Schaf, und Charles war definitiv der Wolf, der mich mit Blicken zu verschlingen drohte. Er stieß einen anerkennenden Pfiff aus und meinte: „Gerade im Moment siehst du besonders kuschelig aus." Dann rückte er näher an mich heran, schlang seine Arme um mich und wiegte sich mit mir absurd romantisch zur Meditationsmusik, was mir absolut fehl am Platz vorkam.

„Ich bin hier drunter nackt", flüsterte ich, peinlich berührt.

Er jedoch lachte nur und tanzte weiter mit mir, bis wir ein leises Klopfen an der Tür vernahmen.

„Kommen Sie herein“, rief er, während ich meinen Bademantel nur noch enger um mich schlang.

Stone war zurück, die Dame vom Empfang im Schlepptau. „Das ist meine Kollegin Harmony. Wir werden Sie gemeinsam massieren. Bitte machen Sie es sich bequem.”

Charles riss spielerisch erstaunt die Augen auf und rieb sich die Hände. Dann begab er sich zu einem der ledernen Massagetische und ließ sich so darauf nieder, dass sein Gesicht genau auf dem Loch im Kopfteil zu liegen kam.

„Jetzt Sie, Angela“, ermunterte mich die Masseurin. Ihre Stimme klang nun ganz anders als vorhin. Vielleicht lag es an der Akustik des Raums oder vielleicht verfügte sie über unterschiedliche Tonlagen, je nachdem, ob sie einen Kunden empfing oder an ihm arbeitete. Wie auch immer ... Mir kam das alles irgendwie total seltsam vor.

Anscheinend spürte Charles mein Unbehagen und streichelte meinen Arm, als ich an ihm vorbeiging. Er war so ein toller Freund und so viel kultivierter als ich.

Also atmete ich tief durch und beschloss, dieser Erfahrung der anderen Art eine Chance zu geben, bevor ich ein für alle Mal entschied, dass es nichts für mich war. Ich bedachte also Stone und Harmony mit einem kleinen Lächeln und setzte mich dann endlich ebenfalls auf die Liege, allerdings weit weniger anmutig, als Charles es getan hatte. Aber immerhin – es war vollbracht.

„Lavendel zur Entspannung“, sagte die Masseurin und sprühte wie wild um sich.

„Unsere hauseigene Mischung“, fügte Stone hinzu.

Die beiden sprachen abwechselnd mit ruhigen, gleichmäßigen Stimmen auf uns ein. Ihre Worte ergänzten sich perfekt, und ich versuchte mir gerade vorzustellen, wie oft sie diese Eröffnungsrede geprobt haben mochten, bis sie auf den Punkt genau passte.

Als sie damit fertig waren, legte Harmony eine weiche, warme Hand in meinen Nacken und begann, sanft an meinem Bademantel zu zerren.

Mein Puls begann zu rasen. Sollten Massagen nicht eigentlich beruhigen? Stattdessen hatte meine Beklemmung gerade ihr höchstes Level erreicht. „Kann ich das Teil nicht anbehalten?“, murmelte ich und hoffte, laut genug gesprochen zu haben, dass sie mich hören konnte.

„Nein“, entgegnete sie mit einer Stimme, die keinen Widerspruch duldete und schob den Bademantel immer weiter an mir herab, bis er mir auf den Hüften hing.

„Das ist schon okay, Angie“, sagte Charles neben mir, „ganz normal, dass du beim ersten Mal nervös bist. Erzähl mir einfach etwas, bis du dich entspannt hast.“

Das erste Mal? Hatte Charles das schon öfters gemacht? Möglicherweise mit seiner Ex, Breanne? Igitt, hoffentlich nicht.

Als meine Masseurin jedoch begann, Öl auf meinen oberen Rücken zu träufeln, entschied ich mich, seinen Rat anzunehmen.

Zumindest würde ein Gespräch die Zeit etwas schneller vergehen lassen.

„Ein toller Schuppen, den Sie hier haben", merkte ich an. „Natürlich kann ich im Moment nur den Boden sehen, aber der Empfangsbereich war schon mal echt klasse. Haha."

„Entspannen Sie sich", säuselte Harmony und strich mit ihren Händen sanft über meine Rückseite. „Einfach loslassen!"

Leider hatten ihre Worte bei mir nicht die gewünschte Wirkung.

„Ihr seid also neu hier in der Gegend? Was hat euch dazu bewogen, euch gerade in Dewdrop Springs niederzulassen? Und warum habt ihr euer Studio Serenity genannt? Und sind Harmony und Stone tatsächlich eure richtigen Namen?"

„Locker lassen", wiederholte sie ihre Anweisung, dieses Mal jedoch in weitaus schärferem Ton. Was würde passieren, wenn mir das nicht gelänge? Würden sie die ganze Sache hier abblasen? Das wollte ich Charles natürlich nicht antun, zumal ich wusste, wie hart er als einziger Partner in Glendales berüchtigtster Anwaltskanzlei arbeitete.

„Tut mir leid, ich bin einfach nur nervös." Ich atmete wiederholt langsam und zitternd ein und versuchte, meine Atmung der ihren anzupassen, in der Hoffnung, dass dies letztendlich helfen würde, mich auf diese neue Erfahrung einzulassen.

„Sie werden die Anwendung um ein Vielfaches mehr genießen können, wenn Sie sich nicht so verkrampfen", sagte Stone, aber auch dieser Rat war wenig hilfreich.

„Dies ist ihr erstes Mal“, erklärte Charles. „Können wir uns einfach ein wenig unterhalten, um es für sie leichter zu machen?“

„Wir werden aber die eingeplante Zeit keinesfalls überschreiten“, warnte Harmony. Mit jedem weiteren Satz, den sie von sich gab, verlor ihre Stimme etwas mehr von ihrer himmlischen Note. Es würde mich nicht wundern, wenn sie mich gleich anbrüllte.

„Das erwarten wir auch gar nicht“, erwiderte Charles schnell, „aber wenn sie ihr nicht helfen, sich zu entspannen, wird sie diese Erfahrung sicher kein zweites Mal mehr haben wollen.“

„Na schön.“ Meine Masseurin spie die Worte förmlich aus, während Stone nur gutmütig kicherte. War ja klar, dass ich die Eiskönigin erwischen musste. Trotzdem war sie noch das kleinere Übel. Auf keinen Fall hätte ich die Hände eines mir unbekannten Mannes auf meinem Körper spüren wollen, während ich entblößt und hilflos dalag.

„Wir haben uns den Namen Serenity ausgesucht, weil das die Atmosphäre ist, die wir für alle zu schaffen versuchen, die durch unsere Tür kommen“, sagte Stone. „Eine ruhige, heitere und gelassene Atmosphäre.“

„Was ist mit Trish?“, fragte ich und musste wieder an die überraschende Begegnung mit der zierlichen Blondine denken. „Sie schien mir nicht sehr gelassen, als sie vorhin hinausstürmte.“

„Wir sprechen grundsätzlich nicht über unsere anderen Kunden“, sagte Harmony und zwickte mich dabei ein wenig in mein Hinterteil.

„Kunden? Also hat sie sich ebenfalls massieren lassen?“, frage ich unschuldig.

„Natürlich“, antwortete Stone bestimmt. „Was denn sonst? Machen Sie sich um sie keine Sorgen. Sie war definitiv keine typische Kundin. Zumindest hat sie uns weniger gestresst verlassen im Vergleich dazu, in welcher Verfassung sie hier ankam.“

Harmony stöhnte frustriert auf, sagte aber nichts dazu.

„Warum ist sie denn so gestresst?“, bohrte ich weiter.

Obwohl ich eigentlich keine Antwort erwartet hätte, gab er sie mir trotzdem. „Weil die Stadt die Gelder für das Tierheim gekürzt hat und sie dort jetzt eine schwere Zeit durchmachen.“

„Stone“, zischte seine Kollegin, „vergiss bitte nicht unseren Ethik-Kodex!“

Ein paar Minuten lang schwiegen alle.

„Hey“, fing Stone dann wieder an und vergaß völlig, seine beruhigende Meditationsstimme zu benutzen. Jetzt kam er fast wie ein Freund rüber. „Wisst ihr, was mir hilft, wenn ich nervös bin? Ich zähle dann gerne all die Dinge auf, für die ich dankbar bin. Lasst uns doch alle mal abwechselnd alles Positive in unserem Leben benennen. Ich fange an. Ich bin dankbar dafür, dass ich einen Beruf habe, den ich liebe.“

„Ich auch“, bekräftigte Charles.

„Ich ebenso“, bestätigte ich. „Na ja, irgendwie zumindest. Ich habe in letzter Zeit nicht viel gemacht, aber …“

„Keine Erklärungen“, schnauzte Harmony mich an. „Sagen Sie einfach, was Ihnen als Erstes in den Sinn kommt, lassen Sie es raus, und weiter geht’s.“

„Also gut“, murrte ich. „Dann bin ich wohl dankbar für meine Katze.“

Aber war ich das auch für diese Erfahrung heute Abend? Ganz sicher nicht.

Vielleicht würde Charles beim nächsten Mal mir die Wahl überlassen.

10

„Hast du deine Massage genossen?“, erkundigte sich Charles, nachdem Harmony und Stone uns verlassen hatten, damit wir aus unseren Bademänteln wieder in unsere normale Kleidung wechseln konnten.

„Ja“, sagte ich mit entschiedener Stimme und hoffte, er würde mir glauben. Natürlich wusste ich seine Geste zu schätzen, fand es aber leider nicht sehr entspannend, von einem Fremden am ganzen Körper berührt zu werden. Viel lieber würde ich Octocat oder Paisley streicheln, bis all meine Sorgen dahinschmolzen. Oder ein wenig mit meinem neuen Freund kuscheln. Oder mit Grandma eine Zuckerorgie veranstalten.

Im Grunde alles andere, als von einer wütenden Person namens Harmony gepiesackt und durchgeknetet zu werden.

„Du bist solch eine schlechte Lügnerin“, erwiderte er schmunzelnd. „Auch wenn ich dich nicht sehen konnte, ist mir nicht entgangen, dass du die ganze Zeit über am Rad gedreht hast. Deine Gedanken galten dem Tierheim, stimmt's?“

Okay, er kannte mich einfach zu gut, aber genau das machte seinen Charme für mich aus. „Findest du es nicht auch seltsam, dass die Stadt ihnen die Mittel kürzt, wenn sie doch ohnehin schon so zu kämpfen haben?“

„Möglicherweise sind sie nicht die einzige Einrichtung, die derartige Probleme hat“, meinte Charles. „Im vergangenen Jahr hatten wir eine ziemlich hohe Mordrate. Es könnte gut sein, dass die Leute wegziehen, Häuser leer stehen und die Verwaltung dadurch insgesamt weniger Geld zur Verfügung hat.“

„Kann sein“, stimmte ich halbherzig zu. Seine Logik machte durchaus Sinn, aber mein Bauchgefühl sagte mir, dass da noch etwas anderes dahintersteckte. „Allerdings glaube ich nicht, dass das der Grund dafür ist. Es scheint mit dem Tierheim selbst zusammenzuhängen. Irgendetwas ist da faul.“

Er ging direkt darauf ein. Mittlerweile hatte er gelernt, meinen Instinkten zu vertrauen, und unterstützte mich voll und ganz, wenn ich einer Vermutung nachgehen oder sie zumindest intensiv diskutieren wollte. „Und du glaubst, diese Frau, die wir gesehen haben, ... Trish ... hat etwas damit zu tun?“

„Davon bin ich überzeugt.“ Ich drehte mich versehentlich um, bevor Charles sich fertig angezogen hatte, und erhaschte einen Blick auf seinen nackten Beine und Brust. „Oh, tut mir leid.“

„Kein Problem. Ich bin nicht annähernd so schüchtern wie du.“

Ich wartete auf das spezielle Geräusch, das mir verriet, dass er den Reißverschluss seiner Hose hochgezogen hatte, bevor ich mich erneut zu ihm umwandte.

Sofort bemerkte ich seinen ernsten Gesichtsausdruck. „Allerdings mache ich mir Sorgen um dich. Wirst du zumindest dieses Mal vorsichtiger sein, bevor du dich wieder in eine potenziell gefährliche Situation begibst?“

Ich schüttelte den Kopf und stieß ein sarkastisches Schnauben aus. „Ich bin immer vorsichtig.“

Charles lachte so heftig, dass er husten musste. „Na ja, wir wissen doch beide, dass dem nicht so ist. Also nochmals: Kannst du wenigstens ein bisschen umsichtiger an die Sache rangehen als üblicherweise?“

„Ja, schon gut“, willigte ich ein und ließ zu, dass er seine Arme um mich schlang. „Obwohl dir ja sicher klar ist, dass ich nicht mehr für deine Kanzlei arbeite, also bist du auch nicht mehr mein Boss.“

„Ja, aber du bedeutest mir jetzt mehr denn je. Glaubst du wirklich, ich würde dich nur warnen, weil ich dein Chef bin? Autsch, das tut weh.“

„Nein, bitte entschuldige. Du hast völlig recht. Sonst noch irgendwelche Forderungen, mein Angebeteter?“

„Jetzt, wo du es ansprichst ...“ Er gab mir zuerst ein Küsschen auf die Stirn, dann auf die Nase, und endete schließlich mit einem innigen Kuss auf meinen Lippen. „Ich hätte da noch eine winzige Bitte.“

Noch bevor er mehr sagen konnte, wusste ich bereits, dass ich ihm jeden Wunsch erfüllen würde. In seinen Händen schmolz ich dahin wie Butter.

„Lass mich kurz beim Rathaus vorbeischauen, um zu sehen, was ich über diese angeblichen Budgetkürzungen herausfinden kann. Sobald das erledigt ist, kannst du nach Herzenslust weiter nachforschen."

„In Ordnung." Ich zog sein Gesicht zu mir herab und gab ihm meinerseits einen leidenschaftlichen Kuss.

„Wofür war der denn?", fragte er lächelnd, nachdem wir uns voneinander gelöst hatten.

„Dafür, dass du versucht hast, mich aufzumuntern, und es dir tatsächlich gelungen ist."

„Willst du damit ausdrücken, dass ich für dieses schicke Pärchendings ein kleines Vermögen bezahlt habe, obwohl ich eigentlich nur mit meinem Anwaltsausweis hätte herumwedeln müssen?"

Wir kicherten beide und küssten uns erneut. Selbst wenn ich das jeden Tag für den Rest meines Lebens tun sollte, bekäme ich wahrscheinlich nie genug von ihm.

Leider hatten wir aber noch etwas zu erledigen; also schob ich ihn widerstrebend von mir. „Jetzt dreh dich bitte mal mit dem Gesicht zur Wand, damit ich mich ebenfalls in Ruhe anziehen kann", bat ich ihn, froh darüber, diese ganze Erfahrung hinter mir lassen zu können und in die reale Welt zurückkehren zu dürfen – eine Welt, in der die Leute vernünftige Vornamen hatten und mit ihrer echten Stimme sprachen.

Auf nimmer Wiedersehen, Serenity …

Geheimnisvolles Tierheim, wir kommen.

* * *

Ich kehrte nach Hause zurück und fand etwas vor, das man nur als Kriegsgebiet bezeichnen könnte. Großmutter hatte ihr pinkfarbenes Hundemama-T-Shirt um eine pinke Tarnhose ergänzt, und sogar ihre entzückende Gefährtin Paisley war kostümiert worden. Das zitternde Fellknäuel trug jetzt ein Totenkopf-Tanktop mit einer glitzernden rosa Schleife an einer Seite des Schädels.

O Mann ...

Im Esszimmer nahm eine riesige Landkarte von Blueberry Bay den größten Teil unseres ohnehin schon ausladenden Tisches ein. Grandma hatte zudem eine Postertafel aufgestellt, und ein ganzes Sortiment Textmarker in allen nur erdenklichen Farben warteten auf ihren Einsatz.

„Was ist denn hier los?", fragte ich, obwohl ich mir nicht sicher war, ob ich die Antwort auch wirklich hören wollte.

Endlich schien sie meine Ankunft bemerkt zu haben, kam quer durch den Raum auf mich zu marschiert und legte mir beide Hände auf die Schultern. „Der Scheck wurde eingelöst", informierte sie mich, und ihre Augen blitzten vor Begeisterung.

Ich runzelte die Stirn. Dies schien mir eine ziemlich übertriebene Reaktion darauf, dass einem Geld abgebucht wurde, aber natürlich war mein Kopf von der Massage noch ziemlich benebelt. Also waren auch meine Synapsen in ihrer Funktion eventuell etwas eingeschränkt.

„Und du hast unser Haus in ein Schlachtfeld verwandelt, weil …?“, hakte ich trotzdem nach.

Sie deutete auf den Laptop, den sie in der äußersten Ecke des Wohnzimmers für ihren gelegentlichen Gebrauch aufgestellt hatte und sagte: „Weißt du noch, wie du mir beigebracht hast, alle meine Rechnungen online zu bezahlen?“

„Jaaaa?“, antwortete ich gedehnt, nicht sicher, ob mir gefallen würde, worauf sie hinauswollte. Es reichte nun wirklich, wenn ich mich bei der Lösung eines Falles Risiken aussetzte, aber Großmutter wollte ich nicht in Gefahr bringen.

„Schau dir das an.“ Sie drückte mir einen Ausdruck in die Hand.

Obwohl das Bild grobkörnig war, konnte ich deutlich ihre Unterschrift auf dem Scheck von vorhin ausmachen. Auch die Signatur und der Stempel der First Bank of Blueberry Bay war zu erkennen.

„Achte auf die Adresse“, drängte mich Grandma mit einem eifrigen Lächeln.

„Dewdrop Springs“, las ich laut vor. „Hmm, aber warum sollte das Tierheim von Glendale ausgerechnet in Dewdrop Springs Schecks einlösen?“

„Das hatte ich gehofft, von dir zu erfahren. Immerhin warst du ja gerade erst dort.“ Sie schnappte sich den Bogen erneut und wartete auf meine Erklärung.

Ich hatte zwar nicht die Antworten, die sie sich erhoffte, aber immerhin ein paar Informationen, die uns weiterhelfen könnten. Jetzt war ich an der Reihe, eine große Enthüllung zu machen, und ich genoss meinen Auftritt. „Wo du es gerade erwähnst – Charles und ich haben Trish bei der Massage getroffen. Glaubst du, dass sie diejenige war, die den Scheck eingelöst hat?“

Wir studierten beide das unleserliche Gekritzel, das die Unterschrift darstellte, aber da wir Trishs Nachnamen nicht kannten, war das ein Ding der Unmöglichkeit.

„Seltsam“, sagte ich schließlich.

„Definitiv seltsam“, stimmte Grandma mir nickend zu.

„Und was hat all dies hier zu bedeuten?“ Ich zeigte auf das heillose Chaos, das während meiner kurzen Abwesenheit in unserem normalerweise tadellos aufgeräumten Haus entstanden war.

„Es fällt mir leichter zu denken, wenn ich all meine Hilfsmittel zur Hand habe“, antwortete sie achselzuckend.

Diese Aussage entlockte mir ein Schmunzeln. „Und woran bitte hast du gedacht?“

„Dass wir diesem Tierheim genauer auf den Zahn fühlen müssen“, kam es wie aus der Pistole geschossen.

„Ja, dieses Gefühl habe ich irgendwie auch. Aber lass mich dich auf den neuesten Stand bringen, was ich heute Abend herausgefunden habe.“

„Ausgezeichnet, aber zuerst einmal einen Tee“, beschloss sie.

Eine muntere Paisley im Schlepptau, eilte sie hinüber in die Küche. Gleich darauf vernahm ich, wie sie ein scharfes Keuchen ausstieß. „Oje. Ich befürchte, es gab einen erneuten Überfall.“

Ich rannte ihr hinterher und entdeckte ein paar Kaffeetassen, die zerschmettert auf dem harten Boden lagen.

Was zum Teufel …?

Wer zerstörte bitte unsere ganzen Sachen?

Und wie kam es, dass Großmutter im Zimmer nebenan all den Krach nicht mitbekommen hatte?

Seufz.

Scheinbar galt es mehr als nur ein Rätsel zu lösen.

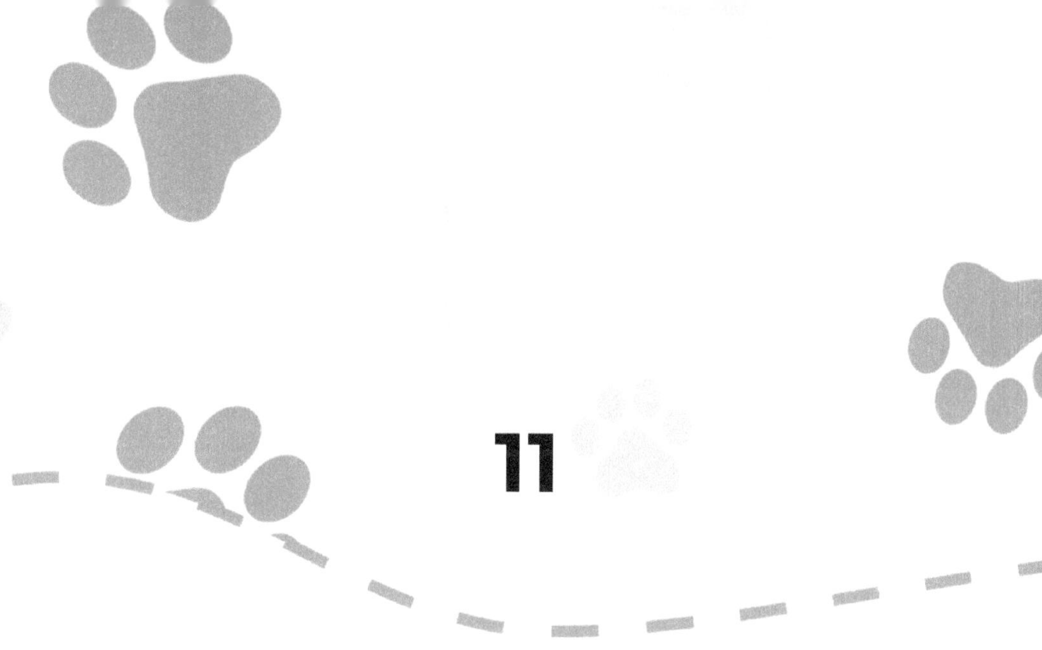

11

Trotz meiner nagenden Abneigung gegen Harmony musste ich zugeben, dass sie eine Sache ausgezeichnet hinbekommen hatte: In dieser Nacht schlief ich wie ein Murmeltier. Vielleicht lag es an der Massage, vielleicht aber auch an der Tatsache, dass ich beschloss, meiner wütenden Katze nicht länger aus dem Weg zu gehen und von daher tatsächlich wieder in meinem eigenen Bett genächtigt hatte.

Auch wenn ich Octocat vor dem Einschlafen nicht zu Gesicht bekommen hatte, war mir klar, dass er noch immer irgendwo in meinem Turmzimmer stecken musste. Es interessierte mich im Moment aber nicht sonderlich. Seine Trotzanfälle standen mir bis obenhin. Entweder er lernte, mit Paisley auszukommen, oder er konnte sich bis zum Ende seiner Tage freiwillig hier verkriechen.

Natürlich hoffte ich, dass es nicht so weit kommen würde, andererseits hatte er mir klar zu verstehen gegeben, dass er, was unser neues vierbeiniges Familienmitglied anbelangte, nicht zu Verhandlungen bereit war.

Nach dem anstrengenden Tag gestern wachte ich an diesem Morgen erst durch mein wütend klingelndes Handy auf.

„Bäh, wie spät ist es denn?“, stöhnte ich ins Telefon, anstatt mich mit einem anständigen *Hallo* zu melden.

Am anderen Ende der Leitung ertönte Charles’ Lachen. „Aufwachen, Dornröschen. Dein Märchenprinz hat Neuigkeiten!“

„Dornröschen hat Prinz Phillip“, korrigierte ich ihn und wischte mir den Schlaf aus den Augen.

„Und du Prinz Charles, oder, *hmm,* vielleicht auch nicht.“ Er kicherte leise vor sich hin, aber ich war noch zu groggy, um mit einzustimmen.

„Wie auch immer, ich habe Neuigkeiten“, wiederholte er seine Worte. „Und übrigens ist es fast zehn Uhr. Du solltest langsam mal aus den Federn kriechen und in die Gänge kommen.“

Ich stöhnte erneut, was meinen Freund nur noch mehr zum Lachen brachte. „Also, was gibt es?“, fragte ich und suchte auf meinem Nachttisch nach den Multivitamin-Drops, die ich jeden Morgen zu mir nahm.

„Wie versprochen habe ich den heutigen Tag mit einem Besuch im Rathaus gestartet. Man kann wirklich viel in Erfahrung bringen, wenn man die richtigen Leute kennt, nur mal nebenbei bemerkt.“ Er schien sehr stolz auf sich zu sein. Bedeutete das, dass er etwas Gutes herausgefunden hatte? Etwas, das Großmutter und mir helfen würde herauszukriegen, was zum Teufel in diesem Tierheim vor sich ging?

„Und das wäre?“, fragte ich grinsend, bevor ich mir die klebrig-süßen Vitamine in den Mund stopfte.

Er sog die Luft durch die Zähne ein und erklärte dann: „Dass die Mittel für das Tierheim nicht gekürzt wurden, wie Stone uns weismachen wollte. Tatsächlich sind sie Jahr für Jahr über die Inflation hinaus sogar erhöht worden.“

Ich gähnte und versuchte mein Bestes, mich erneut zu konzentrieren. Für Worte wie *Inflation* war es definitiv noch zu früh. „Und das bedeutet?”, hakte ich nach und konnte mir nur zu gut vorstellen, wie dumm meine Fragen in Charles’ Anwaltsohren klingen mussten. Zugegeben, meine sieben Associate Degrees waren zwar nicht schlecht, aber auch nicht annähernd so beeindruckend wie sein abgeschlossenes Jurastudium.

Er atmete tief durch und klärte mich auf: „Das heißt, dass es nicht an der Förderung liegen kann, wenn das Tierheim Geldprobleme hat.“

„Hältst du es für möglich, dass jemand dort Geld abzweigt?”, fragte ich. Angesichts der Menge an Beweisen, die sich seit vorgestern auftürmten, erschien eine andere Variante kaum denkbar.

„Ein Unternehmen – oder in diesem Fall eine gemeinnützige Organisation – zu bestehlen, nennt man *Unterschlagung*. Und, ja, die Möglichkeit besteht offensichtlich.“ Die Tatsache, dass Charles in den vollen Anwaltsmodus geschaltet hatte, machte mir deutlich, dass, was auch immer hier vor sich ging, sehr, sehr illegal sein musste. Ich hoffte aufrichtig, dass der Schuldige nicht nur erwischt, sondern sich auch in vollem Umfang dafür verantwortlich machen müsste.

Eine unbändige Wut schoss mir durch die Adern und weckte mich effektiver auf, als jegliche Form von Koffein es je vermocht hätte. „Aber es geht ja nicht nur ums Geld“, wandte ich ein, „sondern vor allem um das Leben dieser Tiere! Man hat sie jetzt schon zu dritt in einem Käfig zusammengepfercht ... Was passiert, wenn das Tierheim geschlossen werden muss?“

„Vielleicht würde ein anderes Heim sie aufnehmen.“ Charles’ geflüsterte Worte verrieten seine wahre Überzeugung. Er fühlte sich in dieser Situation genauso hilflos wie ich, und es brachte niemandem etwas, wenn wir um den heißen Brei herumredeten.

„Oder man würde sie alle auf die Straße setzen. Oder schlimmer noch: ein-ein-einschläfern.“ Bei seinem letzten Wort erschauderte ich, bedeutete es doch eine der schlimmsten Szenarien, die ich mir vorstellen konnte. Diese armen, süßen Geschöpfe.

„Aber das wird nicht passieren“, versicherte er mir. Seine Stimme klang jetzt kräftiger, überzeugender.

„Wie kannst du das mit Sicherheit wissen?“ Heiße Tränen stiegen mir in die Augen, aber ich unterdrückte sie. Ich musste mich an meiner Wut festhalten. Wut half mir, die Dinge entschlossener anzugehen.

„Weil ich dich kenne und weiß, dass du das nie zulassen würdest.“

„Ich muss los“, murmelte ich ins Telefon, schon auf halbem

Weg zu meinem Schrank, um mir eilig ein paar Klamotten überzuwerfen.

„Das war mir klar", sagte Charles, und ich konnte das Lächeln in seinen Worten hören. „Pass auf dich auf und ruf mich an, wenn du etwas brauchst. Verstanden?"

„Verstanden", sagte ich und drückte auf die rote Taste, um den Anruf zu beenden.

Noch nie war ich so entschlossen gewesen, einen Fall zu lösen – und zwar schnellstens. Dutzende von Leben hingen davon ab.

* * *

Als ich in meinem hastig zusammengestellten Outfit die Treppe hinuntergestürmt kam, stand Großmutter bereits fertig angezogen an der Haustür. „Na endlich", stieß sie verärgert hervor. „Miss Paisley und ich warten bereits den ganzen Morgen auf dich."

„Hallo, Mami!", jubelte der kleine Chihuahua und wackelte vergnügt mit dem Hinterteil. „Wir machen einen Ausflug mit dem Auto!"

„Zum Tierheim?", fragte ich, nur um sicherzugehen.

„Zum Tierheim!" Grandma stieß einen Schlachtruf aus, riss die Tür auf und wir drei zogen los in den Kampf.

Diesmal nahmen wir Nans kleinen roten Sportwagen und nicht meine alte Klapperkiste. „Wir werden ihnen irgendwie stecken, dass wir Geld haben und uns nicht scheuen, es zu nutzen und auszugeben“, erklärte sie mir.

„Das ist der komplette Plan?“, wunderte ich mich laut. Wieder einmal machte ich mir Sorgen, dass sie eine durchaus komplexe Situation nur durch ihre rosarote Brille sah. Die Welt im Kopf meiner Großmutter und die Welt, wie sie tatsächlich existierte, stimmten nicht immer exakt überein.

Sie warf mir einen warnenden Blick zu, während sie den Schlüssel im Zündschloss drehte. „Natürlich nicht!“

„Dann klär mich doch bitte mal auf.“

„Das wirst du schon sehen, wenn wir dort sind“, entgegnete sie augenzwinkernd und drückte dann kräftig aufs Gaspedal.

Also gut. Was auch immer als Nächstes passieren würde – ich war bereit dafür. Allerdings hoffte ich, dass Trish heute Morgen nicht anwesend sein würde; andernfalls würde Grandmas Lügengerüst – Rentnerin mit kleinem Einkommen –, das sie gestern Abend konstruiert hatte, in sich zusammenstürzen, wenn sie in einem teuren Sportwagen vorfuhr. Aber es schien unwahrscheinlich, dass wir ihr erneut begegnen könnten. Immerhin hatte Paisley ja Stein und Bein geschworen, die mysteriöse freiwillige Helferin noch nie in ihrem ganzen Leben gesehen zu haben.

Aber trotzdem fragte ich mich ...

Wir erreichten unser Ziel innerhalb kürzester Zeit, dank Großmutters Vorliebe, stets mindestens zehn Stundenkilometer über dem Tempolimit zu fahren. Und es war auch nicht die Blondine, sondern Pearl – die freundliche ältere Ehrenamtliche, die ich gestern getroffen hatte, als ich allein herkam –, die uns jetzt begrüßte.

„Schon wieder da?“, fragte sie und lächelte warmherzig. Ich brauchte einen Moment, um zu erkennen, dass ihr Lächeln nicht mir galt, sondern Grandma.

„Sie kennen mich doch“, säuselte diese als Antwort. „Ich kann einfach nicht wegbleiben.“

Dann machte sie eine knappe Kopfbewegung in meine Richtung, schaute aber weiterhin die Frau vor sich an. „Das ist meine Enkelin, Angie, und Ms. Paisley kennen Sie ja bereits.“

Paisley bellte zur Bestätigung, und ich nickte nur dümmlich und zwang mich ebenfalls zu einem Grinsen.

„Hallo, Angie“, antwortete diese mit einem leeren Blick in meine Richtung. Konnte sie sich denn nicht daran erinnern, dass ich gestern erst da gewesen war? „Also, was kann ich für Sie tun, Großmütterchen?“

Ich fand es geradezu urkomisch, dass sie Grandma mit *Großmütterchen* ansprach, schaffte es dann aber doch irgendwie, während der gesamten Unterhaltung keine Miene zu verziehen.

Grandma legte eine Hand auf ihr Herz und seufzte. „Ich konnte nicht aufhören, über diese armen Tiere und die Probleme hier nachzudenken.“

„Ach, machen Sie sich um uns keine Sorgen“, antwortete Pearl mit einem traurigen Kopfschütteln, „wir finden schon einen Weg. Das ist uns bisher immer gelungen.“

„Aber es muss doch etwas geben, was ich tun kann!“

Die Frau erhob sich schwerfällig und legte ihr beschwichtigend eine Hand auf den Arm. „Ich verspreche Ihnen, dass wir alles tun werden, was in unserer Macht steht. Es ist nur so, dass uns die finanziellen Mittel gekürzt wurden und wir noch nicht wissen, wie wir mit den neuen Budgetvorgaben zurechtkommen sollen."

Grandma kaute auf ihrer Lippe herum. Ob sie ehrlich entmutigt war oder einfach nur eine gute Show abzog, konnte selbst ich nicht mit Sicherheit sagen.

„Ich verstehe", murmelte sie, „aber – hey, ich hab's!"

Sowohl die Helferin als auch ich waren begierig zu hören, was sie zu sagen hatte, aber natürlich ließ sie uns erst einmal zappeln, um die Spannung zu steigern.

„Und? Was ist denn nun Ihre großartige Idee?", drängte Pearl.

Großmutter bedachte uns mit einem breiten Grinsen, bevor sie damit herausrückte. „Wie wäre es, wenn ich eine große Spendenaktion zur Rettung des Tierheims organisieren würde?"

„Wir sind Gott sei Dank noch nicht an dem Punkt, an dem wir gerettet werden müssten, aber Sie haben das Herz wirklich am rechten Fleck. Ich bringe Sie zu Mr. Leavitt, damit Sie beide …" Sie hielt inne und blickte mit einem nervösen Lächeln zu mir herüber … „Ich meine, Sie drei, das alles unter sechs Augen besprechen können."

Großmutter nickte zustimmend. „Danke, meine Liebe, das wäre sehr freundlich von Ihnen."

Die Frau lächelte und geleitete uns zur Tür, die zu den hinteren Räumen des Tierheims führte. Als wir ihr durch den langen Gang mit den Zwingern folgten, nahm Grandma meine Hand in die ihre und drückte sie. Ich hatte nach wie vor nicht die geringste Ahnung, welchen Plan sie verfolgte, aber zumindest schien es so, als würden wir vorankommen.

Blieb nur zu hoffen, dass es so weiterging …

12

In seinem Büro begrüßte Mr. Leavitt Großmutter, Paisley und mich mit einem breiten Lächeln. Und im Gegensatz zu Pearl erinnerte *er* sich sehr wohl daran, dass ich am Vortag schon einmal da gewesen war.

„Willkommen zurück, Angie", sagte er und klopfte mir wohlwollend auf die Schulter, kaum dass ich eingetreten war. „So langsam glaube ich, dass Sie unser persönlicher Tierheim-Schutzengel sind. Nicht nur, dass Sie uns gestern so großzügig unterstützt haben, heute tauchen Sie schon wieder auf und bringen sogar eine weitere Spenderin mit. Bitte, nehmen Sie doch beide Platz."

Ach ja richtig. Ich hatte ihm einen Scheck gegeben. War das wirklich gerade mal vierundzwanzig Stunden her? Und ob der wohl zur gleichen Zeit und am gleichen Ort wie der von Grandma eingelöst worden war? In dieser kurzen Zeitspanne war so viel passiert, dass ich komplett vergessen hatte, das zu überprüfen.

„Ich kann noch viel mehr tun, als nur einen Scheck auszustellen“, sagte Großmutter und ließ sich auf einen der Stühle sinken, die seinem Schreibtisch gegenüberstanden. „Ich werde eine Spendenaktion ins Leben rufen, damit unserer Finanzspritze noch viele weitere folgen. Was halten Sie davon?”

In Anbetracht der Aussicht auf den Geldsegen riss Mr. Leavitt die Augen auf. „Das hört sich fantastisch an“, meinte er begeistert. „Also sagen Sie mir: Was kann ich tun, um Sie dabei zu unterstützen?“

„Ich bin froh, dass Sie gefragt haben“, gluckste Großmutter. „Ich werde nicht viel Unterstützung brauchen, keine Sorge, außer etwas Zeit, um mich mit der Einrichtung und den Tieren, die hier leben, vertraut zu machen. Das wird mir helfen sicherzustellen, dass ich die richtige Art von Spendenaktion plane. Warum sollte man einen Kuchenbasar veranstalten, wenn eine Gala wesentlich effektiver wäre?“

„Wie wahr, wie wahr“, stimmte er ihr kopfnickend zu, und seine Augen wurden noch größer. „Es wäre mir ein Vergnügen, Sie durch unsere Einrichtung zu führen. Wenn Sie mir nur einen Moment Zeit geben, um ein paar Dinge fertigzumachen, stehe ich Ihnen …“

„Ehrlich gesagt“, unterbrach Grandma ihn, „würde ich gerne erst einmal ein wenig allein herumlaufen. Sie verstehen das sicherlich. Anstatt mir einen Vortrag über diesen Ort anzuhören, möchte ich ihn fühlen.“ Sie schlug die Beine übereinander, setzte sich noch gerader hin und sprach fast schon in einem Befehlston auf ihn ein.

Und zog Mr. Leavitt damit direkt in ihren Bann „Oh, natürlich. Wenn Sie etwas brauchen sollten …“

„Dann weiß ich, wo ich Sie finden kann, vielen Dank“, beendete sie das Gespräch, erhob sich und ging hinaus, ohne darauf zu warten, dass Paisley und ich ihr folgten.

Ich musste mich richtig bemühen, um sie wieder einzuholen. „Und was jetzt?“, flüsterte ich, als sie selbstbewusst durch die langen Reihen mit Zwingern schritt.

„Jetzt werden wir uns mit einigen der Tiere unterhalten und sehen, was sie zu sagen haben.“ *Wir.* Ja, klar. Also ich sollte mich wieder einmal um Kopf und Kragen reden.

„Aber was, wenn uns jemand dabei erwischt?“ fragte ich ängstlich und fügte in Gedanken hinzu: *Was, wenn sie unseren Verdacht mitbekommen und beschließen, uns unschädlich zu machen, uns zum Schweigen zu bringen?* Das war schon einmal passiert und könnte sich jederzeit wiederholen. Während meiner monatelangen Detektivarbeit hatte ich am eigenen Leib erfahren müssen, dass Kriminelle es hassten, wenn man ihnen auf die Schliche kam. Logisch.

Großmutter jedoch schien nicht im Geringsten besorgt. „Ich werde Schmiere stehen, und wenn uns jemand ertappt, kannst du einfach so tun, als würdest du mit mir oder Paisley reden“, erklärte sie mit sachlicher Miene. „Aber beeile dich. So eine Chance bietet sich uns kein zweites Mal.“

Ach ja, Paisley.

Ich vermisste Octocat, meinen Watson, an meiner Seite.

Sicherlich, die kleine Hündin war nett und bemüht, aber ich wusste immer noch nicht, wie viel sie tatsächlich von dem Geheimnis verstanden hatte, das wir aufdecken wollten.

Vielleicht war es an der Zeit, das herauszufinden.

„Hey, Paisley", gurrte ich und nahm sie auf den Arm, „Willst du mir bei einem kleinen Spiel helfen?"

„Ein Spiel!", bellte der Chihuahua begeistert. „So wie Fangen? Oder Weglaufen? Oder eine Katze jagen? Ja! Das mache ich gerne!"

„Nicht ganz", sagte ich und biss mir kurz auf die Lippe, während ich nach den richtigen Worten suchte. „Wie spielen *Detektiv.* Dabei versuchen wir, ein Geheimnis herauszufinden."

Paisley verzog ihr Gesicht, sodass einer ihrer unteren Eckzähne über ihre Oberlippe ragte. Sie sah unglaublich niedlich aus, als sie sagte: „Ich habe aber keine Geheimnisse. Darf ich trotzdem mitmachen?"

„Natürlich darfst du das", versicherte ich ihr. „Eigentlich wissen wir sogar schon, was das Geheimnis ist, allerdings noch nicht, wer genau dahintersteckt. Meinst du, du kannst mir helfen, das herauszufinden?"

„Ich werde mein Bestes geben, Mami!", versprach sie und zitterte vor Vorfreude.

„Prima, das ist die richtige Einstellung!" Ich gab ihr einen feuchten Schmatzer auf die Stirn und kraulte sie begeistert zwischen den Ohren. „Okay, es geht um Folgendes: Jemand stiehlt Geld aus dem Tierheim, und wir wollen herausfinden, wer diese Person ist."

„Was ist denn Geld?", fragte Paisley und legte interessiert den Kopf schief.

„Vergiss es", machte ich schnell einen Rückzieher. „Was ich sagen wollte, ist, dass jemand im Tierheim sehr böse ist, und wir müssen herausfinden, wer."

„Hmm", überlegte sie, wobei ihre Ohren wie Mini-Radarschüsseln rotierten. „Ich wette, es war eine Katze! Wenn so etwas passiert, steckt meist eine Katze dahinter."

Ihre Erklärung brachte mich zum Lachen. „Eigentlich bin ich mir ziemlich sicher, dass dieses Mal ein Mensch dafür verantwortlich ist."

Der kleine Hund wimmerte. „Aber die Menschen hier sind doch alle so nett", meinte sie. „Sie füttern uns, gehen mit uns Gassi, spielen mit uns und helfen uns, ein Zuhause zu finden. Keiner hier ist böse, und *sehr* böse schon gleich gar nicht." Bei diesem Gedanken erschauderte sie sogar.

Oh, liebe, süße, kleine Paisley.

Sie sah wirklich in jedem nur das Beste, sogar in dem Kater zu Hause, der ihr angedroht hatte, sie zu töten, und in den Mitarbeitern, die den bedürftigen Tieren die nötigen Mittel stahlen. So gerne ich ihre Hilfe auch in Anspruch genommen hätte, so sehr bezweifelte ich auch, dass ich sie dazu bringen könnte, die Wahrheit zu erkennen – selbst wenn diese sich direkt vor ihren Augen befände.

„Okay, wir machen es folgendermaßen", änderte ich meine

Taktik. „Du leistest Grandma Gesellschaft, und ich rede mal mit ein paar deiner Freunde und schaue, was ich in Erfahrung bringen kann. Klingt das gut?"

„Okay, Mami." Sie wedelte so schnell mit dem Schwanz, dass dieser wie ein Propeller vor meinen Augen verschwamm. Wie konnte man nur so glücklich sein!

Ich setzte sie wieder ab, und sie rannte sofort zu Großmutter hinüber, streckte ihre winzigen Pfoten in die Luft und bettelte darum, auf den Arm genommen und geknuddelt zu werden. „Haltet die Augen offen", murmelte ich noch und marschierte dann zum letzten Käfig am äußersten Ende des Raumes. Dieses Mal würde ich meine Ermittlungen strukturiert angehen.

Ein riesiger, faltiger Hund starrte mit traurigem Blick zu mir hoch. An seiner Seite saß ein wesentlich kleinerer Mischling, der anscheinend nicht viel anderes zu tun hatte, als an einer seiner Hinterpfoten zu kauen.

„Hey, ihr da", sprach ich sie bemüht fröhlich an, obwohl mir die Traurigkeit, die von diesem Ort ausging, bereits jetzt schon zusetzte. Die beiden schienen zumindest älter und weiser zu sein als Paisley. Vielleicht wäre das von Vorteil. „Mein Name ist Angie, und ich hatte gehofft, ihr könntet mir vielleicht helfen. Ein sehr böser Mensch stiehlt etwas aus dem Tierheim. Habt ihr eine Idee, wer das sein könnte?"

„Alle Menschen hier sind nett", informierte mich der große Hund, ohne zu zögern.

„Ja", fügte der andere hinzu, nach wie vor den Fuß im Maul.

„Wenn hier jemand schlecht ist, dann ist es wahrscheinlich eine der Katzen."

„Ah, okay. Vielen Dank für eure Hilfe", entgegnete ich und zwang mich zu einem Lächeln. Obwohl ich gerade erst begonnen hatte zu recherchieren, war jetzt schon klar, dass ich von den Hunden nicht viel erfahren würde. Dennoch unterhielt ich mich noch mit ein paar anderen, bevor ich schließlich aufgab und mich, wie vorgeschlagen, auf den Weg zu den Samtpfoten machte.

Deren Bereich war viel kleiner und bot keinerlei Privatsphäre. Ab dem Moment meines Eintritts war jedes Paar Katzenaugen und -ohren auf mich gerichtet.

„Hallo", begrüßte ich sie nervös, obwohl ich mich ja eigentlich für einen Katzenmenschen hielt. Ich liebte Octocat, wenn er nicht unnötig grausam und dramatisch war, aber der Gedanke an zwanzig von seiner Sorte auf einem Haufen machte mir eine Heidenangst. „Mein Name ist Angie, und ich versuche, einen sehr schlechten Menschen zu finden, der hier im Tierheim arbeitet. Kennt ihr ...?"

„Schätzchen", unterbrach mich eine flauschige Rassekatze mit einer platten Nase, noch bevor ich den Satz zu Ende sprechen konnte. „Sieh dich doch nur mal um. Alle Menschen sind schlecht."

„Genau. Sie würden im Chaos versinken, wenn wir nicht ein Auge auf die Dinge hätten", stimmte ihm ein rötlicher Tiger mit wütendem Gesichtsausdruck zu.

Kein Wunder, dass Katzen und Hunde einander so wenig

leiden konnten. Sie waren so unterschiedlich, wie zwei Gattungen es nur sein konnten. Immerhin vertrauten sie nicht blindlings den Motiven der anderen. Vielleicht konnte ich doch noch was aus ihnen herauskitzeln, wenn ich die richtigen Fragen stellte.

Also räusperte ich mich und versuchte es erneut. „Gibt es vielleicht einen Menschen, der schlimmer ist als die anderen? Vielleicht jemand, der Geld aus dem Tierheim klaut?“

„Das ist so, als ob man herausfinden wollte, ob einer der Grashalme grüner ist als der Rest“, meldete sich die Katze mit dem platten Gesicht erneut zu Wort. „Es gibt einfach so viele von ihnen, und außerdem sind sie alle grün.“

Ihre Kumpels in den anderen Käfigen miauten zustimmend, und ich gab es auf, über die Bewohner des Tierheims irgendwelche brauchbaren Informationen zu erhalten.

Es war an der Zeit, die Dinge anders anzugehen ...

Leider hatte ich keine Ahnung wie.

13

Als wir zurück nach Hause kamen, saß Octocat im Wohnzimmer und wartete auf uns. Ich hatte die Schlafzimmertür bewusst offengelassen, nur für den Fall, dass er einen Tapetenwechsel brauchte, jedoch nicht wirklich damit gerechnet, dass er dies ausnutzen würde.

Glücklicherweise hielt Großmutter Paisley fest in ihren Armen, so dass diese nicht in Versuchung kommen konnte, erneut zu dem launischen Kater hinzurennen. Konnte und wollte er denn nicht erkennen, wie sehr sie ihn bereits liebte? Wie gerne sie seine Freundin sein wollte?

Seiner gerunzelten Stirn und der angespannten Körperhaltung nach, traf beides nicht zu.

„Sieh mal einer an, welch Glanz in unserer bescheidenen Hütte“, witzelte ich, teils erleichtert, ihn zu sehen, teils besorgt, was er als Nächstes fordern könnte.

„Ha", erwiderte er trocken und fuhr dann fort: „Wie ich sehe, macht ihr mit dieser Hochstaplerin noch immer auf heile Familie."

Okay, also null Fortschritt. „Das hast du völlig richtig erkannt, aber meinst du nicht, es wäre so allmählich an der Zeit, dass du aufhörst zu schmollen und dich wieder unter die Lebenden mischst?"

Hatte ich einen Fehler gemacht, indem ich mich bezüglich seiner exklusiven Wünsche, was Kost und Logis anging, beugte? Bei diesen Dingen war das einfach gewesen, aber jetzt ging es um Leben oder Tod einer kleinen Kreatur. Für mich kam es nicht in Frage, Paisley in das überfüllte Tierheim zurückzuschicken, vor allem, wenn dessen Zukunft so ungewiss war.

Trotzdem war es mir klar, dass es alles andere als einfach sein würde, und mein Herz tat mir weh, als Octocat mit „Schlechtes passiert, wenn gute Katzen schweigen" antwortete.

„Aber genau das ist es doch, was du gerade hier abziehst", protestierte ich. „Du strafst mich mit Schweigen. Hast du nicht selbst langsam die Schnauze voll davon?"

„Hast *du* nicht die Schnauze voll?", raunte er in tiefem, unheilvollem Ton zurück. Irgendwie kamen wir keinen Schritt weiter.

„Mr. Octopus-Katze", quietschte Paisley und lenkte unsere Aufmerksamkeit auf ihre großen schwarzen Augen und ihren winzigen rosa Mund. „Ich weiß, dass du mich nicht magst, aber ich verspreche, dass ich alles tun werde, um die Dinge wieder zu richten. Ich wünsche mir, dass wir Freunde werden."

„Schau doch nur, wie kann man dieses Tierchen nur hassen?“, säuselte ich und kraulte sie unter ihrem winzigen, zitternden Kinn.

Als Reaktion darauf begann ihr ganzer Körper zu zucken, und Großmutter verstärkte ihren Griff, um sie nicht fallen zu lassen.

„Nichts leichter als das“, zischte mein Kater, den diese Liebesbekundung anscheinend völlig kaltließ. „Sogar eine meiner leichtesten Übungen.“

„Freunden sie sich so allmählich an?“, wollte Grandma wissen, und ihre Augen funkelten hoffnungsvoll.

„Na ja, nicht wirklich“, antwortete ich mit einem Seufzer, „aber trotzdem schon mal ein kleiner Fortschritt.“

„Okay, Hund, sag mir“, fauchte mein Kater und erhob sich auf alle vier Pfoten. „Würdest du wirklich *alles* tun, um mich glücklich zu machen?“

„Ja, natürlich”, rief Paisley überschwänglich aus und fing erneut an zu zittern. „Alles, was du dir wünscht!“

Ich wartete gespannt auf die große Enthüllung. Würden wir Octocats Forderung erfüllen können? Selbst ich wäre zu allem bereit, um wieder Frieden in unsere gespaltene Familie zu bringen.

Seine großen, bernsteinfarbenen Augen verengten sich, und er sprach sehr, sehr langsam. „Dann lauf weg, weit weg, und komm nie wieder zurück.“

Der Chihuahua begann zu wimmern, was unserem teuflischen Katzenoberhaupt ein gemeines Lachen entlockte. „Muss ich das wirklich, Mami?“, fragte Paisley, und jedes ihrer Worte war von einem jämmerlichen Jaulen untermalt.

O dieser Kater! Manchmal machte er mich so was von wütend!

„Nein, natürlich nicht. Er ist einfach nur gemein!“ Ich warf ihm einen finsteren Blick zu, aber er sah nicht im Geringsten zerknirscht aus.

„Hey, ich weiß eben genau, was ich will.” Sein Schwanz schlug wie wild von links nach rechts. „Und auch, was ich nicht will. Der Hund muss weg.“

„Halt den Mund, Octocat. Du bist überstimmt worden“, fuhr Großmutter ihn an, obwohl sie die genauen Worte nicht verstanden haben konnte.

Paisley zappelte und leckte ihr die Hände – ob, um ihr Trost zu spenden oder um dem zuzustimmen, was sie zu ihrer Verteidigung gesagt hatte, konnte ich nicht mit Sicherheit sagen.

„Unglaublich“, murmelte mein Kater, sprang auf den Boden und schlich davon. Ein paar Augenblicke später hörten wir, wie seine elektronische Katzenklappe sich öffnete und er nach draußen verschwand.

„Bleib am besten so lange weg, bis du deine Einstellung geändert hast!“, rief ich ihm noch hinterher.

„Mach dir keine Sorgen um ihn, meine süße Kleine.“ Grandma küsste den Chihuahua auf den Kopf und setzte ihn dann wieder ab. „Komm, wir machen uns erst mal was zu essen, okay?“

Gemeinsam begaben wir uns in die Küche, wo Großmutter drei Hühnerbrüste aus dem Kühlschrank nahm, um sie zu braten, während ich begann, die Zutaten für einen Caesar Salad zu schnippeln. „Eine davon mache ich für Paisley“, erklärte sie mit einem Grinsen.

Oh, das würde der kleine Hund bestimmt zu schätzen wissen.

Wir waren mit den Vorbereitungen für das Mittagessen fast fertig, als aus dem Eingangsbereich ein lautes Scheppern ertönte. Ich schaute auf meine Füße und musste feststellen, dass die Kleine nicht mehr da war.

„Warum geht in letzter Zeit ständig etwas in die Brüche?“, murmelte Grandma, nahm die Pfanne vom Herd und marschierte hinaus, um die Ursache des Krachs zu lokalisieren.

Ich entdeckte das Chaos noch vor ihr. Eine von Ethel Fultons antiken Tiffany-Lampen lag in tausend Scherben auf dem Boden. Ein unbezahlbares Erbstück. *Großartig!*

Direkt daneben kauerte eine heulende Paisley. „Es tut mir so leid“, jammerte sie. „Ich weiß überhaupt nicht, wie das passieren konnte. Ich war gerade in Gedanken, und plötzlich – krach!“

„Schon gut, Kleines, wir wissen, dass du es nicht mit Absicht getan hast“, beruhigte ich sie, während Großmutter anfing, die Bruchstücke zusammenzukehren.

„Unglaublich“, murmelte Octocat und rannte dann die große Treppe hinauf, vermutlich zurück in sein selbst auferlegtes Gefängnis in meinem Turmschlafzimmer.

Komisch, ich hatte gar nicht gehört, dass die elektronische

Katzenklappe sich öffnete, obwohl ich quasi direkt danebenstand.

* * *

„Könntest du heute Nachmittag für mich auf Paisley aufpassen?", fragte Großmutter, nachdem wir unser Mittagsmahl beendet hatten. „Ich würde sie ja mitnehmen, aber ich habe viele Besorgungen zu erledigen und möchte nicht, dass sie mir flöten geht."

„Klar", antwortete ich geistesabwesend, während ich mich auf dem Handy in meine Banking-App einloggte. Ich musste ein wenig herumklicken, bevor ich fand, wonach ich gesucht hatte. Als die gewünschte Information vor mir aufblinkte, reichte ich Grandma das Telefon und fragte: „Hey, ist das dieselbe Adresse wie auf dem Scheck, den du eingelöst hast?"

Sie studierte einen Moment lang den winzigen Bildschirm, gab es mir dann zurück und kramte auf ihrem Schreibtisch herum, bis sie den Beleg entdeckte, den sie am Abend zuvor ausgedruckt hatte. „Absolut identisch", sagte sie und hielt das Blatt neben das Handy, damit wir beide miteinander vergleichen konnten.

Mein Blick wanderte noch einige Male zwischen beiden hin und her, bis ich mir absolut sicher war, dass wir hier eine Übereinstimmung gefunden hatten. „Die Unterschrift ist ein klein wenig anders, sieht aber trotzdem so aus, als ob sie zu derselben Person gehört. Ich glaube, sie beginnt mit einem D oder einem O. Schwer zu sagen."

„Aber so buchstabiert man Trish leider nicht“, erwiderte sie und seufzte auf.

„Leider nicht“, stimmte ich zu und war jetzt noch verwirrter als zuvor. Also loggte ich mich aus der App aus und legte das Telefon beiseite.

„Ich werde darüber nachdenken, während ich unterwegs bin“, versprach Großmutter.

„Was genau hast du eigentlich vor?” Ich hatte ihr vorhin nur halbherzig zugehört, als sie es erwähnte. Jetzt allerdings war meine Neugier geweckt.

„Mit der Arbeit an der Wohltätigkeitsveranstaltung für das Tierheim zu beginnen, was sonst. Ich habe beschlossen, eine Gala zu veranstalten. Das wird mehr wichtige Leute anlocken als ein Kuchenverkauf oder eine kostenlose Autowäsche.“

„Gute Idee.“ Oder etwa doch nicht? Ich hasste es, ihr zu widersprechen, aber hatte sie die ganze Sache wirklich ausreichend durchdacht, bevor sie sich entschied, sie in die Tat umzusetzen?

„Grandma, so eine Gala erfordert eine Menge Vorbereitungsarbeit. Was, wenn es, bis du die Planung abgeschlossen hast, für das Tierheim bereits zu spät ist?“

Sie machte eine wegwerfende Handbewegung. „Sei doch nicht schon wieder so negativ und hör auf, an deiner alten Großmutter zu zweifeln. Also, ihr beide, seid schön brav. Zum Abendessen bin ich wieder zurück. *Ciao.*“

In der nächsten Minute war sie in ihre Schuhe geschlüpft und zur Tür hinausgeeilt. O Mann, war sie flink! Neben meiner fitten und aktiven Großmutter fühlte ich mich oft wie ein lahmarschiger Trampel. Vielleicht würde ich eines Tages tatsächlich mal etwas dagegen unternehmen –, aber heute war nicht dieser Tag.

„Was möchtest du heute Nachmittag gerne machen?", fragte ich und suchte den Raum nach Paisley ab. Normalerweise klammerte sie sich wie eine Klette an den nächstbesten Menschen, aber im Moment konnte ich sie nirgends entdecken.

„Paisley!", rief ich. „Komm her, Kleine."

„Lieber nicht", kam die gedämpfte Antwort.

Es dauerte ein paar Minuten, aber schließlich fand ich sie unter unserem antiken, viktorianischen Liegesessel versteckt. „Warum so traurig, Schätzchen?" Ich setzte mich auf den harten, unbequemen Boden und wartete darauf, dass sie sich hervorwagte.

„Die Katze mag mich nicht", schniefte sie unter der alten Couch hervor.

„Ach, mach dir doch keine Gedanken um ihn. Er mag eigentlich niemanden so richtig."

„Aber mich *ganz besonders* nicht! Und im Tierheim konnte ich dir ebenfalls nicht helfen, das Detektivspiel zu gewinnen. Und nun ist auch noch Grandma weggegangen und wollte mich nicht mitnehmen. Was, wenn sie nie wieder zurückkommt?"

Die arme Kleine! Mir brach das Herz, wenn ich sie so sah und nur wenig dagegen tun konnte.

„Du musst nicht weinen, Paze. Du hast bei dem Detektivspiel großartige Arbeit geleistet und – hey –, es ist noch nicht vorbei. Wir können immer noch gewinnen. Und ich verspreche dir, dein

Frauchen wird zurückkommen, sobald sie ihre Besorgungen erledigt hat. Wir haben dich doch alle ganz doll lieb."

„Sogar Octopus-Cat?", fragte sie und hob leicht den Kopf.

„Sogar Octocat", versicherte ich ihr lächelnd. „Er weiß es nur noch nicht."

14

Da sowohl Paisley als auch ich etwas frische Luft gebrauchen konnten, leinte ich sie an und fuhr mit ihr ins Ortszentrum, um einen kleinen Schaufensterbummel zu machen.

„Warst du schon einmal hier?“, fragte ich meine Hundegefährtin, während wir beide die schmalen Bürgersteige entlangschlenderten, die das Geschäftszentrum unserer kleinen Küstenstadt säumten.

„Nein“, erwiderte sie und hocke sich dann neben einen jungen Baum, der gerade anfing, seine Blätter herbstlich zu färben. „Aber es gefällt mir außerordentlich gut. So viele herrliche Gerüche!“

Obwohl ich mir sicher war, dass unsere Definition von *herrlich* nicht die gleiche war, lächelte ich und nickte zustimmend. Paisley war wieder glücklich, und nur das zählte.

„Welches ist denn dein Lieblingsgeruch?“, erkundigte ich mich im Plauderton.

„Oh, Pipi natürlich!“ Sie quietschte euphorisch und genoss die berauschenden Aromen wie ein Schweinchen, das sich im Dreck suhlt.

Danach stellte ich keine weiteren Fragen mehr. Stattdessen setzten wir beide unseren Weg fort, wobei wir häufig anhielten, damit sie an allem schnuppern konnte, was sie interessierte.

„Oh, hallo Angie!“, rief Mr. Gable, der Besitzer des nahegelegenen Juweliergeschäfts, von seinem Platz vor der Tür zu uns herüber, wo er, mit einer dampfenden Tasse Kaffee in der Hand, das Treiben auf der Straße beobachtete. Der alte, weißhaarige Mann war hier in Glendale praktisch eine Institution. Von daher war es auch kein Wunder, dass man ihn kürzlich zum Vorsitzenden des Stadtrats gewählt hatte.

„Hallo, Mr. Gable“, antwortete ich und beschleunigte meinen Schritt, um mich zu ihm zu gesellen.

„Ja wer ist denn dieser kleine Kerl hier?“ Er beugte sich vorsichtig hinab und ließ Paisley an seinen Händen schnuppern. Bestimmt rochen sie nach Kaffee.

„Das ist Paisley“, verkündete ich stolz, „unser neuestes Familienmitglied.“

Er lachte gutmütig auf. „Oh, ich wette, die Katze ist darüber nicht sonderlich begeistert.“

„Da haben Sie richtig gewettet“, antwortete ich und lachte ebenfalls. Hoffentlich würde Mr. Gables wohlgemeinte Bemerkung den Chihuahua nicht wieder in ein nervöses, zitterndes Fellbündel verwandeln.

Der jedoch schien zu sehr von der Liebenswürdigkeit dieses neuen Freundes angetan zu sein, um sich über die Herzlosigkeit der feindseligen Katze zu Hause Gedanken zu machen.

Eine Weile unterhielten wir uns noch über die bevorstehenden Weihnachtsfeiertage. Bis dahin waren es zwar noch gute drei Monate, aber wie man allgemein wusste, begannen die Geschäfte in der Innenstadt bereits direkt nach dem Fest mit der Planung für das kommende Jahr. Der jährliche Weihnachtsmarkt wurde mit jeder Saison größer und prächtiger, und ich war schon unheimlich gespannt, wie er wohl dieses Weihnachten aussehen würde.

Mr. Gable jedoch weigerte sich, etwas darüber zu verraten. „Lass dich überraschen", meinte er mit einem Augenzwinkern, als wäre er der Weihnachtsmann höchstpersönlich.

Gerade als ich doch noch um ein paar geheime Details betteln wollte, fiel mir eine ungewöhnliche Bewegung auf der Straßc auf. Wohlgemerkt, wir befanden uns in der Innenstadt von Glendale, was bedeutete, dass hunderte Menschen, Hunde und Fahrzeuge unterwegs waren – und zudem noch mitten am Tag.

Irgendwie wusste ich jedoch, dass jene plötzlich auftauchende Gestalt nichts mit all dem zu tun hatte. Vielleicht war es meine Katzenspürnase, die mir das sagte.

Paisley schien es nicht anders zu gehen, denn sie stupste mit der Nase gegen mein Bein und sagte: „Das ist diese nette Dame, die wir neulich gerochen haben. Vor dem Tierheim. Erinnerst du dich?“

Und sie hatte recht. Die verdächtige Trish war ein weiteres Mal in meinem Leben aufgetaucht, und ich musste wissen, warum.

„Tja, war nett, mit Ihnen zu plaudern“, verabschiedete ich mich von Mr. Gable und winkte ihm nochmals kurz zu. „Wir sehen uns bestimmt bald wieder.“

Dann hob ich Paisley auf und eilte in die Richtung zurück, aus der wir gekommen waren. Auch wenn sie wahrscheinlich lieber gelaufen wäre, musste ich sie nahe genug an mir dran haben, um ihr zuflüstern zu können, was ich vorhatte.

„Wir müssen jetzt sehr, sehr leise sein“, wies ich sie, „als würden wir Kaninchen jagen.“ Nur dass wir eine Verdächtige verfolgen würden, was noch viel gefährlicher war.

„Wenn wir uns lange genug ruhig verhalten und in Deckung bleiben, dann könnten wir vielleicht sogar das Detektivspiel gewinnen“, versprach ich mit einem angedeuteten Grinsen.

Sie keuchte kurz auf, sagte aber nichts darauf. Braver Hund.

Trish bog in eine Gasse ein, und ich beschleunigte meinen Schritt, um sie nicht zu verlieren, wobei ich darauf achtete, trotzdem weit genug zurückzubleiben, damit sie mich nicht entdeckte. An einem Parkplatz blieb sie stehen und wartete.

Paisley und ich versteckten uns hinter einem Müllcontainer ganz in der Nähe. Keiner von uns sprach ein Wort.

Dann sah ich ihn – einen riesigen, verbeulten Cadillac, dessen Reifen über den Kies knirschten. Der Fahrer war eindeutig männlich, aber ich konnte nicht viel mehr als eine schmächtige Gestalt und seine tiefe Stimme ausmachen. Er und Trish unterhielten sich ein paar Minuten lang, dann stieg er aus dem Auto aus und öffnete den Kofferraum.

Dessen Inneres war bis zum Rand mit Tierfutter und anderen Tierbedarfsprodukten gefüllt, alles originalverpackt. Wenn der geheimnisvolle Mann hier war, um dem Tierheim eine Spende zukommen zu lassen, verhielt er sich jedoch ziemlich zwielichtig.

Mir blieb nicht viel Zeit, darüber nachzudenken, denn im nächsten Moment zog Trish ein Bündel Geldscheine aus ihrer Vordertasche und drückte es ihm in die Hand.

Das reichte, um mich endlich zum Handeln zu bewegen. Zuerst schnappte ich mir mein Handy und zoomte auf das Nummernschild, damit ich später einen Nachweis vorzeigen konnte. Dann rief ich meinen guten Freund Officer Bouchard an und bat ihn herzukommen.

„Haben wir das Detektivspiel gewonnen?“, fragte Paisley und starrte mich aus funkelnden, dunklen Augen an.

„Ja, ich glaube, das haben wir“, entgegnete ich und streichelte sie enthusiastisch dafür, dass sie ihre Arbeit so gut gemacht hatte. „Aber wir müssen uns noch ein bisschen länger ruhig verhalten, bis wir uns ganz sicher sein können.“

Wir beobachteten, wie Trish und der Mann sich stritten, dann fuhr er mit dem Geld und den Waren davon. Unsere Verdächtige stöhnte auf und stolzierte zurück in die Gasse, wo Paisley und ich noch immer zusammengekauert hinter dem Müllcontainer hockten.

„Oh, oh!

Ich sollte mir besser schnell etwas einfallen lassen. Instinktiv setzte ich meinen Hund auf dem Boden ab und rief: „O mein Gott, Paisley! Da bist du ja! Ich habe dich überall gesucht!"

„Natürlich, ich bin hier, Mami!", bellte sie zurück und schien den Bluff nicht ganz begriffen zu haben.

Da Trish an uns vorbeilief, ohne uns großartig zu beachten, rief ich ihr hinterher. „Hey, Trish. Sind Sie das? Dreimal in weniger als vierundzwanzig Stunden! Was für ein Zufall."

Sie zog eine Grimasse, blieb aber zumindest stehen. „Freut mich, Sie wiederzusehen, aber ich habe gerade im Moment leider gar keine Zeit." Ohne eine Antwort abzuwarten, setzte sie schnellen Schrittes ihren Weg fort.

Oh, nein! So leicht kommst du mir nicht davon.

Ihr musste gerade so einiges durch den Kopf gehen, denn wir konnten ihr folgen, ohne dass sie etwas davon mitbekam. Allerdings hatte sie ein rasantes Tempo drauf, und zum zweiten Mal an diesem Tag wünschte ich mir, ich wäre besser in Form. Trotzdem schaffte ich es irgendwie, ihr auf den Fersen zu bleiben. Sie führte uns zu einem weiteren Parkplatz auf der anderen Seite des Stadtzentrums von Glendale, wo derselbe Mann mit laufendem Motor in seinem Auto wartete.

„Bingo", flüsterte ich und schickte eine kurze Textnachricht an Officer Bouchard, um ihm mitzuteilen, dass er zum nördlichen Parkplatz kommen solle.

Trish öffnete den Kofferraum einer schmutzigen weißen Limousine. Dann begannen sie und der Mann, den Inhalt seines

Fahrzeugs in ihres zu verfrachten. Sie hatten es gerade geschafft, etwa die Hälfte der Waren umzuräumen, als Officer Bouchards Streifenwagen um die Ecke bog.

Meine Aufregung wuchs. Mein Freund und Helfer hatte es gerade noch rechtzeitig geschafft, und jetzt war es so weit. Jemand würde gleich ganz großen Ärger bekommen ...

15

Der Mann schlug den Deckel seines Kofferraums zu, war aber nicht schnell genug, als dass es dem Beamten, der gerade am Tatort eingetroffen war, entgangen wäre.

Für mich war es das Zeichen, mein Versteck zu verlassen. Da dieses Mal nirgends ein Müllcontainer herumstand, hatte ich mich bisher flach an die Backsteinmauer eines Hauses gedrückt. Ich schritt mit einer Zuversicht zu ihnen hinüber, die ich so eigentlich nicht empfand – und auch dann erst empfinden würde, wenn wir uns sicher sein konnten, die Gauner, die das Geld des Tierheims veruntreuten, gefasst zu haben.

Officer Bouchard entdeckte mich zuerst und winkte mich zu sich heran.

Dann drehten auch die beiden Gauner sich in meine Richtung, und als Trish mich erspähte, füllten sich ihre Augen mit Verachtung. „Sie sind mir gefolgt!", brüllte sie mich an.

„Aber, aber", versuchte Officer Bouchard zu vermitteln, „wir wollen doch nicht noch mehr Ärger, als wir ohnehin schon haben. Los, junger Mann, öffnen Sie den Kofferraum."

Inzwischen war ich nahe genug herangekommen, um die Gesichtszüge des geheimnisvollen Unbekannten zu erkennen. Er war groß und schlaksig, hatte helle Haut und noch helleres Haar. Ich war mir ziemlich sicher, ihn noch nie zuvor gesehen zu haben.

„Hey, warten Sie mal kurz", wandte Trish ein und zeigte mit einem zittrigen Finger in meine Richtung. „Sie ist mir gefolgt. Ist Stalking nicht irgendwie illegal?"

„Nicht nur *irgendwie*. Es ist illegal, aber irgendetwas sagt mir, dass in diesem Kofferraum etwas noch viel Illegaleres auf mich wartet, und dass Miss Russo nur ihrer bürgerlichen Pflicht nachkam, indem sie es meldete und Sie beide im Auge behielt, bis ich herkommen konnte, um die Sache offiziell zu regeln. Und jetzt machen Sie endlich auf."

Trishs Komplize tat, wie ihm geheißen, und erneut erblickte ich einen riesigen Berg an funkelnagelneuem Tierbedarf.

„Den hier bitte auch." Der Polizist zeigte auf Trishs Auto und wartete, bis auch sie seinem Befehl nachkam.

„Sieh an, sieh an", meinte er dann schmunzelnd, „das werden doch nicht zufällig die Sachen sein, die ein Geschäft in Dewdrop Springs heute Morgen als gestohlen gemeldet hat?" Er hob eine

Augenbraue und blickte den jüngeren, blonden Mann an. „Oder etwa doch?"

„Wie auch immer, Mann. Ich bin nur eine Art Handlanger. Sie ist das Superhirn."

Falls es ihm leidtat, verstand er es, geschickt zu verbergen, und ich vermutete, dass der Typ möglicherweise nicht von hier war und angenommen hatte, niemand würde das Fehlen des Tierbedarfs bemerken. Offenbar hatte er nicht damit gerechnet, dass in einer Kleinstadt wie der unseren jeder alles mitbekam.

Trish stampfte wütend mit dem Fuß auf. „Wie können Sie es wagen, mir all das anhängen zu wollen!"

„Schluss mit dem Theater ", warnte der Beamte. „Wer hat diese Sachen gestohlen und warum?"

„Ich habe nichts gestohlen", stieß Trish hervor. „Ich habe diese Sachen ordnungsgemäß erworben."

Der Polizist verschränkte die Arme vor der Brust und starrte die beiden Übeltäter streng an. „Das kaufe ich Ihnen leider nicht ab, junge Frau. Warum sollte man Tierbedarf aus dem Kofferraum eines Mannes kaufen, wenn es genauso einfach ist, in ein Geschäft zu gehen? Sie wissen schon ... so wie es jeder normale Mensch macht?"

„Er hat uns einen Rabatt angeboten. Diese Einsparung ist dringend nötig. Dem Tierheim geht es gerade nicht so gut, und ... Ich habe doch lediglich versucht, den Tieren zu helfen!"

„Gehen wir", sagte Officer Bouchard und machte eine einladende Geste in Richtung seines wartenden Wagens. „Ich würde unheimlich gerne mehr darüber hören – auf dem Revier. Sie sind beide herzlich eingeladen."

Trish warf mir einen bösen Blick zu, als er sie ohne weiteren Kommentar in Richtung Polizeiauto schob. Er hatte weder ihr noch dem Mann mit dem Kofferraum voller Diebesgut Handschellen angelegt, jedoch Verstärkung angefordert, um den Tatort zu räumen, während er sich um die Verdächtigen kümmerte.

„Danke, Russo", sagte er und kehrte nochmals zu mir zurück, „aber darf ich fragen, wie Sie auf die Idee kamen, ihr zu folgen?"

Schnell klärte ich ihn über Grandmas und meinen Verdacht auf und fügte zum Schluss dramatisch hinzu: „Und sie arbeitet nicht mal dort. Glaube ich zumindest."

„Oh, Sie und Ihre Großmutter! Irgendwann sollten wir Sie wirklich einstellen, damit Sie offiziell für den Bezirk arbeiten können. Aktuell kann ich Ihnen aber eines versprechen: Wir werden herausfinden, was in diesem Tierheim vor sich geht. Tiere in Not zu bestehlen, ist ein verabscheuungswürdiges Verhalten, das ich in unserer Stadt nicht dulden werde. Wenn ich mich recht erinnere, habe ich meine beiden Katzen auch von dort."

„Officer Bouchard", sagte ich grinsend und stupste ihn spielerisch mit der Schulter an. „Ich wusste ja gar nicht, dass sie ein Katzenliebhaber sind."

Er setzte wieder sein strenges Polizistengesicht auf und schnüffelte. „Na ja, ich möchte eigentlich auch nicht, dass sich das herumspricht. Die Jungs auf dem Revier ziehen mich schon mehr als genug damit auf."

„Ihr Geheimnis ist bei mir sicher“, versprach ich und freute mich über dieses neue Detail, das ich über ihn erfahren hatte. Ich war ja auch ein Katzenmensch, zumindest meistens.

„So, ich habe hier alles im Griff“, erklärte er mir. „Machen Sie sich ruhig vom Acker. Versuchen Sie, den Rest Ihres Tages zu genießen.“ Er nickte mir noch einmal zu, was wohl bedeutete, dass ich offiziell aus den Ermittlungen entlassen war. Blieb nur zu hoffen, dass die Beamten ab hier auch wirklich gute Arbeit leisten würden, damit Großmutter und ich uns verstärkt auf unser kleines Mysterium zu Hause konzentrieren konnten, nämlich die Frage, warum ständig etwas zu Bruch ging.

„Haben wir gewonnen?“, fragte Paisley, als wir uns auf den Rückweg machten.

„Ja, die Bösewichte wurden gefasst, und die Welt ist wieder in Ordnung“, versicherte ich ihr. Natürlich vermisste ich Octocats Unterstützung, aber Paisley hatte sich bei ihrem ersten Einsatz gar nicht mal so schlecht angestellt. Mit der Zeit würde sie es schon noch lernen. Wir drei gäben mit Sicherheit ein super Team ab ... Das heißt, wenn mein Kater es jemals schaffen sollte, seine Abneigung gegenüber Hunden zu überwinden.

Dann stellte Paisley eine Frage, mit der ich nicht gerechnet hätte. „Auf mich machten sie aber einen netten Eindruck. Woher weißt du, dass sie schlecht sind?“

„Weil sie schlimme Dinge getan haben“, antwortete ich unverblümt.

Sie schien einen Moment lang darüber nachzudenken und

fuhr dann fort: „Wenn ich also schlimme Dinge tue, bin ich dann ebenfalls schlecht?"

„Nein, das ist nicht dasselbe."

„Warum nicht?" Sie ließ die Ohren hängen und wirkte dadurch nur noch mehr wie ein Welpe.

Offensichtlich musste ich eine Entscheidung treffen. Ich konnte sie weiterhin in dem Glauben lassen, dass alle Menschen gut waren, oder ich musste ihre Unschuld zerstören, indem ich ihr erklärte, wie grausam die Welt manchmal sein konnte.

Aber eigentlich mochte ich meine neue Hundetochter genau so, wie sie war, also sagte ich stattdessen: „Weißt du was, Paze? Du hast völlig recht: Es war nur ein Spiel. Lass uns nach Hause fahren und schauen, ob Großmutter schon wieder zurück ist, okay?"

„O ja! Wir waren ja Ewigkeiten getrennt! Ich vermisse sie schon total!", jaulte Paisley, und unser tiefsinniges Gespräch über Ethik und Moral war so gut wie vergessen.

Vielleicht war es für mich an der Zeit, ans Blueberry Bay Community College zurückzukehren und einen achten Associate Degree zu machen. Dieses Mal in Philosophie, damit ich das nächste Mal, wenn die Kleine mich mit derartigen Fragen überrumpelte, besser vorbereitet war.

Ich schickte Grandma eine kurze Textnachricht, um sie wissen zu lassen, dass wir uns auf dem Nachhauseweg befanden und um zu fragen, wo genau sie eigentlich steckte. Dann ließ ich meiner süßen Kleinen nach Herzenslust Zeit, weiter die Stadt zu erschnüffeln.

Das tat sie dann auch ausgiebig, vor allem, wenn es sich um Pipi ihrer Artgenossen handelte.

Hunde waren schon seltsame Kreaturen.

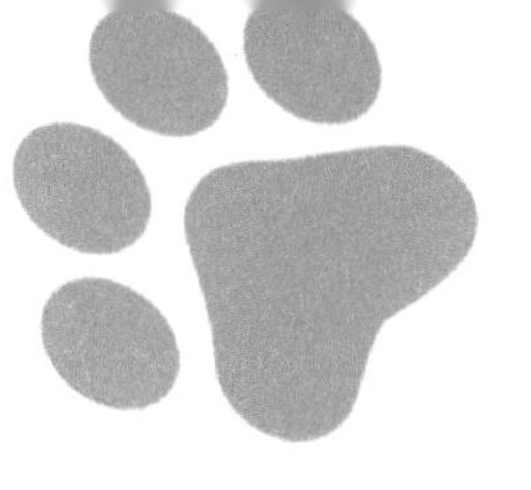

16

Großmutter war vor mir und Paisley zu Hause angekommen, und das war gut so in Anbetracht der Tatsache, was wir bei unserer Ankunft vorfanden.

„Hier liegt ja überall Kacke herum!", stöhnte ich angewidert auf.

„Du hättest diesen Ort sehen sollen, bevor ich angefangen habe, alles sauber zu machen." Sie spritze einen weiteren Schuss Essigreiniger auf den Teppich und schrubbte wie wild auf dem stinkenden Fleck herum.

„Das ist ja ekelhaft." Ich verschränkte die Arme vor der Brust und begutachtete stirnrunzelnd den Schaden. „Glaubst du, dass du den aus dem Vorleger überhaupt wieder rausbekommen wirst? Das war auch ein Erbstück."

Sie hielt inne und studierte mich mit hochgezogenen Brauen.

„Was mir weit mehr Sorgen macht, ist, dass eines der Tiere sehr krank sein muss, um eine solche Sauerei zu veranstalten."

Paisley drückte ihre Vorderpfoten gegen mein Bein und bettelte darum, hochgenommen zu werden. „Ich war es nicht", sagte sie mit ihrer weichen, traurigen Stimme. „Ganz ehrlich."

„Stimmt, sie kann es nicht gewesen sein", erklärte ich Grandma, setzte sie wieder ab und zog mir ein Paar dicke, gelbe Gummihandschuhe über, um ihr bei der Putzaktion zu helfen. „Sie war während deiner Abwesenheit die ganze Zeit über mit mir unterwegs. Und als wir aufbrachen, war diese Schweinerei noch nicht da."

„Und trotzdem." Sie wandte sich einer anderen Stelle des Teppichs zu und schrubbte erneut drauflos. „Wir sollten beide zur Tierärztin bringen. Vielleicht hat sie außerdem ein paar Tipps, wie sie sich aneinander gewöhnen könnten."

„Aber Paisley ist nicht das Problem", erinnerte ich sie. „Wenn, dann ist es dieser sture Kater."

„Wie auch immer, irgendetwas müssen wir unternehmen." Sie betrachtete stirnrunzelnd den Fleck und sprühte noch mehr Reiniger darauf. „Was, wenn Octavius nicht nur um der Bosheit willen so gemein ist? Was, wenn er ernsthaft erkrankt ist?"

Dieser Gedanke war mir bisher noch gar nicht gekommen, aber jetzt, wo sie es sagte ... So sehr Octocat mich in den letzten Tagen auch genervt hatte, war er doch noch immer mein bester Freund, und ein Leben ohne ihn konnte ich mir nicht vorstellen.

„Ich habe eine Kotprobe genommen, bevor ich mit dem

Saubermachen anfing, damit die Ärztin sie untersuchen kann. Sie weiß bereits Bescheid, dass wir heute noch vorbeikommen.“

„Dann lass uns gehen“, sagte ich, zog meine Handschuhe aus und nahm meine Tasche vom Couchtisch. „Den Rest erledigen wir später.“

Grandma folgte meinem Beispiel. „Ich muss mich nur schnell etwas frisch machen, hole die Probe und warte dann mit Paisley an deinem Auto auf euch. Du gehst nach oben und schnappst dir Octavius.“

Na klar, nichts leichter als das!

Mein Kater mochte Autofahrten so schon nicht, aber jetzt, wo er krank war und die heutige Fahrt zudem noch zusammen mit seinem Erzfeind antreten sollte, war es höchstwahrscheinlich ein Ding der Unmöglichkeit, ihn zum Mitkommen zu bewegen.

Während ich nach oben eilte, wog ich kurz meine Optionen ab. Ich könnte versuchen, ihn freundlich zu bitten. Das jedoch würde ihn misstrauisch machen und das Einfangen noch schwieriger gestalten. Oder aber ich konnte versuchen, ihm sein Geschirr anzulegen, wobei ich aus Erfahrung wusste, dass dafür mindestens zwei Personen nötig waren. Somit blieb nur noch eine Variante übrig, und zwar die, von der ich wusste, dass er sie am meisten hasste: die Transportbox.

Ich hatte sie noch nie benutzt, aber allein die Tatsache, dass ich sie für Notfälle im Haus hatte, war für Octocat eine ständige Quelle der Verärgerung.

Wie auch immer, irgendwann mussten wir sie ja mal einweihen.

Also holte ich das verhasste Teil aus dem Schrank und pustete die dünne Staubschicht weg, die sich mittlerweile darauf abgesetzt hatte. Dann stieg ich so leise wie möglich die Treppe zu meinem Turm hinauf und betrat das Schlafzimmer, wobei ich versuchte, den sperrigen Käfig hinter mir zu verstecken.

Wie erwartet, funktionierte es nicht.

„Ich kann dich sehen", grummelte mein Kater unter dem Bett hervor. „Und was auch immer du von mir willst, die Antwort darauf ist ein klares Nein."

„Es tut mir so leid", antwortete ich und zog das Gestell unter Ächzen und Stöhnen von der Wand weg, „aber ich kann dich unmöglich noch länger hier drinnen verkümmern lassen, wo du doch so krank bist."

Octocat bewegte sich mit dem Bett und kauerte sich mittig darunter, was es mir schier unmöglich machte, ihn zu erreichen. Selbst auf dem Bauch liegend und mit ausgestreckten Armen streiften meine Fingerspitzen gerade mal so die Spitze seines Schwanzes.

„Ich komme nicht raus, und du kannst mich nicht zwingen!"

Ach, verflucht! Warum musste er nur immer so schwierig sein?

In Anbetracht seines möglicherweise kranken Bauches wollte ich ihn nicht feste packen, und mit einer Bestechung würde er sich wohl auch nicht herauslocken lassen. Einige Dinge in unserer Beziehung waren einfach, eben weil wir miteinander reden konnten, während andere sich unendlich schwieriger gestalteten. Und die momentane Situation war eine davon.

Denk nach, Angie. Lass dir etwas einfallen!

Und dann kam mir eine Idee, bei der ich zu neunzig Prozent sicher war, dass es funktionieren könnte. Ich ging hinüber zu meinem Schreibtisch und griff nach dem kleinen Schlüsselbund, den ich für den Notfall in der obersten Schublade aufbewahrte. Dann schnappte ich mir meine Steppdecke und wickelte sie mir um den Arm. Mit der einen Hand hielt ich das Deckenbündel fest, mit der anderen aktivierte ich das Lämpchen des Schlüsselbundes – und der rote Punkt auf dem Teppich vor mir erwachte zum Leben.

Einer unserer früheren Bekannten hatte die Kraft dieses roten Punktes genutzt, um zwei ahnungslose Samtpfoten dazu zu bringen, etwas sehr Schlimmes zu tun. Octocat hatte mir damals erklärt, dass die meisten Katzen zwar logischerweise wüssten, dass der Punkt nur von einem Laserpointer stammte, jedoch nicht widerstehen konnten, sich darauf zu stürzen, sobald er irgendwo auftauchte.

Genau darauf setzte ich in diesem Moment.

Sobald ich mit der Hand wackelte, fing er an zu tanzen, und als ich das Handgelenk drehte, zuckte er wild zur Seite.

Das brachte Octocat dazu, wie eine Furie unter dem Bett hervorzuschießen.

Zum Glück war ich schnell genug, um die Decke wie ein improvisiertes Netz über ihn zu werfen, und – schwupp! Er war gefangen und stinksauer.

„Diesen Verrat werde ich dir niemals verzeihen, Angela. Niemals! Nicht in meinem ganzen Leben.“

„Es tut mir wirklich leid“, murmelte ich erneut, hob die Decke mitsamt meinem erzürnten Katers auf und stopfte sie in die Transportbox.

Na also.

Ich hatte es geschafft, und wie durch ein Wunder hatte sich keiner von uns bei dieser Aktion verletzt.

„Mach dir keine Sorgen“, gurrte ich leise, obwohl ich nach dem ganzen Drama kaum noch Luft bekam. „Die Tierärztin wird dich schon wieder aufpäppeln. Du wirst im Handumdrehen wieder ganz der Alte sein.“

„Aber ich bin überhaupt nicht krank“, protestierte er noch, bevor er einen Haarballen direkt in die Box kotzte.

17

Unsere gewohnte Tierärztin war an diesem Tag nicht in der Praxis, aber das neueste Mitglied ihres Teams schob uns als Notfall dazwischen. Die Ärztin wirkte noch recht jung, und auch ihre flotte Haltung ließ vermuten, dass Dr. Britt Lowe ihr Tiermedizinstudium erst vor Kurzem abgeschlossen hatte. Wenn ich mir auch ursprünglich aufgrund ihrer vermeintlichen Unerfahrenheit Sorgen gemacht hatte, wurde doch durch ihr bestimmtes Auftreten und ihre sachkundigen Äußerungen sofort wieder beruhigt.

„Am Telefon sagten Sie, dass eines der Tiere – wahrscheinlich die Katze – Durchfall hat. Haben Sie sonst noch etwas bemerkt?“, fragte sie und blickte von der Krankenakte zu uns herüber, wo Großmutter und ich in dem mehr als beengten Behandlungszimmer auf zwei engen Schalenstühlen hockten.

Octocat in seiner Transportbox, die ich neben mir auf den Boden gestellt hatte, knurrte irritiert.

„Oh, er klingt aber nicht gerade glücklich“, fügte Dr. Lowe mit einem Stirnrunzeln hinzu. „Würde es Ihnen etwas ausmachen, wenn wir ihn herausnehmen, während wir uns unterhalten? Wenn Tiere sich so aufregen, ist es am besten, die Dinge so schnell wie möglich hinter sich zu bringen. Armer Kerl.“

„Klar, wenn Sie das möchten.“ Ich hob ihn mitsamt Korb auf den Metalltisch zwischen uns und gestattete der Ärztin, den Riegel zu öffnen.

Wie erwartet versuchte er sofort, sich aus dem Staub zu machen, aber sie schnappte ihn sich mühelos und begann mit festem Griff, direkt seine Augen und Zähne zu untersuchen.

„Tapferer kleiner Mann“, sagte sie beruhigend. Ich vermutete, der einzige Grund, warum sie nicht gebissen wurde, war die Tatsache, dass sie ihn nicht als Kätzchen bezeichnet hatte. Irgendetwas an ihren fachkundigen Händen schien ihn zu beruhigen, oder aber er verstand, dass sie auf seiner Seite war und lediglich sein Wohlergehen im Sinn hatte.

Nicht, dass ich mir nicht auch gewünscht hätte, dass es ihm besser geht, aber …

Dr. Lowe setzte ihn auf dem Tisch ab und hielt eine Hand fest auf seinen Rücken gedrückt, während sie mir ein Zeichen gab, zu ihr herumzukommen. „Halten Sie ihn bitte einmal. Das, was jetzt kommt, mögen die meisten Katzen nämlich ganz und gar nicht.“

Noch bevor ich irgendwelche Fragen stellen konnte, steckte sie ihm ein Thermometer in den Hintern.

Octocat riss pikiert die Augen auf, gab aber keinen Laut von sich, bis sie fertig war. „Ich fühle mich so geschändet“, stöhnte er dann jedoch auf.

„Sie können ihn jetzt wieder loslassen“, teilte mir die Tierärztin mit. Ich war ihrer Anordnung kaum nachgekommen, da stürzte er auch schon zurück in die Box, die er nur Minuten zuvor noch so sehr verabscheut hatte.

Dr. Lowe runzelte die Stirn. „Seine Temperatur ist normal, und er scheint sehr gesund zu sein. Sind Sie sicher, dass es nicht der Hund war, der die Sauerei veranstaltet hat?“

„Absolut sicher“, sagte Großmutter, „aber ich habe eine Probe mitgebracht, falls das hilft.“ Sie drückte mir Paisley in die Arme, durchwühlte ihre Einwegtasche und förderte die dreifach verpackte Kotprobe zu Tage.

„Oje.“ Die Tierärztin lachte laut auf. „Ich glaube, ich ahne, was das Problem ist.”

„Müssen Sie nicht erst einmal einen Test machen?“, fragte ich und verstand nicht, was an dieser ekelhaften Situation so lustig sein sollte.

„Nein, ich denke, das muss ich nicht. Hierbei handelt es sich weder um Katzen- noch um Hundeexkremente.“

„Ich habe dir doch gesagt, dass ich nicht krank bin“, kam es maulend aus der Transportbox.

„Und um was dann?”, fragte ich völlig ratlos.

Dr. Lowe hielt die Probe gegen das Licht, und wir alle starrten darauf, während sie erklärte: „Das stammt eindeutig von einem wilden Tier. Der Größe nach zu urteilen, würde ich auf einen Waschbären tippen."

Waschbär!

Schlagartig war mir alles klar. Octocat hatte es geschafft, an zwei Orten gleichzeitig zu sein, indem er sich der Hilfe seines größten Fans versicherte – des Waschbären, der unter unserer Veranda lebte. Pringle betete quasi den Boden an, auf dem meine verwöhnte Katze wandelte.

„Könnten Sie uns vielleicht einen Moment allein lassen?", bat Großmutter höflich. Es schien, als wäre auch ihr endlich ein Licht aufgegangen, wer für all die seltsamen Vorkommnisse in unserem Haus verantwortlich war.

„Aber natürlich." Dr. Lowe nickte und ging durch die hintere Tür hinaus.

Kaum waren wir unter uns, beugte ich mich vor, damit ich Octocat direkt in die Augen schauen konnte. „Bitte sag jetzt nicht, du hast deinen Waschbär-Fanboy angeheuert, um Paisley bei uns in Misskredit zu bringen."

„Das habe ich natürlich nicht", sagte er, schien es aber selbst nicht so richtig zu glauben.

Ich stemmte beide Hände in die Hüften, kniff die Augen zusammen und wartete.

Mein Kater kam bis an den Rand seiner Box und seufzte. „Erstens – anheuern würde ja bedeuten, dass ich ihm etwas gezahlt hätte. Er jedoch hat es umsonst getan. Zweitens – ich habe mir nichts zuschulden kommen lassen, weil ja er derjenige welcher war ..."

„Aber du warst der Drahtzieher“, wetterte ich.

Eines war mir allerdings überhaupt nicht klar … „Warum hast du ihn denn deine eigene Teetasse zerschmettern lassen?“

Er stieß einen weiteren tiefen Seufzer aus. „Pringle ist nicht gerade der Hellste, wenn es darum geht, Anweisungen zu befolgen. Er erwischte aus Versehen die falsche Tasse. Glaub mir, ich bin ziemlich verärgert darüber. Wir haben sie noch nicht einmal beerdigt.“

„Wie hätten wir auch, wenn du dich den ganzen Tag über entweder versteckst oder Intrigen spinnst?“, fragte ich und schüttelte wutentbrannt den Kopf.

„Das ist natürlich ein gutes Argument“, räumte Octocat ein, „aber ich beharre weiterhin auf meinem Standpunkt: Ich möchte nicht, dass der Hund bei uns lebt.“

„Warum nicht?“, verlangte ich zu wissen.

„Weil ich keine Hunde mag“, murrte er.

O nein, nicht wieder diese Leier. Wenn er Paisley wirklich hasste, musste er mir einen Grund dafür nennen, und ich bezweifelte, dass er das konnte.

„Und warum magst du gerade sie nicht?“, bohrte ich nach und zog argwöhnisch eine Augenbraue hoch.

„Eben drum. Punkt.“

„Mami, darf ich mal versuchen, mit ihm zu reden?“, fragte Paisley, die nach wie vor auf meinem Arm saß. Sie war so leicht, dass ich beinahe vergessen hatte, dass ich sie hielt.

Auf ihren Wunsch hin setzte ich sie sanft auf den Untersuchungstisch, damit sie und Octocat sich von Angesicht zu Angesicht unterhalten konnten. Mir fiel auf, dass es dazu bisher noch nie gekommen war. Mein Kater hatte immer nur herumgebrüllt, sich beschwert und war dann weggelaufen, um sich zu verstecken. Aber würde er jetzt, wo er in diesem winzigen Raum festsaß, tatsächlich ein Gespräch mit ihr führen?

„Hallo, Octopus-Cat", begann Paisley und neigte ehrfürchtig den Kopf.

„Mein Name ist nicht Octopus-Cat", knurrte mein Tiger genervt. Einen Moment lang befürchtete ich, er würde erneut nach ihr schlagen, aber er hielt seine Krallen unter Kontrolle.

Die mutige Kleine wusste entweder nicht, wie gereizt er war, oder aber sie war bereit für die Konsequenzen, die dieses Gespräch nach sich ziehen würde. „Oh, dann habe ich mich wohl verhört", meinte sie und blinzelte irritiert. „Wie genau darf ich dich ansprechen?"

„Mein Name – und den solltest du dir besser gut einprägen, denn ich werde ihn nur einmal sagen – ist Octavius Maxwell Ricardo Edmund Frederick Fulton Russo, erster Privatdetektiv von Glendale." Dabei rollte er jedes R, als ob man nur so den monströsen Titel richtig aussprechen könnte.

Ich hielt mir eine Hand vor den Mund, um nicht laut aufzulachen. Jedes Mal, wenn Octocat seinen vollständigen Namen nannte, fügte er etwas hinzu. So langsam begann ich zu bezweifeln, dass dieser tatsächlich echt war.

„Es freut mich sehr, dich kennenzulernen, Octavius Maxwell Ricardo Edmund Frederick Fulton Russo, erster Privatdetektiv von Glendale“, erwiderte der Chihuahua und ahmte eins zu eins die Aussprache des Katers nach, so dass mir vor Überraschung der Unterkiefer herunterklappte. Ich kannte meinen Tiger jetzt seit über einem Jahr und hatte nach wie vor nicht all seine Namen abgespeichert. Und der junge Hund konnte sie sich nach nur einmaligen Hören merken?

„Ich heiße Paisley Lee“, teilte sie ihm mit einer weiteren knappen Verbeugung des Kopfes mit. „Grandma hat mir bei der Adoption ihren Nachnamen gegeben, also sind wir wohl nicht wirklich Bruder und Schwester. Bitte entschuldige, wenn es dich verärgert haben sollte, dass ich dich Bruder nannte. Ich habe meinen Irrtum erkannt.“

„Das ist in Ordnung“, murmelte Octocat, der offensichtlich von den tadellosen Manieren der kleinen Hündin doch sehr angetan schien, obwohl er sich bestimmt wünschte, dass dem nicht so wäre.

„Ich wäre höchst erfreut, wenn wir Freunde würden, aber wenn du das nicht willst, verstehe ich es vollkommen“, quietschte Paisley. In ihren großen schwarzen Augen standen Tränen, aber sie sprach tapfer weiter. „Ich werde mein Bestes geben, um dich nicht mehr zu verfolgen oder dich in irgendeiner Weise unglücklich zu machen, aber darf ich bitte bleiben? Das hier ist doch jetzt auch meine Familie.“

„Ich denke, das wäre für mich in Ordnung“, erwiderte Octocat gnädig und zog sich dann erneut tiefer in seinen Käfig zurück.

Das Gespräch hatte ein gutes Ende genommen, und irgendwie hatten alle es geschafft zu überleben.

Es würde sich also doch noch alles wieder einrenken.

18

Octocat hielt sich tatsächlich an sein halbherzig dahingesagtes Versprechen, hörte auf, sich ständig in meinem Schlafzimmer zu verstecken, und begann, wieder an unserem Leben teilzuhaben. Er verließ nicht einmal mehr den Raum, wenn Paisley ihn betrat, was ich als einen großen Schritt in die richtige Richtung erachtete.

Paisley wiederum hatte es sich angewöhnt, nur noch mit ihm zu sprechen, wenn er das Wort an sie richtete, und gelegentlich begann er tatsächlich ein kurzes Gespräch mit ihr.

So vergingen mehrere Tage, jeder besser als der vorherige.

Jetzt, da wir das Rätsel um die zerbrochenen Gegenstände gelöst hatten und beide Haustiere auf dem besten Weg waren, dauerhaft Freunde zu werden, kehrten meine Gedanken zu Trish zurück.

Die örtliche Polizei hatte genügend Beweise zusammentragen

können, um sie wegen Diebstahls zweiten Grades anzuklagen, nachdem eine Bankangestellte in Dewdrop Springs Trish als die Person identifizierte, die Großmutters und meine Spendenschecks in der Woche zuvor eingelöst hatte. Die Kohle hatte sie dann dazu verwendet, um für mehrere hundert Dollar gestohlene Tierbedarfsartikel zu kaufen. Die entwendeten Gelder und Waren beliefen sich insgesamt auf etwas mehr als tausend Dollar, was in unserem Bundesstaat Maine als Straftat gewertet wurde. Im Moment wartete sie noch auf ihren Prozess, aber Charles meinte, dass es sowohl auf eine saftige Geld- als auch eine mögliche Gefängnisstrafe hinauslaufen könnte.

Ich musste immer wieder daran denken, wie freundlich sie vor dem Tierheim zu Grandma und mir gewesen war, als wir sie zum ersten Mal trafen, und wie sie erwähnte, dass sie selbst nicht viel Geld hätte. War sie wirklich der Typ, der Tiere bestahl, um sich selbst zu bereichern? Und wenn ja, warum benutzte sie dann die eingelösten Schecks, um Vorräte für die Vierbeiner zu kaufen?

Etwas an der ganzen Sache irritierte mich, aber ich konnte nicht genau sagen, was es war. Da ich einfach keine Antworten darauf fand, ließ ich meine Fragen über Trish und die Veruntreuung im Tierheim vorerst einmal im Hinterkopf weiterköcheln und widmete mich stattdessen der Gestaltung einer Website für Octocats und meine neue Privatdetektei. Irgendwann würden sich bestimmt die ersten Kunden melden, und dann wollte ich vorbereitet sein, um sie zu beeindrucken.

Und vielleicht würde ja auch mein Kater eines Tages zustimmen, Paisley in das Ermittlerteam aufzunehmen, zumal ich wusste, dass der kleine Hund nur zu gerne wieder Detektiv spielen und gewinnen würde.

An diesem Morgen beschloss Paisley, ihre neue Freundschaft mit ihm zu zelebrieren, indem sie ihm ein Geschenk brachte. Wir waren gerade mit dem Tee fertig, als sie durch die elektronische Katzenklappe hereinschlüpfte. Ihr Halsband war mittlerweile ebenfalls mit einem codierten Chip ausgestattet, so dass sie kommen und gehen konnte, wie es ihr passte – genau wie ihr neuer Held, Octocat.

Unserem Waschbärenfreund Pringle hingegen hatten wir eine heftige Standpauke gehalten und ihm zu verstehen gegeben, dass er sich nie wieder im Haus blicken lassen durfte, ganz egal, welche Befehle er von seinem Katzenkumpel erhielt.

„Hey, Kleine“, rief Grandma, als sie die winzige, dunkle Gestalt des Hundes durch das Foyer huschen sah. „Was bitte hast du denn da mitgebracht?“

Irgendetwas Großes befand sich in ihrem Maul, das sie direkt zu Octocat brachte und ihm zwischen die Pfoten legte, wobei sie vor Freude wild mit dem Schwanz wedelte. Gott sei Dank befand dieser sich auf dem Boden und nicht auf der Couch, denn bei dem fraglichen Etwas handelte es sich um eine sehr große und leicht blutige Maus.

Tot, versteht sich.

Er studierte das leblose Tier und schaute dann wieder auf Paisley. Sein Blick wurde weicher, als er fragte: „Für mich?“

Diese blinzelte und schwänzelte um ihn herum. „Katzen mögen doch Mäuse, habe ich recht?“

Ich glaube, Octocat überraschte uns alle, indem er breit zu grinsen anfing.

„Oh ja, und je toter, desto besser. Gut gemacht, Kleines.“

Bei dem Anblick des zerquetschen Nagers hätte ich mich beinahe übergeben, ließ es aber nicht zu, dass mein aufgewühlter Magen diesen wichtigen Moment der Verbundenheit ruinierte. „Ihr wisst aber schon, dass es die Katzen sind, die die Mäuse fangen sollten“, belehrte ich beide.

„Diese Denkweise ist veraltet“, protestierte mein Tiger. „Außerdem hat sie mir das Vieh gebracht, was quasi gleichbedeutend ist, als wenn ich sie selbst erlegt hätte.“

Die Chihuahua-Hündin klopfte mit dem Schwanz auf den Boden, und ihr Blick hing hingebungsvoll an den Lippen ihres neuen Freundes.

„Netter Versuch“, sagte ich und kicherte sarkastisch, „aber man kann nicht einfach die Lorbeeren für die Arbeit eines anderen einheimsen …“ Dann schoss mir ein anderer Gedanke durch den Kopf, und ich schaute zu Großmutter hinüber.

„Was ist denn, Liebes?“, fragte sie und trank einen weiteren Schluck von ihrem Tee.

„Trish“, sagte ich und dachte daran, wie sicher ich mir gewesen war, dass wir den Bösewicht geschnappt und das Geheimnis des Tierheims gelüftet hätten. Zu sicher. Die Beweise waren zu nett verpackt gewesen.

„Was ist mit ihr?“, fragte Grandma, während unsere Tiere

fortfuhren, in nicht allzu großer Entfernung zu uns ihr neu geschlossenes Bündnis zu feiern.

„Was, wenn sie gar nicht diejenige war, die das Geld veruntreut hat? Was, wenn jemand anderes ihr das nur in die Schuhe zu schieben versucht?"

„Du denkst, man hat sie reingelegt?"

Ihr gleichmütiger Tonfall ärgerte mich. Glaubte sie wirklich nicht, dass da was dran sein könnte?

„Ich bin mir nicht sicher, aber es wäre durchaus möglich. Alle Beweise sprechen zu sehr gegen sie", argumentierte ich, wobei ich die gleichen, ausladenden Handbewegungen machte, die mein italienisch-amerikanischer Vater oft benutzte, wenn er versuchte, seinen Standpunkt klarzumachen. „Sie ist entweder eine üble Kriminelle – oder gänzlich unschuldig."

„Interessant", sagte Großmutter und tauchte einen mit Creme gefüllten Keks in ihren Tee.

„Denk doch mal nach", fuhr ich fort. „Sie war diejenige, die nach Feierabend noch dort herumschlich. Sie war es, die die Unterlagen geschreddert hat. Ich habe sie in der Nacht, in der unsere Schecks eingelöst wurden, in Dewdrop Springs gesehen, und sie war auch nicht gerade diskret, als sie am helllichten Tag die gestohlenen Tierbedarfsartikel abkaufte."

„Aber hat sie den Leuten in dem Massagestudio nicht auch gesagt, dass dem Tierheim die Mittel gekürzt wurden?", merkte Grandma an und starrte tief in ihre Tasse. „Charles hat das doch überprüft und herausgefunden, dass dem nicht so ist."

„Ja schon, aber als wir am nächsten Tag nochmals zum Tierheim fuhren, sagte diese alte Frau, Pearl, genau das Gleiche."

„Wen bezeichnest du hier als alt?" Endlich wurde ihre Stimme wieder etwas leidenschaftlicher. „Sie ist mindestens fünfzehn Jahre jünger als ich."

„Bitte entschuldige", murmelte ich, „aber wie gut kennst du sie eigentlich? Sie schien sich ziemlich gut an dich zu erinnern, an mich jedoch überhaupt nicht."

„Wir waren im Sommer gemeinsam in einem Kunstkurs. Hatte ich dir das nicht erzählt?" Sie trank aus, stellte Tasse und Untertasse auf dem Couchtisch ab und lehnte sich in ihrem Stuhl zurück.

„Würdest du sagen, Pearl ist der Typ, der dem Tierheim Geld stiehlt und das dann vertuscht?"

„Ganz sicher nicht! Sie hat immer und immer wieder von ihrer ehrenamtlichen Tätigkeit dort erzählt und liebt diese Tiere, als wären es ihre eigenen."

„Wer sonst hätte dann die Mittel, die Gelegenheit und das Motiv, dieses Geld an sich zu nehmen?"

„Na ja, sie erwähnte immerhin, dass sie knapp bei Kasse sei", überlegte Grandma. „Und Geld ist schon ein starkes Motiv."

„Es muss eine Person aus dem inneren Kreis sein, jemand, der Zugang zu den Finanzen hat." Ich knabberte an meinem Fingernagel herum, eine mehr als schlechte Angewohnheit, von der ich dachte, ich hätte sie abgelegt. Anscheinend nicht.

„Und jemand, der eine Geschichte über die Kürzung der Zuschüsse erfinden könnte, die andere bereitwillig glauben würden.“ Grandma nickte und biss sich auf die Lippe. Wir beide waren wirklich das perfekte Team!

Nach einer kurzen Phase des Brainstormings kam uns die zündende Idee.

„Mr. Leavitt!“, riefen wir unisono aus und drehten uns aufgeregt zueinander.

„Oh, dafür wird er bezahlen!“, rief Großmutter empört aus.

„Vorher müssen wir ihn aber irgendwie dazu bringen, dass er gesteht“, merkte ich an. Anscheinend war es immer meine Aufgabe, das Offensichtliche zur Sprache zu bringen. „Fällt dir was dazu ein?“

„Entschuldigung“, mischte Octocat sich ein und lugte hinter seinem gruseligen Geschenk hervor. Mir war gar nicht bewusst gewesen, dass er uns zugehört hatte. „Ich glaube, ich habe da eine Idee“, gluckste er selbstzufrieden.

Yeah, Baby, er war wieder da!

19

Meine Mom hielt ihrer Mutter ein Mikrofon vors Gesicht und strahlte sie mit töchterlichem Stolz an. „Unglaublich, wenn man bedenkt, dass du nur zwei Wochen Zeit hattest, um diese prachtvolle Veranstaltung zu planen."

Großmutter trug ihr Haar zu einem französischen Zopf geflochten und hatte einen kräftigen roten Lippenstift aufgelegt. Außerdem hatte sie sich für diesen speziellen Anlass sogar extra ein Kleid anfertigen lassen. Silberne, perlenbesetzte Pfotenabdrücke säumten den Ausschnitt, und die Ärmel ihres rosafarbenen Satinkleides und sorgten für einen atemberaubenden Effekt.

Trotz der schnellen Umsetzung dieses Events schien ganz Glendale gekommen zu sein, um ihre Spendenaktion zugunsten des örtlichen Tierheims zu unterstützen. Auch etliche Leute aus den umliegenden Städtchen waren erschienen. Meine Mutter hatte ihren Kameramann im Schlepptau, um eine Reportage für die Lokalnachrichten zu drehen.

Ja, es war eine ziemlich große Sache geworden.

Während Mom Grandma interviewte, drehte ich eine weitere Runde durchs Haus. Ja, wir hatten uns tatsächlich entschieden, unser eigenes Haus als Schauplatz zu nutzen. Mr. Gables von der Stadtverwaltung war uns behilflich gewesen, eine Reihe großer, beeindruckend aussehender Zelte zu organisieren, die wir auf dem weitläufigen Grundstück aufgestellt hatten, um den Aktionsradius der Veranstaltung zu erweitern.

Die Wohltätigkeitsgala umfasste ein Abendessen mit Catering, eine stille Auktion und die Möglichkeit für alle Gäste, großzügige Schecks zur Unterstützung unseres Tierheims auszustellen. Weiterhin hatten wir dafür gesorgt, dass sich sämtliche VIPs drinnen aufhielten, damit wir sie besser im Auge behalten konnten. Wenn alles nach Plan lief, könnten wir den Bösewicht noch vor Ende der Nacht dingfest machen.

Ich hatte mich für ein kurzes, schwarzes Kleid entschieden, damit ich mich notfalls auch draußen unbemerkt herumschleichen konnte. Außerdem hatte ich mir ein Freisprechgerät ins Ohr gesteckt, sodass Octocat und ich uns während des Abends gegenseitig auf dem Laufenden halten konnten. Solange ich es so aussehen ließ, als müsste ich etwas klären, das mit der Gala zu tun hatte, würde ich damit kein Aufsehen erregen.

Die Treppe war abgesperrt, was zum einen die Gäste davon abhalten sollte, die oberen Etagen zu erkunden, zum anderen auch, um meinen Kater zu schützen, der sich hinter den Säulen versteckt hielt, die den Flur säumten. Seine Aufgabe war es nämlich, die Gäste unten zu beobachten und uns per FaceTime-Sprachanruf seine Beobachtungen weiterzugeben.

Tatsächlich war er auch derjenige gewesen, der die Idee für den heutigen Überraschungsangriff gehabt hatte. Großmutters und meine Aufgaben bestanden dann nur noch darin, die Details abzustimmen. Auch Paisley war involviert, die mit ihrem unermüdlichen Optimismus und ihrer Freundlichkeit alle bei Laune hielt.

Sie war fest davon überzeugt, dass wir den Übeltäter heute schnappen und damit das Detektivspiel ein für alle Mal gewinnen würden.

Und ich entschied mich, ihren Optimismus zu teilen.

„Der Adler ist gelandet", hörte ich Octocat in meinem Ohr flüstern. Er hatte Großmutter in letzter Zeit des Öfteren bei ihren Spionagefilm-Marathons Gesellschaft geleistet und sich die Redensarten schnell angeeignet. Da ihn außer mir sowieso niemand verstehen konnte, wäre es mir lieber gewesen, er spräche Klartext – aber gut, wenn es ihm Spaß bereitete ...

Also machte ich kehrt und kam gerade noch rechtzeitig im Foyer an, um zu beobachten, wie unser Zielobjekt, der Koordinator für die Öffentlichkeitsarbeit des Tierheims, Mr. Leavitt, mein Haus betrat. Er trug einen sehr gut sitzenden schwarzen Smoking und ein breites Grinsen im Gesicht.

„Hallo, Fremder", begrüßte ich ihn und hasste schon allein den Klang dieser kokettierenden Worte. Mein Herz gehörte

Charles, und nur ihm allein. Trotzdem musste ich unseren Hauptverdächtigen irgendwie dazu bringen, mir direkt in die Hände zu spielen, und dafür war ich zu fast allem bereit.

Na ja, zumindest im Rahmen meiner Möglichkeiten.

„Sie und Ihre Großmutter haben sich wirklich selbst übertroffen“, lobte er mich, als ich ihn zur Bar führte, die wir im Speisesaal aufgebaut hatten. „Das Anwesen sieht einfach fabelhaft aus.“

„Es sieht nicht nur so aus, es *ist* fabelhaft“, antwortete ich wie aufs Stichwort. Grandma und ich waren meine Rolle in dieser Scharade viele Male durchgegangen, und obwohl es kein genaues Drehbuch gab, hatte ich mir alle Punkte eingeprägt, die ich so schnell und natürlich wie möglich ansprechen sollte.

„Allein durch die Tischreservierungen haben wir bereits über zwanzigtausend Dollar eingenommen. Zusammen mit der stillen Auktion und den Spenden könnten es leicht über einhunderttausend werden. Nicht schlecht für nur einen Abend, oder?“

Okay, damit wäre das Wesentliche gesagt. Wenn Grandma jetzt hier wäre – sie wäre bestimmt unheimlich stolz auf mein Debüt.

Mr. Leavitts Augen wurden kugelrund, und er konnte seine Habgier nur schwer verbergen. Hätte er in diesem Moment schon ein Getränk gehabt, hätte er sich mit Sicherheit daran verschluckt. Stattdessen kamen ihm die nächsten Worte nur stotternd über die Lippen. „Ei-ei-einhunderttausend Dollar? Das ist nicht ihr Ernst!”

„Oh doch, durchaus.“ Sanft legte ich ihm die Hand auf die

Schulter und lachte. „Wie sich herausgestellt hat, sind die Leute äußerst großzügig, wenn es darum geht, Tiere zu retten."

„Ja, diesen Eindruck hatte ich auch immer."

Der Barkeeper reichte ihm ein Glas Weißwein und füllte meines mit Mineralwasser und Limette nach. Schon unter normalen Umständen war ich kein großer Freund von Alkohol, aber heute Nacht wollte ich unbedingt einen klaren Kopf behalten. Außerdem musste ich Mr. Leavitt irgendwie dazu bewegen, mir ins Foyer zu folgen, damit Octocat ihn im Auge behalten konnte.

„Bitte entschuldigen Sie mich einen Moment", bat ich, zog mein Handy aus meiner trägerlosen Unterarmtasche und drückte auf Senden, um die Nachricht abzuschicken, die ich schon früher am Abend verfasst hatte.

Danach lächelte ich ihn erneut an und sagte: „So. Jetzt, wo auch das erledigt ist, lassen Sie uns die Party genießen. Hier sind so viele Leute, denen ich Sie gerne vorstellen würde. Wussten Sie übrigens, dass Großmutter in ihrer Glanzzeit eine berühmte Broadway-Schauspielerin war? Sie hat nach wie vor viele wohlhabende Freunde, und einige von ihnen sind heute Abend gekommen, um sie beziehungsweise das Tierheim zu unterstützen."

„Fantastisch", staunte Leavitt und nahm einen weiteren Schluck von seinem Wein.

Ein lautes Klopfen, gefolgt von einem Mikrofonrauschen, erfüllte den Raum und ließ alle verstummen.

„Entschuldigung? Entschuldigung, meine Damen und Herren", rief Grandma ins Mikro. „Ich wollte mich nur schnell ganz herzlich bei einer Wohltäterin bedanken, die jedoch anonym bleiben möchte. Sie hat uns soeben eine Spende in Höhe von fünfzigtausend Dollar zukommen lassen und damit unser Ziel für den heutigen Abend im Alleingang übertroffen. Dank ihres großen Herzens kann das Tierheim weiter geöffnet bleiben, und wir können allen Streunern in Glendale helfen, ein neues Zuhause zu finden."

Alle Anwesenden klatschten höflich Beifall, einige seufzten sogar gerührt.

Was für ein erstaunlich großzügiges Geschenk – wenn es denn echt gewesen wäre.

„Oh, diese Nacht hat unsere kühnsten Erwartungen bereits übertroffen", schwärmte ich, an Mr. Leavitt gewandt und setzte auf unsere sorgfältig geplante Show noch einen drauf. „Wir hatten ja gehofft, dass unsere kleine Gala ein Erfolg werden würde, aber dass sie *so viel Geld* einbringen könnte …"

Grandma schlängelte sich durch die Menge und gesellte sich zu uns ins Foyer. „Mr. Leavitt", rief sie begeistert aus, „Ich wollte Ihnen diesen Scheck persönlich überreichen. Eine Spende über fünfzigtausend Dollar. Können Sie sich das vorstellen?" Sie drückte ihm besagtes Teil in die Hand, und das war mein Signal.

„Ein Problem mit der vegetarischen Variante des Abendessens?", kreischte ich in mein Headset. „Nein, nein, nein. Das können wir nicht dulden, vor allem nicht bei einer Spendenaktion für Tiere. Ich bin gleich da."

Dann drückte ich auf mein Bluetooth-Gerät, um das Beenden eines Anrufs zu imitieren, und wandte mich mit panischer Miene meiner Großmutter zu. „Könntest du bitte kurz mitkommen? Ich glaube, in dem Fall sind wir beide gefragt. Es war nett, Sie wiederzusehen, Mr. Leavitt. Genießen Sie den Rest des Abends."

„Okay, jetzt bist du dran", murmelte ich dann in mein Mikro, während wir nach draußen eilten. „Operation *Roter Punkt* ist angelaufen."

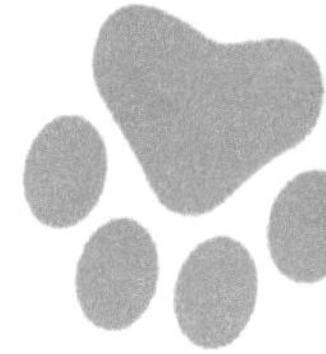

20

So sehr Octocat es auch gehasst hatte, von dem roten Punkt ausgetrickst zu werden, als ich ihn für unseren Tierarztbesuch einfangen musste, diente dieser kleine Trick als Grundlage für unseren Plan, Mr. Leavitt damit auf frischer Tat zu ertappen.

„Es geht nicht um den roten Punkt", philosophierte er, „sondern darum, was er *darstellt.*"

Er hatte weiterhin erklärt, dass dieser für Katzen unwiderstehlich und im Grunde unmöglich zu ignorieren sei und uns gedrängt herauszufinden, welchen es bei dem Leiter des Tierheims geben könnte. Inzwischen hatte es Großmutter aber schon passend formuliert: *Geld ist ein starkes Motiv.*

Ab diesem Moment stürzten wir uns mit voller Kraft in die Planung der Wohltätigkeitsgala und damit in unseren Masterplan. Die Spende von fünfzigtausend Dollar war purer Schwindel.

Wir ließen gefälschte Schecks mit falschem Namen, unechter Adresse und sogar einer erfundenen Kontonummer drucken und hofften darauf, dass unser Bösewicht uns auf den Leim gehen und sie stehlen würde.

Officer Bouchard war Undercover im Einsatz und hatte sich in Zivil vor der Bank in Dewdrop Springs auf die Lauer gelegt. Am Ende des Tages musste Mr. Leavitt eine Entscheidung treffen: Entweder er würde weiterhin kleine Summen des maroden Tierheims veruntreuen oder sich den großen Fang unter den Nagel reißen und sich damit aus dem Staub machen. Wir konnten nur hoffen, dass der Fünfzigtausend-Dollar-Fake – oder der rote Punkt, um Octocats bevorzugte Analogie zu verwenden – ausreichen würde, um ihn zu Letzterem zu bewegen.

„Er verlässt das Haus! Er will gehen!", brüllte mein Kater mir ins Ohr, während ich so tat, als sei ich damit beschäftigt, ein Tablett mit Brokkoli-Röschen zu inspizieren.

„Gib ihm Bescheid", wies ich Grandma an, die eine Textnachricht an den Officer fertig zum Versenden auf ihrem Handy bereithielt. So sehr ich es auch hasste, aus der weiteren Aktion raus zu sein, war meine Rolle bei dieser Operation damit offiziell beendet.

„Gute Arbeit, Octavius", sagte ich und nahm mein Headset ab. Danach zog ich mein eigenes Telefon aus der Tasche und schrieb eine rasche Nachricht an Charles.

Darf ich um diesen Tanz bitten?

Nur kurze Zeit später tauchte er auf, und gemeinsam

schwebten wir über den Rasen unter dem funkelnden Sternenhimmel ...

Eigentlich wäre das ein unglaublich romantischer Ausklang dieses Abends gewesen, wenn wir uns nicht noch einer kleinen Ablenkung hätten stellen müssen.

„Er hat ihn." Ich vernahm Grandmas Worte nur wenige Augenblicke, bevor sie von hinten die Arme um mich legte. Eng umschlungen tanzten wir zu dritt weiter, während sie mir ins Ohr flüsterte: „Dieser Narr ist wieder zur selben Bank gegangen wie zuvor. Wie sich herausgestellt hat, ist er es die ganze Zeit gewesen, bis auf die letzten beiden Schecks natürlich. Ich erzähle dir alles, sobald ich selbst mehr Details habe." Mit diesen Worten drückte sie mir einen Kuss auf die Wange und entfernte sich.

„Deine Großmutter hat mich gerade in den Hintern gekniffen", sagte Charles lachend zu mir.

„Typisch für sie", antwortete ich und verdrehte die Augen. Sie und ich würden uns nochmals über gewisse Grenzen unterhalten müssen – später. Im Moment wollte ich mich nur noch Charles' starken Armen hingeben.

„Wie konntest du wissen, dass es nicht Trish war?", fragte er mich.

„Die ganze Sache war zu perfekt", murmelte ich, bereit, alles hinter mir zu lassen und den Rest der Gala so gut es ging zu genießen.

„So wie du", scherzte er und gab mir einen schnellen Kuss auf die Wange.

„Ja, klar", konterte ich lachend, schmiegte mich jedoch noch enger an ihn. Wenn er glauben wollte, dass ich perfekt war, sollte ich ihm das nicht ausreden.

* * *

Ausgerechnet Harmony lieferte schließlich die fehlenden Informationen, die zur Lösung des Falles führten. Erinnern Sie sich an die fiese Masseurin? Ganz genau, die.

Es stellte sich heraus, dass Trish das Serenity Day Spa aufgesucht hatte, weil Stone, dessen richtiger Name Declan war, ebenfalls in der Dewdrop Springs-Filiale der First Bank of Blueberry Bay arbeitete. Er war Mr. Leavitt behilflich gewesen, seine gestohlenen Schecks einzulösen und hatte es anschließend Trish in die Schuhe geschoben.

Und Harmony, die wirklich und wahrhaftig so hieß, hatte genug mitbekommen, um gegen ihn auszusagen. Daraufhin knickte er ein und gestand alles.

Paisley hatte Trish deshalb noch nie gesehen, weil diese eigentlich nicht für das Heim arbeitete. Die liebenswerte Dame am Empfang, Pearl, war ihre Großmutter, und seit Wochen drohte Mr. Leavitt damit, sie zu entlassen, weil sie angeblich zu alt sei und der Verdacht bestünde, dass sie an beginnender Demenz leide. Er hatte diese Drohung zusammen mit ein paar sorgfältig ausgeklügelten Lügen benutzt, um Trish dazu zu bringen, für ihn die Schmutzarbeit zu erledigen.

Als er dann spürte, dass Grandma und ich ihm auf den Fersen waren, zog er das Mädchen noch tiefer in die Sache rein. Er schickte sie los, um die Schecks bei Stone einzukassieren. Und dann gab er ihr auch noch den Auftrag, die gestohlenen Waren zu kaufen, und wies seinen Lakaien an, sie absichtlich auf den falschen Parkplatz zu lotsen und anschließend dazu zu zwingen, durch die ganze Stadt zu laufen, in der Hoffnung, dass jemandem ihr verdächtiges Verhalten auffallen würde.

Und, ja, ich hatte sie ihm direkt in die Hände gespielt.

Wären da nicht meine Haustiere und diese eklige tote Maus gewesen, hätte ich nie realisiert, dass wir uns auf die falsche Person versteift hatten.

Was für ein Glück, dass meine Haustiere manchmal so unappetitlich sind! Und Mr. Leavitt, dessen Vorname übrigens Alex lautet, würde für eine lange, lange Zeit hinter Gitter wandern. Jetzt wird jemand, der wirklich an die Mission des Tierheims glaubt, die Stelle des Koordinators für Öffentlichkeitsarbeit übernehmen.

Pearl.

Ein Arzt hat die Diagnose Demenz schnell verworfen und sie für völlig gesund und bei klarem Verstand erklärt. Das Schicksal der Tiere liegt jetzt in ihren Händen, und ihre hingebungsvolle Enkelin Trish ist zukünftig das erste Gesicht, das einem bei einem Besuch in der Einrichtung entgegenlächelt.

Grandma und ich planen, weiterhin Spendenaktionen zu organisieren, um ihnen zu helfen, wieder auf die Beine zu kommen.

Ende gut, alles gut.

Na ja, zumindest bis zu unserem nächsten Fall …

. . .

Wie geht es weiter?
Finde es schnell heraus …

***Waschbär-Wirrwarr* ist jetzt erhältlich.**

Sichere dir noch heute dein Exemplar, damit du direkt mit der Fortsetzung dieser verrückten Krimiserie weiterlesen kannst!

* * *

Und vergiss nicht, dich in Mollys Liste einzutragen, damit du über alle Neuerscheinungen, monatlich stattfindende Verlosungen und weitere coole Aktionen (einschließlich jeder Menge Katzenfotos) informiert bleibst.

Dafür musst du nur hier klicken:
Katzengeheimnisse.com/abonnieren

WIE GEHT ES WEITER?

Hey, mein Name ist Angie Russo, und ich bin Co-Inhaberin einer Privatdetektei hier im schönen Blueberry Bay an der amerikanischen Ostküste im US-Bundestaat Maine.

Mein Geschäftspartner, dem die andere Hälfte der Firma gehört, ist mein Kater Octavius – kurz Octocat genannt. Sein voller Name ist nahezu unaussprechlich lang, und er denkt sich immer wieder neue Titel aus, die er hintendran setzt. Die neueste Version lautet: Octavius Maxwell Ricardo Edmund Frederick, Freiherr von Fulton-Russo – Privatdetektiv.

Ein Zungenbrecher, ich weiß.

Und er ist obendrein auch ziemlich anstrengend und verwöhnt.

Trotzdem ist er zweifellos mein bester Freund, auch wenn er es immer wieder schafft, mir das Leben schwer zu machen. Er wurde beispielsweise schon einmal entführt, musste vor Gericht erscheinen und hat sogar mehrfach gedroht, unseren neuen Hund zu killen.

Unglaublicherweise sind all diese Dinge innerhalb nur eines Monats passiert.

Aber so läuft das eben, wenn man mit Octocat zusammenlebt.

Ob es einem gefällt oder nicht, es lässt sich nicht leugnen, dass er eine echte Persönlichkeit ist.

Und ein wahrer Sturkopf obendrein. Doch zum Glück hat er nicht zu allen Dingen eine festgefahrene Meinung – bisweilen ändert er sie sogar.

Etwa, was den neuen Hund betrifft, den wir adoptiert haben, ein süßes Chihuahua-Mädel namens Paisley. Sie mochte ihn von Anfang an, aber Octocat brauchte deutlich länger, um mit ihr warm zu werden. Tatsächlich sind die beiden inzwischen dicke Freunde geworden, und das erfüllt mich mit Stolz und Freude. Eine der Lieblingsbeschäftigungen meines Stubentigers ist es, sich an „seinen" Hund heranzupirschen, ihn anzuspringen und zu Boden zu werfen.

Ja, sein Hund. Das Blatt hat sich in den letzten Wochen komplett gewendet.

Wir drei wohnen unter einem Dach mit meiner Großmutter. Obwohl „Grandma" diejenige ist, die mich hauptsächlich großgezogen hat, lebt sie in meinem Haus.

Und eigentlich gehört unsere Hütte meinem Kater.

Ja, das stimmt wirklich, denn Octocat besitzt einen nicht unerheblichen Treuhandfonds, und daraus erhalte ich jeden Monat eine äußerst großzügige Summe für seine Versorgung, mit der ich auch die Hypothek für unsere exklusive Villa bezahlen kann.

Es ist schon eine etwas merkwürdige Konstellation, das gebe ich zu. Aber hey, wenn das Leben dir Zitronenlimonade schenkt, solltest du sie am besten trinken und genießen!

Apropos, ich bin jetzt seit etwa sieben Wochen mit meinem Traumtyp zusammen. Sein Name ist Charles Longfellow, und er ist aus gutem Grund der Mann meiner Träume. Nicht nur, weil er ein super Anwalt ist und mittlerweile die Kanzlei, in der ich früher gearbeitet habe, alleine führt, sondern auch, weil er unglaublich klug, nett, aufmerksam, gut aussehend und – okay, ich gebe es gerne zu – sexy ist.

Wir haben zwar noch nicht …

Aber lassen wir das.

Übrigens kann ich mit meiner Katze sprechen. Ich schätze, das hätte ich bereits erwähnen sollen, denn es ist so ziemlich das Außergewöhnlichste an mir.

Auch mit dem Hund und mit den meisten anderen Tieren kann ich mich unterhalten.

Wie das möglich ist? Kurz gesagt: Ich wurde bei einer Testamentseröffnung durch einen Stromschlag von einer Kaffeemaschine ausgeknockt, und während ich wieder zu mir kam, hörte ich, wie Octocat sich über mich lustig machte. Als er merkte, dass ich ihn verstehen konnte, beauftragte er mich, den Mord an seiner verstorbenen Besitzerin aufzuklären, und der Rest ist Geschichte.

Nach dieser Sache wurden uns zwei Dinge klar: Erstens, dass

wir ein wirklich gutes Team beim Lösen von Verbrechen sind, und zweitens, dass wir nach diesem Wink des Schicksals zusammenbleiben sollten, auf Gedeih und Verderb. In der Regel verstehen wir uns recht gut, aber gelegentlich kriegt er noch seine Wutanfälle – ich aber ebenfalls.

Und das bringt mich zum heutigen Tag.

Die offizielle Eröffnung unserer Detektei liegt nun genau zwei Monate zurück, und in dieser Zeit hatten wir genau null Kunden. Es sieht düster aus; das findet selbst meine ansonsten sehr optimistische Großmutter.

Niemand will uns beauftragen, und ich bin mir nicht sicher, warum.

Viele Leute in der Stadt kennen und mögen mich, und sie wissen nicht, dass ich tatsächlich mit Tieren sprechen kann. Sie halten die Tatsache, dass ich meinen Kater als meinen Geschäftspartner ausgebe, nur für eine Werbemasche. Und ehrlich gesagt, ist mir das auch lieber so.

Langsam fange ich jedoch an, mir Sorgen zu machen, dass unsere Firma nie ans Laufen kommt.

Wie viel Zeit sollte man sich als Unternehmensgründer geben, bis man sein Vorhaben wieder aufgibt?

Octocat scheint ziemlich glücklich damit zu sein, die meiste Zeit des Tages in der Sonne zu dösen, ich jedoch fühle mich im Moment total unausgefüllt. Ich habe kürzlich sogar meinen Job als Anwaltsgehilfin gekündigt, um genug Zeit für die ganze Ermittlungsarbeit zu haben, und war davon überzeugt, dass man mir sofort die Tür einrennen würde.

Tja, da lag ich wohl grandios daneben.

Ich muss mir etwas einfallen lassen, und zwar schnell, wenn ich meine Firma über Wasser halten will. Doch wie kann ich meinem Instinkt noch vertrauen, wenn er mich vorher so dermaßen auf die falsche Fährte gelockt hat?

Ich kann nur hoffen, dass Octocat eine gute Idee hat, die uns weiterbringt …

Es war Mittwochmorgen, und ich hatte den größten Teil der letzten zwei Tage damit verbracht, Werbeflyer an jeden Menschen, jedes Geschäft und jedes Tier zu verteilen, die sich bereit zeigten, einen anzunehmen. Aus lauter Verzweiflung hatte ich sogar Parkplätze aufgesucht und die bunten Handzettel, die meine Dienstleistungen und Erfahrung anpriesen, unter die Scheibenwischer aller Autos gesteckt.

Trotzdem hatte sich noch niemand gemeldet, um mich mit einem Fall zu beauftragen.

Nicht ein einziger.

Grandma hatte das Haus früh verlassen, um ehrenamtlich in der Stadt Müll aufzusammeln. Obwohl auch das Tierheim Hilfe von Freiwilligen gut gebrauchen konnte, hatte sie mir zugestimmt, dass es nicht der beste Ort für sie war, um sich zu engagieren, da sie sonst womöglich fast jeden Hund und jede Katze dort adoptieren würde – sie hatte einfach ein sehr großes Herz.

Unser Haus war schon voll genug, das wussten wir beide.

Ich saß in unserem Esszimmer und nippte an einer Dose Cola Light. Kaffeemaschinen konnte ich aus Angst vor einem erneuten Stromschlag immer noch nicht anrühren, und Tee schmeckte mir ohne Grandmas Gesellschaft nicht richtig.

Paisley und Octocat hüpften durchs Haus und spielten Fangen, während ich mir darüber den Kopf zerbrach, wie wir an Kunden kommen könnten.

Die elektronische Katzenklappe surrte, und beide Tiere rannten nach draußen.

Lächelnd sah ich zu, wie sie im Zickzack durch den Garten düsten. Der Herbst hatte seinen Höhepunkt bereits überschritten, und die meisten bunten Blätter waren inzwischen von den Bäumen gefallen. Ich tat mein Bestes, um mit dem Zusammenrechen des Laubs hinterherzukommen, was sich als keine leichte Aufgabe erwies, denn mein Grundstück wurde auf zwei Seiten von einem riesigen Wald flankiert.

Ständig wehte das lose Blattwerk in unseren Garten.

Wie jetzt gerade.

Ich seufzte, als eine heftige Windböe durch die Bäume fegte und mindestens fünf Säcke Laub in unseren Vorgarten beförderte. Blätter in allen Farben bedeckten den leicht ausgebleichten Rasen – rote, gelbe, grüne … türkise?

„Mami! Mami!", rief Paisley von draußen, und ich flitzte los. Unser süßes, unschuldiges Chihuahua-Mädchen ließ sich zwar leicht aus der Ruhe bringen, aber durch ihre geringe Größe, war sie auch ein leichtes Opfer. Ihre Sicherheit war für mich das oberste Gebot, da ging ich kein Risiko ein, und Grandma und Octocat auch nicht.

Einer von uns begleitete sie immer, wenn sie die Welt draußen erkundete.

Und obwohl ich wusste, dass sich Octocat mit ihr im Garten befand, musste ich mich vergewissern, dass nichts Schlimmes passiert war, das sie erschreckt hatte.

Die beiden warteten schon auf der Veranda auf mich. Paisley trug ein türkisfarbenes Stück Papier im Maul.

„Was ist das?", wollte ich wissen und nahm es ihr ab.

„Es ist einer deiner Zettel, Mami!", rief die kleine Hündin stolz.

Ich blickte auf den Flyer in meinen Händen und dann im Garten umher, wo sich Dutzende, vielleicht sogar Hunderte weitere unter das herbstliche Laub gemischt hatten.

Sie hatte recht. Das war einer meiner Handzettel mit der Werbung für unsere Privatdetektei, die ich in den letzten Tagen so mühselig verteilt hatte. Jedes einzelne Exemplar, das Grandma für uns gedruckt hatte, hatte ich unter die Leute gebracht.

Und jetzt tauchten sie alle bei mir zu Hause wieder auf, als wären sie mir gefolgt.

Wie konnte das sein?

Da vernahm ich ein hohes Gekicher, das unter der Veranda hervordrang, und mir schwante Böses.

„Pringle!", schrie ich und stampfte so fest ich konnte mit den Füßen auf, um den Waschbären aus seinem Versteck zu treiben.

Ich wusste, dass er wütend auf mich war, seit ich ihm

verboten hatte, das Haus zu betreten, aber mein Geschäft zu sabotieren? Nicht zu fassen!

Hole dir noch heute dein persönliches Exemplar und fange direkt an zu lesen. Oder blättere einfach weiter und stürze dich direkt in das erste Kapitel.

Viel Spaß!

KURZE VORSCHAU

WASCHBÄR-WIRRWARR

Hey, mein Name ist Angie Russo, und ich bin Co-Inhaberin einer Privatdetektei hier im schönen Blueberry Bay an der amerikanischen Ostküste im US-Bundestaat Maine.

Mein Geschäftspartner, dem die andere Hälfte der Firma gehört, ist mein Kater Octavius – kurz Octocat genannt. Sein voller Name ist nahezu unaussprechlich lang, und er denkt sich immer wieder neue Titel aus, die er hintendran setzt. Die neueste Version lautet: Octavius Maxwell Ricardo Edmund Frederick, Freiherr von Fulton-Russo – Privatdetektiv.

Ein Zungenbrecher, ich weiß.

Und er ist obendrein auch ziemlich anstrengend und verwöhnt.

Trotzdem ist er zweifellos mein bester Freund, auch wenn er

es immer wieder schafft, mir das Leben schwer zu machen. Er wurde beispielsweise schon einmal entführt, musste vor Gericht erscheinen und hat sogar mehrfach gedroht, unseren neuen Hund zu killen.

Unglaublicherweise sind all diese Dinge innerhalb nur eines Monats passiert.

Aber so läuft das eben, wenn man mit Octocat zusammenlebt.

Ob es einem gefällt oder nicht, es lässt sich nicht leugnen, dass er eine echte Persönlichkeit ist.

Und ein wahrer Sturkopf obendrein. Doch zum Glück hat er nicht zu allen Dingen eine festgefahrene Meinung – bisweilen ändert er sie sogar.

Etwa, was den neuen Hund betrifft, den wir adoptiert haben, ein süßes Chihuahua-Mädel namens Paisley. Sie mochte ihn von Anfang an, aber Octocat brauchte deutlich länger, um mit ihr warm zu werden. Tatsächlich sind die beiden inzwischen dicke Freunde geworden, und das erfüllt mich mit Stolz und Freude. Eine der Lieblingsbeschäftigungen meines Stubentigers ist es, sich an „seinen" Hund heranzupirschen, ihn anzuspringen und zu Boden zu werfen.

Ja, sein Hund. Das Blatt hat sich in den letzten Wochen komplett gewendet.

Wir drei wohnen unter einem Dach mit meiner Großmutter. Obwohl „Grandma" diejenige ist, die mich hauptsächlich großgezogen hat, lebt sie in meinem Haus.

Und eigentlich gehört unsere Hütte meinem Kater.

Ja, das stimmt wirklich, denn Octocat besitzt einen nicht unerheblichen Treuhandfonds, und daraus erhalte ich jeden Monat eine äußerst großzügige Summe für seine Versorgung, mit der ich auch die Hypothek für unsere exklusive Villa bezahlen kann.

Es ist schon eine etwas merkwürdige Konstellation, das gebe ich zu. Aber hey, wenn das Leben dir Zitronenlimonade schenkt, solltest du sie am besten trinken und genießen!

Apropos, ich bin jetzt seit etwa sieben Wochen mit meinem Traumtyp zusammen. Sein Name ist Charles Longfellow, und er ist aus gutem Grund der Mann meiner Träume. Nicht nur, weil er ein super Anwalt ist und mittlerweile die Kanzlei, in der ich früher gearbeitet habe, alleine führt, sondern auch, weil er unglaublich klug, nett, aufmerksam, gut aussehend und – okay, ich gebe es gerne zu – sexy ist.

Wir haben zwar noch nicht …

Aber lassen wir das.

Übrigens kann ich mit meiner Katze sprechen. Ich schätze, das hätte ich bereits erwähnen sollen, denn es ist so ziemlich das Außergewöhnlichste an mir.

Auch mit dem Hund und mit den meisten anderen Tieren kann ich mich unterhalten.

Wie das möglich ist? Kurz gesagt: Ich wurde bei einer Testamentseröffnung durch einen Stromschlag von einer Kaffeemaschine ausgeknockt, und während ich wieder zu mir kam, hörte ich, wie Octocat sich über mich lustig machte. Als er merkte, dass ich ihn verstehen konnte, beauftragte er mich, den Mord an seiner verstorbenen Besitzerin aufzuklären, und der Rest ist Geschichte.

Nach dieser Sache wurden uns zwei Dinge klar: Erstens, dass wir ein wirklich gutes Team beim Lösen von Verbrechen sind, und zweitens, dass wir nach diesem Wink des Schicksals zusammenbleiben sollten, auf Gedeih und Verderb. In der Regel verstehen wir uns recht gut, aber gelegentlich kriegt er noch seine Wutanfälle – ich aber ebenfalls.

Und das bringt mich zum heutigen Tag.

Die offizielle Eröffnung unserer Detektei liegt nun genau zwei Monate zurück, und in dieser Zeit hatten wir genau null Kunden. Es sieht düster aus; das findet selbst meine ansonsten sehr optimistische Großmutter.

Niemand will uns beauftragen, und ich bin mir nicht sicher, warum.

Viele Leute in der Stadt kennen und mögen mich, und sie wissen nicht, dass ich tatsächlich mit Tieren sprechen kann. Sie halten die Tatsache, dass ich meinen Kater als meinen Geschäftspartner ausgebe, nur für eine Werbemasche. Und ehrlich gesagt, ist mir das auch lieber so.

Langsam fange ich jedoch an, mir Sorgen zu machen, dass unsere Firma nie ans Laufen kommt.

Wie viel Zeit sollte man sich als Unternehmensgründer geben, bis man sein Vorhaben wieder aufgibt?

Octocat scheint ziemlich glücklich damit zu sein, die meiste Zeit des Tages in der Sonne zu dösen, ich jedoch fühle mich im Moment total unausgefüllt. Ich habe kürzlich sogar meinen Job als Anwaltsgehilfin gekündigt, um genug Zeit für die ganze Ermittlungsarbeit zu haben, und war davon überzeugt, dass man mir sofort die Tür einrennen würde.

Tja, da lag ich wohl grandios daneben.

Ich muss mir etwas einfallen lassen, und zwar schnell, wenn ich meine Firma über Wasser halten will. Doch wie kann ich meinem Instinkt noch vertrauen, wenn er mich vorher so dermaßen auf die falsche Fährte gelockt hat?

Ich kann nur hoffen, dass Octocat eine gute Idee hat, die uns weiterbringt …

Es war Mittwochmorgen, und ich hatte den größten Teil der letzten zwei Tage damit verbracht, Werbeflyer an jeden Menschen, jedes Geschäft und jedes Tier zu verteilen, die sich bereit zeigten, einen anzunehmen. Aus lauter Verzweiflung hatte ich sogar Parkplätze aufgesucht und die bunten Handzettel, die meine Dienstleistungen und Erfahrung anpriesen, unter die Scheibenwischer aller Autos gesteckt.

Trotzdem hatte sich noch niemand gemeldet, um mich mit einem Fall zu beauftragen.

Nicht ein einziger.

Grandma hatte das Haus früh verlassen, um ehrenamtlich in der Stadt Müll aufzusammeln. Obwohl auch das Tierheim Hilfe von Freiwilligen gut gebrauchen konnte, hatte sie mir zugestimmt, dass es nicht der beste Ort für sie war, um sich zu engagieren, da sie sonst womöglich fast jeden Hund und jede Katze dort adoptieren würde – sie hatte einfach ein sehr großes Herz.

Unser Haus war schon voll genug, das wussten wir beide.

Ich saß in unserem Esszimmer und nippte an einer Dose Cola Light. Kaffeemaschinen konnte ich aus Angst vor einem erneuten Stromschlag immer noch nicht anrühren, und Tee schmeckte mir ohne Grandmas Gesellschaft nicht richtig.

Paisley und Octocat hüpften durchs Haus und spielten Fangen, während ich mir darüber den Kopf zerbrach, wie wir an Kunden kommen könnten.

Die elektronische Katzenklappe surrte, und beide Tiere rannten nach draußen.

Lächelnd sah ich zu, wie sie im Zickzack durch den Garten düsten. Der Herbst hatte seinen Höhepunkt bereits überschritten, und die meisten bunten Blätter waren inzwischen von den Bäumen gefallen. Ich tat mein Bestes, um mit dem Zusammenrechen des Laubs hinterherzukommen, was sich als keine leichte Aufgabe erwies, denn mein Grundstück wurde auf zwei Seiten von einem riesigen Wald flankiert.

Ständig wehte das lose Blattwerk in unseren Garten.

Wie jetzt gerade.

Ich seufzte, als eine heftige Windböe durch die Bäume fegte und mindestens fünf Säcke Laub in unseren Vorgarten beförderte. Blätter in allen Farben bedeckten den leicht ausgeblichenen Rasen – rote, gelbe, grüne … türkise?

„Mami! Mami!“, rief Paisley von draußen, und ich flitzte los. Unser süßes, unschuldiges Chihuahua-Mädchen ließ sich zwar leicht aus der Ruhe bringen, aber durch ihre geringe Größe, war sie auch ein leichtes Opfer. Ihre Sicherheit war für mich das oberste Gebot, da ging ich kein Risiko ein, und Grandma und Octocat auch nicht.

Einer von uns begleitete sie immer, wenn sie die Welt draußen erkundete.

Und obwohl ich wusste, dass sich Octocat mit ihr im Garten befand, musste ich mich vergewissern, dass nichts Schlimmes passiert war, das sie erschreckt hatte.

Die beiden warteten schon auf der Veranda auf mich. Paisley trug ein türkisfarbenes Stück Papier im Maul.

„Was ist das?“, wollte ich wissen und nahm es ihr ab.

„Es ist einer deiner Zettel, Mami!“, rief die kleine Hündin stolz.

Ich blickte auf den Flyer in meinen Händen und dann im Garten umher, wo sich Dutzende, vielleicht sogar Hunderte weitere unter das herbstliche Laub gemischt hatten.

Sie hatte recht. Das war einer meiner Handzettel mit der Werbung für unsere Privatdetektei, die ich in den letzten Tagen so mühselig verteilt hatte. Jedes einzelne Exemplar, das Grandma für uns gedruckt hatte, hatte ich unter die Leute gebracht.

Und jetzt tauchten sie alle bei mir zu Hause wieder auf, als wären sie mir gefolgt.

Wie konnte das sein?

Da vernahm ich ein hohes Gekicher, das unter der Veranda hervordrang, und mir schwante Böses.

„Pringle!“, schrie ich und stampfte so fest ich konnte mit den Füßen auf, um den Waschbären aus seinem Versteck zu treiben.

Ich wusste, dass er wütend auf mich war, seit ich ihm verboten hatte, das Haus zu betreten, aber mein Geschäft zu sabotieren? Nicht zu fassen!

Hole dir noch heute dein persönliches Exemplar und fange direkt an zu lesen.

ÜBER MOLLY FITZ

Obwohl USA-Today-Bestsellerautorin Molly Fitz genau genommen nicht mit Tieren sprechen kann, führen sie und ihre drei tierischen Co-Autoren oft tiefgründige und lebhafte Gespräche, während sie den alltäglichen Dingen des Lebens nachgehen.

Molly lebt mit ihrem Kind und ihrem eigenen Privatzoo irgendwo in der Wildnis von Alaska. Gelegentlich wagt sie sich hinaus, um ein exquisites Essen zu genießen, einen guten Kaffee zu trinken oder neue Tierfreunde zu treffen.

Erfahre mehr über Molly und ihre deutschen Veröffentlichungen, indem du dich gleich für ihren Newsletter anmeldest:

www.katzengeheimnisse.com

MISS DOLITTLES GEHEIMNIS

Angie Russo hat sich gerade mit dem ersten sprechenden Katzendetektiv von Blueberry Bay zusammengetan. Gemeinsam mit seiner bunt zusammengewürfelten Schar menschlicher und tierischer Helfer ist Octocat fest entschlossen, jede Situation zu retten – solange sie nicht mit seinem persönlichen Zeitplan kollidiert.

Viel Spaß mit Band 1 – **Kommissar Katerchen**

MERLINS MAGISCHE ABENTEUER

Gracie Springs ist keine Hexe ... ihr Kater hingegen schon. Jetzt muss sie alles in ihrer Macht Stehende tun, um sein Geheimnis zu wahren, oder sie riskiert, den Rest ihres Lebens in einem magischen Gefängnis zu verbringen. Zu dumm, dass sie den Ärger geradezu magnetisch anzuziehen scheint!

Viel Spaß mit Band 1 – **Merlin findet eine Vertraute**

AGENTUR FÜR PARANORMALE ZEITARBEIT

Tawny Bigfords gewöhnlich zu nennendes Leben nimmt eine magische Wendung, als sie über die Leiche ihrer Vermieterin stolpert und von einer sprechenden schwarzen Katze rekrutiert wird, die Rolle der Verstorbenen als offizielle Stadthexe von Beech Grove, Georgia, zu übernehmen.

Viel Spaß mit Band 1 – **Eine Hexe für alle Gelegenheiten**

DAS GEISTERHAFTE GÄSTEHAUS (MIT TRIXIE SILVERTALE)

Sydney Coleman hat alles erreicht – und doch steht sie irgendwann vor dem Nichts. Gerade, als sie ihr neues Bed and Breakfast eröffnen will, stellt sich ihr ein Geistertrio auf Schritt und Tritt in den Weg. Die Geister bestehen darauf, dass sie den Mord an ihrer

Herrin aufklärt, aber Sydney braucht dringend Geld. Wenn nicht bald ein paar zahlende Gäste eintreffen, ist ihre Spukvilla dem Untergang geweiht.

Viel Spaß mit Band 1 – ***Mörderischer Mondschein***

VERBINDE DICH MIT MOLLY

Wenn du ebenfalls ein großer Fan von spannenden, schrägen Tierkrimis bist, sollten wir unbedingt Freunde werden.

Wie wäre es, wenn du direkt einmal meine Facebook-Seite besuchst, die ich speziell für meine treuen deutschen Leser eingerichtet habe? Hier der Link dazu:

Facebook.com/Katzengeheimnisse

Oder melde dich für meinen Newsletter an und sichere dir als Abonnent gratis ein digitales Geschenkpaket, einschließlich einer exklusiven Kurzgeschichte über Octocat:

Katzengeheimnisse.com/Abonnieren

www.ingramcontent.com/pod-product-compliance
Lightning Source LLC
Chambersburg PA
CBHW020717310726
48979CB00004B/960

* 9 7 8 1 6 4 4 5 1 5 6 0 0 *